DOBLE JUEGO

KEN FOLLETT

DOBLE JUEGO

Traducción de
José Antonio Soriano

CÍRCULO de LECTORES

«... desde su creación en 1947, la Agencia Central de Inteligencia... ha invertido millones de dólares en un importante programa de investigación para obtener drogas y otros métodos reservados que permitieran someter a ciudadanos de a pie, con o contra su voluntad, a un control absoluto; que los indujeran a actuar, hablar, revelar los más preciados secretos, a olvidar incluso, cuando así se les ordenara.»

John Marks, *The Search for the «Manchurian Candidate»: The CIA and Mind Control, 1979*

Nota histórica:

El lanzamiento del *Explorer I*, primer satélite espacial norteamericano, estaba programado inicialmente para el miércoles 29 de enero de 1958. A última hora de esa tarde, se suspendió hasta el día siguiente. El motivo aducido fueron las condiciones meteorológicas. Los observadores invitados a Cabo Cañaveral estaban perplejos: en Florida, el día había sido espléndido y soleado. No obstante, el ejército declaró que un viento de gran altitud conocido como «corriente de chorro» soplaba desfavorablemente.

La noche del día siguiente se produjo un nuevo aplazamiento, para el que se alegó idéntico motivo.

El lanzamiento se intentó finalmente el viernes 31 de enero.

AGRADECIMIENTOS

Hay muchas personas que han aportado generosamente su tiempo y sus esfuerzos para ayudarme a reunir los detalles ambientales apropiados a esta historia. La mayoría me fueron proporcionados por Dan Starer, de Research for Writers, de Nueva York, que ha colaborado conmigo en todos mis libros desde *El hombre de San Petersburgo,* de 1981. Estoy especialmente agradecido a las siguientes personas:

En Cambridge, Massachusetts: Ruth Helman, Isabelle Yardley, Fran Mesher, Peg Dyer, Sharon Holt y los alumnos de Pforzheimer House, y Kay Stratton.

En el Hotel St. Regis, antiguo Carlton, en Washington, D.C.: Louis Alexander, portero; José Muzo, botones; Peter Walterspiel, director, y Pat Gibson, ayudante del señor Walterspiel.

En la Universidad de Georgetown: John Reynolds, archivero; Edward J. Finn, catedrático de Física jubilado, y Val Klump, del Club de Astronomía.

En Florida: Henry Magill, Ray Clark, Henry Paul y Ike Rigell, que participaron en los inicios del programa espacial, y Henri Landwirth, antiguo director del Motel Starlite.

En Huntsville, Alabama: Tom Carney, Cathey Carney y Jackie Gray, de la revista *Old Huntsville;* Roger Schwerman, del Arsenal Redstone; Michael Baker, historiador oficial del Mando de Aviación y Misiles del ejército de Estados Unidos; David Alberg, conservador del Centro Espacial y de Cohetes de Estados Unidos, y el doctor Ernst Stuhlinger.

Varios miembros de mi familia leyeron los borradores y me ayudaron con sus críticas, entre ellos mi mujer, Barbara Follett, mis hijastras, Jann y Kim Turner, y mi primo, John Evans. Estoy en deuda con los editores Phyllis Grann, Neil Nyren y Suzanne Baboneau; y con los agentes Amy Berkower, Simon Lipskar y, muy especialmente, con Al Zuckerman.

PRIMERA PARTE

5 HORAS

El misil Júpiter C *se yergue sobre la plataforma de lanzamiento del Complejo 26 de Cabo Cañaveral. Por mor del secreto, está envuelto en enormes fundas de lona que lo ocultan por completo a excepción de la cola, idéntica a la del conocido* Redstone ICBM *del ejército. Bajo su impenetrable capa, sin embargo, el resto del misil es único...*

Se despertó asustado.

Peor: aterrorizado. El corazón le latía con fuerza, respiraba con dificultad y tenía todo el cuerpo en tensión. Era como una pesadilla, salvo por el hecho de que despertar no le produjo el menor alivio. Tenía la sensación de que había ocurrido algo horrible, pero no sabía qué.

Abrió los ojos. Una luz tenue procedente de otro cuarto iluminaba apenas el lugar, en el que distinguió formas vagas, familiares pero siniestras. En algún punto de la penumbra, el agua llenaba una cisterna.

Intentó tranquilizarse. Tragó saliva, acompasó la respiración y procuró pensar con calma. Yacía en un suelo liso. Sentía frío, le dolía todo el cuerpo y tenía una especie de resaca: dolor de cabeza, la boca seca y el estómago revuelto.

Se incorporó temblando de miedo. Le llegaba un desagradable olor a suelos recién fregados con un potente desinfectante. Distinguió las siluetas de una hilera de lavabos.

Estaba en los servicios de algún lugar público.

Sintió asco. Había dormido en el suelo de un aseo de caballeros. ¿Qué demonios le había pasado? Se concentró. Estaba completamente vestido, llevaba una especie de gabardina y botas gruesas, pero tenía la sensación de que aquélla no era su ropa.

Aunque ya no sentía el mismo pánico, le atenazaba un miedo profundo, menos histérico pero más racional. Fuera lo que fuese, le había ocurrido algo terrible.

Necesitaba luz.

Se puso en pie. Miró a su alrededor, escrutó la penumbra y creyó localizar la puerta. Estirando los brazos ante sí en previsión de obstáculos invisibles, avanzó hasta una pared. A continuación, caminó de lado tanteando con las manos. Tocó una superficie fría y lisa, que supuso sería un espejo; luego, un toallero; más allá, una caja metálica que podría ser una máquina tragaperras. Las yemas de sus dedos dieron al fin con un interruptor, que accionó.

La brillante luz inundó las paredes de azulejos blancos, el suelo de hormigón y una hilera de retretes con las puertas abiertas. En un rincón había un montón de ropa vieja. Seguía sin comprender cómo había ido a parar allí. Se concentró con todas sus fuerzas. ¿Qué había pasado la noche anterior? No consiguió recordarlo.

Volvió a sentir un miedo irracional al comprender que no recordaba absolutamente nada.

Apretó los dientes para no gritar. Ayer... anteayer... Nada. ¿Cómo se llamaba? No lo sabía.

Volvió a la hilera de lavabos. Sobre ellos pendía un largo espejo. En el cristal, vio a un pordiosero inmundo vestido con harapos, con el pelo enmarañado, la cara tiznada y ojos saltones y extraviados. Se quedó mirando al mendigo un segundo, y de pronto tuvo una terrible revelación. Dio un paso atrás sofocando un grito, y el individuo del espejo lo imitó. Eran la misma persona.

Ya no pudo contener el embate del pánico. Abrió la boca y, con la voz sacudida por el terror, gritó:

–¿Quién soy?

El montón de ropa vieja rebulló. Cambió de postura, enseñó la cara y murmuró:

–Eres un mendigo, Luke, deja de escandalizar.

Se llamaba Luke.

Se sintió ridículamente agradecido por la información. Un nombre no era gran cosa, pero le proporcionaba un punto de partida. Miró a su compañero. Llevaba un abrigo de tweed hecho jirones y un trozo de cuerda a guisa de cinturón. Su rostro, joven bajo la mugre, tenía una expresión astuta. El individuo se restregó los párpados y farfulló:

–Qué dolor de cabeza...

–¿Quién eres? –preguntó Luke.

–¿Es que no lo ves? Soy Pete, cabeza hueca.

–No consigo... –Luke tragó saliva intentando dominar el pánico–. ¡He perdido la memoria!

–No me extraña. Ayer te bebiste casi una botella tú solo. Lo raro es que no hayas perdido la chaveta. –Peter se relamió–. Si me descuido, no pruebo el maldito bourbon.

El bourbon explicaría lo de la resaca, pensó Luke.

–¿Por qué iba a beberme toda una botella?

Pete rió entre dientes.

–Es la pregunta más idiota que me han hecho en la vida. ¡Pues para emborracharte, joder!

Luke sintió asco de sí mismo. Era un vagabundo borracho que dormía en urinarios públicos.

Se moría de sed. Se inclinó sobre una pila, abrió el grifo del agua fría y bebió a caño. Se sintió mejor. Tras secarse la boca, se obligó a mirarse de nuevo en el espejo.

Tenía el rostro más tranquilo. La mirada fija y maníaca había dado paso a una expresión de desconcierto y congoja. El reflejo mostraba a un hombre próximo a los cuarenta, de pelo negro y ojos azules. No llevaba barba ni bigote, pero una pilosidad recia y cerrada le cubría la mandíbula.

–Luke, ¿qué? –preguntó volviéndose hacia el otro–. ¿Cómo me apellido?

–Luke... no sé qué. ¿Cómo coño voy a saberlo?

–¿Cómo he llegado a esto? ¿Cuánto tiempo llevo así? ¿Qué me ha pasado?

Pete se levantó.

–Necesito desayunar algo –dijo.

Luke se dio cuenta de que estaba hambriento. ¿Tendría dinero? Se rebuscó en los bolsillos: en la gabardina, en la chaqueta, en los pantalones... Nada. No llevaba dinero, ni cartera, ni un mísero pañuelo. Sin pertenencias, sin pistas...

–Me parece que estoy sin blanca –dijo.

–No me jodas –se burló Pete–. Vamos –dijo, y salió arrastrando los pies.

Luke lo siguió.

Apenas salió a la luz, sufrió otra conmoción. Estaba en un templo inmenso, vacío y sobrecogedoramente silencioso. Sobre el suelo de mármol se alineaban hileras de bancos de caoba que parecían aguardar a una feligresía fantasmal. Alrededor del vasto espacio, sobre un alto dintel de piedra sostenido por una sucesión de pilares, fantasmagóricos guerreros de piedra con yelmos y escudos montaban la guardia del sagrado lugar. Muy por encima de sus cabezas, la bóveda ostentaba una profusión de octógonos dorados. Una idea demencial atravesó la mente de Luke, que temió haber sido la víctima propiciatoria de un extraño rito que le hubiera arrebatado la memoria.

–¿Qué sitio es éste? –preguntó sobrecogido.

–La estación Unión de Washington, D. C. –respondió Pete.

Como si un relé se hubiera cerrado en su cabeza, todo empezó a cobrar sentido. Vio con alivio la suciedad de las paredes, los chicles pegados al mármol del suelo, los envoltorios de caramelos y los paquetes de tabaco tirados por los rincones, y se sintió ridículo. Estaba en una enorme estación ferroviaria a primeras horas de la mañana, antes de que se llenara de viajeros. Se había asustado tontamente, como un niño que imagina monstruos en la oscuridad de un dormitorio.

Pete se encaminó hacia un arco triunfal presidido por el rótulo «Salida», y Luke se apresuró a seguirlo.

–¡Eh! ¡Eh, vosotros! –gritó una voz destemplada.

–Oh, oh –murmuró Pete, y apretó el paso.

Un individuo corpulento embutido en su uniforme ferroviario les salió al encuentro lleno de santa indignación.

–¿De dónde salís vosotros, par de desechos?

–Ya nos vamos, ya nos vamos... –dijo Pete con voz lastimera.

Luke se sintió humillado al verse expulsado de una estación por un empleado seboso.

Pero al sujeto no le bastaba con echarlos.

–Habéis dormido aquí, ¿verdad? –vociferó pisándoles los talones ruidosamente–. ¿Es que no sabéis que está prohibido?

Era indignante que lo trataran como a un colegial, pensó Luke, por más que seguramente lo merecía. Después de todo, había dormido en los dichosos urinarios. Así, se mordió la lengua y apretó el paso.

–Esto no es una fonda –siguió diciendo el energúmeno–. ¡Malditos vagabundos, largo de una vez! –y empujó a Luke en el hombro.

Luke se volvió como un rayo y le plantó cara.

–No me toque –le advirtió. El tono de su propia voz, amenazante pero tranquilo, lo dejó sorprendido. El hombre se quedó petrificado–. Ya nos vamos, así que no hace falta que haga o diga nada más, ¿entendido?

El empleado dio un largo paso atrás con el miedo pintado en el rostro.

–Vámonos –dijo Pete cogiendo del brazo a Luke.

Luke se sintió avergonzado. Aquel sujeto era un don nadie rastrero, pero como ferroviario estaba en su derecho de echar de la estación a un par de vagabundos. Luke no tenía por qué intimidarlo.

Pasaron bajo el majestuoso arco. Fuera aún era de noche. Había un puñado de coches aparcados en la rotonda de enfrente de la estación, pero las calles estaban vacías. Luke se arrebujó en sus harapos para resguardarse del cortante frío. Era invierno, quizá enero o febrero, y aquella madrugada había helado en Washington.

Se preguntó qué año sería.

Pete torció a la izquierda, seguro al parecer de adónde se dirigía. Luke lo siguió.

–¿Adónde vamos? –preguntó.

–Conozco un albergue evangelista en la calle H donde nos darán el desayuno gratis... siempre que no te importe cantar un par de himnos.

–Me muero de hambre. Si hace falta, cantaré un oratorio.

Pete siguió una ruta en zigzag por el vecindario de viviendas protegidas sin una sola vacilación. La ciudad seguía durmiendo. Las casas estaban a oscuras y las persianas de los comercios, bajadas; los bares de mala muerte y los puestos de prensa, aún cerrados. Al mirar a una ventana cubierta con cortinas baratas, Luke imaginó un dormitorio con un hombre profundamente dormido bajo una pila de mantas, acurrucado al calor de su mujer. Sintió una punzada de envidia. Al parecer, su sitio estaba allí fuera, entre la comunidad madrugadora de hombres y mujeres que se echaban a las calles mientras la gente normal seguía en la cama: el individuo con ropa de faena que se apresuraba hacia su mañanero lugar de trabajo; el joven ciclista con bufanda y guantes; la mujer solitaria que fumaba en el deslumbrante interior de un autobús.

En su mente bullía un enjambre de acuciantes preguntas. ¿Cuánto hacía que era un borracho? ¿Había intentado dejarlo alguna vez? ¿Tenía familia a la que recurrir? ¿Dónde había conocido a Pete? ¿De dónde habían sacado la bebida? ¿Dónde se la habían bebido? Pero Pete parecía no tener ganas de conversación, de modo que Luke contuvo su impaciencia confiando en que su compañero se sintiera más comunicativo en cuanto se echara algo entre pecho y espalda.

Llegaron a una pequeña iglesia que se erguía desafiante entre un cine y un estanco. Entraron por una puerta lateral y bajaron el tramo de escaleras que conducía al sótano. Luke entró en una larga sala de techo bajo, que supuso sería la cripta. En un extremo vio un piano vertical y un pequeño púlpito; en el otro, una cocina económica. En medio se extendían tres hileras de mesas de caballete flanqueadas por bancos. Tres mendigos, sentados en cada una de las hileras, miraban al vacío pacientemente. En la cocina, una mujer rolliza agitaba con un cazo el contenido de una olla enorme. A su lado, un hombre con alzacuello y barba gris apartó la vista de una gran cafetera y les sonrió.

–Pasen, pasen –les animó, jovial–. Entren y caliéntense.

Luke lo miró con desconfianza preguntándose si aquella aparición era real.

El sitio, más que caliente, estaba caldeado, hasta el punto de resultar casi sofocante viniendo del gélido exterior. Luke se desabotonó la mugrienta gabardina.

–Buenos días, pastor Lonegan –saludó Pete.

–¿Han estado aquí antes? –les preguntó el sacerdote–. He olvidado sus nombres.

–Me llamo Pete y él, Luke.

–¡Dos discípulos! –Su afabilidad parecía sincera–. Aún falta un rato para el desayuno, pero hay café recién hecho.

Luke se preguntó cómo conservaba Lonegan el buen humor teniendo que darse semejantes madrugones para servir desayunos a una sala abarrotada de gandules catatónicos.

El pastor llenó de café dos tazas grandes.

–¿Leche y azúcar?

Luke no sabía cómo le gustaba el café.

–Sí, gracias –dijo, por probar.

Aceptó la taza y le dio un sorbo. El café estaba dulce y cremoso hasta el empalago. Supuso que solía tomarlo solo. Sin embargo, al notar que le mataba el hambre, lo apuró sin rechistar.

–Nos recogeremos en oración dentro de unos minutos –les anunció el sacerdote–. Cuando acabemos, seguro que las famosas gachas de avena de la señora Lonegan estarán en su punto.

Luke comprendió que sus sospechas eran infundadas. El pastor Lonegan era lo que parecía, un tipo risueño al que le gustaba ayudar al prójimo.

Tomaron asiento ante uno de los tableros de madera basta, y Luke pudo observar a su compañero. Hasta entonces sólo había visto la suciedad de su cara y sus andrajos. En ese momento, advirtió que Pete carecía de los estigmas del borracho empedernido: ni rastro de venillas rotas, escamas de piel seca en las mejillas, cortes o cardenales. Tal vez era demasiado joven; unos veinticinco, le echaba Luke. Pero distaba de tener un rostro perfecto. Un antojo granate le bajaba desde la oreja derecha hasta el borde del maxilar inferior. Tenía lo dientes desiguales y amarillentos. Puede que el negro mostacho debiera su existencia al deseo de ocultarlos, en los lejanos tiempos en que al chico le importaba su aspecto. Luke percibía en él una rabia contenida. Supuso que Pete responsabilizaba al mundo, fuera por haberlo hecho feo o por otro motivo. Probablemente sostenía la teoría de que el país se estaba yendo al garete por culpa de algún grupo al que odiaba: inmigrantes chinos, negros buscapleitos o una misteriosa sociedad de diez millonarios que movía los hilos del mercado de valores desde la sombra.

–¿Qué estás mirando? –le espetó Pete.

Luke se limitó a encogerse de hombros. Sobre la mesa había un periódico doblado por la página del crucigrama y lo que quedaba de un lápiz. Aburrido, Luke se quedó mirando las casillas, cogió el lápiz y empezó a escribir respuestas.

Los vagabundos iban haciendo acto de presencia. La señora Lonegan sacó una pila de enormes cuencos y un montón de cucharas. Luke respondió todas las preguntas menos una, «Famoso danés concebido en Inglaterra», seis letras. El pastor Lonegan echó un vistazo al crucigrama por encima del hombro de Luke, enarcó las cejas sorprendido y susurró a su mujer:

—«¡Oh, ver la mengua de tan noble mente!»

Luke cayó en la cuenta de inmediato y escribió la última respuesta, HAMLET. «¿Cómo lo sé?», se preguntó.

Desdobló el periódico y buscó la fecha en la portada. Era el miércoles 29 de enero de 1958. Uno de los titulares le llamó la atención: LA LUNA ESTADOUNIDENSE SIGUE EN TIERRA. Leyó:

> Cabo Cañaveral, martes: hoy, la marina de Estados Unidos ha desistido de su segundo intento de lanzar el cohete espacial *Vanguard* debido a múltiples problemas técnicos.
>
> La decisión se produce dos meses después de que el primer lanzamiento de un *Vanguard* finalizara en un humillante desastre, al explotar el cohete dos minutos después de la ignición.
>
> Las esperanzas norteamericanas de poner en órbita un satélite espacial capaz de rivalizar con el *Sputnik* soviético descansan ahora en el misil *Júpiter* del ejército.

El piano emitió un acorde estridente, y Luke levantó la vista. La señora Lonegan tocaba las notas introductorias de un conocido himno. Ella y su marido empezaron a cantar *Qué buen amigo es Jesús* y Luke se les unió, contento de recordar la letra.

El bourbon producía extraños efectos, pensó. Le permitía hacer un crucigrama y cantar un himno de carrerilla, pero le impedía recordar el nombre de su madre. Tal vez llevaba años bebiendo y al final se le había estropeado el cerebro. ¿Cómo había dejado que ocurriera tal cosa?

Concluido el himno, el pastor Lonegan leyó unos versículos de la Biblia, a los que puso punto final asegurando que todos los presentes podían salvarse. «He aquí un rebaño necesitado de que lo salven», pensó Luke. Con todo, no se sentía tentado a depositar su fe en Jesús. Antes tenía que averiguar quién era.

El pastor improvisó una plegaria, los mendigos dieron gracias a Dios y, a continuación, formaron una fila, y la señora Lonegan les sirvió gachas calientes con jarabe. Luke devoró tres raciones. Después se sintió mucho mejor. La resaca cedía rápidamente.

Impaciente por proseguir su investigación, se acercó al pastor.

–Padre, ¿me había visto antes por aquí? He sufrido una pérdida de memoria.

Lonegan lo miró con atención.

–La verdad, creo que no. Pero por aquí pasan centenares de personas todas las semanas, así que puedo estar equivocado. ¿Qué edad tiene?

–No lo sé –respondió Luke, sintiéndose como un idiota.

–Cerca de los cuarenta, diría yo. No lleva mucho tiempo viviendo a salto de mata. Eso pasa factura. Usted anda con paso firme, tiene la piel tersa bajo la suciedad y sigue lo bastante despierto como para hacer un crucigrama. Deje de beber ahora, y podrá volver a llevar una vida normal.

Luke se preguntó cuántas veces habría dicho lo mismo aquel buen hombre.

–Lo intentaré –prometió.

–Si necesita ayuda, no dude en pedirla.

Un joven con aspecto de retrasado llevaba un rato dándole golpecitos en el brazo a Lonegan, que al fin se volvió hacia él con una sonrisa paciente.

Luke se reunió con Pete.

–¿Cuánto hace que me conoces?

–No lo sé, llevas una temporada por aquí.

–¿Dónde estuvimos anteanoche?

–Tranqui, ¿vale? Tarde o temprano recuperarás la memoria.

–Tengo que averiguar de dónde soy.

Pete titubeó.

–Lo que necesitamos es una cerveza –dijo–. Nos ayudará a pensar en condiciones –añadió, y se volvió hacia la puerta.

Luke lo agarró por el brazo.

–No quiero una cerveza –dijo con firmeza. Al parecer, Pete no quería que escarbara en su pasado. Tal vez temía perder a un compañero. Bueno, mala suerte. Luke tenía cosas más importantes que hacerle compañía–. En realidad –añadió–, creo que me gustaría estar solo un rato.

–¿Quién te has creído que eres, Greta Garbo?

–Lo digo en serio.

–Me necesitas a tu lado. No sabes apañártelas solo. Joder, si ni siquiera sabes cuántos años tienes.

Los ojos de Pete reflejaban desesperación, pero Luke no se dejó convencer.

–Te agradezco el interés, pero no me estás ayudando a descubrir quién soy.

Tras un instante de duda, Pete se encogió de hombros.

–Tú verás. –Se volvió de nuevo hacia la puerta–. Puede que nos veamos por ahí.

–Puede.

Pete salió. Luke tendió la mano al pastor Lonegan.

–Gracias por todo –le dijo.

–Espero que encuentre lo que busca –le deseó el sacerdote.

Luke subió las escaleras y salió a la calle. Pete estaba en la manzana siguiente, hablando con un individuo vestido con gabardina verde y sombrero a juego; pidiéndole dinero para una cerveza, supuso Luke. Caminó en sentido contrario y dobló en la primera esquina.

Aún estaba oscuro. Sintió frío en los pies y cayó en la cuenta de que no llevaba calcetines bajo las botas. Mientras avanzaba con paso vivo empezó a caer una ligera nevisca. Al cabo de unos minutos, aflojó el paso. No tenía prisa. Era igual que caminara deprisa o despacio. Se paró y buscó cobijo en el hueco de una puerta.

No tenía adónde ir.

6 HORAS

La estructura de servicio que rodea las dos terceras partes del cohete lo sujeta con brazos de acero. En realidad, es una torre de perforación petrolífera modificada, montada sobre dos juegos de ruedas que se desplazan por raíles de vía ancha. El conjunto de la estructura de servicio, mayor que una finca urbana, deberá retroceder cien metros antes del lanzamiento.

Elspeth se despertó preocupada por Luke.

Siguió en la cama unos minutos, con el corazón embargado de angustia por el hombre que amaba. Al cabo, encendió la lámpara de la mesilla y se incorporó.

La decoración del cuarto del motel se inspiraba en el programa espacial. La lámpara del techo tenía forma de cohete y los cuadros de las paredes representaban planetas, medias lunas y trayectorias orbitales en un cielo nocturno delirantemente irreal. El Starlite era uno más de los muchos moteles nuevos surgidos de las dunas de Cocoa Beach, Florida, a trece kilómetros al sur de Cabo Cañaveral, para aprovechar la afluencia de visitantes. Era evidente que al decorador el tema espacial le había venido al pelo, pero Elspeth se sentía como si hubiera pasado la noche en el dormitorio de un crío de diez años.

Levantó el auricular del teléfono de la mesilla y marcó el número del despacho de Anthony Carroll en Washington, D. C. Al otro extremo del hilo, el timbre sonó en vano. Llamó a casa de Anthony con el mismo resultado. ¿Andaría algo mal? El miedo le revolvía el estómago. Se dijo que Anthony debía de ir camino de la oficina. Volvería a llamar al cabo de media hora. Anthony no podía tardar más de treinta minutos en llegar al trabajo.

Mientras se duchaba, recordó la época en que empezó a tratar a Luke y Anthony. Ellos estudiaban en Harvard y ella, en Radcliffe, antes de la guerra. Los chicos pertenecían al Orfeón de Harvard: Luke tenía una buena voz de barítono y Anthony era un tenor fantástico. Elspeth, que dirigía la Sociedad Coral de Radcliffe, había organizado un concierto conjunto.

Amigos íntimos, Luke y Anthony formaban una extraña pareja. Ambos eran altos y atléticos, pero ahí acababa su parecido. Las chicas de Radcliffe les pusieron el Bello y la Bestia. Luke, con su ondulado pelo negro y su elegante ropa, era el Bello. Anthony, narigudo y prognato, distaba de ser guapo y siempre daba la impresión de llevar un traje ajeno, pero las chicas se sentían atraídas por su energía y su entusiasmo.

Elspeth se duchó en un visto y no visto. Envuelta en un albornoz, se sentó ante el tocador para maquillarse. Puso el reloj de pulsera junto al lápiz de ojos para saber cuándo transcurrían los treinta minutos.

La primera vez que habló con Luke estaba sentada ante un tocador, en albornoz. Fue durante una «requisa de bragas». Un anochecer, un grupo de alumnos de Harvard, algunos muy borrachos, se había colado en el edificio de los dormitorios a través de una ventana de la planta baja. Ahora, casi veinte años después, le parecía increíble que ni ella ni las otras chicas hubieran temido perder algo más que la ropa interior. ¿Acaso entonces el mundo era mucho más inocente?

Luke había entrado en su cuarto por casualidad. Estudiaba Matemáticas, como ella. Aunque llevaba máscara, lo reconoció por la ropa, una chaqueta de tweed irlandés gris claro con un pañuelo de lunares rojo en el bolsillo de la pechera. Una vez solos, Luke parecía apurado, como si acabara de darse cuenta de que aquello era una chiquillada. Ella le sonrió, señaló la cómoda y dijo: «El cajón de arriba». Él cogió unas bragas preciosas con ribetes de encaje, y Elspeth lo sintió en el alma: le habían costado un ojo de la cara. Pero al día siguiente, Luke le pidió una cita.

Intentó concentrarse en el maquillaje. Esa mañana tenía más faena que de costumbre, porque había dormido mal. La base le suavizó las mejillas y el lápiz de labios rosa salmón le avivó la boca. Era licenciada en Matemáticas por Radcliffe, pero en el trabajo seguían esperando que pareciera un maniquí.

Se cepilló el pelo. Era rojo oscuro y lo llevaba cortado a la moda: hasta la altura de la barbilla y hueco en la nuca. Se puso a toda prisa un vestido camisero de algodón sin mangas, de rayas verdes y marrones, y un cinturón ancho de charol de color marrón oscuro.

Habían pasado veintinueve minutos desde su anterior intento de localizar a Anthony.

Para ocupar el minuto restante, se puso a pensar en el número veintinueve. Era primo –no podía dividirse por ningún otro número que no fuera el uno–, pero carecía de mayor interés. Su única particularidad consistía en que 29 más $2x^2$ era un número primo para cualquier valor de x hasta 28. Calculó la serie mentalmente: 29, 31, 37, 47, 61, 79, 101, 127...

Levantó el auricular y volvió a marcar el número del despacho de Anthony.

No hubo respuesta.

1941

Elspeth Twomey se enamoró de Luke la primera vez que la besó.

La mayoría de los chicos de Harvard no sabían besar. O te dejaban los labios señalados con un chupetón brutal, o abrían tanto la boca que te hacían sentir como si fueras una dentista. Cuando Luke la besó entre las sombras del patio interior de la residencia de Radcliffe, cinco minutos antes de la medianoche, fue apasionado pero tierno. Su boca no paraba de acariciarla, no sólo en los labios, sino en las mejillas, los párpados y la garganta. Cuando le introdujo suavemente la punta de la lengua entre los labios, como pidiendo permiso educadamente para entrar, ella ni siquiera fingió dudar. Más tarde, sentada en la habitación, Elspeth se miró al espejo y dijo a su imagen: «Creo que me he enamorado».

Aquello había ocurrido hacía seis meses, durante los cuales sus sentimientos hacia Luke no habían dejado de crecer. Lo veía casi a diario. Ambos cursaban el último año. Los días que no quedaban para comer, lo hacían para estudiar un par de horas. Los fines de semana apenas se separaban.

No era raro que una alumna de Radcliffe se comprometiera durante su último curso con un alumno de Harvard o un profesor joven. Se casaban en verano, hacían un largo viaje de novios y, a la vuelta, se mudaban a un apartamento. Empezaban a trabajar y, al cabo de un año o poco más, tenían su primer hijo.

Pero Luke no había mencionado la palabra matrimonio.

Elspeth lo observaba en un reservado al fondo del bar de Flanagan, mientras discutía con Bern Rothsten, un licenciado alto de enmarañado bigote y mirada retadora. A Luke, el negro flequillo le caía continuamente sobre los ojos, y él se lo apartaba con la mano izquierda, en un gesto muy suyo. Cuando fuera mayor y tuviera un cargo de responsabilidad, se pondría gomina para mantenerlo en su sitio, y entonces seguro que perdería parte de su atractivo, pensó Elspeth.

Bern era comunista, como muchos estudiantes y profesores de Harvard.

–Tu padre es banquero –le espetó a Luke con desdén–. Y tú serás banquero. Claro, el capitalismo te parece la monda.

Elspeth advirtió el rubor en la garganta de Luke. Su padre figuraba en un reciente artículo de la revista *Time* como uno de los diez hombres que se habían hecho millonarios después de la Depresión. No obstante, la chica dio por sentado que se sonrojaba, no por ser un niño rico, sino porque quería a su familia y le dolía la crítica implícita a su padre. Sin poder reprimir su irritación, salió en su defensa, indignada:

–¡No puedes juzgar a la gente por sus padres, Bern!

–En cualquier caso –dijo Luke–, la banca es un oficio tan digno como cualquier otro. Los banqueros ayudan a la gente a emprender negocios y crean puestos de trabajo.

–Sí, como en 1929.

–Se equivocaron. A veces ayudan a quien no deben. También los soldados cometen errores: disparan a inocentes. Sin embargo, yo no te acuso de ser un asesino.

Esa vez fue Bern quien puso cara de ofendido. Había luchado en la Guerra Civil española –les llevaba tres o cuatro años–, y Elspeth supuso que estaría reviviendo algún error fatal.

–Además –prosiguió Luke–, no tengo intención de convertirme en banquero.

Peg, la desastrada amiga de Bern, se inclinó hacia delante con interés. Era tan firme en sus convicciones como Bern, pero carecía de su capacidad para el sarcasmo.

–Entonces, ¿en qué? –preguntó.

–En científico.

–¿De qué tipo?

Luke señaló el techo.

–Quiero explorar el espacio exterior.

Bern soltó una carcajada.

–¡Cohetes espaciales! Qué fantasía más pueril...

Elspeth volvió a saltar en defensa de Luke:

–Corta el rollo, Bern, porque no tienes ni idea de lo que estás diciendo.

Bern se había especializado en literatura francesa.

Contra lo que cabía esperar, la pulla no parecía haber hecho mella en Luke. Tal vez estaba acostumbrado a que se rieran de su sueño.

–La cosa no tiene vuelta de hoja –aseguró–. Y te diré más. Estoy convencido de que en un futuro no muy lejano la ciencia hará más por la gente corriente que el comunismo.

Elspeth no pudo evitar una mueca. Quería a Luke, pero le parecía ingenuo en lo tocante a la política.

–Eso es demasiado simplista –opinó–. Los avances de la ciencia sólo benefician a una minoría privilegiada.

–No estoy de acuerdo –replicó Luke–. La navegación a vapor ha mejorado las condiciones de vida de los marineros tanto como las de los pasajeros de los transatlánticos.

–¿Has estado alguna vez en la sala de máquinas de un transatlántico? –le preguntó Bern.

–Sí, y no he visto a nadie muriéndose de escorbuto.

Una sombra alargada cayó sobre la mesa.

–Eh, mocosos, ¿ya tenéis edad para beber alcohol en un lugar público?

Era Anthony Carroll, vestido con un traje de sarga azul que parecía haberle servido de pijama. Lo acompañaba alguien tan llamativo que Elspeth no pudo reprimir un murmullo de sorpresa. Era una muchachita menuda vestida a la última, con chaqueta roja corta, falda negra amplia y un pequeño sombrero rojo acabado en pico del que escapaban los rizos de su pelo negro.

–Os presento a Billie Josephson –dijo Anthony.

–¿Eres judía? –le espetó Bern Rothsten.

La chica se quedó sorprendida ante una pregunta tan directa.

–Sí.

–Entonces, podrás casarte con Anthony, pero no hacerte socia de su club de campo.

–No soy de ningún club de campo –protestó Anthony.

–Lo serás, Anthony, lo serás.

Al erguirse para estrechar la mano de la chica, Luke empujó la mesa con los muslos e hizo caer un vaso. No era nada patoso, por lo que Elspeth, fastidiada, comprendió que la señorita Josephson lo había deslumbrado a la primera de cambio.

–Estoy sorprendido –afirmó Luke–. Cuando Anthony me

dijo que salía con una tal Billie, me imaginé una chica de dos metros de altura con espaldas de luchador.

Billie rió de buena gana, se deslizó entre la mesa y el banco y tomó asiento al lado de Luke.

–Me llamo Bilhah –explicó–. Es de la Biblia. Era una esclava de Jacob y madre de Dan. Pero crecí en Dallas, donde me llamaban Billie-Jo.

Anthony se sentó junto a Elspeth y le susurró:

–¿A que es guapa?

Billie no era exactamente guapa, pensó Elspeth. Tenía la cara alargada, la nariz afilada y ojos castaño oscuro, grandes y de mirada intensa. Era el conjunto lo que resultaba tan atractivo: los labios pintados de rojo, la inclinación del sombrero, el acento texano y, sobre todo, su animación. Mientras hablaba con Luke, al que estaba contando historias sobre los texanos actuales, sonreía, fruncía el ceño y traducía a gestos toda la gama de las emociones.

–Tiene un algo –respondió Elspeth–. No me explico cómo no me había fijado en ella hasta ahora.

–Trabaja mucho, acude a pocas fiestas.

–Entonces, ¿cómo la has conocido?

–Me llamó la atención en el Museo Fogg. Llevaba un abrigo verde con botones de latón y boina. Pensé que parecía un soldadito de plomo recién sacado de su caja.

Billie no era ningún juguete, pensó Elspeth. Era bastante más peligrosa. Soltó una carcajada ante alguna gracia de Luke y le palmeó el brazo en un gesto de fingida reconvención. Era la monería de una coqueta, pensó Elspeth. Irritada, los interrumpió dirigiéndose a Billie:

–¿Piensas saltarte el toque de queda?

Las chicas de Radcliffe tenían que estar en sus dormitorios a las diez en punto. Podían obtener permiso para llegar más tarde, pero a costa de escribir su nombre en un registro, especificando adónde pensaban ir y a qué hora volverían; y esto último se comprobaba. No obstante, como mujeres inteligentes que eran, tan complejas reglas sólo servían para inspirarles ingeniosas artimañas.

–Se supone que pasaré la noche con una tía que ha venido a verme y ha reservado una suite en el Ritz. ¿Qué has contado tú?

–Nada, me apañaré con una ventana de la primera planta que estará abierta toda la noche.

Billie bajó la voz.

–En realidad, me quedaré en casa de unos amigos de Anthony, en Fenway.

Anthony parecía apurado.

–Son unos amigos de mi madre que tienen un piso enorme –explicó a Elspeth–. No me mires así, son la mar de respetables.

–Eso espero –repuso Elspeth haciéndose la mojigata, y tuvo la satisfacción de ver sonrojarse a Billie. Volviéndose hacia Luke, le preguntó–: Cariño, ¿a qué hora es la película?

El chico miró su reloj.

–Tenemos que irnos –anunció.

Luke había pedido prestado un coche para el fin de semana. Era un Ford deportivo modelo A de dos plazas fabricado hacía diez años, cuya rechoncha forma resultaba anticuada al lado de los aerodinámicos automóviles de principios de los cuarenta.

Luke, que disfrutaba a ojos vista conduciéndolo, manejaba el viejo coche con habilidad. Fueron a Boston. Elspeth se preguntó si no se habría comportado como una bruja con Billie. Puede que un poco, concluyó, pero no pensaba echarse a llorar.

Fueron a ver *Sospecha,* la última película de Alfred Hitchcock, en el Loew's State Theatre. En la oscuridad, Luke la rodeó con el brazo y ella recostó la cabeza en el hombro del chico. Pensó que era una lástima haber elegido una película sobre un matrimonio desastroso.

Volvieron a Cambridge hacia media noche, dejaron el paseo Memorial y aparcaron frente al río Charles, junto al cobertizo de los botes. El coche no tenía calefacción, así que Elspeth se levantó el cuello de piel del abrigo y se acurrucó contra Luke.

Hablaron de la película. Elspeth opinaba que en la vida real el personaje de Joan Fontaine, una chica reprimida educada por padres chapados a la antigua, nunca se hubiera sentido atraída por un tarambana como el que interpretaba Cary Grant.

–Por eso se enamora de él –replicó Luke–. Porque resulta peligroso.

–¿La gente peligrosa es atractiva?

–Claro.

Elspeth se enderezó en el asiento y se quedó mirando el reflejo de la luna en la movediza superficie del agua. Billie Josephson era peligrosa, pensó.

Luke percibió su malestar y cambió de tema.

–Esta tarde el profesor Davies me ha dicho que puedo hacer el curso de posgrado en Harvard.

–¿Y eso?

–Cuando he mencionado que quería ir a Columbia, ha dicho: «¿Y para qué? ¡Quédate aquí!». Le he explicado que mi familia vive en Nueva York, y entonces ha soltado: «Conque la familia...». O algo por el estilo. Como si uno no pudiera ser un matemático serio y tener ganas de ver a su hermana pequeña.

Luke era el mayor de cuatro hermanos. Su madre era francesa. Su padre la había conocido en París al final de la Primera Guerra Mundial. Elspeth sabía que Luke se llevaba estupendamente con sus dos hermanos adolescentes y quería con locura a su hermana de once años.

–Davies es un solterón –dijo Elspeth–. Solamente vive para su trabajo.

–¿Has pensado en hacer el posgrado?

Elspeth sintió que el corazón le daba un vuelco.

–¿Debería? –¿Le estaba pidiendo que lo acompañara a Columbia?

–Eres mejor matemática que la mayoría de los alumnos de Harvard.

–Siempre he querido trabajar en el Departamento de Estado.

–Tendrías que vivir en Washington.

Elspeth estaba segura de que Luke no había planeado aquella conversación. Se había limitado a pensar en voz alta. Era típicamente masculino: sacar a relucir cosas que afectaban profundamente a sus vidas sin un momento de reflexión. Pero la idea de vivir en distintas ciudades parecía contrariarlo. La solución al dilema debía de ser tan obvia para él como lo era para ella, pensó entonces, alborozada.

–¿Has estado enamorada alguna vez? –le espetó Luke. Comprendiendo que la pregunta era muy brusca, añadió–: Es una pregunta muy personal, no tengo ningún derecho a hacértela.

–No, no me importa –le tranquilizó Elspeth. Si quería hablar de amor aquí y ahora, por ella, estupendo–. La verdad es que sí, he estado enamorada. –Observó el rostro del hombre a la luz de la luna, y se sintió recompensada al percibir la fugaz sombra de decepción que alteró sus facciones–. Cuando tenía diecisiete años, hubo conflictos en los altos hornos en Chicago. En aquella época estaba muy metida en política. Fui a ofrecer mi ayuda, como voluntaria, para llevar mensajes y hacer café. Trabajé para un joven sindicalista que se llamaba Jack Largo, y me enamoré de él.

–¿Y él de ti?

–No, gracias a Dios. Tenía veinticinco años, me veía como a una niña. Fue amable, incluso encantador, pero lo era con todo el mundo. –Vaciló un instante–. Aunque un día... me besó. –Se preguntó si hacía bien contándole aquello a Luke, pero sentía la necesidad de sincerarse–. Estábamos solos en el cuarto trastero, metiendo octavillas en cajas, y dije algo que le hizo reír, ya no recuerdo qué. «Eres una joya, Ellie», me dijo. Era una de esas personas que acortan el nombre a todo el mundo, seguro que a ti te hubiera llamado Lou. Entonces me besó, justo en los labios. Casi me muero de alegría. Pero él siguió empaquetando octavillas como si nada hubiera cambiado.

–Me parece que se enamoró de ti.

–Tal vez.

–¿Sigues en contacto con él?

Elspeth sacudió la cabeza.

–Murió. –Tuvo que reprimir unas repentinas ganas de llorar. Lo último que quería era que Luke pensara que seguía enamorada del recuerdo de Jack–. Dos policías fuera de servicio que cobraban de la siderúrgica lo acorralaron en un callejón y lo golpearon con barras de hierro hasta matarlo.

–¡Dios mío! –musitó Luke mirándola de hito en hito.

–En la ciudad todo el mundo sabía quién lo había hecho, pero ni siquiera hubo detenciones.

Luke le cogió la mano.

–Había leído cosas parecidas en los periódicos, pero nunca me habían parecido reales.

–Son reales. La rueda tiene que seguir girando. A cualquiera que se interponga en su camino lo acabarán quitando de en medio.

–Hablas como si la industria fuera igual que el crimen organizado.

–No veo muchas diferencias. Pero ahora prefiero mantenerme al margen. Bastante tuve con aquello. –Luke había empezado a hablar de amor, y ella había sido tan estúpida como para permitir que la conversación derivara hacia la política. Decidió echar marcha atrás–. ¿Qué me dices de ti? –le preguntó–. ¿Has estado enamorado alguna vez?

–No estoy seguro –dijo, vacilante–. Creo que aún no sé lo que es el amor.

Típica respuesta masculina. Pero en ese momento Luke la besó, y ella se dejó llevar.

Le gustaba acariciarlo con las yemas de los dedos mientras se besaban, deslizarlas por sus orejas y recorrerle la línea de la barbilla, hundirlas en su cabello y rozarle la nuca. De vez en cuando, Luke se apartaba para mirarla, y su forma de escrutarle el rostro insinuando una sonrisa le hacía pensar en Ofelia cuando dice de Hamlet: «Dio en escrutarme el rostro con tal ansia, como si fuera a dibujarme». Al poco, volvía a besarla. Lo que la hacía sentirse tan bien era comprobar lo mucho que le gustaba a él.

Al cabo de un rato, Luke se separó de ella y soltó un profundo suspiro.

–No entiendo cómo pueden aburrirse los matrimonios –dijo–. Ellos no tienen que parar.

A Elspeth no le desagradó que sacara a relucir el matrimonio.

–Supongo que siempre los interrumpen los niños –dijo, y se echó a reír.

–¿Te gustaría tener hijos, más adelante?

Elspeth sintió que se le aceleraba la respiración. ¿Qué le estaba preguntando?

–Por supuesto.

–A mí me gustaría tener cuatro.

Igual que sus padres.

–¿Chicos o chicas?

–De todo un poco. –Se produjo una pausa. Elspeth no se atrevía a hablar. El silencio se prolongaba. Al fin, Luke se volvió hacia ella con expresión seria–. ¿Y a ti? ¿Te gustaría tener cuatro hijos?

Era el pie que estaba esperando. Le sonrió, radiante.

–Si fueran tuyos, me encantaría.

Él volvió a besarla.

No tardó en refrescar demasiado para seguir allí, y por tanto emprendieron de mala gana el camino de regreso a los dormitorios de Radcliffe.

Cuando atravesaban Harvard Square, una figura les hizo señas con la mano desde el bordillo de la acera.

–¿No es Anthony? –preguntó Luke con una nota de incredulidad en la voz.

Lo era, confirmó Elspeth. Y Billie estaba con él.

Luke frenó y Anthony se acercó a su ventanilla.

–No sabéis cómo me alegro de veros –dijo a modo de saludo–. Necesito que me hagáis un favor.

Billie se había quedado detrás de Anthony, temblando en el gélido aire nocturno y con cara de pocos amigos.

–¿Qué hacéis aquí? –preguntó Elspeth a Anthony.

–Ha habido un malentendido. Mis amigos de Fenway pasarán fuera todo el fin de semana... Se ve que han confundido las fechas. Billie no tiene adónde ir.

Billie había mentido con respecto adónde iba a pasar la noche, recordó Elspeth. Ya no podía volver a Radcliffe sin ponerse en evidencia.

–La he llevado a la casa. –Se refería a Cambridge House, donde compartía habitación con Luke. Las residencias masculinas de Harvard recibían el nombre de «casas»–. Se me ocurrió que podría dormir en nuestro cuarto, mientras Luke y yo pasábamos la noche en la biblioteca.

–Tú estás loco –dijo Elspeth.

–Eso no sería ninguna novedad –intervino Luke–. Así que, ¿cuál es el problema?

–Nos han visto.

–¡No! –exclamó Elspeth.

Que encontraran a una chica en la habitación de un estudiante era una falta grave, especialmente si ocurría por la noche. Ambos podían ser expulsados de la universidad.

–¿Quién? –preguntó Luke.

–Geoff Pidgeon y un montón de tíos.

–Bah, por Geoff no te preocupes. ¿Quiénes eran los demás?

–No estoy seguro. Estaba oscuro y ellos no iban muy finos. Les hablaré por la mañana.

Luke asintió.

–Y ahora, ¿qué vais a hacer?

–Billie tiene un primo en Newport, Rhode Island –explicó Anthony–. ¿Por qué no la llevas allí?

–¿Qué? –saltó Elspeth–. ¡Pero si está a ochenta kilómetros!

–Sólo serán una o dos horas –dijo Anthony como si la cosa no tuviera importancia–. ¿Qué dices, Luke?

–Cómo no –respondió Luke.

Elspeth sabía que accedería. Para Luke, ayudar a un amigo era una cuestión de honor, por inconvenientes que presentara la cosa. Pero no por ello se sintió menos furiosa.

–Oye, Luke... gracias –se limitó a decir Anthony.

–Sin problemas –dijo Luke–. Bueno, sí que hay un problema. Este coche es un dos plazas.

Elspeth abrió la puerta y se apeó.

–Solucionado –murmuró de mal aire.

Apenas lo había dicho, se sintió avergonzada de su mal genio. Luke hacía bien ayudando a un amigo en apuros. Pero la ponía enferma pensar que iba a pasar dos horas en aquella lata de sardinas con una comehombres como Billie Josephson.

Consciente de su disgusto, Luke trató de apaciguarla:

–Vuelve a entrar en el coche, Elspeth. Primero te llevaré a Radcliffe.

Elspeth intentó mostrarse cortés.

–No hace falta –aseguró–. Anthony me acompañará. Billie está muerta de frío.

–Bueno, pero sólo si estás segura –dijo Luke.

Elspeth deseó no haber sido tan generosa.

Billie se acercó y le estampó un beso en la mejilla.

–No sé cómo darte las gracias –dijo y, metiéndose en el coche, cerró la puerta sin despedirse de Anthony.

Luke saludó con la mano, y el coche empezó a alejarse.

Anthony y Elspeth se quedaron plantados en la acera mirando el vehículo hasta que desapareció en la oscuridad.

–Mierda –rezongó Elspeth.

6.30 horas

El cohete blanco ostenta en su costado la designación «UE» estarcida en enormes letras negras. Se trata de un viejo código...

H	*U*	*N*	*T*	*S*	*V*	*I*	*L*	*E*	*X*
1	2	3	4	5	6	7	8	9	0

... de acuerdo con el cual UE es el misil número 29. La finalidad del código es evitar dar pistas sobre la cantidad de misiles fabricados.

La luz se colaba en la ciudad helada. Hombres y mujeres salían de las casas entrecerrando los ojos y frunciendo los labios frente al cortante viento, y apretaban el paso por las calles grises hacia el calor y las brillantes luces de las oficinas y tiendas, los hoteles y restaurantes donde trabajaban.

Luke caminaba sin rumbo fijo: una calle era tan buena como cualquier otra cuando ninguna significaba nada. Puede, pensó, que doblara la siguiente esquina y supiera, en una súbita revelación, que pisaba terreno conocido... la calle en que se había criado, o un edificio en el que había trabajado. Pero cada esquina era una nueva decepción.

A medida que aumentaba la luz, empezó a estudiar los rostros de la gente con que se cruzaba. Una de aquellas personas podía ser su padre, su hermana, incluso su hijo. No perdía la esperanza de que alguien captara su mirada, se detuviera y, echándole los brazos al cuello, dijera: «Luke, ¿qué te ha pasado? Acompáñame a casa, déjame ayudarte». Aunque cabía la posibilidad de que sus parientes le volvieran la cara y pasaran de largo. Puede que hubiera ofendido a su familia. O tal vez vivieran en otra ciudad.

Empezaba a temer que no tendría suerte. Ningún transeúnte lo abrazaría prorrumpiendo en gritos de júbilo, ni reconocería de buenas a primeras la calle en la que vivía. Limitarse a vagabundear de aquí para allá fantaseando sobre un golpe de fortuna no era ninguna estrategia. Necesitaba un plan. Tenía que haber algún modo de averiguar su identidad.

Se preguntó si sería una persona desaparecida. Existía una lista, estaba seguro, de gente en esa situación, con las correspondientes descripciones. ¿Quién la llevaba? Tenía que ser la policía.

Creyó recordar que había pasado ante una comisaría minutos antes. Decidido a volver sobre sus pasos, giró en redondo con brusquedad. Al hacerlo, se dio de bruces con un joven enfundado en una gabardina verde oliva con sombrero a juego. Tuvo la vaga sensación de que lo había visto con anterioridad. Sus miradas se encontraron y, por un instante esperanzador, Luke pensó que el hombre lo había reconocido; pero el otro desvió la vista apurado y siguió su camino.

Procurando olvidar el desengaño, Luke se concentró en desandar lo andado. Era difícil, porque había doblado esquinas y cruzado calles más o menos al tuntún. Aun así, tarde o temprano daría con una comisaría.

Mientras caminaba, intentó deducir alguna información sobre sí mismo. Observó a un individuo alto tocado con un sombrero de fieltro gris que encendía un cigarrillo y le daba una larga y placentera calada, pero no sintió deseos de fumar. Supuso que no era fumador. Mirando los coches, supo que los de diseño aerodinámico y carrocería baja, que tanto le llamaban la atención, eran nuevos. Comprendió que le gustaban los coches rápidos, y no le cupo duda de que sabía conducir. También sabía la marca y el modelo de la mayoría. Ésa era la clase de conocimientos que no había olvidado, junto con hablar inglés.

Un fugaz vistazo al escaparate de una tienda le devolvió la imagen de un vagabundo de edad indefinida. Pero cuando miraba a los viandantes se sentía capaz de echarles veintitantos, treinta y tantos, cuarenta y tantos o más. También se dio cuenta de que maquinalmente clasificaba a la gente como más joven o más vieja que él. Pensando en ello, comprendió que los veinteañeros le parecían jóvenes y los cuarentones, mayores; luego debía de estar a medio camino entre unos y otros.

Tan insignificantes victorias sobre su amnesia le proporcionaron una absurda sensación de triunfo.

Por desgracia, había acabado perdiendo su propio rastro. Estaba en una calle espantosa llena de tenduchos, comprobó con disgusto. Tiendas de ropa con los escaparates rebosantes de gangas, almacenes de muebles usados, casas de empeños y ultramarinos que aceptaban cupones de comida. Se paró en seco y miró a sus espaldas, dudando qué partido tomar. Treinta metros más atrás vio al hombre de la gabardina y el sombrero verdes, que miraba los televisores encendidos de un escaparate.

Luke frunció el ceño. «¿Me está siguiendo?», se preguntó.

Quien se convierte en la sombra de otro va siempre solo, rara vez lleva un maletín o una bolsa de la compra, e inevitablemente da la impresión de estar remoloneando más que de caminar con un propósito determinado. El hombre del sombrero oliva cumplía todos los requisitos.

Nada más fácil que salir de dudas.

Luke avanzó hasta el final de la manzana, cruzó al otro lado de la calle y volvió atrás por la acera contraria. Cuando llegó a la esquina, se acercó al bordillo y miró a ambos lados. La gabardina verde estaba treinta metros más atrás. Luke volvió a cruzar. Para no levantar sospechas, fue mirando las puertas a medida que pasaba junto a ellas, como si estuviera buscando un número. Recorrió todo el camino de vuelta hasta el punto de partida.

La gabardina lo siguió.

Luke estaba perplejo, pero el corazón le daba brincos de alegría. Quienquiera que lo siguiese tenía que saber algo sobre él, puede que incluso su identidad.

Para cerciorarse de que lo seguían, tenía que subirse a un vehículo, lo que obligaría a su sombra a hacer otro tanto.

A pesar de su agitación, un frío observador alojado en el fondo de su mente le preguntó: «¿Cómo es posible que sepas la manera exacta de comprobar si te están siguiendo?». Había puesto el método en práctica de forma espontánea. ¿Llevaba a cabo trabajos clandestinos antes de convertirse en vagabundo?

Pensaría en ello más tarde. Ahora lo que necesitaba era dinero para el autobús. Los bolsillos de sus harapos estaban vacíos; debía de haberse gastado hasta el último centavo en alcohol. Pero eso era lo de menos. El dinero abundaba en todas partes: en los bolsillos de la gente, en las tiendas, en los taxis, en las casas...

Empezó a mirarlo todo con otros ojos. Vio quioscos de prensa esperando que los robaran, bolsos pidiendo el tirón, bolsillos expectantes... Le llamó la atención una cafetería donde un hombre atendía la barra y una camarera servía las mesas. Era un sitio tan bueno como cualquier otro. Entró.

Paseó la mirada por las mesas en busca de propinas, pero la cosa no iba a ser tan fácil. Se acercó a la barra. La radio emitía noticias. «Expertos en cohetes aseguran que Estados Unidos dispone de una última oportunidad para alcanzar a los soviéticos en la carrera por dominar el espacio exterior.» El camarero estaba haciendo café exprés; la reluciente máquina dejó escapar un chorro de vapor, y un aroma delicioso hizo aletear las fosas nasales de Luke.

¿Qué hubiera dicho un vagabundo?

–¿Tiene algún donut rancio? –preguntó.

–Ahueca el ala –gruñó el hombre–. Y no vuelvas a asomar las narices por aquí.

Luke consideró la posibilidad de saltar por encima de la barra y abrir la caja registradora, pero parecía una medida extrema cuando sólo quería dinero para el autobús. En ese momento, vio lo que necesitaba. Junto a la caja, al alcance de la mano, había un bote con una ranura en la parte superior. La etiqueta mostraba el dibujo de un niño y la leyenda: «Acuérdate de los que no pueden ver». Luke se desplazó para ocultar el bote con el cuerpo a los clientes y la camarera. Ya sólo tenía que distraer al sujeto de la barra.

–Déme diez centavos –gimoteó Luke.

–De acuerdo, tú lo has querido. Lo que te voy a dar es puerta.

El hombre plantó en el mostrador la jarra que sostenía y se secó las manos en el delantal. Tuvo que agacharse para salir por la portezuela de la barra, y por un segundo perdió de vista a Luke.

Ni corto ni perezoso, Luke se apoderó del bote de la colecta y se lo metió a toda prisa debajo del abrigo. Por desgracia, apenas pesaba; pero produjo un ligero tintineo, de modo que no estaba vacío.

El camarero agarró a Luke por las solapas y lo llevó a rastras por la cafetería. Luke no ofreció resistencia hasta que, en la puerta, el hombre le propinó una fuerte patada en el trasero. Olvidando que acababa de cometer un hurto, Luke giró en redondo, dispuesto a devolver el golpe. El camarero puso cara de susto y retrocedió al interior del establecimiento.

¿A santo de qué se ponía hecho una furia? Había entrado en la cafetería a pedir y desoyó la recomendación de que se marchara. De acuerdo, la patada era innecesaria, pero se la merecía. ¿Acaso no había robado la hucha de los niños ciegos?

Aun así, le costó Dios y ayuda tragarse el orgullo, dar media vuelta y escabullirse como un perro con el rabo entre las piernas.

Se metió en una calleja, buscó una piedra aguda y pagó su cólera con el bote. No tardó en reventarlo. El contenido, casi todo en centavos, ascendía a dos o tres dólares, calculó. Se los guardó en un bolsillo del abrigo y volvió a la calle principal. Dio gracias al Cielo por la caridad e hizo voto mudo de dar tres pavos a los ciegos si salía de aquella.

«Vale –pensó–, treinta pavos.»

El individuo de la gabardina verde oliva estaba junto a un puesto de periódicos, leyendo un diario.

En ese momento, un autobús paró a pocos metros de allí. Luke no tenía la menor idea de cuál era su recorrido, pero no le importaba. Subió a él. El conductor lo miró con cara de pocos amigos, pero no lo echó.

–Voy a la tercera parada –dijo Luke.

–Da igual adónde vaya, el billete son diecisiete centavos, a menos que tenga bono.

Pagó con el producto del robo.

Quizá no lo seguían. Mientras avanzaba hacia el fondo del vehículo, miró ansiosamente por las ventanillas. El hombre de la gabardina había echado a andar en dirección contraria con el periódico bajo el brazo. Luke frunció el ceño. El sujeto debería haber intentado parar un taxi. Puede que no fuera su sombra, después de todo. Luke se sentía decepcionado.

El autobús se puso en movimiento y Luke tomó asiento.

Volvió a preguntarse cómo sabía tanto de aquellos menesteres. Tal vez había recibido entrenamiento para hacer trabajos en la sombra. Pero, ¿con qué fin? ¿Era poli? Puede que la explicación fuera la guerra. Sabía que había habido una guerra. Estados Unidos había luchado contra los alemanes en Europa y contra los japoneses en el Pacífico. Pero no podía recordar si había participado en ella personalmente.

En la tercera parada, se apeó con un puñado de pasajeros. Miró a la derecha e izquierda de la calle. No había taxis a la vista, ni rastro del hombre de la gabardina verde. Mientras dudaba qué hacer, advirtió que uno de los pasajeros que acababan de bajar del autobús se había parado ante la puerta de una tienda y se rebuscaba en los bolsillos. A la vista de Luke, encendió un cigarrillo y le dio una larga y placentera calada.

Era un individuo alto, tocado con un sombrero de fieltro gris. Luke supo que lo había visto con anterioridad.

7 HORAS

La plataforma de lanzamiento es un sencillo pedestal de acero con cuatro patas y un agujero central, a través del cual pasa el chorro del cohete. Un deflector cónico situado debajo dispersa el chorro horizontalmente.

Anthony Carroll avanzaba por la avenida Constitution en un Cadillac Eldorado del cincuenta y tres que pertenecía a su madre. Lo había cogido prestado hacía un año para viajar a Washington desde casa de sus padres, en Virginia, y no se le había presentado la ocasión de devolverlo. A esas alturas, era más que probable que su madre se hubiera comprado otro coche.

Entró en el aparcamiento del edificio Q de Alphabet Row, una hilera de caserones semejantes a cuarteles erigidos a toda prisa durante la guerra en un parque cercano al Memorial Lincoln. El sitio, había que admitirlo, era feo con ganas, pero a él le gustaba, porque había pasado allí buena parte de la guerra trabajando para la Oficina de Servicios Estratégicos, precursora de la CIA. Eran los buenos tiempos en que una agencia clandestina podía hacer más o menos lo que le viniera en gana sin dar cuentas a nadie salvo al presidente.

La CIA era la burocracia más boyante de Washington, y pronto dispondría de un cuartel general descomunal y multimillonario, que se hallaba en fase de construcción al otro lado del río Potomac, en Langley, Virginia. Cuando estuviera acabado, Alphabet Row sería pasto de la piqueta.

Anthony se había opuesto con firmeza al proyecto de Langley, y no sólo porque el edificio Q le trajera buenos recuerdos. En esos momentos las dependencias de la CIA estaban repartidas en treinta y un edificios dispersos por el céntrico vecindario atestado de oficinas gubernamentales y conocido como «Hondón Brumoso». Y así debía seguir, había mantenido Anthony a voz en cuello. Los agentes extranjeros lo tendrían difícil para hacerse una idea del tamaño y poder de la Agencia mientras sus dependencias siguieran desperdigadas y mezcladas con otros departamentos del gobierno. Cuando Langley abriera sus puertas, cualquiera podría estimar sus medios, recursos humanos y hasta su presupuesto con sólo pasar en coche por delante.

Había perdido la partida. Los de arriba estaban decididos a gestionar la CIA con mano de hierro. Anthony opinaba que las operaciones encubiertas eran trabajo para hombres bragados e individualistas. Así eran las cosas durante la guerra. Hoy en día los chupatintas y los contables se habían hecho los amos del cotarro.

Anthony disponía de una plaza de aparcamiento reservada con el rótulo DIRECTOR DE SERVICIOS TÉCNICOS, pero pasó de largo y estacionó ante la puerta principal. Alzando la vista hacia el horrible edificio, se preguntó si su inminente demolición significaba el final de una era. Llevaba tiempo perdiendo casi todas las batallas burocráticas. Cierto que seguía siendo un personaje enormemente poderoso dentro de la Agencia. «Servicios Técnicos» era un eufemismo para designar la división responsable de los allanamientos, la intervención de teléfonos, la experimentación con drogas y otras actividades ilegales. Se la conocía, por mal nombre, como «Trucos Sucios». La posición de Anthony se sustentaba sobre su historial como héroe de guerra y sobre un puñado de éxitos durante la guerra fría. Pero los había empeñados en hacer de la CIA lo que el público imaginaba, una simple agencia para la captación de datos.

«Sobre mi cadáver», pensó Anthony.

Sin embargo, tenía enemigos: superiores a los que había ofendido con sus maneras bruscas, agentes débiles e incapaces cuya promoción había frustrado, cagatintas que sentían escrúpulos ante la sola idea de que el gobierno llevara a cabo operaciones encubiertas... Estaban ansiosos por echársele al cuello en cuanto diera un traspiés.

Y ese día tenía el cuello aún más expuesto que de costumbre.

Apenas entró en el edificio, apartó la mente de sus preocupaciones generales y procuró concentrarse en el problema del día:

el doctor Claude Lucas, conocido como Luke, el hombre más peligroso de Norteamérica, el individuo que amenazaba todo aquello por lo que Anthony había luchado.

Después de pasar la mayor parte de la noche en el despacho, había ido a casa sólo para afeitarse y cambiarse la camisa. Al verlo aparecer de nuevo, el guardia del vestíbulo lo miró visiblemente sorprendido.

–Buenos días, señor Carroll... ¿Ya de vuelta?

–Un ángel se me ha aparecido en sueños y me ha dicho: «Vuelve al trabajo, holgazán hijo de puta». Buenos días.

El guardia soltó la carcajada.

–El señor Maxell lo espera en su despacho, señor.

Anthony frunció el ceño. Pete Maxell debía permanecer junto a Luke. ¿Habría surgido algún problema?

Subió las escaleras a toda prisa.

Pete estaba sentado en una silla frente al escritorio; seguía llevando los harapos, y un resto de tizne le cubría parte del antojo del rostro. Al entrar Anthony, se levantó de un salto y lo miró con cierto temor.

–¿Qué ha pasado? –preguntó Anthony.

–Luke ha decidido que quiere estar solo.

Anthony lo había previsto.

–¿Quién ha tomado el relevo?

–Simmons está con él y Betts anda cerca para prestarle apoyo.

Anthony asintió, pensativo. Luke se había librado de un agente, y podría librarse de otro.

–¿Qué me dices de su memoria?

–Ni rastro.

Anthony se quitó el abrigo y se sentó ante el escritorio. Como era de esperar, Luke empezaba a causar problemas, pero Anthony estaba listo.

Miró al hombre que tenía enfrente. Pete era un buen agente, competente y escrupuloso, pero poco experimentado. No obstante, le era fiel a carta cabal. Todos los agentes jóvenes sabían que Anthony había organizado personalmente un asesinato: la muerte de un cabecilla del régimen de Vichy, el almirante Darlan, la víspera de Navidad de 1942, en Argel. Los agentes de la CIA mataban, pero no a menudo, y miraban a Anthony con admiración. Pero Pete tenía con él una deuda especial. En su solicitud de empleo, Pete había mentido al asegurar que nunca había tenido problemas con la ley; Anthony había acabado descubriendo que le habían impuesto una multa por solicitar los servicios de una prostituta cuando estudiaba en San Francisco. Pete merecía el despido, pero Anthony había guardado el secreto, motivo por el que el joven le estaría eternamente agradecido.

Y ahora, convencido de haberle fallado, estaba alicaído y avergonzado.

–Tranquilo –le animó Anthony adoptando un tono paternal–. Cuéntame exactamente qué ha ocurrido.

Pete le dirigió una mirada de gratitud y volvió a sentarse.

–Se despertó como loco –empezó a contar–. No hacía más que gritar: «¿Quién soy?» y cosas por el estilo. Conseguí calmarlo... pero cometí un error. Lo llamé Luke.

Anthony le había ordenado vigilar a Luke sin proporcionarle ninguna información.

–No importa. No es su verdadero nombre.

–Entonces me preguntó quién era yo, y contesté: «Soy Pete». Se me escapó, estaba tan preocupado por sus gritos que...

Pete se sentía mortificado al confesar aquellas meteduras de pata, que de hecho no eran graves, y Anthony les quitó importancia con un gesto de la mano.

–¿Qué pasó después?

–Lo llevé al albergue evangelista, tal como habíamos planeado. Pero empezó a hacer preguntas incómodas. Quería saber si el pastor lo había visto con anterioridad.

Anthony asintió con la cabeza.

–No hay por qué sorprenderse. Durante la guerra era nuestro mejor agente. Ha perdido la memoria, no el instinto.

El cansancio empezaba a hacer mella en Anthony, que se frotó el rostro con la mano derecha.

–Intenté evitar que siguiera haciendo preguntas sobre su pasado. Pero creo que empezó a sospechar de mí. Entonces me dijo que quería estar solo.

–¿Consiguió alguna pista? ¿Pasó algo que pudiera encaminarlo hacia la verdad?

–No. Leyó un artículo del periódico sobre el programa espacial, pero no parecía especialmente interesado.

–¿Se extrañó alguien de su conducta?

–Al pastor le sorprendió que fuera capaz de hacer un crucigrama. La mayoría de los vagabundos ni siquiera saben leer.

Sería difícil pero factible, tal y como supuso Anthony.

–¿Dónde está ahora?

–No lo sé. Steve llamará a la menor oportunidad.

–Cuando lo haga, vuelve allí y únete a él. Pase lo que pase, no debemos perder de vista a Luke.

–De acuerdo.

El teléfono blanco del escritorio empezó a sonar. Era la línea directa de Anthony. Lo miró. Poca gente conocía aquel número.

Descolgó el auricular.

–Soy yo –dijo la voz de Elspeth–. ¿Qué ha pasado?

–Tranquila –respondió–. Todo está bajo control.

7.30 HORAS

El misil tiene veinte metros y ochenta y nueve centímetros de altura, más que una finca urbana, y carga veintinueve toneladas sobre la plataforma de lanzamiento, aunque la mayor parte corresponde al combustible. El satélite propiamente dicho apenas alcanza el metro de altura y pesa poco más de ocho kilos.

La sombra siguió a Luke unos cuatrocientos metros a lo largo de la calle Octava en dirección sur.

Era pleno día, y aunque la calle estaba abarrotada Luke no tenía dificultad en mantener a la vista el sombrero de fieltro gris, que flotaba en el mar de cabezas arremolinadas en los cruces y las paradas de autobús. Pero cuando Luke cruzó la avenida Pensilvania, le perdió la pista. Una vez más, se preguntó si no estaría imaginando cosas raras. Había despertado en un mundo desconcertante en el que todo podía ser cierto. Tal vez la idea de que le seguían el rastro fuera pura fantasía; pero en el fondo estaba convencido de lo contrario. Un minuto después localizó a la gabardina verde saliendo de una panadería.

–*Toi, encore* –murmuró entre dientes–. Otra vez tú.

Por un instante se asombró de haber hablado en francés, pero dejó de pensar en ello. Tenía preocupaciones más urgentes. Ya no le cabía la menor duda: dos individuos lo seguían relevándose con impecable sincronización. Tenían que ser profesionales.

Trató de adivinar qué significaba aquello. Fieltro y Gabardina podían ser polis; tal vez había cometido un crimen, quizá había asesinado a alguien en plena borrachera. Podían ser espías, de la KGB o la CIA, aunque parecía inverosímil que un muerto de hambre como él estuviera implicado en asuntos de espionaje. Lo más probable es que estuviera casado; su mujer, abandonada hacía años y deseosa de divorciarse, habría contratado a unos detectives privados para obtener pruebas sobre su estilo de vida. (Puede que además fuera francesa.)

Ninguna de las opciones le resultaba atractiva. No obstante, se sentía eufórico. Con toda probabilidad, aquellos hombres sabían quién era. Fuera cual fuese la razón que los impulsaba a seguirlo, tenían que saber algo sobre él. Como mínimo, sabían más que él.

Decidió dividir el equipo y enfrentarse luego al más joven.

Entró en un estanco y compró un paquete de Pall Mall con la calderilla que había robado. Cuando salió, Gabardina había desaparecido y Fieltro había vuelto a tomar el relevo. Caminó hacia el final de la manzana y dobló la esquina.

Junto al bordillo había una camioneta de Coca-Cola, cuyo conductor estaba descargando cajas y metiéndolas en un bar de comidas. Luke bajó a la calzada, dio la vuelta al vehículo y se ocultó de forma que podía vigilar la calle sin ser visto por quien apareciera por la esquina.

Al cabo de un minuto, Fieltro asomó la nariz y avanzó a buen paso mirando puertas y escaparates en busca de Luke.

Luke se echó al suelo y reptó hasta quedar oculto bajo la camioneta. Barrió la acera con la mirada a ras de suelo y no tardó en localizar las perneras de los pantalones azules y los zapatos marrón claro de su sombra.

El hombre apretó el paso, temiendo sin duda que Luke hubiera abandonado la calle. De pronto giró en redondo y volvió atrás. Entró al bar y salió al cabo de un minuto. Dio la vuelta al camión, volvió a la acera y siguió su camino. Apenas había dado unos pasos, echó a correr.

Luke estaba encantado. Ignoraba cómo había aprendido aquella jugarreta, pero estaba claro que se daba buena maña. Se arrastró hasta el morro del vehículo y se puso en pie. Asomó la cabeza por el lado de la acera. Fieltro seguía alejándose a la carrera.

Luke avanzó por la acera y dobló la esquina. Se quedó en la puerta de una tienda de aparatos eléctricos. Mientras echaba un vistazo al tocadiscos de ochenta pavos, abrió el paquete de cigarrillos, sacó uno y esperó sin perder de vista la calle.

Gabardina hizo su aparición.

Era alto –más o menos como Luke– y de constitución atlética, pero unos diez años más joven, y miraba a todas partes con expresión ansiosa. El instinto le dijo a Luke que tenía poca experiencia.

El joven vio a Luke y dio un respingo. Luke lo miró a los ojos. Él apartó la vista y, sin dejar de avanzar, se desvió hacia el bordillo a medida que se acercaba a Luke, como haría cualquiera para evitar el contacto con un vagabundo.

Luke le cortó el paso. Se llevó el cigarrillo a los labios y luego le preguntó:

–¿Tiene fuego, jefe?

Gabardina no sabía qué hacer. Titubeante, miró a Luke con el desconcierto pintado en el rostro. Por un instante, Luke creyó que seguiría su camino sin decir palabra; pero el joven tomó una decisión repentina y se detuvo.

–Claro –dijo, intentando actuar con naturalidad.

Se llevó la mano a un bolsillo de la gabardina, sacó una caja de cerillas y encendió una.

Luke se sacó el cigarrillo de la boca.

–Tú sabes quién soy, ¿me equivoco?

El joven lo miró asustado. El curso de entrenamiento no lo había preparado para enfrentarse a un objetivo que hacía preguntas a su perseguidor. Se quedó mirando a Luke como un pasmarote hasta que la cerilla se consumió.

–No sé de qué me habla, amigo –respondió soltando al punto la cerilla.

–Me estás siguiendo –dijo Luke–. Por fuerza tienes que saber quién soy.

Gabardina siguió haciéndose el inocente.

–¿Quiere venderme algo?

–¿Te parezco un vendedor? Venga, hombre, déjate ya de jueguecitos.

–Yo no estoy siguiendo a nadie.

–Llevas una hora pisándome los talones, ¡y eso que estoy perdido!

El otro tomó una decisión.

–Usted no está bien de la cabeza –dijo, e intentó sortear a Luke.

Luke se movió hacia un lado y volvió a cerrarle el paso.

–Tenga la bondad de apartarse –farfulló Gabardina.

Luke no estaba dispuesto a dejarlo marchar. Lo cogió por las solapas y lo empujó contra el escaparate, que vibró con violencia. Luke sintió que la rabia y la frustración bullían en su interior.

–*Putain de merde!* –gritó.

Gabardina era más joven y estaba en mejor forma que Luke, pero no ofreció resistencia.

–Quíteme las malditas manos de encima –dijo sin alzar la voz–. Yo no lo estoy siguiendo.

–¿Quién soy? –le gritó Luke–. ¡Contéstame, dime quién soy de una puta vez!

–¿Y yo qué coño sé?

El joven asió a Luke por las muñecas e intentó obligarlo a soltarle la ropa.

Luke soltó las solapas y lo agarró por el cuello.

–No intentes tomarme el pelo –le escupió a la cara–. Vas a tener que decirme qué coño está pasando.

Gabardina perdió su flema y lo miró con ojos desorbitados. Se debatió intentando liberarse de la presión de Luke. Al ver que no lo conseguía, empezó a asestarle puñetazos en las costillas. El primero le acertó de lleno y Luke hizo una mueca de dolor, pero, en vez de soltar su presa, se apretó contra ella, de forma que los siguientes golpes apenas tuvieron fuerza. Hundió los pulgares en la garganta de su oponente, que empezó a boquear. Los ojos del joven se llenaron de terror al sentir que le faltaba el aire.

A sus espaldas, Luke oyó la voz asustada de un transeúnte:

–Pero, oiga, ¿qué está pasando ahí?

De pronto, Luke se quedó atónito. ¡Estaba matando a aquel chico! Aflojó la presión. ¿Qué coño le pasaba? ¿Acaso era un asesino?

Gabardina consiguió soltarse. Asustado de su propia violencia, Luke dejó caer los brazos.

El otro retrocedió.

–Maldito loco –resolló, con el miedo aún pintado en su rostro–. ¡Ha estado a punto de matarme!

–Sólo quiero saber la verdad, y sé que tú puedes contármela.

Gabardina se frotaba el cuello.

–Gilipollas... –le espetó–. Estás completamente ido.

Luke sintió que la cólera volvía a apoderarse de él.

–¡Mientes! –gritó, y amagó con echársele otra vez al cuello.

Gabardina dio media vuelta y salió por piernas.

Luke hubiera podido perseguirlo, pero titubeó. ¿Para qué? ¿Qué haría si lo alcanzaba? ¿Torturarlo?

Un instante después, ya era demasiado tarde. Tres curiosos que se habían detenido a observar la pelea se mantenían a una distancia prudencial y lo miraban de hito en hito. Al cabo de un momento, Luke se alejó en dirección contraria a la que habían seguido sus dos sombras.

Se sentía peor que nunca, descompuesto a causa de su arrebato y enfermo de decepción por el resultado. Había dado con dos individuos que probablemente sabían quién era, y no les había sacado ninguna información.

–Buen trabajo, Luke –masculló entre dientes–. Lo que has conseguido y nada, es lo mismo.

Volvía a estar solo.

8 HORAS

El misil Júpiter C *tiene cuatro etapas. La mayor es una versión muy mejorada del misil balístico* Redstone. *Este cohete propulsor, o primera etapa, dispone de un motor de extraordinaria potencia cuya titánica misión consiste en liberar al misil de la poderosa atracción de la gravedad terrestre.*

La doctora Billie Josephson empezaba a atrasarse.

Había levantado a su madre, la había ayudado a ponerse la bata guateada y el audífono, la había sentado a la mesa de la cocina y le había servido un café. A continuación, había despertado a Larry, su hijo de siete años, lo había alabado por no mojar la cama y le había dicho que a pesar de todo tenía que ducharse. Luego, había vuelto a la cocina.

Su madre, una mujer bajita y regordeta de setenta años a la que todos llamaban Becky-Ma, había puesto la radio a todo volumen. Perry Como cantaba *Catch a Falling Star*. Billie introdujo unas rebanadas de pan en la tostadora y dejó la mantequilla y la mermelada de uva sobre la mesa para que se sirviera Becky-Ma. Preparó un cuenco de cereales para Larry, troceó un plátano sobre el cuenco y llenó una jarra de leche.

Hizo un sándwich de manteca de cacahuete y mermelada y lo metió en la fiambrera de Larry con una manzana, una barrita de chocolate con almendras y una botellita de zumo de naranja. Guardó la fiambrera en la mochila del colegio y añadió el libro de lecturas para casa y el guante de béisbol que le había regalado su padre.

En la radio, un reportero entrevistaba a los turistas que esperaban el lanzamiento del cohete desde la playa cercana a Cabo Cañaveral.

Larry entró en la cocina con los cordones de los zapatos sueltos y la camisa mal abotonada. Le dio los últimos retoques, lo sentó ante el cuenco de cereales y se puso a hacer huevos revueltos.

Eran las ocho y cuarto; apenas le quedaba tiempo. Billie adoraba a su hijo y a su madre, pero una parte muy íntima de sí misma se lamentaba del trabajo agotador que suponía cuidarlos.

En ese momento, en la radio, el corresponsal entrevistaba a un portavoz del ejército:

–¿Corren algún peligro todos estos curiosos? ¿Y si el cohete pierde el rumbo y se estrella en la playa?

–No hay ninguna posibilidad de que ocurra tal cosa –se oyó responder al militar–. Todos los cohetes tienen un dispositivo de autodestrucción. Si se desviara de su trayectoria, explotaría en pleno vuelo.

–Pero, ¿cómo van a hacerlo explotar si ya está en el aire?

–El dispositivo actúa al recibir una señal de radio enviada por el oficial responsable de la seguridad de la trayectoria.

–Eso tampoco resulta muy tranquilizador. Cualquier radioaficionado que estuviera tonteando con su aparato podría desencadenar una explosión accidental.

–El dispositivo sólo responde a una señal muy compleja, semejante a un código. Estos cohetes son muy caros; no nos gusta correr ningún riesgo.

–Hoy tengo que hacer un cohete espacial –dijo Larry–. ¿Puedo llevarme a la escuela el tarro del yogur?

–No, no puedes, aún está medio lleno –respondió Billie.

–¡Es que tengo que llevar envases! Si no, la señorita Page me reñirá –protestó Larry, que se había puesto al borde de las lágrimas con la prontitud de sus siete años.

–Pero, ¿para qué los queréis?

–¡Pues para hacer un cohete espacial! La señorita nos lo dijo la semana pasada.

Billie suspiró.

–Larry, si me lo hubieras dicho la semana pasada, te hubiera guardado un montón. ¿Cuántas veces tengo que decirte que no dejes las cosas para última hora?

–Bueno, pero ahora, ¿qué voy a hacer?

–Ya te buscaré alguno. Echaremos el yogur en una taza y... ¿Qué clase de envases necesitas?

–Que tengan forma de cohete.

Billie se preguntó si los maestros pensaban alguna vez en la cantidad de trabajo que echaban sobre las espaldas de las pobres madres cuando pedían alegremente a sus alumnos que les llevaran cosas de casa. Puso las tostadas con mantequilla en tres platos y sirvió los huevos revueltos; pero no tocó los suyos. Hizo un recorrido por la casa y recolectó una caja cilíndrica de cartón para detergente, una botella de plástico para jabón líquido, un envase de helado y una bombonera con forma de corazón.

Las etiquetas de la mayoría de los envases mostraban a familias usando los productos, por lo general una bonita ama de casa, dos niños felices y un padre fumando en pipa en segundo plano. Billie se preguntó si habría otras mujeres que detestaran aquel estereotipo tanto como ella. Nunca había tenido una familia semejante. Su padre, un pobre sastre de Dallas, había muerto cuando Billie era una criatura de pecho, y su madre había tenido que bregar con la miseria para sacar adelante a sus cinco hijos. En cuanto a ella, se había divorciado cuando Larry tenía dos años. Había montones de familias sin padre, fuera la madre viuda, divorciada o, como solía decirse, «una mujer marcada». Pero las cajas de cereales no mostraban esa clase de familias.

Billie metió los envases en una bolsa de plástico para que Larry se los llevara al colegio.

–¡Hala, seguro que llevo más que nadie! –exclamó el chico–. Gracias, mamá.

El desayuno se le había quedado frío, pero había hecho feliz a Larry.

Se oyó un claxon ante la casa, y Billie se echó un rápido vistazo en el cristal de la puerta del aparador. Se había peinado la rizada melena negra a toda prisa, no llevaba más maquillaje que el lápiz de labios que había olvidado limpiarse por la noche y vestía un jersey rosa que le sobraba por todas partes... pero no podía negarse que el efecto general era sexy.

Se abrió la puerta trasera y Roy Brodsky entró en la cocina. Roy era el mejor amigo de Larry, y ambos se saludaron con tanta alegría como si en vez de unas horas llevaran un mes sin verse. Billie había advertido que ahora todos los amigos de Larry eran chicos. Las cosas eran muy distintas cuando iba a la guardería, donde niños y niñas compartían sus juegos de forma natural.

Sentía curiosidad por saber qué cambio psicológico se producía alrededor de los cinco años, para hacer que a partir de entonces chicas y chicos prefirieran relacionarse con los de su propio sexo.

Tras Roy entró Harold, su padre, un hombre bien parecido de cálidos ojos castaños. Harold Brodsky era viudo: la madre de Roy había fallecido en un accidente de coche. Harold enseñaba Química en la Universidad George Washington. Billie y él llevaban algún tiempo saliendo. Harold la miró con adoración y exclamó:

–Madre mía, estás preciosa...

Billie le dedicó una sonrisa complacida y le dio un besó en la mejilla.

Como Larry, Roy llevaba una bolsa llena de envases.

–¿Qué, tú también has tenido que vaciar la mitad de las cajas de la cocina? –preguntó Billie a Harold.

–Pues sí. Ahora tengo todos los cuencos de desayuno llenos de escamas de jabón, bombones y queso fundido. Y seis rollos de papel higiénico sin el cilindro de en medio.

–¡Caramba, a mí no se me había ocurrido lo de los rollos de papel higiénico!

Harold se echó a reír.

–Oye, ¿te gustaría cenar en casa esta noche?

–¿Vas a cocinar tú? –preguntó Billie, sorprendida.

–No exactamente. Había pensado pedirle a la señora Riley que guisara alguna cosa para calentarla más tarde.

–Vale –aceptó Billie.

Era la primera vez que la invitaba a cenar en su casa. Solían ir al cine, a conciertos de música clásica o a fiestas en casa de otros profesores de la universidad. Billie se preguntaba qué lo habría impulsado a tomar semejante iniciativa.

–Roy está invitado al cumpleaños de un primo y se quedará a dormir allí. Así que podremos hablar sin interrupciones.

–Muy bien –dijo Billie, pensativa. También hubieran podido hablar sin interrupciones en un restaurante. Harold debía de tener otra razón para invitarla a casa precisamente esa noche que su hijo pasaría fuera. Lo miró con disimulo. La expresión del hombre era abierta e inocente: le había leído el pensamiento–. Me parece estupendo –añadió.

–Pasaré a recogerte sobre las ocho. ¡Venga, chicos! –dijo Harold precediendo a Roy y Larry en dirección a la puerta trasera.

Larry salió sin decir adiós, comportamiento que Billie se había acostumbrado a aceptar como señal de que todo iba bien. Cuando algo lo inquietaba, o empezaba a sentirse enfermo, se hacía el remolón y se quedaba pegado a sus faldas.

–Harold es un buen hombre –dijo Becky-Ma cuando estuvieron solas–. Deberías casarte con él antes de que cambie de opinión.

–No cambiará de opinión.

–Tú no le des cartas hasta que haga su apuesta.

Billie sonrió a la anciana.

–No se te escapa una, ¿eh, mamá?

–Soy vieja, pero no estúpida.

Billie recogió la mesa y tiró su desayuno al cubo de la basura. En un vuelo deshizo su cama, la de Larry y la de Becky-Ma, y metió las sábanas en una bolsa de la lavandería. Le enseñó la bolsa a su madre y le dio instrucciones:

–Recuerda, basta con que se la des al hombre de la lavandería cuando pase. ¿De acuerdo, mamá?

–Se me han acabado las pastillas para el corazón –respondió la anciana.

–¡Joder! –Pocas veces juraba delante de su madre, pero estaba al borde de un ataque de nervios–. Mira, mamá, en el trabajo me espera un día de padre y muy señor mío, así que no tengo tiempo para ir a la dichosa farmacia.

–Lo siento, hija, pero se han acabado.

Lo más irritante de Becky-Ma era la facilidad con que pasaba de ser una madre la mar de aguda a convertirse en una criatura desamparada.

–Podías habérmelo dicho ayer... ¡Ayer hice la compra! No puedo comprar todos los días... Tengo un trabajo, ¿recuerdas?

Billie se arrepintió de inmediato.

–Lo siento, Ma –dijo.

Becky-Ma tenía la lágrima fácil, como su nieto. Cinco años atrás, cuando se habían mudado a aquella casa, Ma la había ayudado a cuidar de Larry. Ahora apenas era capaz de vigilarlo un par de horas cuando volvía de la escuela. Billie esperaba que las cosas mejoraran cuando se casara con Harold.

Sóno el teléfono. Le dio una palmadita en el hombro a su

madre y levantó el auricular. Era Bern Rothsten, su ex marido. A pesar del divorcio, se llevaban bien. Bern pasaba a ver a Larry dos o tres veces por semana y compartía los gastos de su crianza de buena gana. Billie había estado enfadada con él, pero de eso hacía ya mucho tiempo.

–Qué hay, Bern –lo saludó Billie–. Parece que madrugas...

–Ya ves. ¿Tienes noticias de Luke?

La pregunta la cogió desprevenida.

–¿Luke Lucas? ¿Últimamente? No. ¿Ha pasado algo?

–No lo sé. Tal vez.

Entre Bern y Luke existía la afinidad propia de los rivales. De jóvenes habían polemizado hasta la saciedad. A menudo, sus discusiones parecían agrias, pero se habían mantenido unidos en la universidad y durante la guerra.

–¿Qué ha pasado? –preguntó Billie.

–Me llamó el lunes. La verdad es que me sorprendió un poco. No suelo tener noticias suyas.

–Tampoco yo. –Billie procuró hacer memoria–. Lo vi por última vez hace un par de años, creo.

Comprendiendo que era mucho tiempo, se preguntó por qué había dejado languidecer su amistad con Luke. Seguramente, porque siempre estaba demasiado ocupada. Pero, por supuesto, era una lástima.

–El verano pasado me escribió una carta breve –dijo Bern–. Había leído mis libros al hijo de su hermana. –Bern era el autor de «Los terribles gemelos», una serie de libros para niños que tenía mucho éxito–. Decía que su sobrino se lo había pasado en grande. Era una carta muy simpática.

–¿Y la llamada del lunes?

–Dijo que tenía que venir a Washington y quería que nos viéramos. Le había ocurrido algo.

–¿Te dijo qué?

–En realidad, no. Sólo dijo: «Es como lo que solíamos hacer en la guerra».

Billie frunció el ceño, preocupada. Durante la guerra, Luke y Bern habían pertenecido a la OSS y colaborado con la resistencia francesa tras las líneas enemigas. Pero habían dejado ese mundo en 1946... ¿O no era así?

–¿A qué crees que se refería?

–No lo sé. Dijo que me llamaría cuando llegara a Washington. Se registró en el hotel Carlton el lunes por la noche. Estamos a miércoles y no he sabido nada de él. Y anoche no durmió en su habitación.

–¿Cómo te has enterado de eso?

Bern chasqueó la lengua con impaciencia.

–Billie, tú también trabajaste para la OSS, dime, ¿tú qué hubieras hecho?

–Supongo que le habría dado un par de pavos de propina a una camarera.

–Correcto. Ha pasado la noche fuera y no ha vuelto.

–Puede que decidiera echar una cana al aire.

–Y puede que Billy Graham[1] fume hierba, pero me extrañaría. ¿A ti no?

Bern estaba en lo cierto. Luke tenía un fuerte impulso sexual, pero buscaba la intensidad, no la variedad, como bien sabía Billie.

–Sí, a mí también –respondió.

–Llámame si tienes noticias suyas, ¿de acuerdo?

–Claro, cuenta con ello.

–Ya nos veremos.

–Hasta pronto –dijo Billie, y colgó.

Se sentó a la mesa de la cocina y, olvidando sus prisas, se quedó pensando en Luke.

1. William Franklin Graham (nacido en 1918), predicador fundamentalista estadounidense que alcanzó una fama extraordinaria durante e inmediatamente después de la Segunda Guerra Mundial por sus «cruzadas» evangelizadoras y su amistad con varios presidentes de Estados Unidos. *(N. del T.)*

1941

La interestatal 138 serpenteaba a través de Massachusetts en dirección sur, hacia Rhode Island. No había ni una nube, y la luna reverberaba en el asfalto de las carreteras locales. El viejo Ford no tenía calefacción. Billie iba envuelta en abrigo, bufanda y guantes, pero tenía los pies entumecidos. Sin embargo, no le importaba. Merecía la pena con tal de pasar un par de horas a solas en el coche con Luke Lucas, aunque fuera el novio de otra. Según su experiencia, los hombres guapos eran vanos hasta el aburrimiento; pero aquél parecía una excepción.

Newport estaba más lejos de lo que había supuesto; sin embargo, era evidente que Luke disfrutaba del viaje. Algunos alumnos de Harvard se ponían nerviosos cuando estaban con una chica atractiva, encendían un cigarrillo tras otro, le daban continuos tientos a la petaca, se alisaban el pelo sin parar y se estiraban la corbata una y mil veces. Luke estaba relajado, conducía sin aparente esfuerzo y charlaba animadamente. Apenas había tráfico, y él la miraba tanto o más que a la carretera.

Hablaron de la guerra en Europa. Esa misma mañana, grupos rivales de estudiantes habían instalado tenderetes y repartido octavillas en el campus de Radcliffe; los intervencionistas abogaban con pasión por la entrada de Estados Unidos en la contienda, mientras que los aislacionistas defendían lo contrario con idéntico fervor. Se había congregado una muchedumbre de hombres y mujeres, alumnos y profesores. La certeza de que los chicos de Harvard estarían entre los primeros en morir había hecho que la discusión alcanzara momentos de alta tensión emocional.

–Tengo primos en París –dijo Luke–. Me gustaría que fuéramos allí y los ayudáramos. Pero supongo que es una razón demasiado personal.

–Yo también tengo una razón personal: soy judía –dijo Billie–. Pero, en vez de enviar norteamericanos a morir en Europa, abriría nuestras puertas a los refugiados. Es mejor salvar vidas que matar gente.

–Eso mismo opina Anthony.

Billie seguía irritada por el fracaso de la noche.

–No te imaginas lo enfadada que estoy con Anthony –dijo–. Tenía que haberse asegurado de que podríamos quedarnos en casa de sus amigos.

Esperaba que Luke le diera la razón, pero se llevó un chasco.

–Me parece que los dos lo habéis tomado con demasiada alegría –opinó sonriendo amistosamente, pero con una inconfundible nota de reproche en la voz.

Billie se picó. Pero estaba en deuda con él por el paseo, así que se tragó la réplica que tenía en la punta de la lengua.

–Me parece perfecto que defiendas a tu amigo –admitió Billie en tono conciliador–. Pero creo que podía haberse preocupado un poco más de mi reputación.

–Desde luego, y tú también.

La cogió por sorpresa que fuera tan crítico. Hasta ese momento había sido encantador.

–¡Cualquiera que te oiga pensaría que ha sido culpa mía!

–Ha sido mala suerte, más que nada –admitió Luke–. Pero Anthony te ha puesto en una situación en que un poco de mala suerte podía haberte hecho mucho daño.

–Ésa es la pura verdad.

–Y tú se lo has permitido.

Billie advirtió que la desaprobación de Luke la contrariaba. Quería darle buena impresión, aunque no sabía por qué le importaba tanto lo que pensara.

–Lo que está claro es que no volveré a hacer lo mismo, con ningún hombre –dijo con vehemencia.

–Anthony es un chico estupendo, muy inteligente, aunque un poco excéntrico.

–Hace que las chicas sintamos ganas de cuidarlo, peinarlo, plancharle el traje y hacerle caldo de pollo.

Luke se echó a reír.

–¿Puedo hacerte una pregunta personal?

–Puedes intentarlo.

Luke la miró a los ojos durante unos instantes.

–¿Estás enamorada de él?

No se esperaba aquello. Pero le gustaban los hombres capaces de sorprenderla, así que respondió con franqueza.

–No. Me gusta, lo paso bien con él, pero no le quiero. –Le vino a la mente la amiga de Luke. Elspeth era la belleza más despampanante de todo el campus, alta, con una larga melena cobriza y el rostro pálido y resuelto de una reina nórdica–. ¿Y tú, qué? ¿Estás enamorado de Elspeth?

Luke volvió a mirar a la carretera.

–No estoy seguro de saber qué es el amor.

–Respuesta evasiva.

–Tienes razón. –Le dirigió una mirada dubitativa, y al parecer decidió que podía confiar en ella–. Bueno, para ser sincero, nunca he sentido por nadie lo que siento por ella, pero sigo sin saber si es auténtico amor.

Billie sintió una punzada de culpa.

–No sé qué pensarían Anthony y Elspeth si supieran que estamos manteniendo esta conversación.

Luke tosió, apurado, y cambió de tema.

–Sí que ha sido mala suerte que toparais con ésos en la casa –dijo él.

–Espero que no descubran a Anthony. Podrían expulsarlo.

–¿Sólo a él? Tú también podrías tener problemas.

Billie había procurado no pensar en ello.

–Dudo que alguno supiera quién soy. Oí a uno de ellos llamarme «puta».

Luke le lanzó una mirada de sorpresa.

Billie se figuró que Elspeth no habría usado la palabra «puta», y deseó no haberla pronunciado.

–Supongo que me lo merecía –añadió–. Estaba en un dormitorio masculino a medianoche.

–En mi opinión, no hay excusa que valga para la vulgaridad.

Era un reproche dirigido a ella tanto como al individuo que la había insultado, pensó molesta. Luke no se mordía la lengua. Estaba empezando a irritarla, aunque eso lo hacía más interesante. Decidió quitarse los guantes.

–¿Y tú, qué? –contraatacó–. Te haces el santurrón con Anthony y conmigo, pero también has puesto a Elspeth en una situación difícil esta noche, quedándote con ella en el coche hasta las tantas.

Para sorpresa de Billie, Luke rió de buena gana.

–Tienes razón, soy un idiota presuntuoso –admitió–. Todos corremos riesgos.

–Ésa es la pura verdad –dijo ella con un estremecimiento–. No sé qué haría si llegaran a expulsarme.

–Matricularte en otro sitio, supongo.

Billie meneó la cabeza.

–Aquí estoy con beca. Mi padre murió y mi madre es viuda y no tiene un chavo. Y si me expulsan por falta de moralidad, tendría pocas posibilidades de obtener otra beca. ¿A qué viene esa cara de sorpresa?

–Para ser sincero, he de decir que no vistes como una becaria.

Le gustó que se hubiera fijado en su ropa.

–Es el Premio Leavenworth.

–¡Sopla! –El Leavenworth era una beca famosa por su generosidad, a la que optaban miles de estudiantes aventajados–. Debes de ser un genio.

–Yo no estaría tan segura –dijo, complacida por el deje de admiración que percibía en la voz de Luke–. Desde luego, no soy lo bastante lista como para asegurarme de que tengo un sitio para pasar la noche.

–De todas formas, que te expulsen de una facultad no es lo peor de este mundo. Les ha ocurrido a los mejores cerebros, y luego han seguido su camino en la vida y son millonarios.

–Para mí sí sería el fin del mundo. Yo no quiero ser millonaria, sino curar enfermos.

–¿Quieres ser médico?

–Psicóloga. Quiero comprender el funcionamiento de la mente humana.

–¿Por qué?

–Es algo tan complejo y misterioso... Cosas como la lógica, la manera en que pensamos. Imaginar algo que no está ahí, frente a nosotros... Los animales son incapaces de hacerlo. La facultad de recordar... Los peces no tienen memoria, ¿lo sabías?

Luke asintió.

–¿Y cómo es posible que prácticamente todo el mundo pueda reconocer una octava musical? –dijo él–. Dos notas, de las que una tiene el doble de frecuencia que la otra... ¿Cómo es posible que el cerebro lo sepa?

–¡Así que a ti también te parece interesante! –exclamó Billie, encantada de que Luke compartiera su curiosidad.

–¿De qué murió tu padre?

Billie tragó saliva. De pronto, se sintió abrumada por el dolor, y tuvo que hacer un esfuerzo para reprimir las lágrimas. Siempre le ocurría lo mismo: una palabra casual y, como caído del cielo, se abatía sobre ella un pesar tan agudo que apenas le permitía hablar.

–Lo siento –murmuró Luke–. No quería afligirte.

–No es culpa tuya –consiguió musitar Billie–. Perdió la cabeza. Un domingo por la mañana fue a bañarse al río Trinity. Y el caso es que odiaba el agua, ni siquiera sabía nadar. Yo creo que quería morir. El juez de instrucción pensaba lo mismo, pero al jurado le dimos pena y declaró muerte accidental, para que pudiéramos cobrar el seguro. Fueron cien dólares. Nos duraron un año. –Respiró hondo–. Hablemos de otra cosa. Cuéntame algo de las matemáticas.

–Pues... –Luke se quedó pensando un instante–. Las mates son tan extrañas como la psicología –aseguró–. El número pi, por ejemplo. ¿Por qué tiene que ser la proporción de la circunferencia con el diámetro tres catorce dieciséis? ¿Por qué no seis, o dos y medio? ¿Quién lo ha decidido, y por qué?

–Quieres explorar el espacio exterior, ¿no?

–Creo que es la aventura más emocionante que la Humanidad tiene ante sí.

–Y yo quiero trazar el mapa de la mente. –Billie sonrió. La pena por su padre empezaba a mitigarse–. ¿Sabes? Tenemos algo en común. Los dos tenemos grandes ambiciones.

Luke, que se había echado a reír, pisó el freno.

–Eh, estamos llegando a un cruce.

Billie encendió la linterna y la enfocó sobre el mapa que tenía en las rodillas.

–Gira a la derecha –indicó a Luke. Estaban cerca de Newport. El tiempo había pasado volando. Lamentaba que el viaje tocara a su fin–. No tengo ni idea de qué le voy a decir a mi primo.

–¿Cómo es?

–Rarito.

–¿Rarito? ¿En qué sentido?

–En el sentido homosexual.

Sorprendido, Luke le lanzó una rápida mirada.

–Ya veo.

Billie no soportaba a los hombres que esperaban de las mujeres que pasaran de puntillas sobre el tema del sexo.

–He vuelto a escandalizarte, ¿no?

Luke esbozó una sonrisa.

–Como tú dirías, ésa es la pura verdad.

Billie rió. Era un latiguillo texano. Se alegró al comprobar que no le pasaban inadvertidos pequeños detalles de su persona.

–Ahí delante hay una bifurcación –dijo Luke.

Billie volvió a consultar el mapa.

–Tendrás que parar. No consigo localizarla.

Luke detuvo el coche y se inclinó hacia ella para mirar el mapa a la luz de la linterna. Alargó la mano para volver un poco el mapa, y entonces Billie sintió la calidez del tacto del hombre en su mano fría.

–Puede que estemos aquí –aventuró Luke señalando un punto en el mapa.

Billie advirtió que, en lugar de mirar al papel, tenía los ojos clavados en el rostro de Luke. Cubierto de sombras, la luna y la luz indirecta de la linterna apenas lo iluminaban. El pelo le caía sobre el ojo izquierdo. Al cabo de un momento, él captó su mirada, y se la devolvió. Sin pensar, Billie alzó una mano y le acarició la mejilla con el borde exterior del meñique. Luke siguió mirándola, y ella vio desconcierto y deseo en los ojos del hombre.

–¿Y ahora qué? –murmuró Billie.

De repente, Luke se apartó y puso el coche en marcha.

–Ahora... –Se aclaró la garganta–. Ahora vamos a coger la carretera de la izquierda.

Billie se preguntó qué demonios estaba haciendo. Luke había pasado la tarde dándose el lote con la chica más atractiva del campus. Ella había salido con el compañero de cuarto de Luke. ¿En qué estaba pensando?

Sus sentimientos por Anthony no eran especialmente fuertes, ni siquiera antes del desastre de esa noche. Aun así, estaban saliendo juntos, de modo que no debería tontear con su mejor amigo.

–¿Por qué has hecho eso? –le preguntó Luke, enfadado.

–No lo sé –respondió ella–. Te aseguro que no quería hacerlo, pero no he podido evitarlo. Ve más despacio.

Luke cogió una curva a demasiada velocidad.

–¡No quiero sentir esto por ti! –exclamó.

Billie contuvo la respiración.

–Sentir, ¿qué?

–Vamos a dejarlo.

Al percibir el olor del mar, Billie comprendió que estaban cerca de donde vivía su primo. Reconoció la carretera.

–La próxima a la izquierda –dijo–. Si no reduces la velocidad, pasaremos de largo.

Luke pisó el freno y giró hacia un camino de tierra.

Una parte de Billie deseaba llegar a destino, salir del coche y dejar atrás aquella tensión insoportable. La otra, seguir en el coche de Luke eternamente.

–Ya hemos llegado.

Se detuvieron frente a una hermosa casa de madera de un piso con aleros recargados y un farol junto a la puerta. Los faros del Ford enfocaron a un gato sentado en el alféizar de una ventana, que les dirigió una mirada impávida, llena de desdén hacia el caos de las emociones humanas.

–Entra –propuso Billie–. Denny hará café para que no te duermas durante el viaje de vuelta.

–No, gracias –respondió Luke–. Prefiero esperar aquí hasta que entres.

–Has sido muy amable conmigo. No merecía tanto –dijo Billie, y le tendió la mano.

–¿Amigos? –preguntó él estrechándosela.

Billie se llevó la mano de Luke al rostro, la besó y, cerrando los ojos, se acarició con ella la mejilla. Al cabo de un momento, le oyó suspirar. Abrió los ojos y vio que la miraba fijamente. Luke movió la mano hacia el cuello de Billie, la atrajo hacia sí y la besó. Fue un beso dulce, y ella sintió los suaves labios, la cálida respiración del hombre, la leve presión de las yemas de sus dedos en la nuca. Lo agarró por las solapas de la áspera chaqueta de tweed y lo apretó contra su cuerpo. Si él la abrazaba, no se resistiría, estaba segura. La idea la inflamó de deseo. Arrastrada por la pasión, le atrapó el labio entre los dientes y apretó.

Se oyó la voz de Denny.

–¿Quién anda ahí?

Se apartó de Luke y miró hacia la casa. Se habían encendido las luces y Denny, vestido con una bata de seda púrpura, miraba hacia el coche desde la puerta.

Billie se volvió hacia Luke.

–Podría enamorarme de ti en menos de veinte minutos –le aseguró–. Pero no creo que podamos ser amigos.

Siguió mirándolo unos instantes, y reconoció en los ojos del hombre el mismo conflicto tumultuoso que agitaba su propio corazón. Luego desvió la mirada, respiró hondo y salió del coche.

–¿Billie? –dijo Denny–. Pero bueno, ¿qué haces tú aquí?

La mujer atravesó el patio, subió al porche y se abrazó al joven.

–Denny... –murmuró–. ¡Lo quiero! Quiero a ese hombre, pero pertenece a otra...

Denny le dio unos golpecitos afectuosos en el hombro.

–Cariño, te aseguro que sé cómo te sientes.

Billie oyó que el coche se ponía en marcha y se volvió para despedirse con la mano. Cuando el vehículo pasó ante ella, vio el rostro de Luke, y el titilar de algo brillante en sus mejillas.

Se quedó mirándolo hasta que desapareció en la oscuridad.

8.30 HORAS

Encaramada en lo alto del morro puntiagudo del cohete Redstone *hay una especie de enorme jaula para pájaros con el techo muy inclinado y atravesada por el asta de una bandera. Esta sección, de unos cuatro metros de altura, contiene la segunda, la tercera y cuarta etapas del misil, y el satélite propiamente dicho.*

Los agentes secretos de Estados Unidos nunca habían tenido tanto poder como en enero de 1958.

El director de la CIA, Allen Dulles, era hermano de John Foster Dulles, secretario de Estado de Eisenhower, de modo que la Agencia tenía línea directa con la Administración. Pero la cosa no acababa ahí.

Dulles tenía bajo sus órdenes a cuatro directores adjuntos, de los que sólo uno era importante: el director adjunto de Planes. La Dirección de Planes, también conocida como SC, o Servicios Clandestinos, era el departamento que había organizado golpes de Estado contra gobiernos de izquierda en Irán y Guatemala[1].

La Casa Blanca de Eisenhower se había mostrado asombrada y encantada de lo baratos y poco sangrientos que habían resultado dichos golpes en comparación con el coste de una guerra tan real como la de Corea. En consecuencia, los de Planes gozaban de enorme prestigio en los círculos gubernamentales, aunque no entre el público norteamericano, informado por los periódicos de que ambos golpes habían sido obra de fuerzas anticomunistas autóctonas.

1. En 1953 –restauración de la monarquía del sha Reza Pahlevi– y 1954 –golpe militar del coronel Castillo Armas–, respectivamente. *(N. del T.)*

Una de las divisiones de la Dirección de Planes era Servicios Técnicos, al mando de Anthony Carroll. Lo habían contratado en 1947, año de la fundación de la CIA. Siempre había deseado trabajar en Washington –en Harvard se había especializado en Administración Pública–, y durante la guerra había sido una estrella de la OSS. Destinado en Berlín en los cincuenta, había organizado la excavación de un túnel desde el sector norteamericano hasta un canal de cables telefónicos en la zona soviética y conseguido intervenir las comunicaciones del KGB. Durante los seis meses que tardaron los rusos en descubrir el túnel, la CIA amasó una montaña de inestimable información. Había sido el mayor éxito de los servicios de inteligencia estadounidenses durante la guerra fría, lo que había valido a Anthony la recompensa de un puesto en lo más alto.

El hecho de que la CIA tuviera prohibido, por ley, operar dentro de Estados Unidos no era sino un inconveniente menor.

Sobre el papel, Servicios Técnicos era una división de entrenamiento. En una enorme granja abandonada de Virginia, los aspirantes aprendían a allanar domicilios e instalar micrófonos ocultos, a manejar códigos y usar tinta invisible, a chantajear a diplomáticos y acoquinar a los informadores. Pero este «entrenamiento» era también la tapadera perfecta para realizar operaciones encubiertas dentro de Estados Unidos. Casi cualquier cosa que Anthony decidiera llevar a cabo, desde pinchar el teléfono de un pez gordo de los sindicatos hasta utilizar presidiarios para experimentar con drogas de la verdad, podía etiquetarse como ejercicio de entrenamiento.

La vigilancia de Luke no era algo excepcional.

En el despacho de Anthony se habían reunido seis agentes experimentados. Era una habitación amplia y desnuda con mobiliario barato de la época de la guerra: un pequeño escritorio, un archivador de acero, una mesa de caballete y varias sillas plegables. Sin duda, el nuevo cuartel general de Langley estaría lleno de sofás tapizados y paneles de caoba, pero Anthony prefería la decoración espartana.

Pete Maxell hizo circular una fotografía del rostro de Luke y una descripción mecanografiada de la ropa que llevaba mientras Anthony ponía en antecedentes a los demás.

–Nuestro objetivo de hoy es un funcionario del Departamento de Estado de nivel intermedio que dispone de autorización de alta seguridad –dijo–. Ha sufrido una especie de colapso nervioso. Llegó de París el lunes, durmió en el Hotel Carlton y ayer martes cogió una borrachera. Ha pasado toda la noche en la calle y esta mañana ha ido a un albergue para gente sin techo. El riesgo para la seguridad es evidente.

Uno de los agentes, *Red* Rifenberg, alzó la mano.

–Una pregunta –dijo.

–Adelante –respondió Anthony.

–¿Por qué no nos limitamos a traerlo aquí y preguntarle qué coño le pasa?

–Lo haremos a su debido tiempo.

En ese momento se abrió la puerta del despacho y entró Carl Hobart. Aquel hombre rechoncho, calvo y con gafas era el jefe de Servicios Especiales, que incluía Expedientes y Descodificación además de Servicios Técnicos. En teoría, era el jefe inmediato de Anthony. Anthony gruñó para sus adentros y rezó para que a Hobart no le diera por meter las narices en sus asuntos precisamente ese día.

Anthony siguió impartiendo instrucciones:

–Antes de enseñar nuestras cartas, nos interesa observar al sujeto, ver qué hace, adónde va y con quién se pone en contacto, si lo hace. Por lo que sabemos, puede que sólo tenga problemas con su mujer. Pero cabe la posibilidad de que esté pasando información al otro lado, ya sea por razones ideológicas o porque le estén haciendo chantaje y haya empezado a desmoronarse. Si está implicado en alguna operación de espionaje, tenemos que obtener toda la información que podamos antes de echarle el guante.

–¿Qué asunto es ése? –le interrumpió Hobart.

Anthony se volvió hacia él con parsimonia.

–Un pequeño ejercicio de entrenamiento. Tenemos bajo vigilancia a un diplomático sospechoso.

–Pásaselo al FBI –le espetó Hobart.

Hobart había pasado la guerra en Inteligencia Naval. Para él, el espionaje consistía lisa y llanamente en descubrir dónde estaba el enemigo y qué hacía allí. Le desagradaban los veteranos de la OSS y sus sucios manejos. La fractura calaba hasta el corazón de la Agencia. Los hombres de la OSS eran piratas. Habían aprendido el oficio durante la guerra y no sentían el menor respeto por presupuestos ni formalidades. Su suficiencia sacaba de quicio a los burócratas. Y Anthony era el arquetipo del aventurero: un irresponsable arrogante al que nadie pedía cuentas de sus crímenes porque los cometía como nadie.

Anthony le lanzó una mirada glacial.

–¿Por qué?

–Es responsabilidad del FBI, no nuestra, capturar espías comunistas dentro de las fronteras de Estados Unidos, lo sabes perfectamente.

–Tenemos que seguir el hilo hasta su ovillo. Si sabemos manejarlo, un caso como éste puede dejar al descubierto toneladas de información. A los federales sólo les interesa llevar a los rojos a la silla eléctrica para obtener publicidad.

–¡Es la ley!

–Pero tú y yo sabemos que no vale una mierda.

–Eso no cambia las cosas.

Algo que sí compartían las distintas camarillas de la CIA era el odio al FBI y a su megalomaníaco director, J. Edgar Hoover. En consecuencia, Anthony replicó:

–Además, ¿cuándo fue la última vez que el FBI compartió algo con nosotros?

–La última vez fue nunca –respondió Hobart–. Pero hoy tengo otra misión para ti.

Anthony empezaba a perder la paciencia. ¿Es que el muy gilipollas no pensaba apearse del burro? Asignar misiones no era cosa suya ni por pienso.

–Pero, ¿de qué estás hablando?

–La Casa Blanca ha solicitado un informe sobre posibles formas de manejar a un grupo de rebeldes cubanos. A última hora de esta mañana habrá una reunión al más alto nivel. Necesito que tú y todos tus hombres con experiencia me pongáis al corriente.

–¿Me estás pidiendo un informe sobre Fidel Castro?

–Por supuesto que no. Sé todo lo que hay que saber sobre Castro. Lo que te estoy pidiendo son ideas prácticas para tratar a los insurgentes.

Anthony despreciaba los circunloquios hipócritas.

–¿Por qué no hablas claramente? Lo que quieres saber es cómo borrarlos del mapa.

–Tal vez.

Anthony soltó una risa sarcástica.

–¿Qué vamos a hacer si no? ¿mandarlos a caso a la escuela parroquial?

–Eso lo decidirá la Casa Blanca. Nuestro trabajo es ofrecer opciones. Espero tus sugerencias.

Anthony se hacía el indiferente, pero lo cierto es que estaba preocupado. Ese día no tenía tiempo para zarandajas, y necesitaba a sus mejores hombres para vigilar a Luke.

–Veré qué puedo hacer –dijo Anthony esperando que Hobart se diera por satisfecho.

No fue así.

–En mi sala de conferencias, con tus agentes más experimentados, a las diez en punto... Sin falta –recalcó, y dio media vuelta.

Anthony decidió jugar fuerte.

–No –dijo.

Hobart se detuvo en el umbral.

–No es una sugerencia –le advirtió–. Procura estar allí.

–Mírame a los labios –dijo Anthony.

A su pesar, Hobart clavó los ojos en el rostro de Anthony.

Pronunciando con esmero, Anthony dijo:

–Que te den.

Uno de los agentes soltó una risita.

La calva de Hobart se puso como la grana.

–Te vas a arrepentir de esto –masculló–. Puedes estar seguro –y salió dando un portazo.

Todo el mundo soltó el trapo a reír.

–Volvamos al trabajo –los atajó Anthony–. Simons y Betts están con nuestro hombre en estos momentos, pero hay que relevarlos dentro de unos minutos. Tan pronto llamen, quiero a *Red* Rifenberg y Ackie Horwitz encargándose de la vigilancia. Haremos cuatro turnos de seis horas, con un equipo de apoyo siempre a punto. Esto es todo por el momento.

Los agentes desfilaron fuera del despacho, a excepción de Pete Maxell. Se había afeitado y llevaba un traje de diario de buen corte y una corbata estrecha de ejecutivo. Ahora, su imperfecta dentadura y el antojo encarnado de su mejilla saltaban a la vista, como ventanas rotas en una casa nueva. Era tímido y poco sociable, quizá debido a su aspecto, pero fiel a sus pocos amigos. En esos momentos, parecía preocupado al dirigirse a Anthony.

–¿No te estás arriesgando demasiado con Hobart?

–Es un gilipollas.

–Es tu jefe.

–No puedo permitirle que dé carpetazo a una importante operación de vigilancia.

–Pero le has mentido. No le costaría nada averiguar que Luke no es un diplomático llegado de París.

Anthony se encogió de hombros.

–Si llega a averiguarlo, le contaré otra historia.

Pete parecía dubitativo, pero asintió y se dirigió hacia la puerta.

–Aunque tienes razón –dijo Anthony de pronto–. Estoy exponiéndome más de la cuenta. Si algo sale mal, Hobart no desaprovechará la oportunidad de cortarme el cuello.

–A eso me refería.

–Así que más vale que nos aseguremos de que todo marcha como la seda.

Pete salió. Anthony miró el teléfono y se armó de calma y paciencia. La política de despachos lo sacaba de sus casillas, pero los individuos como Hobart siempre andaban cabildeando. El teléfono sonó al cabo de cinco minutos, y Anthony lo cogió de inmediato.

–Aquí Carroll.

–Has vuelto a hacer enfadar a Carl Hobart. –Era la voz sibilina de un hombre que había fumado y bebido con entusiasmo la mayor parte de su vida.

–Buenos días, George –respondió Anthony. George Cooperman, director adjunto de Operaciones y camarada de armas de Anthony, era el superior inmediato de Hobart–. Hobart debería dejar de ponerme zancadillas.

–Pásate por aquí, pichabrava arrogante –rezongó George de buen humor.

–Voy.

Anthony colgó. Abrió el cajón del escritorio y sacó un sobre que contenía un grueso fajo de fotocopias. Luego se puso el abrigo y se dirigió hacia el despacho de Cooperman, que estaba en el edificio P, el siguiente de Alphabet Row.

Cooperman era un cincuentón alto y escuálido de rostro prematuramente arrugado. Tenía los pies encima de la mesa, una taza grande de café junto al codo y un cigarrillo en los labios. Estaba leyendo el diario moscovita *Pravda*: había cursado la especialidad de Literatura rusa en Princeton.

–¿Es que no puedes ser amable con ese dichoso gordinflas? –gruñó Cooperman soltando el periódico. Hablaba con el cigarrillo en la comisura de los labios–. Sé que no es fácil, pero podrías hacerme ese favor.

Anthony se sentó.

–Es culpa suya. A estas alturas tendría que haberse dado cuenta de que sólo le insulto si me habla primero.

–A ver, ¿qué excusa vas a darme hoy?

Anthony arrojó el sobre encima de la mesa. Cooperman lo cogió y echó un vistazo a las fotocopias.

–Planos –dijo–. De un cohete, supongo. ¿Y qué?

–Son alto secreto. Los llevaba encima el sujeto al que mantenemos bajo vigilancia. Es un espía, Georges.

–Y has preferido no contárselo a Hobart.

–Quiero seguir a ese tío hasta que descubramos al resto de la red, y aprovechar su operación para desinformarlos. Hobart pasaría el caso al FBI, que cogería al fulano y lo metería entre rejas, y la red quedaría intacta.

–Qué demonios, en eso tienes razón. Aun así, te necesito en esa reunión. Me han encargado para presidirla. Pero puedes dejar que tu equipo siga con la vigilancia. Si hay alguna novedad, que te avisen, y te escapas de la sala de conferencias.

–Gracias, George.

–Y escucha. Esta mañana se la has metido a Hobart en un despacho lleno de agentes, ¿verdad?

–Supongo que sí.

–La próxima vez procura hacerlo con suavidad, ¿de acuerdo? –Cooperman volvió a coger el *Pravda*. Anthony se levantó y recogió los planos. Cooperman añadió–: Y asegúrate de no fallar con esa vigilancia. Si encima de insultar a tu jefe la cagas, puede que no sea capaz de salvarte el culo.

Anthony salió del despacho.

No volvió al suyo de inmediato. La hilera de condenados edificios que albergaba aquella parte de la CIA ocupaba una franja de terreno entre la avenida Constitution y el Mall, con el estanque. Las entradas para vehículos estaban en el lado de la calle, pero Anthony salió por una verja trasera que daba al parque.

Caminó a lo largo del paseo de olmos ingleses aspirando el frío aire puro y dejándose apaciguar por los viejos árboles y el agua tranquila. Esta mañana se le habían presentado momentos difíciles, pero había conseguido sortearlos con una mano de cartas marcadas para cada jugador de la partida.

Llegó al final del paseo y se detuvo a medio camino del Memorial Lincoln y el monumento a Washington. «Es culpa vuestra –dijo para sus adentros, dirigiéndose a los dos grandes presidentes–. Hicisteis creer a los hombres que podían ser libres. Yo lucho por vuestros ideales, y ni siquiera estoy seguro de seguir creyendo en ellos; pero supongo que soy demasiado duro de mollera para abandonar. ¿Os sentíais igual, compañeros?»

Los presidentes no respondieron, en vista de lo cual decidió volver al edificio Q.

En su despacho se encontró a Pete con el equipo que había estado siguiendo a Luke: Simons, con un chaquetón de la marina, y Betts con gabardina verde. También estaban presentes lo hombres que debían haber tomado el relevo, Rifenberg y Horwitz.

–¿Qué coño significa esto? –preguntó Anthony con el miedo en el cuerpo–. ¿Quién está con Luke?

Simons tenía en las manos un sombrero de fieltro gris, que se agitaba al ritmo de sus temblores.

–Nadie –respondió.

–¿Qué ha pasado? –bramó Anthony–. ¿Qué cojones ha pasado, pandilla de idiotas?

Al cabo de un momento, Pete respondió:

–Lo... –Tragó saliva–. Lo hemos perdido.

SEGUNDA PARTE

9 HORAS

El Júpiter C *ha sido construido para el ejército por la empresa Chrysler. El enorme cohete que propulsa la primera etapa es un producto de North American Aviation, Inc. La segunda, tercera y cuarta etapas han sido diseñadas y probadas por el Laboratorio de Propulsión a Chorro de Pasadena.*

Luke estaba enfadado consigo mismo. No había sabido manejar la situación. Había dado con dos personas que probablemente sabían quién era y las había vuelto a perder.

Estaba de vuelta en el barrio de viviendas protegidas donde se encontraba el albergue evangelista de la calle H. Conforme iba adquiriendo brillo, la luz invernal daba a las calles un aspecto más miserable, avejentaba los edificios y hacía parecer más desaseada a la gente. Vio a dos vagabundos que compartían una botella de cerveza en la puerta de un local abandonado. Sintió un estremecimiento y se alejó con paso vivo.

De pronto, aquello le pareció extraño. Los alcohólicos necesitaban beber a todas horas. A él, sin embargo, la idea de probar la cerveza al punto de la mañana le resultaba nauseabunda. Basándose en ello, y con enorme alivio, llegó a la conclusión de que no podía ser un alcohólico.

Pero si no era un borracho, ¿qué era?

Repasó mentalmente lo que sabía de sí mismo. Tenía treinta y tantos años. No fumaba. A pesar de las apariencias, no era un alcohólico. En alguna época de su vida había llevado a cabo trabajos clandestinos. Y se sabía la letra de *Qué buen amigo es Jesús.* Era poco más que nada.

Había ido de aquí para allá en busca de una comisaría, pero en vano. Decidió preguntar a algún transeúnte. Apenas un minuto después, al pasar junto a un solar vallado con láminas de cinc corrugado, vio a un policía de uniforme que salía a la acera por un hueco entre dos planchas. Aprovechando la oportunidad, se dirigió a él:

–¿Cómo se va a la comisaría más cercana?

El agente, un individuo fornido de bigote rojizo, le lanzó una mirada de desprecio y respondió:

–En el maletero de mi coche patrulla, si no dejas de tocarme los cojones.

Luke se quedó de piedra ante aquel lenguaje tan soez. ¿Qué problema tenía aquel individuo? Pero estaba harto de vagar a la buena de Dios y necesitaba que lo orientaran, así que insistió:

–Sólo quiero saber dónde hay una comisaría.

–No quiero repetírtelo, piojoso de mierda.

Luke empezaba a irritarse. ¿Quién se creía que era?

–Le he preguntado con educación, agente –dijo.

El policía se movió con sorprendente agilidad dada su corpulencia. Agarró a Luke por las solapas de la astrosa gabardina y le obligó a pasar por la abertura de la valla. Luke trastabilló, cayó en un trozo de terreno pavimentado con hormigón y se hizo daño en el brazo.

Para su sorpresa, vio que no estaba solo. En el solar había una chica. Teñida de rubio y pintarrajeada, llevaba un abrigo largo abierto sobre el vestido suelto. Calzaba zapatos de tacón de aguja y tenía las medias rasgadas. Se estaba subiendo las bragas. Luke comprendió que era una prostituta y que acababa de prestar sus servicios al policía.

El agente atravesó la valla, corrió hacia Luke y le propinó una patada en el estómago.

Luke oyó decir a la chica:

–Por amor de Dios, Sid, ¿qué ha hecho, escupir en la acera? ¡Deja en paz al pobre mendigo!

–Este cabrón debe aprender a tener más respeto de ahora en adelante –farfulló Sid.

Por el rabillo del ojo, Luke vio que sacaba una porra y la blandía en alto. Cuando iba a asestarle el golpe, Luke rodó sobre sí mismo. Pero no fue lo bastante rápido; el extremo del arma le dio de refilón en el hombro izquierdo y le dejó el brazo momentáneamente dormido.

Un circuito se cerró en el cerebro de Luke.

En lugar de alejarse a rastras, se revolvió contra el policía. La inercia del golpe había hecho que el hombretón cayera al suelo y soltara la porra. Luke se puso en pie de un salto. Dejó que el otro se levantara, se pegó a él y eludió sus puñetazos bailoteando a corta distancia. Lo agarró por el cuello del abrigo, dio un violento tirón y le golpeó el rostro con la cabeza. Se oyó un crujido seco: le había partido la nariz. El hombre rugió de dolor.

Luke soltó al policía, hizo una pirueta sobre un pie y le pateó la rodilla lateralmente. El zapato gastado de Luke no era lo bastante rígido para romper el hueso, pero la articulación no resistió el golpe de costado, y el policía cayó al suelo.

Una parte del cerebro de Luke se preguntaba dónde demonios había aprendido a pelear de esa forma.

El policía sangraba por la nariz y la boca, pero se incorporó sobre el codo izquierdo y se llevó la mano derecha a la pistola.

Antes de que desenfundara, Luke se le había echado encima. Agarrándolo por el antebrazo derecho, le lanzó la mano contra el hormigón con todas sus fuerzas. La pistola salió rodando a la primera. Luke tiró del policía, le retorció el brazo y le obligó a ponerse boca abajo. Sujetándole el brazo contra la espalda, se dejó caer de rodillas sobre los riñones del hombretón, que se quedó sin resuello. Para rematar, le agarró el índice y se lo dobló hacia atrás.

El policía soltó un chillido. Luke siguió tirando del dedo. Lo oyó partirse, y el hombre perdió el conocimiento.

–Tardarás unos días en apalear a otro vagabundo –le dijo Luke–. Poli de mierda.

Se puso en pie. Recogió la pistola, vació el cargador y arrojó las balas al fondo del solar.

La prostituta lo miraba de hito en hito.

–¿Quién coño eres, Elliott Ness? –dijo.

Luke la miró. Estaba en los huesos, y el exceso de maquillaje apenas disimulaba la aspereza de su cutis.

–No sé quién soy –le respondió.

–Bueno, desde luego no eres un vagabundo, eso te lo garantizo –afirmó ella–. Nunca había visto a un curda zurrarle la badana a un cacho de carne con ojos como Sidney, aquí presente.

–Yo tampoco lo entiendo, la verdad.

–Más vale que nos larguemos –dijo la chica–. Cuando vuelva al mundo de los vivos se va a poner hecho una furia.

Luke asintió. Furioso o no, Sidney no lo asustaba, pero no tardarían en aparecer otros policías, y le convenía poner tierra de por medio. Atravesó el hueco entre las chapas y echó a andar calle abajo.

La mujer lo seguía haciendo resonar los tacones de aguja contra la acera. Sintiendo que los unía una especie de camaradería, Luke acortó el paso para darle tiempo a alcanzarlo. Ambos habían sufrido las tropelías de Sidney el poli.

–Ha sido genial ver cómo le sacudías el polvo al bestia de Sidney –dijo la chica–. Supongo que estoy en deuda contigo.

–En absoluto.

–Bueno, la próxima vez que estés cachondo, la casa invita.

Luke procuró disimular su repugnancia.

–¿Cómo te llamas?

–Dedé.

Luke arqueó una ceja.

–Bueno, Doris Dobbs, en realidad –admitió–. Pero, menudo nombrecito para una chica de vida alegre, ¿eh?

–Yo me llamo Luke. No sé cómo me apellido. He perdido la memoria.

–¡Toma ya! Debes de sentirte... no sé, raro.

–Desorientado.

–Eso –dijo ella–. Era la palabra que tenía en la punta de la lengua.

Luke la miró. La chica le dedicó una sonrisa burlona que le llegaba de oreja a oreja. Comprendió que le estaba tomando el pelo, y se sintió agradecido.

–No es sólo que no sepa mi nombre ni mi dirección –le explicó–. Ni siquiera sé cómo soy.

–¿Qué quieres decir?

–Me pregunto si soy una buena persona. –Aquello era ridículo, pensó, abrirle el corazón a una puta en plena calle; pero no tenía a nadie más–. ¿Soy un marido fiel, un padre cariñoso y un trabajador ejemplar? ¿O soy un gángster? Odio no saberlo.

–Chato, si es eso lo que te preocupa, yo te puedo decir qué clase de tío eres. Un gángster estaría preguntándose: «¿Soy rico? ¿Me lo monto chachi con las pavas? ¿Acojono a la gente?».

La chica estaba en lo cierto. Luke asintió. Pero no era bastante.

–Querer ser una buena persona es estupendo... Pero a lo mejor no estoy a la altura de mis principios.

–Bienvenido al género humano, guapo –repuso Dedé–. Eso mismo nos pasa a todos. –Se paró ante una puerta–. Ha sido una noche muy larga. Aquí es donde me bajo del tren.

–Hasta la vista.

La chica lo miró dubitativa.

–¿Quieres un consejo?

–Claro.

–Si quieres que dejen de tratarte como a una mierda, más vale que te arregles un poco. Aféitate, péinate esas greñas, apáñate un abrigo que no parezca la manta de una mula...

Luke comprendió que estaba en lo cierto. Nadie le haría el menor caso, y menos aún lo ayudaría a descubrir su identidad, mientras pareciera un perturbado.

–Supongo que tienes razón –reconoció Luke–. Gracias.

Dio media vuelta y empezó a alejarse.

Dedé gritó a sus espaldas:

–¡Y búscate un sombrero!

Luke se tocó la cabeza y a continuación miró a su alrededor. En toda la calle, era la única persona, hombre o mujer, que iba descubierta. Pero, ¿de dónde iba a sacar un vagabundo un traje nuevo? El puñado de calderilla que llevaba en el bolsillo no daba para tanto.

La solución acudió a su mente por sí sola. O bien era un problema sencillo, o es que se había visto en la misma situación con anterioridad. Iría a una estación de ferrocarril. Las estaciones solían estar llenas de gente que cargaba con mudas de ropa, junto con objetos de afeitado y aseo en general, cuidadosamente ordenados en sus maletas.

Caminó hasta la esquina y leyó los rótulos de las calles. Estaba en la calle A con la Séptima. Al salir de la estación Union a primera hora de la mañana, se había fijado en que estaba en el cruce de la F con la Segunda.

Se encaminó en esa dirección.

10 HORAS

La primera etapa del misil está unida a la segunda mediante pernos explosivos envueltos en resortes espirales. Cuando el cohete propulsor agota su combustible, los pernos explotan y los resortes empujan a la ya inoperante primera etapa.

El Hospital Mental Georgetown era una mansión victoriana de ladrillo rojo en cuya parte posterior se había construido una moderna ampliación de techo plano. Billie Josephson estacionó el Ford Thunderbird rojo en el aparcamiento y se dirigió hacia el edificio a toda prisa.

Odiaba llegar tan tarde. Parecía una falta de respeto hacia su trabajo y sus colegas. Lo que hacían era de vital importancia. Lenta, trabajosamente, empezaban a comprender el funcionamiento de la mente humana. Era como trazar el mapa de un planeta remoto cuya superficie sólo pudiera verse a través de claros desesperadamente breves en la capa de nubes que lo envolvía.

Llegaba con retraso a causa de su madre. Después de que Larry se marchara a la escuela, Billie había ido a comprar las pastillas para el corazón y, al regresar a casa, había encontrado a Becky-Ma en la cama, completamente vestida y jadeando con ansia. El médico había acudido enseguida, pero no había dicho nada nuevo. Becky-Ma tenía el corazón débil. Si sentía que le faltaba el aliento, debía acostarse. Tenía que acordarse de tomar las pastillas. Y desde luego, el estrés no le hacía ningún bien.

Billie hubiera querido decir: «¿Y yo, qué? ¿Soy inmune al estrés?». Sin embargo, se limitó a prometerse por enésima vez que andaría con más tiento en lo que se refería a su madre.

Hizo un alto ante el mostrador de admisiones y echó un vistazo al registro nocturno. Había ingresado un paciente a última hora de la víspera, después de que ella se hubiera marchado: Joseph Bellow, un esquizofrénico. El nombre le sonaba, pero no consiguió recordar por qué. Lo sorprendente era que el enfermo había sido dado de alta durante la noche. Qué extraño.

Camino de su despacho, pasó por la sala de descanso. La televisión estaba puesta y, desde una playa azotada por el viento, un reportero decía:

–Aquí, en Cabo Cañaveral, todo el mundo se hace la siguiente pregunta: «¿Cuándo intentará el ejército lanzar su propio cohete?». Debería ser durante los próximos días.

Repartidos por las sillas, los sujetos de investigación de Billie veían la televisión, jugaban, leían o, en algunos casos, miraban al vacío con ojos extraviados. Billie saludó con la mano a Tom, un joven que ignoraba el sentido de las palabras.

–¿Cómo estás, Tommy?

El chico le sonrió de oreja a oreja y le devolvió el saludo con un gesto. Era muy capaz de interpretar el lenguaje corporal, y a menudo respondía como si supiera lo que le decían, por lo que a Billie le había costado meses llegar a la conclusión de que no comprendía una sola palabra.

Marlene, alcohólica crónica, coqueteaba con un enfermero joven en un rincón. Tenía cincuenta años, pero era incapaz de recordar nada de lo que le había ocurrido después de cumplir los diecinueve. Seguía creyéndose una adolescente, y se negaba a aceptar que el «viejo» que la quería y se interesaba por ella pudiera ser su marido.

Tras la pared de cristal de una sala de entrevistas vio a Ronald, un brillante arquitecto que había sufrido lesiones en la cabeza en un accidente de coche. Estaba rellenando unos test. Su problema era que había perdido la capacidad de manejar números. Tenía que contar con los dedos con desesperante lentitud simplemente para sumar tres y cuatro.

Un buen número de pacientes tenían distintos tipos de esquizofrenia, enfermedad que imposibilita la relación con el mundo real.

Algunos podían recibir ayuda, mediante tratamientos con drogas o electroshock, o con una combinación de ambos; pero el trabajo de Billie consistía en trazar los contornos exactos de sus incapacidades. A partir del estudio de desórdenes mentales leves, intentaba delimitar las funciones de la mente sana. Ronald, el arquitecto, podía observar un puñado de objetos colocados en una bandeja y decir si eran tres o cuatro; en cambio, si había doce y necesitaba contarlos, tardaba una eternidad y cometía frecuentes errores. Basándose en experiencias semejantes, Billie había llegado a la conclusión de que la capacidad de saber de un vistazo cuántas cosas hay en un pequeño grupo es una habilidad distinta a la facultad de contar.

De esta forma, Billie iba esbozando el mapa de las profundidades de la mente, localizando la memoria aquí, el lenguaje allí, las matemáticas más allá. Y si determinada incapacidad estaba relacionada con lesiones cerebrales leves, Billie tenía razones de peso para concluir que la capacidad normal estaba localizada en la zona del cerebro que habría sufrido daños. Llegado el momento, podría superponer su imagen conceptual de las facultades mentales sobre un diagrama anatómico del cerebro humano.

A su actual ritmo, tardaría unos doscientos años. Claro está que trabajaba sola. Si dispusiera de un equipo de psicólogos, haría progresos mucho más rápidos. Podría ver el mapa acabado en vida. Ésa era su ambición.

Estaba aún muy lejos de poder explicar la depresión que había empujado al suicidio a su padre. No existían remedios mágicos para las enfermedades mentales. Pero ello se debía en gran medida a que la mente seguía siendo un misterio para los científicos. Podrían entenderla mucho mejor si Billie conseguía impulsar sus investigaciones. Tal vez entonces fueran capaces de ayudar a gente como su padre.

Subió la escalera hasta el primer piso pensando en el paciente misterioso. Joseph Bellow sonaba como Joe Blow, un nombre inventado. Y, sobre todo, ¿por qué le habían dado el alta en plena noche?

Entró en su despacho y miró por la ventana hacia el solar en construcción. Estaban edificando una nueva ala, que llevaba aparejada la creación de un cargo: director de investigaciones. Billie había solicitado el puesto. Pero lo mismo había hecho uno de sus colegas, el doctor Leonard Ross. Len era mayor que Billie, pero ella tenía más experiencia y había publicado más: varios artículos y un manual, *Introducción a la psicología de la memoria*. Estaba segura de que se llevaría el gato al agua en lo que se refería a Len, pero ignoraba con qué otros candidatos debería competir. Y deseaba el puesto con desesperación. Como directora, dispondría de un equipo de científicos que trabajarían a sus órdenes.

En el solar, además de los obreros, había un grupito de individuos trajeados: abrigos de lana y sombreros de fieltro en lugar de monos y cascos. Al parecer, estaban inspeccionando la obra. Al fijarse con más atención, vio que les acompañaba Len Ross.

Billie se volvió hacia su secretaria.

–¿Quién es esa gente que visita el solar en compañía de Len Ross? –preguntó.

–Son de la Fundación Sowerby.

Billie frunció el ceño. La Fundación financiaba el puesto de nueva creación. Tendrían mucho que decir con respecto a quién debería ocuparlo. Y allí estaba Len desviviéndose por atenderlos.

–¿Nos habían comunicado que vendrían hoy?

–Len dice que te envió una nota. Ha venido esta mañana para recogerte, pero no habías llegado.

Lo de la nota era pura invención, estaba segura. Len había optado por no avisarla. Y ella había llegado tarde.

–¡Mierda! –espetó Billie con sentimiento, y salió disparada para unirse a la excursión por la obra.

No volvió a acordarse de John Bellow hasta horas más tarde.

11 HORAS

Debido a la premura de tiempo en la construcción del misil, las etapas superiores utilizan un motor de cohete que se fabrica desde hace años en lugar de un diseño nuevo. Los científicos han elegido una versión reducida del cohete Sergeant, *de probada eficacia. Las etapas superiores del misil disponen de ensamblajes en racimo de esos pequeños cohetes, conocidos como* Baby Sergeants.

Mientras recorría la cuadrícula de calles que lo separaba de la estación Union, Luke advirtió que comprobaba si lo seguían cada dos por tres.

Había perdido a sus sombras hacía más de una hora, pero puede que lo estuvieran buscando. La idea le producía tanto miedo como perplejidad. ¿Quiénes eran y qué querían? Su instinto le decía que nada bueno. Si no, ¿por qué ocultarse para vigilarlo?

Sacudió la cabeza para aclararse las ideas. Especular sobre bases tan débiles resultaba frustrante. Era inútil hacer suposiciones. Tenía que descubrir la verdad.

Lo primero era adecentarse. Su plan consistía en robarle la maleta a un viajero de algún tren. Estaba seguro de haberlo hecho antes, en algún momento de su vida. Cuando intentó recordar, acudió a su mente una frase en francés: *La valise d'un type qui descend du train.*

No sería fácil. Su ropa, sucia y harapienta, no pasaría inadvertida en medio de una muchedumbre de viajeros respetables. Tendría que actuar con rapidez en el momento de la huida. Pero no había otro remedio. Dedé, la prostituta, estaba en lo cierto. Nadie ayudaría a un mendigo.

Si lo detenían, la policía lo tomaría por un maleante dijera lo que dijese. Acabaría en la cárcel. La sola idea le produjo un estremecimiento. No le asustaba la prisión en sí, sino la perspectiva de semanas o meses de ignorancia y confusión, el no saber quién era ni poder mover un dedo para averiguarlo.

Ante sí, al final de la avenida Massachusetts, vio la arcada de granito blanco de la estación Union, que parecía una catedral románica trasplantada desde Normandía. Anticipándose a los acontecimientos, se dijo que, cometido el robo, tendría que esfumarse a toda prisa. Necesitaba un coche. La forma de robarlo acudió a su mente de inmediato.

Cerca de la estación, la calle estaba flanqueada de coches aparcados. La mayoría debían de pertenecer a gente que había cogido el tren. Luke acortó el paso al ver que un coche aparcaba en un espacio vacío. Era un Ford Fiesta de dos tonos, azul y blanco, nuevo pero no ostentoso. Sería perfecto. El contacto se accionaría mediante llave en vez de maneta, pero no costaría mucho sacar un par de cables de detrás del salpicadero y hacer un puente.

Se preguntó cómo sabía aquello.

Un hombre con abrigo oscuro salió del Ford, sacó un maletín del maletero, cerró el coche con llave y se encaminó a la estación.

¿Cuánto tardaría en volver? Era posible que tuviera algún asunto que resolver en la propia estación y no necesitara más que unos minutos. Denunciaría el robo del vehículo de inmediato. Yendo en él de aquí para allá, Luke correría el peligro de ser detenido en cualquier momento. Mal asunto. Tenía que enterarse de adónde iba aquel individuo.

Lo siguió. Al interior de la estación.

El magnífico vestíbulo, que esa misma mañana le había parecido un templo abandonado, era ahora un hervidero. Comprendió que llamaba la atención. Todos salvo él iban aseados e impecablemente vestidos. La mayoría de la gente apartaba la vista, pero había quien le lanzaba ojeadas de repugnancia o desprecio. Se le ocurrió que podía toparse con el agresivo empleado que lo había echado a primera hora. Se armaría jaleo. Aquel sujeto seguro que lo recordaba.

El propietario del Ford se puso a hacer cola delante de una de las ventanillas, y Luke tras él. Clavó los ojos en el suelo para rehuir las miradas, con la esperanza de que nadie se fijara en él.

La fila fue avanzando hasta que llegó el turno a su víctima.

–Uno a Filadelfia, ida y vuelta para hoy –pidió al taquillero.

Luke había oído bastante. Filadelfia estaba a horas de distancia. Aquel hombre estaría fuera de la ciudad todo el día. No denunciaría la desaparición del coche hasta su vuelta. Luke podía conducirlo sin temor hasta esa noche.

Abandonó la fila y se apresuró a salir a la calle.

Era un alivio estar fuera. Hasta los mendigos tenían derecho a recorrer las calles. Volvió a la avenida Massachusetts y buscó el Ford aparcado. Para no perder tiempo más tarde, lo abriría en ese momento. Miró en ambas direcciones. La circulación de vehículos y peatones era continua. Lo malo era que tenía pinta de delincuente. Pero si esperaba a que no hubiera nadie cerca, podía pasarse allí todo el santo día. Bastaba con ser rápido.

Bajó de la acera, dio la vuelta al coche y se situó ante la puerta del conductor. Presionó el cristal de la ventanilla con las palmas de las manos y empujó hacia abajo. Nada. Tenía la boca seca. Echó un rápido vistazo a derecha e izquierda: nadie se fijaba en él, de momento. Estaba de puntillas, para añadir el peso del cuerpo a la presión sobre el mecanismo de la ventanilla. Al fin, el cristal empezó a deslizarse poco a poco hacia abajo.

Cuando consiguió abrirla del todo, metió la mano por la ventanilla y quitó el seguro. Abrió la puerta, volvió a subir el cristal y cerró. Ahora estaba en condiciones para una huida rápida.

Dudó si hacer el puente y dejar el motor en marcha; pero eso podía atraer la atención de algún policía de patrulla o incluso de un transeúnte entrometido.

Volvió a la estación Union. Seguía preocupándolo que algún ferroviario se fijara en él. No tenía por qué ser el individuo con el que había tenido unas palabras por la mañana; cualquier empleado escrupuloso podría sentirse obligado a echarlo del edificio, por motivos similares a los que lo impulsarían a recoger del suelo el envoltorio de un caramelo. Hacía todo lo que estaba en su mano para pasar inadvertido. No andaba ni deprisa ni despacio, procuraba mantenerse cerca de alguna pared, ponía buen cuidado en no obstaculizar el paso a nadie y evitaba todas las miradas.

El mejor momento para escamotear una maleta sería inmediatamente después de la llegada de un tren largo y lleno, cuando los pasajeros salieran en tromba al vestíbulo. Echó un vistazo al panel horario de llegadas. Un expreso procedente de Nueva York haría su entrada al cabo de doce minutos. Sería perfecto.

Con la vista aún fija en el panel para averiguar la vía de estacionamiento del expreso, de pronto sintió que se le erizaba la pelusa de la nuca.

Miró a su alrededor. Debía de haber visto algo por el rabillo del ojo, algo que había disparado una alarma instintiva en su interior. Pero, ¿qué? El corazón le palpitaba con fuerza. ¿De qué se había asustado?

Procurando no llamar la atención, se alejó del panel y se quedó junto al quiosco de prensa, mirando un expositor de diarios. Leyó los titulares:

El ejército, a punto de lanzar su cohete
Atrapado el asesino de diez personas
Dulles respalda al Grupo de Bagdad
Última oportunidad en Cabo Cañaveral

Al cabo de un momento, volvió la cabeza y miró a sus espaldas. Una treintena de personas se cruzaban por el vestíbulo caminando con paso vivo en dirección a los cercanías, o procedentes de ellos. Eran más los que permanecían sentados en los bancos de caoba o esperaban pacientemente de pie, familiares y chóferes de los pasajeros del expreso de Nueva York. Un maître, de plantón en la puerta del restaurante, aguardaba clientes deseosos de comer temprano. Cinco mozos de cuerda fumaban en un corro...

Y dos agentes.

Estaba completamente seguro. Ambos eran jóvenes, pulcramente vestidos con abrigos y sombreros, y calzados con lustrosos zapatos de puntera. Pero no era tanto su aspecto como su actitud lo que los delataba. Estaban alerta, barriendo el vestíbulo de la estación con la mirada, escrutando los rostros de la gente con quien se cruzaban, mirando a diestro y siniestro... excepto al panel horario. Lo único que no les interesaba era viajar.

Le dieron tentaciones de abordarlos. Pensando en ello, se sintió abrumado por la necesidad del simple contacto humano con gente que lo conociera. Ansiaba que alguien le dijera: «Hombre, Luke, ¿qué tal? ¡Me alegro de volver a verte!».

Aquellos dos dirían probablemente: «Somos agentes del FBI.

Queda usted arrestado». Luke pensó que casi sería un alivio. Pero su instinto lo puso en guardia. Cada vez que dudaba si confiarse a aquellos individuos, se preguntaba por qué lo seguían a todas partes con tanto sigilo si no tenían intención de hacerle daño.

Les dio la espalda y comenzó a alejarse procurando mantenerse oculto tras el quiosco. Bajo un arco monumental, se arriesgó a girar la cabeza para echarles un vistazo. Los dos agentes cruzaban el espacioso vestíbulo caminando de este a oeste dentro del campo de visión de Luke.

¿Quién demonios eran?

Salió de la estación, anduvo unos metros a lo largo de la enorme arcada exterior y volvió a entrar al vestíbulo. Lo hizo justo a destiempo para ver las espaldas de los dos agentes un momento antes de que desaparecieran por la salida del lado oeste.

Levantó la cabeza hacia el reloj. Habían pasado diez minutos. Faltaban otros dos para que llegara el expreso de Nueva York. Se apresuró hacia el acceso a los andenes y esperó allí, procurando pasar inadvertido.

En cuanto aparecieron los primeros viajeros, se apoderó de él una calma glacial. Observó atentamente a los recién llegados. Era miércoles, mediados de semana, así que abundaban los hombres de negocios y los militares de uniforme, pero apenas había turistas, y sólo un puñado de mujeres y niños. Buscaba a un hombre de su altura y constitución.

A medida que los pasajeros emergían del andén, quienes los esperaban avanzaban hacia ellos, y acabó formándose un embotellamiento humano. Tras aglomerarse en la puerta, la gente empezó a dispersarse abriéndose paso a empellones. Luke vio a un joven de su tamaño, pero llevaba un tres cuartos con capucha y un gorro de lana de marinero: tal vez no tuviera un traje en la mochila. A continuación, descartó a un hombre maduro de la altura apropiada pero demasiado flaco. Luego le echó el ojo a un individuo perfecto que, por desgracia, sólo llevaba maletín.

A estas alturas, al menos un centenar de viajeros habían abandonado el andén, pero parecían faltar muchos más. El vestíbulo estaba atestado de personas con prisa. De pronto, vio al hombre adecuado. Era de la estatura, complexión y edad de Luke. Llevaba un abrigo gris desabotonado sobre la chaqueta sport de tweed y los pantalones de franela, lo que hacía suponer que llevaría un traje de vestir en la maleta de cuero marrón que sostenía en la mano derecha. Tenía una expresión tensa y andaba con paso vivo, como si llegara tarde a una cita.

Luke se deslizó entre el gentío y fue abriéndose paso hasta situarse justo detrás del hombre.

En medio de las apreturas, la presa de Luke avanzaba a trancas y barrancas con evidente fastidio. Al cabo de unos instantes, hubo un poco más de holgura; el hombre vio un pasillo entre la gente y apretó el paso.

Fue el momento elegido por Luke para ponerle la zancadilla. Dobló un pie delante del tobillo del desconocido y, cuando éste dio el siguiente paso, Luke levantó la pierna y lo obligó a flexionar la suya.

El hombre pegó un grito y cayó hacia delante. Soltó maletín y maleta, y echó las manos al frente. Chocó contra la espalda de una mujer envuelta en un abrigo de pieles, que trastabilló, dio un pequeño chillido y perdió el equilibrio. El hombre besó ruidosamente el suelo de mármol y perdió el sombrero, que salió rodando. Una décima de segundo más tarde, la mujer cayó a su vez sobre las rodillas y soltó un bolso de mano y una coqueta maleta de cuero blanco.

Un grupo de viajeros se arremolinó con deseos de ayudar y preguntando: «¿Se han hecho daño?».

Luke recogió la maleta de cuero marrón con aplomo y se alejó sin pérdida de tiempo. Fue hacia el arco de salida más próximo. No volvió la vista, pero aguzó el oído por si alguien lo acusaba a gritos o echaban a correr tras él. Si oía cualquier cosa extraña, se daría a la fuga: no pensaba renunciar a su ropa limpia fácilmente, y tenía la sensación de que podía correr más deprisa que mucha gente, incluso cargado con una maleta. Pero mientras caminaba con rapidez hacia el exterior, sentía que su espalda se había convertido en una diana.

Antes de abandonar el vestíbulo, volvió la cabeza y echó un vistazo por encima del hombro. La gente seguía haciendo corro en el mismo sitio. No pudo ver al hombre al que había zancadilleado, ni a la mujer del abrigo de pieles. Pero un individuo alto de aspecto autoritario barría el vestíbulo con una mirada inquisitiva, como si buscara algo. De improviso, torció la cabeza hacia donde estaba Luke.

Luke cruzó el umbral a toda prisa.

Una vez fuera, echó a andar por la Avenida Massachusetts. Tardó apenas un minuto en llegar al Ford Fiesta. Sin pararse a pensar, fue al maletero para ocultar la maleta, pero estaba cerrado con llave. En ese momento, recordó haber visto al dueño echando la llave. Miró hacia la estación. El individuo alto corría por la rotonda de enfrente de la estación sorteando coches, hacia donde estaba Luke. ¿Quién demonios era? ¿Un policía fuera de servicio? ¿Un detective? ¿Un metomentodo? Luke corrió hacia la puerta del conductor, la abrió y lanzó la maleta al asiento trasero. Acto seguido entró en el coche y cerró la puerta.

Metió la mano debajo del salpicadero y localizó los dos cables a ambos lados del dispositivo de encendido. Tiró de ellos y los puso en contacto. No ocurrió nada. Sentía que el sudor le caía por la frente a pesar del frío. ¿Por qué no funcionaba aquello? La respuesta acudió a su mente: cable equivocado. Volvió a tantear bajo el tablero. Había otro cable a la derecha del encendido. Lo sacó y lo unió al cable izquierdo.

El motor se puso en marcha.

Apretó el acelerador, y el motor rugió.

Accionó el cambio de marchas, quitó el freno de mano, puso el intermitente y apartó el coche de la acera. El morro del Ford apuntaba hacia la estación, así que giró en redondo. A continuación, aceleró.

Una sonrisa le cruzó el rostro. A menos que tuviera muy mala suerte, llevaba una muda completa de ropa limpia en la maleta. Sintió que empezaba a tomar las riendas de su propia vida.

Ahora necesitaba un sitio para ducharse y cambiarse.

12 HORAS

La segunda etapa consiste en once cohetes Baby Sergeant *que forman un anillo alrededor de un tubo central. La tercera etapa, en tres motores* Baby Sergeant *unidos por tres tabiques transversales. Sobre la tercera etapa está la cuarta, un solo cohete, con el satélite en el morro.*

La cuenta atrás estaba en X menos 630 minutos, y Cabo Cañaveral era un hervidero de actividad.

Los integrantes del personal de cohetes eran todos iguales: diseñaban armas a instancias del gobierno, pero soñaban con el espacio exterior. El equipo del *Explorer* había construido y lanzado muchos misiles, pero aquél sería el primero en vencer la atracción de la gravedad terrestre y volar más allá de la atmósfera. Para la mayoría de sus componentes, el lanzamiento de aquella noche sería la culminación de las esperanzas de toda una vida. Elspeth sentía lo mismo.

El equipo tenía su base en los hangares D y R, que estaban uno al lado del otro. El diseño estándar de los hangares de aviación había resultado muy a propósito para los misiles: disponían de un amplio espacio central donde los técnicos podían comprobar los cohetes, y sendas alas de dos pisos en los costados para los despachos y los pequeños laboratorios.

Elspeth estaba en el hangar R. Tenía un escritorio y una máquina de escribir en el despacho de su jefe, Willy Fredrickson, director del lanzamiento, que pasaba la mayor parte del tiempo en otros sitios. El trabajo de Elspeth consistía en redactar y distribuir el horario del lanzamiento.

Lo malo era que éste cambiaba constantemente. En Estados Unidos, nadie había enviado un cohete al espacio hasta entonces.

Los problemas surgían a todas horas, y los ingenieros no paraban de improvisar soluciones para reparar un componente o hacerle un apaño a un sistema. Allí, a la cinta aislante la llamaban cinta para cohetes.

Así que Elspeth se pasaba el tiempo elaborando puntuales actualizaciones del horario. Tenía que mantenerse en contacto con todos los grupos que formaban el equipo, tomar apuntes taquigráficos de los cambios de planes, mecanografiar sus notas, hacer fotocopias y distribuirlas. Su trabajo le exigía ir a todas partes y saberlo casi todo. Cuando se producía un contratiempo, se enteraba de inmediato; y también estaba entre los primeros en conocer la solución. Su categoría era de secretaria, y cobraba un sueldo en consonancia, pero nadie hubiera podido hacer aquel trabajo sin ser licenciado en ciencias. Sin embargo, no lamentaba ganar poco. Se sentía agradecida por tener un trabajo que constituía un reto constante. Algunas de sus compañeras de clase en Radcliffe seguían copiando al dictado de individuos en traje gris.

Su actualización de mediodía estaba lista, así que cogió el fajo de papeles y se dispuso a distribuirlos. Estaba agobiada por el trabajo, pero esa mañana le convenía: le ayudaba a no pensar en Luke. De haber podido, habría telefoneado a Anthony cada cinco minutos para pedirle noticias. Pero hubiera sido una estupidez. Él la llamaría si ocurría algo, se dijo. Mientras tanto, más le valía concentrarse en el trabajo.

En primer lugar fue al departamento de Prensa, donde los responsables de relaciones públicas comunicaban por teléfono a reporteros escogidos que esa noche habría un lanzamiento. El ejército quería que los periodistas estuvieran presentes para dar testimonio de su triunfo. Sin embargo, la noticia no se divulgaría hasta que los hechos estuvieran consumados. Era frecuente retrasar, o incluso cancelar, un lanzamiento programado a medida que surgían dificultades imprevistas. Tras varias amargas experiencias, el personal de misiles había aprendido que un aplazamiento rutinario para resolver problemas técnicos se podía presentar como un humillante fracaso cuando los periódicos lo daban a conocer. De forma que habían llegado a un acuerdo con los medios de comunicación más influyentes. Les avisarían con antelación de los lanzamientos sólo a condición de que no difundieran la noticia hasta que hubiera «fuego en la cola», es decir, hasta que se hubiera producido la ignición.

Era un departamento exclusivamente masculino, y varios empleados se la quedaron mirando mientras atravesaba la sala y entregaba un horario al jefe de prensa. Se sabía atractiva, con aspecto de pálida vikinga y una figura esbelta y escultural; pero había en ella algo imponente –la resuelta disposición de su boca, quizá, o el peligroso brillo de sus ojos verdes– que hacía que hombres propensos a silbar o soltar un «¡tía buena!» se lo pensaran dos veces.

En el laboratorio de ignición de misiles, encontró a cinco científicos que, remangados y subidos a un banco, observaban con cara de preocupación una chapa de metal que parecía recién sacada del fuego.

–Buenas tardes, Elspeth –dijo el doctor Keller, jefe del grupo.

Hablaba inglés con marcado acento. Como la mayoría de sus colegas, era alemán y había sido detenido al final de la guerra y trasladado a Estados Unidos justamente para trabajar en el programa de los misiles.

Elspeth le tendió una copia de la actualización, que Keller cogió sin mirar. La mujer hizo un gesto de la cabeza hacia el objeto de encima de la mesa.

–¿Qué es eso?

–Un álabe de reactor.

Elspeth sabía que la primera etapa se guiaba mediante hélices instaladas en el interior de la cola del cohete.

–¿Qué le ha pasado?

–Al arder, el combustible erosiona el metal –le explicó Keller. Su acento alemán se agudizó a medida que se dejaba arrastrar por la pasión–. Hasta cierto punto, es normal. Sin embargo, con combustible corriente de alcohol, los álabes aguantan lo suficiente para cumplir su función. Hoy en cambio estamos usando un combustible nuevo, hidina, que tiene un tiempo de combustión más largo y mayor velocidad de escape; pero podría erosionar los álabes hasta el punto de inutilizarlos para guiar el cohete. –Extendió las manos en un gesto de desesperación–. No hemos tenido tiempo de realizar suficientes pruebas.

–Creo que sólo necesito saber si esto retrasará el lanzamiento.

Elspeth se dijo que no podría soportar otro aplazamiento. El suspense empezaba a crisparle los nervios.

–Es lo que estamos intentando decir. –Keller miró a sus compañeros–. Y creo que al final nuestra respuesta será: «Arriesguémonos».

Los demás asintieron lúgubremente.

Elspeth se sintió aliviada.

–Mantendré los dedos cruzados –dijo, dando la vuelta para marcharse.

–Será tan útil como cualquier otra cosa –afirmó Keller, y los demás soltaron una risa siniestra.

Salió al abrasador sol de Florida. Los hangares se alzaban en una explanada arenosa despejada en medio de la esmirriada vegetación que cubría el cabo: pequeñas palmas, robles enanos y afilados hierbajos capaces de cortar la piel de quien cometiera el error de caminar descalzo. Atravesó la polvorienta franja de terreno y entró en el hangar D, cuya anhelada sombra le acarició el rostro como un soplo de brisa fresca.

En la sala de telemetría encontró a Hans Mueller, al que todos llamaban Hank. El hombre le apuntó con el dedo y le espetó:

–Ciento treinta y cinco.

Era un juego que se traían entre manos. Elspeth tenía que decir alguna particularidad del número en cuestión.

–Demasiado fácil –respondió Elspeth–. Coges la primera cifra, le sumas el cuadrado de la segunda y el cubo de la tercera, y obtienes el mismo número que al principio. –Elspeth le proporcionó la ecuación:

$$1^1 + 3^2 + 5^3 = 135$$

–Muy bien –aceptó Hank–. ¿Y cuál es el siguiente número con el que pasa lo mismo?

Tras unos instantes de concentración, Elspeth contestó:

–Ciento setenta y cinco.

$$1^1 + 7^2 + 5^3 = 175$$

–¡Correcto! Has ganado el premio gordo.

El hombre se rebuscó en el bolsillo y sacó una moneda de diez centavos. Elspeth la cogió.

–Voy a darte la oportunidad de recuperarlos –dijo ella–. Ciento treinta y seis.

–Vaya. –Hank frunció el ceño–. Espera. Sumas el cubo de cada una de las cifras...

$$1^3 + 3^3 + 6^3 = 244$$

...Luego repites la misma operación y... obtienes el número inicial.

$$2^3 + 4^3 + 4^3 = 136$$

Elspeth le devolvió la moneda y, de propina, le entregó una copia de la actualización.

Cuando se disponía a salir, un telegrama clavado en la pared le llamó la atención: «Yo ya he tenido mi pequeño satélite, ahora os toca a vosotros». Mueller se dio cuenta de lo que estaba leyendo.

–Es de la mujer de Stuhlinger –le explicó. Stuhlinger era jefe de investigación–. Ha tenido un niño.

Elspeth sonrió.

Encontró a Willy Fredrickson en la sala de comunicaciones en compañía de dos técnicos del ejército, probando la conexión por teletipo con el Pentágono. Su jefe era un individuo alto y delgado, calvo excepto por una orla de pelo rizado que lo hacía parecer un monje medieval. El aparato del teletipo no funcionaba, y la frustración de Willy era evidente; pero al coger la actualización dedicó a Elspeth una sonrisa de agradecimiento.

–Elspeth –le dijo–, eres oro de veintidós quilates.

Al cabo de un momento, dos hombres se acercaron a Willy: un joven oficial del ejército con un mapa meteorológico en las manos y Stimmens, uno de los científicos.

–Tenemos un problema –afirmó el militar. Tendió el mapa a Willy y añadió–: La corriente de chorro se ha desplazado hacia el sur, y está soplando a ciento cuarenta y seis nudos.

A Elspeth se le encogió el corazón. Sabía qué significaba aquello. La corriente de chorro era un viento que soplaba en las capas superiores de la troposfera, entre los nueve mil y los doce mil metros. Normalmente no afectaba a Cabo Cañaveral, pero era impredecible. Y si tenía bastante fuerza, podía alterar la trayectoria del misil.

–¿Está muy al sur? –preguntó Willy.

–Justo sobre Florida –respondió el oficial.

Willy se volvió hacia Stimmens.

–Esto lo teníamos previsto, ¿no es así?

–La verdad es que no –admitió Stimmens–. No es más que una suposición, pero calculamos que el misil puede soportar hasta veinte nudos, ni uno más.

–¿Cuál es la previsión que tenemos para esta noche? –preguntó Willy al oficial.

–Hasta ciento setenta y siete nudos, con escasas probabilidades de que la corriente vuelva hacia el norte.

–Mierda. –Willy se pasó una mano por la reluciente coronilla. Elspeth sabía lo que estaba pensando. El lanzamiento podía posponerse hasta el día siguiente–. Que suelten el globo sonda, por favor –pidió–. Volveremos a revisar la previsión a las cinco en punto.

Elspeth hizo una anotación para acordarse de añadir al horario la reunión para estudiar el parte meteorológico; luego se marchó, desalentada. Podían resolver los problemas técnicos, pero el tiempo no admitía espera.

Una vez fuera, cogió un jeep y se dirigió al Complejo 26. El vehículo iba dando botes en los baches de la carretera, una pista sin pavimentar que atravesaba el follaje. Sobresaltó a un ciervo de Virginia que bebía agua de una zanja, y el animal salió corriendo y desapareció en la espesura. El cabo tenía una fauna abundante, que vivía oculta entre la baja vegetación. La gente aseguraba que había caimanes y pumas, pero Elspeth nunca se había topado con ningún ejemplar.

Detuvo el jeep ante el búnquer y dirigió la mirada hacia la plataforma de lanzamiento 26B, que distaba trescientos metros. La estructura de lanzamiento era la torre de perforación de una plataforma petrolífera, convenientemente adaptada y revestida de pintura naranja resistente a la oxidación para protegerla del aire húmedo y salino de Florida. El ascensor instalado en uno de los costados permitía el acceso a las mesetas. El conjunto era una construcción puramente práctica, desprovista de toda gracia, pensó Elspeth; una estructura funcional ensamblada sin la menor consideración estética.

El largo lapicero blanco del *Júpiter C* parecía atrapado en la maraña de vigas naranja como una libélula en una tela de araña. A diferencia de los hombres, que se referían a él usando el masculino, y a pesar de su forma fálica, Elspeth pensaba en el cohete como en una hembra. Un velo de novia hecho de fundas de lona había protegido las etapas superiores de miradas indiscretas desde el día de su llegada; pero ahora la nave se erguía desnuda, con el sol resplandeciendo en su impecable pintura.

Los científicos no eran un dechado de virtudes políticas, pero incluso ellos eran conscientes de que los ojos del mundo estaban pendientes de sus acciones. Cuatro meses antes, la Unión Soviética había dejado boquiabierto a todo el planeta lanzando el primer satélite espacial de la historia, el *Sputnik*. En todos los países donde el tira y afloja entre capitalismo y comunismo seguía adelante, desde Italia hasta la India, pasando por América Latina, África e Indochina, el mensaje se había recibido con claridad: la ciencia comunista es superior. Un mes más tarde, los soviéticos habían puesto en órbita un segundo satélite, el *Sputnik 2*, con una tripulante canina. El desánimo cundió entre los norteamericanos. Hoy un chucho, mañana un hombre.

El presidente Eisenhower había prometido que habría satélite norteamericano antes de que acabara el año. El primer viernes de diciembre, quince minutos antes de mediodía, la marina de Estados Unidos lanzó el cohete *Vanguard* a la vista de la prensa mundial. Se elevó algunos metros, se incendió, se inclinó en el aire y se hizo pedazos contra el hormigón. «¡Menudo *Blufnik!*», rezaba un titular.

El *Júpiter C* era la última esperanza norteamericana. No había tercer cohete. Si aquél fallaba, Estados Unidos tendría que abandonar la carrera espacial ese mismo día. La derrota propagandística sería lo de menos. El programa espacial norteamericano quedaría herido de muerte, y la URSS controlaría el espacio exterior en un futuro cuyo final resultaba difícil de prever.

Todo, pensó Elspeth, dependía de ese único cohete.

En las cercanías de la plataforma de lanzamiento estaban prohibidos los vehículos, a excepción de los imprescindibles, como los camiones que transportaban el combustible; así que bajó del jeep y atravesó el espacio abierto que mediaba entre el búnker y la torre de lanzamiento, siguiendo la recta del conducto metálico que alojaba los cables de conexión entre ambas instalaciones. Al nivel del suelo, acoplada a la parte posterior de la torre de perforación, había una larga cabina de acero de idéntico color naranja, que contenía despachos y salas de máquinas. Elspeth entró por la puerta metálica de la parte posterior.

Sentado en una silla plegable, Harry Lane, supervisor de la plataforma de lanzamiento, estudiaba un plano con el casco protector y las botas de mecánico puestos.

–Hola, Harry –le saludó Elspeth, jovial.

El hombre soltó un gruñido. No le gustaba ver mujeres merodeando por los alrededores de la plataforma de lanzamiento, ni era lo bastante cortés para disimularlo.

Elspeth dejó una copia de la actualización sobre una mesa metálica y se marchó. Volvió hacia el búnker, una construcción baja de color blanco con troneras horizontales de grueso cristal verde. Las puertas de seguridad estaban abiertas de par en par, y Elspeth entró. Había tres secciones: una sala de instrumentos, de la misma anchura que el edificio, y dos salas de ignición, la A a la izquierda y la B a la derecha, orientadas hacia las dos plataformas de lanzamiento dependientes del búnker. Elspeth entró en la B.

La intensa luz solar que atravesaba los vidrios verdes arrojaba un resplandor extraño sobre el lugar, que parecía el interior de un acuario. Frente a las ventanillas, una hilera de científicos permanecían sentados ante una batería de paneles de control. Todos vestían camisas de manga corta, advirtió Elspeth, como si de un uniforme se tratara. Llevaban auriculares que les permitían comunicarse con los técnicos de la plataforma de lanzamiento. Podían mirar por encima de sus respectivos paneles y ver el cohete a través de las ventanillas, o echar un vistazo a las pantallas de televisión en color que ofrecían la misma imagen. A lo largo del muro posterior, una fila ininterrumpida de instrumentos registraba la temperatura, la presión del sistema de combustible y la actividad eléctrica. En el extremo más alejado, una pantalla mostraba el peso del cohete sobre la plataforma de lanzamiento. Se respiraba un ambiente de sorda tensión, en medio del cual los operadores murmuraban por los micrófonos y manipulaban los paneles, haciendo girar un botón aquí, accionando un interruptor allí y comprobando esferas y contadores constantemente. Sobre sus cabezas, el reloj de la cuenta atrás marcaba los minutos que quedaban para la ignición. Mientras Elspeth lo miraba, la manecilla retrocedió de 600 a 599.

Entregó la actualización y abandonó el búnker. Mientras conducía el jeep de regreso al hangar, volvió a pensar en Luke, y cayó en la cuenta de que tenía la excusa perfecta para llamar a Anthony. Le contaría lo de la corriente de chorro y, a renglón seguido, le preguntaría por Luke.

Animada por la idea, corrió hacia el hangar y escaleras arriba, hasta su despacho. Marcó el número de la línea directa de Anthony y dio con él a la primera.

–Es muy probable que aplacen el lanzamiento hasta mañana –le explicó–. Soplan malos vientos cerca de la estratosfera.

–No sabía que hiciera viento tan arriba.

–Hay uno que llaman corriente de chorro. El aplazamiento no es seguro, pero hay una reunión meteorológica a las cinco. ¿Qué sabes de Luke?

–Infórmame del resultado de esa reunión, ¿quieres?

–Descuida. ¿Qué sabes de Luke?

–Pues... tenemos un problema.

Elspeth sintió que el corazón se le paraba en el pecho.

–¿Qué clase de problema?

–Lo hemos perdido.

Se quedó helada.

–¿Qué?

–Ha dado esquinazo a mis hombres.

–Que Dios se apiade de nosotros –murmuró Elspeth–. Ahora sí que estamos en apuros.

1941

Luke llegó a Boston al amanecer. Aparcó el viejo Ford, se deslizó por la puerta trasera de Cambridge House y subió a su cuarto por la escalera de servicio. Anthony dormía a pierna suelta. Se lavó la cara y se metió en la cama en ropa interior.

Lo siguiente que supo fue que Anthony lo sacudiría diciendo:

–¡Luke! ¡Levanta!

Abrió los ojos. Sabía que había ocurrido algo malo, pero no recordaba qué.

–¿Qué hora es? –murmuró.

–La una, y Elspeth te está esperando abajo.

Oír el nombre de la chica le refrescó la memoria, y se acordó de la desgracia en cuestión. Ya no la quería.

–Dios mío –musitó.

–Más vale que bajes a verla.

Se había enamorado de Billie Josephson. Aquello era un cataclismo. Convertiría sus vidas en un choque de trenes: la suya, la de Elspeth, la de Billie y la de Anthony.

–Mierda –farfulló, y saltó de la cama.

Se desnudó y se dio una ducha fría. Cuando cerraba los ojos veía a Billie, el brillo de sus ojos negros, la risa brotando de su roja boca, su blanca garganta. Se puso unos pantalones de franela, un jersey y zapatillas de tenis, y se lanzó escalera abajo.

Elspeth lo esperaba en el vestíbulo, la única parte del edificio a la que tenían acceso las chicas fuera de las «tardes abiertas» especialmente programadas. Era una sala espaciosa con chimenea y cómodos sillones. La chica estaba tan irresistible como de costumbre, ataviada con un vestido de lana de color azul y tocada con un enorme sombrero. La víspera, con solo verla se le hubiera desbocado el corazón; en esos momentos, la certeza de que se había arreglado sólo para él acabó de acongojarlo.

Al verlo, Elspeth se echó a reír.

–¡Pareces un crío medio dormido!

Luke la besó en la mejilla y se dejó caer en un sillón.

–Es que tardamos horas en llegar a Newport –dijo.

–Está claro que te has olvidado de que ibas a llevarme a comer –protestó Elspeth, risueña.

Luke la miró. Era hermosa, pero no la quería. No sabía si la había querido antes, pero estaba seguro de no quererla en esos momentos. Era un canalla de la peor especie. Estaba tan contenta esa mañana, y él iba a acabar con su felicidad... No sabía cómo decírselo. Era tal su vergüenza que la sentía como una punzada en el corazón.

Tenía que decir algo.

–¿Podemos saltarnos la comida? Ni siquiera me he afeitado.

Una sombra de preocupación cruzó por el rostro pálido y orgulloso de la chica, y Luke comprendió que Elspeth se había dado cuenta de que algo no iba bien; pero le respondió en son de burla:

–Por supuesto –dijo–. Para lucir su brillante armadura, los caballeros andantes necesitan echarse la siesta.

Luke se prometió que tendría una conversación seria y totalmente franca con ella ese mismo día.

–Siento que te hayas arreglado para nada –se disculpó cariacontecido.

–No ha sido para nada. Te he visto. Y a tus compañeros parece haberles gustado mi modelito. –Se puso en pie–. Además, el profesor Durkham y señora han organizado un tiberio. –Era jerga de Radcliffe para referirse a una fiesta.

Luke se levantó y la ayudó a ponerse el abrigo.

–Podemos quedar más tarde –propuso.

Tenía que decírselo ese día; dejar pasar más tiempo sin contarle la verdad sería engañarla.

–Me parece estupendo –dijo Elspeth muy animada–. Recógeme a las seis.

La chica se lanzó y se dirigió hacia la salida como una estrella de cine. Luke sabía que estaba fingiendo, pero fue una buena actuación.

Volvió a la habitación con un nudo en la garganta. Anthony ya leía el periódico dominical.

–He hecho café –dijo.

–Gracias –aceptó Luke, y se sirvió una taza.

–Te debo una, y de las buenas –aseguró Anthony–. Anoche nos sacaste las castañas del fuego.

–Tú hubieras hecho lo mismo por mí. –Luke le dio un sorbo al café y empezó a sentirse mejor–. Parece que nos hemos salido con la nuestra. ¿Te han dicho algo esta mañana?

–Ni pío.

–Billie es toda una mujer –afirmó Luke. Sabía que era peligroso hablar de ella, pero no podía evitarlo.

–¿A que es estupenda? –dijo Anthony. Luke advirtió consternado la expresión de orgullo en el rostro de su compañero de cuarto, que añadió–: No paraba de preguntarme: «¿Por qué no va a salir conmigo?». Pero estaba convencido de que no lo haría. No sé por qué, quizá porque es tan fantástica y tan guapa que... Y cuando dijo que sí, no podía creerlo. Casi le pedí que me lo pusiera por escrito.

Exagerar hasta el disparate era la forma de bromear favorita de Anthony, de modo que Luke se esforzó en sonreír, aunque en su fuero interno estaba aterrado. Robarle la chica a otro era despreciable en cualquier circunstancia; pero el hecho de que Anthony estuviera loco por Billie a ojos vista no hacía sino empeorar mucho más las cosas.

Luke gruñó, y Anthony dijo:

–¿Qué pasa?

Luke decidió contarle la mitad de la verdad.

–Ya no estoy enamorado de Elspeth. Creo que voy a cortar con ella.

Anthony parecía atónito.

–Qué lastima. Hacíais una pareja perfecta.

–Me siento como un canalla.

–No te eches la culpa. Estas cosas pasan. No estáis casados... Ni siquiera comprometidos.

–Oficialmente no.

Anthony arqueó las cejas.

–¿Te habías declarado?

–No.

–Entonces no estáis comprometidos, ni oficial ni oficiosamente.

–Hemos hablado de cuántos hijos nos gustaría tener.

–Seguís sin estar comprometidos.

–Supongo que tienes razón, pero yo sigo sintiéndome como un cerdo.

Se oyó llamar a la puerta y un individuo al que Luke no había visto nunca entró en el cuarto.

–Los señores Lucas y Carroll, supongo...

El desconocido llevaba un traje viejo, pero dada la altivez de sus ademanes, Luke supuso que se trataba de un censor universitario.

Anthony se puso en pie de un salto.

–Los mismos –dijo–. Y usted debe ser el doctor Útero, el famoso ginecólogo. ¡Alabado sea Dios!

Luke no rió. El hombre llevaba en la mano dos sobres blancos, y Luke, aprensivo, tuvo la sensación de que sabía lo que contenían.

–Soy el secretario del decano de estudiantes. Me ha pedido que les entregue estos mensajes en persona.

El secretario le dio un sobre a cada uno y se marchó.

–¡Mierda! –soltó Anthony al cerrarse la puerta. Rasgó el sobre–. Maldita sea su estampa.

Luke abrió el suyo y leyó la breve nota.

> Estimado señor Lucas:
> Le ruego tenga la bondad de venir a verme a mi despacho a las tres en punto de esta tarde.
> Atentamente,
> Peter Ryder, decano de estudiantes

Cartas como aquélla significaban problemas disciplinarios indefectiblemente. Alguien había informado al decano de que una chica había sido vista en los dormitorios la pasada noche. Era muy probable que expulsaran a Anthony.

Luke nunca había visto asustado a su compañero. Su aplomo parecía inquebrantable. En esos momentos estaba blanco como la pared de la impresión.

–No pueden mandarme a casa –susurró.

Anthony nunca hablaba mucho de sus padres, pero Luke se había hecho una vaga idea de un padre irascible y una madre sufrida. Empezaba a temer que la realidad fuera peor de lo que había imaginado. Por un instante, la expresión de Anthony se convirtió en la ventana a un infierno privado.

En ese momento volvieron a llamar a la puerta y apareció Geoff Pidgeon, el rojizo y sociable ocupante de la habitación de enfrente.

–¿No era ése el secretario del decano?

Luke agitó su nota.

–La misma rata que viste y calza.

–Oye, Anthony, yo no le he dicho una palabra a nadie sobre lo de esa chica.

–Ya. Entonces, ¿quién ha sido? –exclamó Anthony–. El único soplón de la residencia es Jenkins. –Paul Jenkins era un meapilas cuya misión en la vida consistía en reformar la moral de los alumnos de Harvard–. Pero está pasando el fin de semana fuera.

–No, te equivocas –le corrigió Pidgeon–. Cambió de planes.

–Entonces ha sido él, malditos sean sus ojos –dijo Anthony–. Voy a estrangular a ese hijo de puta con mis propias manos.

Si expulsaban a Anthony, comprendió de pronto Luke, Billie estaría libre. Se avergonzó de haber tenido una idea tan egoísta cuando la vida de su amigo estaba al borde del desastre. En ese momento cayó en la cuenta de que también Billie podría tener graves problemas.

–¿Y si Elspeth y Billie también han recibido cartas?

–¿Por qué iban a recibirlas? –se extrañó Anthony.

–Con lo que le excitan estas cosas, lo más probable es que Jenkins sepa los nombres de nuestras novias.

–Si sabe sus nombres –terció Pidgeon–, podéis estar seguros de que los ha soltado. Ese tío es así.

–Elspeth no tiene nada que temer –aseguró Luke–. No estuvo aquí, y nadie puede probar lo contrario. Pero podrían expulsar a Billie. Perdería su beca. Me lo explicó anoche. No podrá estudiar en ningún otro sitio.

–Ahora no puedo preocuparme por Billie –replicó Anthony–. Tengo que pensar en lo que voy a hacer.

Luke se quedó de una pieza. Anthony había puesto a Billie en un brete, y según el código de Luke, debería estar más preocupado por ella que por sí mismo. Pero se le ocurrió un pretexto para hablar con la chica, y no pudo resistirse.

–¿Y si voy a la residencia de las chicas y me aseguro de que Billie ha regresado de Newport? –propuso, reprimiendo un sentimiento de culpa.

–¿No te importa? –preguntó Anthony–. Gracias.

Pidgeon se marchó. Sentado en la cama, Anthony fumaba con cara de preocupación mientras Luke se afeitaba y mudaba de ropa a toda prisa. A pesar de ello, eligió la ropa cuidadosamente: camisa azul de tela suave, pantalones de franela nuevos y su chaqueta de tweed gris favorita.

Daban las dos cuando llegó al patio interior de la residencia de Radcliffe. Los edificios de ladrillo rojo rodeaban un pequeño parque por el que los estudiantes paseaban en parejas. Allí había besado a Elspeth, recordó acongojado, la medianoche de un sábado, al final de su primera cita. Despreciaba a los hombres que traicionaban lealtades con la misma facilidad con que cambiaban de camisa y allí estaba él, haciendo lo que tanto censuraba. Pero no podía evitarlo.

Una doncella uniformada le dejó entrar al vestíbulo de la residencia. Luke preguntó por Billie. La doncella se sentó ante un escritorio, cogió un tubo de comunicación similar a los empleados en los barcos, sopló en la boquilla y dijo:

–Visita para la señorita Josephson.

Billie bajó vestida con un jersey de cachemir gris visón y una falda de cuadros escoceses. Estaba preciosa, pero angustiada, y a Luke le entraron ganas de estrecharla en sus brazos y confortarla. También la habían convocado al despacho de Peter Ryder y, según explicó a Luke, el individuo que le había entregado la nota había dejado otra para Elspeth.

Billie lo acompañó al salón de fumadores, donde las chicas estaban autorizadas a recibir visitas masculinas.

–¿Qué voy a hacer ahora? –dijo Billie.

La preocupación daba a su rostro una expresión tensa. Parecía una viuda joven. A los ojos de Luke, estaba aún más arrebatadora que la víspera. Hubiera querido decirle que él lo arreglaría todo. Pero no se le ocurría ninguna solución.

–Anthony podría decir que estaba con otra en la habitación, pero tendría que encontrar una chica dispuesta a confirmarlo.

–No sé qué le voy a decir a mi madre.

–Me pregunto si Anthony estaría dispuesto a pagarle a una

mujer, ya sabes, una mujer de vida alegre, para que dijera que estaba con él.

Billie meneó la cabeza.

–No le creerían.

–Y Jenkins les diría que no era ella. Es el chivato que te ha delatado.

–Ya puedo decirle adiós a la carrera. –Con una sonrisa amarga, añadió–: Tendré que volver a Dallas y trabajar de secretaria para un petrolero de botas camperas.

Veinticuatro horas antes Luke era un hombre feliz. Costaba creerlo.

Dos chicas con abrigo y sombrero entraron en la sala como una exhalación. Estaban sofocadas.

–¿Habéis oído las noticias? –dijo una.

Luke no sentía el menor interés por las noticias. Sacudió la cabeza. Billie respondió con desgana:

–¿Qué ha pasado?

–¡Estamos en guerra!

Luke frunció el ceño.

–¿Qué?

–Es cierto –dijo la segunda chica–. ¡Los japoneses han bombardeado Hawai!

Luke no daba crédito a sus oídos.

–¿Hawai? ¿Por qué? ¿Qué hay en Hawai?

–Pero, ¿es verdad? –preguntó Billie.

–No se habla de otra cosa en la calle. La gente está parando los coches.

Billie miró a Luke.

–Estoy asustada –dijo.

Luke le cogió la mano. Deseaba decirle que cuidaría de ella, ocurriera lo que ocurriese.

Otras dos chicas irrumpieron en el salón parloteando nerviosamente. Alguien bajó una radio de los dormitorios y la enchufó. Se produjo un silencio expectante mientras el aparato se calentaba. Al fin, oyeron la voz de un locutor:

–Nos informan de que el acorazado *Arizona* ha sido destruido y el *Oklahoma* hundido en Pearl Harbor. Las primeras estimaciones aseguran que más de un centenar de aparatos de las fuerzas aéreas estadounidenses han sido inutilizados antes de despegar de la base aérea de la marina de Ford Island y en los campos de aviación de Wheeler y Hickam. Se calcula que el número de bajas estadounidenses es de al menos dos mil muertos y mil heridos.

Luke sintió que la rabia lo ahogaba.

–¡Dos mil personas asesinadas! –exclamó.

Entró otro grupo de chicas dando voces, y las hicieron callar sin contemplaciones. El locutor seguía informando:

–No hubo ninguna advertencia previa sobre el ataque japonés, que empezó a las siete cincuenta y cinco de la mañana, hora local, poco antes de la una de la tarde, hora oficial del Este.

–Eso significa la guerra, ¿verdad? –dijo Billie.

–Puedes apostarlo –dijo Luke, colérico. Sabía que era estúpido e irracional odiar a toda una nación, pero no podía evitar sentirse así–. Me gustaría bombardear Japón hasta no dejar piedra sobre piedra.

Billie le apretó la mano.

–No quiero que vayas a la guerra –musitó. Tenía los ojos arrasados en lágrimas–. No quiero que te hagan daño.

Luke creyó que el corazón le estallaría en el pecho.

–No sabes lo feliz que soy al oírte decir eso. –Esbozó una sonrisa culpable–. El mundo se está partiendo en pedazos, y yo soy feliz. –Luke echó un vistazo al reloj–. Supongo que tendremos que ir a ver al decano, aunque estemos en guerra. –De pronto se le ocurrió algo, y calló.

–¿Qué? –le urgió Billie–. ¿Qué ocurre?

–Puede que haya una solución para que tú y Anthony sigáis en Harvard.

–¿Cuál?

–Déjame pensar.

Elspeth estaba nerviosa, pero se dijo que no había de qué asustarse. Se había saltado el toque de queda la noche anterior, pero no la habían descubierto. Estaba casi segura de que aquello no tenía nada que ver con Luke y ella. Los que debían preocuparse eran Anthony y Billie. Elspeth apenas conocía a Billie, pero apreciaba a Anthony, y tenía el espantoso presentimiento de que lo iban a expulsar.

Los cuatro convocados se encontraron frente al despacho del decano.

–Tengo un plan –dijo Luke. Pero antes de que pudiera explicárselo a los demás, el decano abrió la puerta y los invitó a pasar. Luke apenas pudo añadir–: Dejadme hablar a mí.

Peter Ryder, el decano de estudiantes, era un individuo puntilloso y anticuado embutido en un pulcro traje de chaqueta y chaleco negros y pantalones a rayas grises. Su pajarita parecía a punto de echarse a volar, sus botas resplandecían y su pelo engominado semejaba pintura negra sobre un huevo pasado por agua. Lo acompañaba una solterona de pelo entrecano llamada Iris Rayford, responsable de la salud moral de las chicas de Radcliffe.

Se sentaron con las sillas colocadas en corro, como en las clases de grupos reducidos. El decano encendió un cigarrillo.

–Bien, muchachos, espero que estén dispuestos a decir la verdad, como cabe esperar de unos caballeros –dijo–. ¿Qué ocurrió anoche en su habitación?

Anthony hizo oídos sordos a la pregunta de Ryder y actuó como si fuera el encargado de presidir la sesión.

–¿Dónde está Jenkins? –preguntó con brusquedad–. Porque es él quien le ha venido con el cuento, ¿me equivoco?

–No hay nadie más convocado ahora para reunirse con nosotros –respondió el decano.

–Sin embargo, creo que un acusado tiene derecho a carearse con su acusador.

–Esto no es un tribunal, señor Carroll –replicó el decano, irritado–. La señorita Rayford y yo estamos aquí para esclarecer los hechos. Llegado el caso, el procedimiento disciplinario seguirá su debido curso.

–No estoy seguro de poder aceptar tal cosa –le espetó Anthony con tono altanero–. Jenkins debería estar presente.

Elspeth comprendió sus intenciones. Anthony confiaba en que Jenkins no se atrevería a repetir la acusación en su presencia. Si tal cosa ocurría, era muy posible que la facultad se viera obligada a olvidar el asunto. A ella le parecía poco probable que funcionara, pero tal vez mereciera la pena intentarlo.

Sin embargo, Luke cortó la discusión en seco.

–Basta ya –soltó con un gesto de impaciencia; luego se dirigió al decano–: Señor, anoche estuve con una mujer en la residencia.

Elspeth se quedó boquiabierta. ¿De qué demonios estaba hablando?

El decano fruncía el ceño.

–Según mis informaciones, fue el señor Carroll quien invitó a entrar en la residencia a una mujer.

–Me temo que le han informado mal.

Elspeth no pudo contenerse.

–¡No es verdad!

Luke le clavó una mirada que la dejó helada.

–Por supuesto, la señorita Twomey estaba en su dormitorio a medianoche, como puede probar el registro de la gobernanta.

Elspeth lo miró fijamente. Desde luego, el registro no lo desmentiría, porque una compañera había falsificado su firma. Comprendió que le convenía cerrar la boca si no quería delatarse a sí misma. Pero ¿qué pretendía Luke?

Lo mismo se preguntaba Anthony. Miró perplejo a Luke y luego replicó:

–Luke, no sé adónde quieres ir a parar, pero...

–Déjame contar lo ocurrido –le atajó Luke. Anthony parecía indeciso, y Luke añadió–: Por favor.

Anthony se encogió de hombros.

–Por favor, señor Lucas –intervino, sarcástico, el decano–, prosiga. Me muero de impaciencia.

–Conocí a la chica en el hostal La gota de rocío –empezó a decir Luke.

La señorita Rayford abrió por fin la boca.

–¿La gota de rocío? –preguntó con incredulidad–. ¿Tiene doble sentido?

–Sí.

–Continúe.

–Es una de las camareras. Se llama Angela Carlotti.

Era evidente que el decano no creía una palabra.

–Según me han dicho, la persona que vieron en Cambridge House era la señorita Bilhah Josephson, aquí presente –dijo Ryder.

–No, señor –replicó Luke con inconmovible convicción–. La señorita Josephson es amiga nuestra, pero estaba fuera de la ciudad. Pasó la noche en casa de un pariente en Newport, Rhode Island.

La señorita Rayford se dirigió a Billie:

–¿Lo confirmaría ese pariente?

Billie miró desconcertada a Luke antes de contestar.

–Sí –respondió.

Elspeth clavó los ojos en Luke. ¿De verdad estaba dispuesto a sacrificar su futuro para salvar a Anthony? ¡Era absurdo! Luke era un amigo leal, pero aquello era llevar la amistad demasiado lejos.

Ryder continuó con el interrogatorio:

–¿Podría hacer venir a esa... camarera? –preguntó a Luke, pronunciando «camarera» con la misma repugnancia que si hubiera dicho «prostituta».

–Sí, señor, puedo.

El decano estaba sorprendido.

–Muy bien.

Elspeth no podía creerlo. ¿Había pagado a una pelandrusca para que cargara con el muerto? Si así era, no funcionaría. Jenkins juraría y perjuraría que la interfecta era otra.

Pero Luke no había acabado.

–Aunque no pienso hacerla pasar por esto.

–Ah –soltó el decano–. En tal caso, se me hace muy cuesta arriba aceptar su historia.

Elspeth no entendía nada. Luke había contado una patraña inverosímil y no tenía con qué apoyarla. ¿A qué fin?

–No creo que la presencia de la señorita Carlotti sea necesaria.

–Siento disentir, señor Lucas.

Y Luke soltó la bomba.

–Dejaré la facultad esta misma noche, señor.

–¡Luke! –exclamó Anthony.

El decano no se dio por vencido.

–No le servirá de nada irse para evitar la expulsión. De todos modos se llevará a cabo una investigación.

–El país está en guerra.

–Ya lo sé, joven.

–Mañana por la mañana me alistaré en el ejército, señor.

Elspeth soltó un grito:

–¡No!

Por primera vez, el decano se quedó sin palabras. Miraba a Luke de hito en hito con la boca abierta.

Elspeth comprendió la argucia de Luke. La facultad no podía

emprender una acción disciplinaria contra un chico dispuesto a arriesgar la vida por su país. Y si no había investigación, Billie estaba a salvo.

Una niebla de pena le nubló la vista. Luke lo había sacrificado todo... para salvar a Billie.

La señorita Rayford aún podía exigir el testimonio del primo de Billie, que con toda probabilidad mentiría por ella. El quid de la cuestión era que Radcliffe no podía esperar que Billie presentara a la camarera Angela Carlotti.

Pero nada de eso le importaba en aquellos momentos. Sólo podía pensar en que había perdido a Luke.

Ryder murmuró algo sobre redactar su informe y dejar la decisión a quien correspondiera. La señorita Rayford mostró mucho empeño en apuntar las señas del primo de Billie. Pero todo eran fuegos de artificio. Luke había sido más listo que ellos, y lo sabían.

Al cabo, los estudiantes obtuvieron permiso para retirarse.

En cuanto se cerró la puerta, Billie se echó a llorar.

–¡No te alistes, Luke! –sollozó.

–Me has salvado la vida –dijo Anthony. Le echó los brazos al cuello y lo atrajo hacia sí–. Nunca lo olvidaré –aseguró–. Nunca. –Se separó de Luke y cogió a Billie de la mano–. No te preocupes –le dijo–. Luke es demasiado listo para dejar que lo maten.

Luke se volvió hacia Elspeth. Cuando sus miradas se encontraron, el chico se azoró al instante, y Elspeth comprendió que su rabia debía de ser evidente. Pero le daba igual. Lo miró fijamente durante un buen rato; luego levantó la mano y le cruzó el rostro, una sola vez y con toda su alma. Él no pudo reprimir un quejido de dolor y sorpresa.

–Jodido cabrón... –le escupió Elspeth.

Luego dio media vuelta y se alejó.

13 HORAS

Cada cohete Baby Sergeant *mide ciento veinte centímetros de largo y quince de diámetro, y pesa veintiséis kilos. La combustión del motor sólo dura seis segundos y medio.*

Luke buscaba una calle recoleta y solitaria. Washington era completamente desconocido para él, como si lo visitara por primera vez. Al alejarse de la estación Union, había elegido una dirección al azar y conducido hacia el oeste. Una larga calle lo había llevado hacia el centro de la ciudad, distrito de impresionantes perspectivas y grandiosos edificios gubernamentales. Puede que fuera hermoso, pero lo intimidaba. No obstante, sabía que si seguía avanzando en la misma dirección acabaría llegando a algún barrio de casas normales habitado por gente normal.

Cruzó un río y se encontró en una encantadora zona residencial de calles estrechas flanqueadas de árboles. Pasó junto a un edificio cuya fachada ostentaba el rótulo HOSPITAL MENTAL GEORGETOWN, y supuso que el barrio se llamaba Georgetown. Giró hacia una calle arbolada, de casas modestas. Parecía prometedora. Los vecinos no tendrían servicio doméstico permanente, así que era muy probable que encontrara alguna vivienda vacía.

La calle describía una curva y acababa poco después ante un cementerio. Luke hizo girar el Ford robado y lo aparcó con el morro encarado hacia el otro extremo de la calle, por si tenía que huir rápidamente.

Necesitaba algunas herramientas básicas, un escoplo o destornillador y un martillo. Era probable que hubiera una pequeña caja de herramientas en el maletero, pero estaba cerrado con llave. Podría forzarlo si encontraba un trozo de alambre. En caso contrario, tendría que conducir hasta una ferretería y comprar o robar lo que necesitaba.

Se inclinó hacia el asiento trasero y cogió la maleta que había robado en la estación. Rebuscando entre la ropa, encontró una carpeta llena de papeles. Sacó un clip y cerró la maleta.

Tardó unos treinta segundos en abrir el maletero. Como esperaba, encontró una caja metálica con un puñado de útiles, junto al gato. Eligió el destornillador más grande. No había martillo, pero sí una pesada llave inglesa que serviría para el caso. Se los metió en el bolsillo de la andrajosa gabardina y cerró el maletero de un portazo.

Sacó la maleta del coche, cerró la puerta y se encaminó hacia la curva. Sabía que un vagabundo harapiento merodeando por un barrio acomodado con una maleta cara resultaba sospechoso. Si el desocupado de turno llamaba a la policía, y la policía no tenía nada mejor que hacer esa mañana, podía verse en apuros en cuestión de minutos. Por otro lado, si todo salía bien, estaría limpio, afeitado y vestido como un ciudadano respetable en cosa de media hora.

Llegó a la altura de la primera casa. Cruzó el pequeño patio delantero y llamó a la puerta con los nudillos.

Rosemary Sims vio un flamante coche azul y blanco que pasaba despacio ante su casa y se preguntó a quién pertenecería. Puede que se lo hubieran comprado los Browning, que nadaban en la abundancia. O el señor Cyrus, que estaba soltero y no tenía necesidad de escatimar. En caso contrario, concluyó, sería de algún desconocido.

Aún tenía buena vista, y una envidiable perspectiva de casi toda la calle desde su cómodo sillón junto a la ventana del segundo piso, sobre todo en invierno, cuando los árboles estaban desnudos. Así que vio al extraño en cuanto dobló la esquina. Y «extraño» era la palabra. No llevaba sombrero, tenía la gabardina rasgada y se había atado los zapatos con cuerdas para mantenerlos de una pieza. Sin embargo, cargaba con una maleta que parecía nueva.

El hombre llegó a la puerta de la señora Britsky y llamó

con los nudillos. La señora Britsky era viuda y vivía sola, pero no era tonta. Se libraría de él sin contemplaciones, la señora Sims estaba segura. Como había esperado, su vecina se asomó a una ventana e indicó al extraño que se marchara con gestos inequívocos.

El desconocido fue a la casa de al lado y llamó. Allí, la señora Loew abrió la puerta. Era una morena alta, más orgullosa de la cuenta para el gusto de la señora Sims. Intercambió unas palabras con el hombre y le cerró la puerta en las narices.

El sujeto continuó su ronda, dispuesto al parecer a patearse toda la calle. La joven Jeannie Evans apareció en la siguente puerta llevando en brazos a la pequeña Rita. Se metió la mano en el bolsillo del delantal y le dio algo al vagabundo, probablemente unos centavos. Así que estaba pidiendo...

El viejo señor Clark salió en bata y zapatillas de paño. El mendigo se fue con las manos vacías.

El señor Bonetti, propietario de la siguiente casa, estaba en el trabajo, y Angelina, su mujer, embarazada de siete meses, había salido hacía cinco minutos llevando un capazo, camino, sin duda, del supermercado. El vagabundo llamaría en vano.

A esas alturas, Luke había tenido tiempo de examinar las puertas, que eran idénticas. Disponían de cerraduras Yale, de las que tenían un pestillo en la hoja de la puerta y un cajetín en la jamba. El mecanismo se accionaba con una llave desde el exterior y un pomo desde el interior.

En cada puerta había una ventanilla de cristal oscuro a la altura de la cabeza. Lo más fácil sería romper el cristal y meter el brazo para hacer girar el pomo. Pero la ventanilla rota se vería desde la calle. Así pues, decidió emplear el destornillador.

Miró a derecha e izquierda de la calle. Por desgracia, había tenido que llamar a cuatro puertas para dar con una casa vacía. Tal vez ya hubiera levantado sospechas, aunque no veía a nadie. Sea como fuere, no tenía elección. Había que arriesgarse.

La señora Sims se apartó de la ventana y levantó el auricular del teléfono, que tenía cerca del sillón. Despacio y cuidadosamente, marcó el número de la comisaría más cercana, que por supuesto se sabía de memoria.

Tenía que actuar con rapidez.

Metió el destornillador entre la hoja y el marco a la altura del pestillo. A continuación golpeó el mango del destornillador con el extremo de la llave inglesa e intentó introducir la punta en el cajetín de la cerradura.

El primer golpe no consiguió mover el destornillador, que hacía tope contra el pestillo de acero. Tiró del mango hacia la puerta para orientar la punta y volvió a golpear el destornillador con la llave inglesa, esta vez con más fuerza. Seguía sin entrar en el cajetín. Sintió que el sudor le rodaba por la frente, a pesar del intenso frío reinante.

Se dijo que debía conservar la calma. Había hecho aquello otras veces. ¿Cuándo? No tenía la menor idea. Pero daba igual. El sistema funcionaba, estaba seguro.

Volvió a tirar del destornillador. Esa vez tuvo la sensación de que parte de la punta se introducía en una muesca. Volvió a martillear con todas sus fuerzas. El destornillador se hundió un par de centímetros.

Tiró del mango en sentido contrario y consiguió deslizar el pestillo fuera del cajetín. Para su enorme alivio, la puerta se abrió hacia dentro.

Los desperfectos del marco eran demasiado insignificantes para apreciarse desde la calle.

Se coló en la casa sin pérdida de tiempo y cerró la puerta tras él.

Cuando acabó de marcar el número, Rosemary Sims volvió a mirar por la ventana, pero el vagabundo se había esfumado.

Había sido visto y no visto.

La policía respondió. Confusa, colgó el auricular sin decir una palabra.

¿Por qué había dejado de llamar a las puertas? ¿Dónde se había metido? ¿Quién era?

Sonrió. Tenía en qué ocupar la mente el resto del día.

Era el domicilio de un matrimonio joven. El ajuar consistía en una mezcla de regalos de boda y adquisiciones en tiendas de segunda mano. En la sala de estar había un sofá nuevo y un televisor enorme, pero seguían aprovechando las cajas de naranjas para almacenar cosas en la cocina. Sobre el radiador de la entrada, un sobre sin abrir llevaba la dirección de un tal señor G. Bonnetti.

Nada indicaba que tuvieran niños. Lo más probable era que el señor y la señora Bonetti trabajaran y estuvieran fuera todo el día. Pero no podía darlo por sentado.

Subió las escaleras a toda prisa. Había tres dormitorios, pero sólo uno estaba amueblado. Arrojó la maleta sobre la cama, hecha con esmero, y la abrió. En su interior encontró un traje azul de finas rayas blancas cuidadosamente doblado, una camisa blanca y una sobria corbata de rayas. Había calcetines negros, ropa interior limpia y un par de lustrosos zapatos de puntera que parecían sólo media talla más grande de la cuenta.

Se quitó sus inmundos andrajos y los lanzó a un rincón de una patada. Estar desnudo en casa de unos extraños le daba repelús. Pensó en saltarse la ducha, pero hasta a él mismo le molestaba su hedor.

Recorrió el pequeño rellano hasta el cuarto de baño. Se sintió de maravilla al recibir encima el agua caliente y enjabonarse de la cabeza a los pies. Al salir de la ducha se quedó inmóvil y aguzó el oído. La casa estaba en silencio.

Se secó con una de las toallas de baño de la señora Bonetti –otro regalo de boda, supuso– y se puso los calzoncillos, pantalones, calcetines y zapatos de la maleta robada. Estar medio vestido le facilitaría la huida si ocurría algo inesperado mientras se afeitaba.

El señor Bonetti usaba maquinilla eléctrica, pero Luke prefería la navaja. En la maleta encontró una maquinilla de hojas y una brocha. Se enjabonó la cara y se afeitó rápidamente.

Bonetti no se perfumaba, pero tal vez hubiese colonia en la maleta. Después de apestar como un cerdo toda la mañana, le apetecía oler bien. Dio con un elegante estuche de aseo y descorrió la cremallera. No había ningún frasco de colonia; en cambio, encontró cien dólares en billetes de veinte cuidadosamente doblados: dinero para una emergencia. Se los guardó en un bolsillo prometiéndose devolverlos a su propietario algún día.

Después de todo, el pobre diablo no era un colaboracionista.

Pero, ¿qué diantre significaba aquello?

Otro misterio. Se puso la camisa, la corbata y la chaqueta. Le sentaba bien: había acertado con la altura y constitución de su víctima. La ropa era de buena calidad. En la etiqueta de facturación figuraba una dirección de Central Park South, Nueva York. Luke imaginó que su propietario era un pez gordo de alguna gran empresa, que estaba en Washington para un par de jornadas de reuniones.

La parte posterior de la puerta del dormitorio era un espejo de cuerpo entero. No había contemplado su imagen desde primeras horas de la mañana, en el servicio de caballeros de la estación Union, donde tanto le había conmocionado la visión del zarrapastroso vagabundo que le devolvía la mirada.

Lleno de aprensión, dio un paso hacia el espejo.

Vio a un individuo alto entrado en la treintena y en aparente buena forma, de pelo negro y ojos azules; una persona normal y corriente, aunque con aspecto angustiado. Una mezcla de cansancio y alivio se apoderó de Luke.

«Imagina a un tío así –se dijo–. ¿Cómo dirías que se gana la vida?»

Tenía las manos suaves, y ahora que estaban limpias no parecían las de un trabajador manual. Su rostro, lejos de estar curtido, era el de alguien que no había pasado mucho tiempo a la intemperie. Llevaba el pelo bien cortado. El individuo del espejo parecía estar a sus anchas en la ropa de un ejecutivo.

No era policía, estaba claro.

En la maleta no había ni sombrero ni abrigo. Luke comprendió que llamaría la atención sin uno u otro en un frío día de enero. Quizá encontrara alguno en la casa. Merecía la pena gastar unos segundos más en echar un vistazo.

Abrió el armario. No contenía gran cosa. La señora Bonetti tenía tres vestidos. Su marido, una chaqueta de sport para los fines de semana y un traje negro que probablemente se ponía para ir a la iglesia. Ni rastro de abrigo –el señor Bonetti se lo habría puesto para salir, y no podría permitirse otro–, pero había una gabardina. Luke la sacó de su percha. Sería mejor que nada. Se la puso. Era una talla más pequeña que la suya, pero apenas se notaba.

En el armario no había ningún sombrero, aunque sí un gorro de tweed que Bonetti debía de ponerse los sábados con la chaqueta de sport. Luke se lo probó. Demasiado pequeño. Tendría que comprarse un sombrero con el dinero de emergencia. Mientras tanto, se apañaría con el gorro...

Oyó un ruido en la planta baja. Se quedó petrificado, escuchando.

La voz de una mujer joven exclamó:

–¿Qué le ha pasado a mi puerta?

Respondió otra voz femenina:

–¡Parece que han intentado forzarla!

Luke maldijo entre dientes. Se había quedado más rato de la cuenta.

–Ay, Jesús, ¡tienes razón!

–Tienes que llamar a la policía.

De modo que la señora de la casa no estaba trabajando... Lo más probable era que sólo hubiera salido a comprar. Se había encontrado con una amiga en la tienda y la había invitado a tomar un café en casa.

–No sé... Parece como si finalmente los ladrones no hubieran conseguido entrar.

–¿Y cómo lo sabes? Lo mejor es que compruebes si os han robado algo.

Luke comprendió que tenía que poner pies en polvorosa cuanto antes.

–¿Qué nos van a robar? ¿Las joyas de la familia?

–¿Y el televisor?

Luke abrió la ventana del dormitorio y echó un vistazo al patio delantero. No había árbol ni canalón al alcance por los que pudiera descolgarse.

–Todo está en orden –oyó decir a la señora Bonetti–. Creo que no han entrado.

–¿Y arriba?

Moviéndose con sigilo, Luke atravesó el rellano y se metió en el cuarto de baño. Detrás de la casa no había otra cosa que una altura muy a propósito para partirse una pierna contra el pavimento del patio.

–Voy a echar un vistazo.

–¿No te da miedo?

Se oyó una risa floja.

–Sí, pero, ¿qué otra cosa podemos hacer? Si llamamos a la policía y no encuentran a nadie, quedaremos como dos tontas de campeonato.

Luke oyó pasos en la escalera. Se ocultó tras la puerta del baño.

Las pisadas acabaron de subir peldaños, cruzaron el rellano y entraron en el cuarto de baño. La señora Bonetti soltó un chillido.

–¿De quién es esa maleta? –preguntó su amiga.

–¡No la he visto en mi vida!

Luke se deslizó fuera del baño sin hacer ruido. Veía la puerta abierta del dormitorio, pero no a las mujeres. Bajó los peldaños de puntillas, dando gracias a Dios por la alfombra.

–¿A qué ladrón se le ocurriría venir con equipaje?

–Voy a llamar a la policía ahora mismo. Me estoy poniendo de los nervios.

Luke abrió la puerta de la calle y salió.

Sonrió. Lo había conseguido.

Cerró la puerta con cuidado y se alejó a buen paso.

La señora Sims frunció el ceño, desconcertada. El hombre que acababa de salir de casa de los Bonetti llevaba puestos la gabardina negra del señor Bonetti y el gorro gris de tweed que se ponía cuando iba a ver a los Redskins, pero era más corpulento, y las prendas no acababan de sentarle bien.

Lo observó mientras bajaba por la acera y doblaba la esquina. No tendría más remedio que volver: la calle no tenía salida. Al cabo de un minuto, el coche azul y blanco que le había llamado la atención hacía un rato asomó el morro por la esquina y enfiló la calle más deprisa de lo normal. En ese momento, cayó en la cuenta de que el hombre que vio salir de casa de los Bonetti era el mendigo al que había estado observando. ¡Había forzado la puerta y había robado la ropa del señor Bonetti!

Cuando el coche pasó ante su ventana, leyó el número de la matrícula y lo memorizó.

13.30 HORAS

Los motores Sergeant *han superado 300 pruebas estáticas, 50 pruebas de vuelo y 290 encendidos del sistema de ignición sin un solo fallo.*

Sentado en la sala de reuniones, Anthony se reconcomía de impaciencia y frustración.

Luke seguía dando vueltas por Washington. Podía sorprenderlos de mil maneras. Y mientras tanto, allí estaba Anthony, escuchando a un trepa del Departamento de Estado mientras peroraba sobre la necesidad de combatir a los rebeldes concentrados en las montañas cubanas. Anthony lo sabía todo sobre Fidel Castro y Che Guevara. Tenían poco menos de mil hombres a su mando. Por supuesto, podían eliminarlos de un plumazo; pero no tenía sentido. Si se cargaban a Castro, otro ocuparía su lugar.

Lo que Anthony deseaba en esos momentos era salir a buscar a Luke.

Él y sus hombres habían llamado a la mayoría de las comisarías del Distrito de Columbia. Habían pedido a la policía que les comunicara en detalle cualquier incidente en que estuvieran implicados borrachos o vagabundos, cualquier mención a un delincuente que hablara como un catedrático de universidad y, en definitiva, cualquier cosa fuera de lo normal. Los policías estaban bien predispuestos a colaborar con la CIA: les encantaba la idea de participar en el espionaje internacional.

Cuando el del Departamento de Estado decidió cerrar el pico, se inició el debate a mesa redonda. Anthony sabía que la única forma de evitar que alguien como Castro se hiciera con el poder era que Estados Unidos apoyara un gobierno moderadamente reformista. Por fortuna para los comunistas, no había peligro de que tal cosa ocurriera.

Se abrió la puerta y Pete Maxell se deslizó al interior de la sala. Pidió disculpas al presidente de la sesión, Georges Cooperman, con un gesto de la cabeza, se sentó al lado de Anthony y le entregó una carpeta con la última tanda de informes policiales.

En casi todas las comisarías se había producido algún suceso extraño. Una atractiva mujer detenida por robar carteras en el Memorial Jefferson había resultado ser un hombre; un grupo de *beatniks* había intentado abrir una jaula y liberar a un águila en el zoo; en Wesley Heights un hombre había intentado ahogar a su mujer con una pizza con extra de queso; un camión de reparto de una editorial religiosa había volcado su carga en pleno Petworth, y la avalancha de Biblias había cortado el tráfico en la avenida Georgia.

Puede que Luke hubiera abandonado Washington, pero Anthony lo consideraba poco probable. No tenía dinero para el billete de tren o de autobús. Ciertamente, podía robarlo, pero, ¿para qué? No tenía adónde ir. Su madre vivía en Nueva York y su hermano en Baltimore, pero él no lo sabía. No tenía ningún motivo para viajar.

Mientras hojeaba rápidamente los informes, Anthony tendía una oreja hacia su jefe, Carl Hobart, que estaba alabando los denodados esfuerzos de Earl Smith, embajador estadounidense en Cuba, por desacreditar a la jerarquía de la Iglesia y demás elementos deseosos de democratizar Cuba por medios pacíficos. En ocasiones, Anthony se preguntaba si Smith era un agente del Kremlin, aunque lo más probable era que sólo fuese idiota.

Uno de los informes policiales le llamó la atención, y se lo enseñó a Pete.

–¿Es cierto? –murmuró, incrédulo.

Pete asintió.

–Un vagabundo ha atacado y dejado maltrecho a un policía de patrulla en la calle A con la Séptima.

–¿Que un vagabundo le ha zurrado la badana a un poli?

–Y no lejos del barrio en el que hemos perdido a Luke.

–¡Puede ser él! –exclamó, exaltado, Anthony. Carl Hobart,

que seguía en el uso de la palabra, lo fulminó con una mirada colérica. Anthony volvió a bajar la voz al nivel de un susurro–. Pero, ¿por qué iba a atacar a un patrullero? ¿Le ha robado algo? ¿Su arma reglamentaria, por ejemplo?

–No, pero lo ha dejado para el arrastre. Han tenido que atenderlo en el hospital, porque le ha partido el índice de la mano derecha.

Un estremecimiento sacudió a Anthony con la intensidad de una descarga eléctrica.

–¡Es él! –volvió a exclamar.

–¡Por amor de Dios! –exclamó Carl Hobart.

–Anthony –intervino George Cooperman, risueño–, o cierras el jodido pico o te vas a hablar fuera, ¿estamos?

–Lo siento, George –dijo Anthony poniéndose en pie–. Vuelvo enseguida. –Salió de la sala seguido de Pete–. Sí, es él –repitió Anthony tras cerrar la puerta–. Era su marca de fábrica durante la guerra. Solía hacérselo a los de la Gestapo... Romperles el dedo índice con el que apretaban el gatillo.

Pete lo miraba perplejo.

–¿Cómo sabes eso?

Anthony comprendió que había hablado de más. Pete creía que Luke era un diplomático víctima de una crisis nerviosa. Anthony no le había explicado que conocía a Luke personalmente. Ahora se maldecía por su descuido.

–No te lo he contado todo –dijo en un tono que pretendía ser natural–. Trabajé con él en la OSS.

Pete frunció el ceño.

–Y se hizo diplomático después de la guerra. –Dirigió una mirada de inteligencia a Anthony–. No son simples problemas con su mujer, ¿verdad?

–No. Estoy convencido de que es algo más serio.

Pete parecía persuadido.

–Hace falta ser un cabrón con sangre fría para romperle el dedo a un tío, así, sin más...

–¿Sangre fría, dices? –Anthony nunca había considerado a Luke en esos términos, aunque reconocía que tenía una veta implacable–. Supongo que lo era, cuando las cosas se ponían feas. –Había salvado la situación, pensó con alivio. Pero aún tenía que encontrar a Luke–. ¿A qué hora ha sido la pelea?

–A las nueve treinta.

–Mierda. Hace más de cuatro horas. Ahora mismo podría estar en cualquier punto de la ciudad.

–¿Qué hacemos?

–Manda un par de hombres a la calle A para que enseñen su foto, a ver si obtienes alguna pista de adónde ha podido dirigirse. Y habla también con el poli.

–De acuerdo.

–Y si sacas algo en limpio, no dudes en interrumpir la jodida reunión.

–Hecho.

Anthony volvió a la sala. George Cooperman, su colega de los tiempos de la guerra, estaba empezando a perder la paciencia.

–Deberíamos mandar a un puñado de boinas verdes con cojones y exterminar a esa chusma de Castro en menos de un día y medio.

–¿Podríamos mantener en secreto la operación? –preguntó, nervioso, el representante del Departamento de Estado.

–No –respondió George–. Pero sí hacerla pasar por un conflicto local, como hicimos en Irán y Guatemala.

Cal Hobart decidió meter baza:

–Perdónenme si mi pregunta es estúpida, pero, ¿por qué ha de ser un secreto lo que hicimos en Irán y Guatemala?

–Es evidente –respondió el hombre del Departamento de Estado– que no nos interesa dar publicidad a nuestros métodos.

–No se ofenda, pero eso me parece una idiotez –opinó Hobart–. Los rusos saben que fuimos nosotros. Los iraníes y los guatemaltecos saben que fuimos nosotros. ¡Joder, si hasta los periódicos europeos nos lo atribuyeron abiertamente! Sólo conseguimos engañar a nuestros propios conciudadanos. Y digo yo, ¿por qué tenemos que mentirles precisamente a ellos?

–Si esa mierda se destapara –dijo George, cada vez más irritado–, habría una investigación del Congreso. Los jodidos políticos empezarían a preguntar si teníamos derecho a hacerlo y si era legal, y a poner el grito en el cielo por los pobrecitos destripaterrones iraníes y los putos recogebananas de Centroamérica.

–Puede que no fueran tan malas preguntas –se empecinó Hobart–. En el fondo, ¿hicimos algo bueno en Guatemala? Yo no veo grandes diferencias entre el régimen de Armas[1] y una panda de gánsteres.

George acabó de perder los estribos.

–¡A la mierda! –gritó–. No estamos aquí para dar de comer a los muertos de hambre iraníes ni para defender los derechos civiles de los campesinos sudamericanos, por amor de Dios... Nuestro trabajo es velar por los intereses norteamericanos... ¡y a tomar por saco la democracia!

Hubo un momento de silencio; luego, Hobart dijo:

–Gracias, George. Me alegro de que hayamos aclarado ese punto.

1. El coronel Carlos Castillo Armas encabezó el ejército de «contras» guatemaltecos reclutado por la CIA que derrocó en junio de 1954 a Jacobo Arbenz, presidente legítimo de Guatemala y propulsor de la reforma agraria. *(N. del T.)*

14 HORAS

Cada motor Sergeant *dispone de un deflagrador compuesto por dos conductores eléctricos conectados en paralelo y un cilindro de oxidante metálico inserto en una vaina de plástico. Los deflagradores son tan sensibles que es necesario desconectarlos si se desencadena una tormenta con aparato eléctrico en un radio de veinte kilómetros alrededor de Cabo Cañaveral para evitar la ignición accidental.*

Luke compró un sombrero de fieltro gris y un abrigo de lana azul marino en una tienda de ropa masculina de Georgetown. Salió con ellos puestos y sintiendo que al fin podía mirar al mundo a la cara.

Ahora estaba listo para enfrentarse a sus problemas. En primer lugar, tenía que averiguar varias cosas sobre su memoria. Quería saber cuáles eran las causas de la amnesia, si se manifestaba de diversas formas y cuánto podía durar. Y, lo más importante, necesitaba información sobre tratamientos y curas.

¿Adónde iba uno en busca de información? A una biblioteca. ¿Cómo encontrar una biblioteca? Mirando en un plano. Compró un plano de Washington en un quiosco próximo a la tienda de ropa. Enseguida le saltó a la vista la Biblioteca Pública Central, en la intersección de las avenidas de Nueva York y Massachusetts, justo al otro lado de la ciudad. Luke volvió al coche y se dirigió hacia allí.

Era un imponente edificio neoclásico elevado sobre el nivel del suelo como un templo griego. Esculpidas en el frontón que sostenían las columnas de la entrada, destacaban las palabras:

Al final de las escaleras, Luke titubeó un instante; luego, recordó que volvía a ser un ciudadano normal y entró en el edificio.

Su nueva vestimenta surtió efectos inmediatos. Una bibliotecaria canosa sentada detrás del mostrador se puso erguida en pie y le preguntó:

–¿Puedo ayudarle en algo, caballero?

Luke se sintió patéticamente agradecido ante un trato tan cortés.

–Quisiera consultar libros que traten temas relacionados con la memoria –respondió.

–Los encontrará en la sección de Psicología –dijo ella–. Si tiene la bondad de seguirme, le mostraré dónde está.

La bibliotecaria lo precedió por una magnífica escalinata y, una vez en la segunda planta, señaló hacia un rincón.

Luke miró en las estanterías. Había muchos libros sobre psicoanálisis, desarrollo infantil y percepción, pero no le servían de nada. Cogió un grueso volumen titulado *El cerebro humano* y lo hojeó, pero lo poco que contenía sobre la memoria parecía excesivamente técnico. Había un puñado de ecuaciones y algunos datos estadísticos, que le resultaron relativamente fáciles de comprender; pero la mayoría de las explicaciones daban por sabidos unos conocimientos de Biología que Luke estaba lejos de poseer.

Sus ojos se posaron sobre una *Introducción a la psicología de la memoria,* de Bilhah Josephson. Eso era otra cosa. Sacó el libro del estante y comprobó que contenía un capítulo sobre alteraciones de la memoria. Leyó:

> El fenómeno general de «pérdida de la memoria» recibe el nombre de *amnesia global.*

Luke se sintió aliviado. No era la única persona a la que le había ocurrido aquello.

> Quien padece dicha alteración ignora su identidad y no reconoce ni a padres ni a hijos. No obstante, recuerda muchas otras cosas. Puede ser capaz de conducir, hablar idiomas, desmontar un motor y decir el nombre del primer ministro de Canadá. Este estado podría llamarse con toda propiedad «amnesia autobiográfica».

Era justo lo que le pasaba a él. Seguía siendo capaz de comprobar si lo estaban siguiendo o poner en marcha un coche robado sin tener la llave.

A continuación, la doctora Josephson pasaba a exponer su teoría, según la cual el cerebro disponía de diferentes bancos de memoria, semejantes a compartimentos estancos, para diversos tipos de información.

> La memoria autobiográfica registra acontecimientos que hemos vivido de forma personal. Dichos sucesos tienen sus correspondientes etiquetas espaciotemporales: por lo general, sabemos no sólo lo que ocurrió, sino también dónde y cuándo.
>
> La memoria semántica a largo plazo contiene conocimientos generales tales como el nombre de la capital de Rumanía o el sistema para resolver ecuaciones de segundo grado.
>
> La memoria a corto plazo es el lugar donde retenemos un número de teléfono durante el puñado de segundos que transcurren desde que lo leemos en la guía hasta que lo marcamos en el dial.

La psicóloga ponía ejemplos de pacientes que habían perdido uno de los compartimentos, pero conservaban los otros, como le ocurría a Luke. Su alivio, y su gratitud hacia la autora del libro, iban en aumento a medida que comprendía que su caso era un fenómeno psicológico ampliamente estudiado.

De pronto tuvo una inspiración. Puesto que tenía treinta y tantos años, debía de llevar trabajando al menos una década. Sus conocimientos profesionales tenían que seguir en su cabeza, alojados en la memoria semántica a largo plazo. Debería ser capaz de buscar en ella para averiguar a qué se dedicaba. ¡Sería el punto de partida para descubrir su identidad!

Levantó la vista del libro e intentó pensar en los conocimientos especializados que poseía. Descartó las habilidades de un agente secreto, pues ya había decidido que, a juzgar por la tersura de su cutis, nada curtido, no era un sabueso de ninguna especie. ¿Qué otros conocimientos especializados tenía?

Era más difícil de lo que pensaba. Acceder a la memoria no era como abrir el frigorífico y abarcar su contenido de un vistazo. Se parecía más a consultar el catálogo de una biblioteca: había que saber lo que estaba buscando. Frustrado, se dijo que debía ser paciente y proceder con método.

Si fuera jurista, ¿recordaría miles de leyes? Si médico, ¿sería capaz de mirar a alguien y decir: «Esta mujer tiene apendicitis»?

Aquello no iba a funcionar. Al pasar revista a los minutos empleados en la pesquisa, la única pista que pudo detectar fue que apenas le había costado comprender las ecuaciones y estadísticas de *El cerebro humano,* mientras que otros aspectos de la psicología le habían resultado abstrusos. Puede que su profesión estuviera relacionada con los números: contabilidad o seguros, quizá. O puede que fuera profesor de Matemáticas.

Buscó la sección de Matemáticas y echó un vistazo a las estanterías. Le llamó la atención un libro titulado *Teoría de los números.* Se entretuvo hojeándolo. La exposición era clara, pero el contenido necesitaba una puesta al día...

Asombrado, levantó la vista. Acababa de descubrir algo. Entendía la teoría de los números.

Era una pista trascendental. La mayoría de las páginas del libro que tenía en las manos contenían más ecuaciones que texto corrido. Aquello no había sido escrito para el profano curioso. Era una obra especializada. Y él la entendía. Debía de ser científico, fuera cual fuese su especialidad.

Con creciente optimismo, localizó la estantería dedicada a la Química y extrajo *Manipulación de polímeros.* Le pareció comprensible, aunque no fácil. A continuación, pasó a la sección de Física y hojeó *Simposio sobre el comportamiento de los gases fríos y muy fríos.* Era fascinante, como leer una buena novela.

Empezaba a acotar el terreno. Su profesión exigía conocimientos de Matemáticas y Física. ¿Qué rama de la Física? Los gases fríos eran interesantes, pero era evidente que no sabía tanto como el autor del libro. Recorrió los anaqueles con la mirada y se detuvo en la subsección de Geofísica, recordando el artículo de prensa titulado LA LUNA ESTADOUNIDENSE SIGUE EN TIERRA. Eligió *Principios del diseño de cohetes.*

Era un texto elemental, a pesar de lo cual contenía un error en la página que abrió al azar. Según leía, encontró dos más...

–¡Sí! –exclamó en voz alta, sobresaltando a un escolar que estudiaba un manual de Biología.

Si era capaz de descubrir errores en un libro de texto, tenía que ser un experto. Era un científico espacial.

Se preguntó cuántos científicos espaciales habría en Estados

Unidos. Varios centenares, supongo. Se dirigió a toda prisa al mostrador de información y habló con la bibliotecaria canosa.

–¿Existe un repertorio de científicos o algo por el estilo?

–Desde luego –contestó la mujer–. Consulte usted el *Diccionario de científicos de Estados Unidos,* al principio de la sección de Ciencias.

Encontró el libro a la primera. Era un volumen enorme, pero aun así no podía incluir a todos y cada uno de los científicos del país. Sólo figurarían los más importantes, pensó. Sin embargo, merecía la pena comprobarlo. Se sentó ante una mesa y buscó algún Luke en el índice. Tenía que hacer esfuerzos para dominar su impaciencia y examinar el listado cuidadosamente.

Dio con un biólogo llamado Luke Parfitt, un arqueólogo de nombre Lucas Dimittry y un tal Luc Fontainebleu, farmacólogo; pero nada de físicos.

Para asegurarse, recorrió la lista de geofísicos y astrónomos, pero no encontró a nadie con ninguna versión de Luke como nombre de pila. Por otra parte, pensó desalentado, ni siquiera estaba seguro de llamarse Luke. Sólo era el nombre que le atribuía Pete. Dadas las circunstancias, el auténtico podía ser Percival.

Estaba decepcionado, pero dispuesto a perseverar.

Pensó en otra forma de abordar el problema. En algún sitio, había gente que lo conocía. Puede que Luke no fuera su nombre, pero su cara era su cara. El *Diccionario de científicos estadounidenses* sólo incluía fotos de las figuras más destacadas, como el doctor Wernher von Braun. No obstante, Luke supuso que debía de tener amigos y colegas capaces de reconocerlo, siempre que consiguiera dar con ellos. Y ahora sabía dónde ponerse a buscar, pues algunos de sus conocidos tenían que ser científicos espaciales.

¿Dónde encuentra uno un montón de científicos? En una universidad.

Buscó Washington en una enciclopedia. El artículo incluía una lista de las universidades de la ciudad. Eligió la Universidad de Georgetown porque había estado en Georgetown con anterioridad y sabía cómo volver. Buscó la universidad en el plano y vio que tenía un enorme campus de una extensión equivalente a cincuenta manzanas. Probablemente contaría con un buen departamento de Física con docenas de profesores. ¿Conocería a alguno?

Lleno de esperanza, salió de la biblioteca y volvió a coger el coche.

14.30 HORAS

En un principio, los deflagradores no se diseñaron para encenderse en el vacío. Han sido modificados para el cohete Júpiter *de forma que: a) todo el motor está aislado en el interior de un contenedor estanco; b) en previsión de que fuera necesario abrir el mencionado contenedor, un receptáculo hermético protege al deflagrador propiamente dicho, y c) sólo es posible encender el deflagrador en el vacío. Este sistema múltiple de prevención de fallos obedece a un principio de diseño conocido como redundancia.*

La reunión sobre Cuba se permitió un breve descanso, que Anthony aprovechó para salir disparado hacia el edificio Q en busca de noticias, rezando para que su equipo hubiera hecho progresos y descubierto alguna pista sobre el paradero de Luke.

Se cruzó con Pete en las escaleras.

–Tenemos algo raro –dijo el joven.

Anthony sintió que el corazón le latía más aprisa.

–¡Escupe!

–Un informe de la policía de Georgetown. Una ama de casa vuelve de la compra y se encuentra con que han forzado la puerta de su vivienda y se han dado una ducha. El intruso ha desaparecido dejando una maleta y un montón de harapos apestosos.

Anthony estaba exultante.

–¡Por fin algo! –exclamó–. Dame la dirección.

–¿Crees que es nuestro hombre?

–¡Estoy seguro! Se ha hartado de parecer un mendigo, así que se ha colado en una casa vacía, se ha duchado, se ha afeitado y se ha puesto ropa decente. Es típico de él, lo habrá pasado fatal con esos andrajos.

Pete lo miró pensativo.

–Parece que lo conoces muy bien.

Anthony se mordió la lengua: había vuelto a hablar más de la cuenta.

–No, en absoluto –replicó con sequedad–. He leído su expediente.

–Perdona –se disculpó Pete. Al cabo de un instante, añadió–: No entiendo por qué ha dejado pistas tras él.

–Imagino que la mujer volvió a casa antes de que él acabara.

–¿Y la reunión sobre Cuba?

Anthony detuvo el paso a una secretaria.

–Por favor, llame a la sala de reuniones del edificio P y dígale al señor Hobart que me ha empezado a doler el estómago y el señor Maxell ha tenido que acompañarme a casa.

–Dolor de estómago –repitió la chica, inexpresiva.

–Eso es –dijo Anthony, y empezó a bajar las escaleras; al instante, volvió la cabeza y añadió–: A no ser que a usted se le ocurra algo mejor. –Salió del edificio seguido por Pete, y ambos subieron al viejo Cadillac amarillo de Anthony–. Puede que necesitemos un poco de mano izquierda –le dijo a Pete mientras conducía hacia Georgetown–. La buena noticia es que Luke ha dejado algunas pistas. La mala, que no disponemos de cien hombres para seguirlas. En consecuencia, mi plan es conseguir que el Departamento de Policía de Washington trabaje para nosotros.

–Buena suerte –dijo Pete, escéptico–. Y yo, ¿qué hago?

–Ser amable con la pasma, y dejarme hablar a mí.

–Creo que podré con eso.

Anthony apretó el acelerador, y no tardaron en llegar a la dirección que figuraba en el informe policial. Era una pequeña casa unifamiliar en una calle tranquila. Había un coche patrulla de la policía aparcado junto a la acera.

Antes de entrar en la casa, Anthony se volvió hacia el otro lado de la calle y recorrió los edificios con mirada de experto. Al cabo de un instante, localizó lo que buscaba: un rostro en la ventana de un segundo piso, clavándole los ojos. Era una anciana de pelo blanco. En lugar de apartarse de los cristales, la mujer le devolvió la mirada con impertérrita curiosidad. Era justo lo que necesitaba, la cotilla del barrio. Anthony sonrió y saludó con la mano, a lo que ella respondió inclinando la cabeza con total y desenvuelta urbanidad.

Anthony dio media vuelta y se acercó a la casa de autos. Vio raspaduras y una pequeña zona astillada en el marco de la puerta a la altura de la cerradura; «un trabajo limpio, profesional, sin destrozos innecesarios», pensó. Muy propio de Luke.

Les abrió la puerta una atractiva joven que esperaba familia; «y pronto», se dijo Anthony. La señora de la casa acompañó a Anthony y Pete hasta la sala de estar, donde dos hombres tomaban café y fumaban sentados en el sofá. Uno llevaba uniforme de policía. El otro, joven y vestido con un traje barato de rayón, parecía detective. Frente a ellos había una mesita de café con las patas muy separadas y tablero de formica roja. Sobre la mesita, descansaba una maleta abierta.

Anthony se presentó. Mostró su identificación a los policías. No quería que la señora Bonetti –y todos sus amigos y vecinos– se enteraran de que la CIA se interesaba por el caso, así que se limitó a decir:

–Somos colegas de estos agentes.

El detective se llamaba Lewis Hite.

–¿Saben algo de este asunto? –preguntó, precavido.

–Creo que podríamos tener cierta información que les sería de utilidad. Pero antes necesito saber qué han descubierto ustedes.

Hite extendió las manos en un gesto de perplejidad.

–Tenemos una maleta que pertenece a un tal Rowley Anstruther júnior, de Nueva York. El fulano decide forzar la puerta de la señora Bonetti, se da una ducha y se larga, dejando la maleta. Quien lo entienda que me lo explique...

Anthony examinó la maleta. Era de cuero marrón y buena calidad, y estaba medio vacía. Pasó revista a su contenido. Camisas limpias y ropa interior, pero nada de zapatos, pantalones o chaquetas.

–Parece que el señor Anstruther ha llegado de Nueva York hoy mismo –dijo.

Hite asintió, pero la señora Bonetti preguntó asombrada:

–¿Cómo lo sabe?

Anthony sonrió.

–El detective Hite se lo explicará.

No quería ofender a Hite haciéndole sombra.

–En la maleta hay ropa interior limpia, pero ninguna prenda

sucia –dijo Hite–. El individuo no se ha mudado, así que lo más probable es que aún no haya pasado una noche fuera. Lo que significa que salió de su casa esta mañana.

–Creo que también dejó algo de ropa vieja –dijo Anthony.

–Aquí está –intervino el policía uniformado, de nombre Lonnie. Levantó una caja de cartón colocada junto al sofá–. Una gabardina... –dijo, removiendo el contenido–. Una camisa, unos pantalones y un par de zapatos.

Anthony los reconoció. Eran los harapos que llevaba Luke.

–Dudo que el señor Anstruther entrara en esta casa –dijo Anthony–. Creo que le robaron la maleta esta mañana, probablemente en la estación Union. –Se volvió hacia el agente uniformado–. Lonnie, ¿podría llamar a la comisaría más próxima a la estación y preguntar si han denunciado un robo por el estilo? Es decir, si la señora Bonetti nos permite usar su teléfono...

–Faltaría más –dijo la joven–. Está en el recibidor.

–La denuncia incluirá una lista de lo que contenía la maleta –añadió Anthony–. Creo que en ella figurarán un traje y un par de zapatos que ahora faltan. –Todos lo miraban asombrados–. Por favor, tome buena nota de la descripción del traje.

–Sí, señor –dijo el policía, y se dirigió al recibidor.

Anthony se sentía bien. Había conseguido hacerse con las riendas de la investigación sin ofender a los polis. En esos momentos, el detective Hite lo miraba como si esperara instrucciones.

–El señor Anstruther debe de ser un individuo de un metro ochenta y cinco o noventa, unos ochenta kilos, constitución atlética... –aventuró Anthony–. Lewis, si compruebas la talla de esas camisas, es muy probable que descubras que tienen cuarenta de cuello y ochenta y nueve de manga.

–Los tienen... Ya lo había comprobado –confirmó Hite.

–Debí imaginar que te me habrías adelantado. –Anthony le dedicó una sonrisa halagadora–. Tenemos una foto del individuo que podría haber robado la maleta y forzado la entrada. –Anthony hizo un gesto de la cabeza a Pete, que tendió a Hite un puñado de fotografías–. Aún no sabemos su nombre –mintió Anthony–. Mide uno ochenta y cinco, pesa alrededor de ochenta kilos, es de complexión atlética, y puede que asegure haber perdido la memoria.

–Bueno, ¿cuál es la explicación? –preguntó Hite, intrigado–. Este tipo, ¿quería la ropa de Anstruther y se coló en esta casa para ponérsela?

–Algo así.

–Pero, ¿por qué?

Anthony puso cara de sentirlo en el alma.

–Lo lamento, no puedo decírtelo.

Hite estaba encantado.

–¿Información reservada, eh? No importa.

Lonnie volvió a la sala.

–Tal y como ha dicho con respecto al robo. En la estación Union, a las once treinta de esta mañana.

Anthony asintió. Los polis estaban impresionados y no escondían su asombro.

–¿Y el traje?

–Azul marino, con rayitas blancas.

Anthony se volvió hacia el detective.

–Ahora ya puedes hacer circular una foto y una descripción de la ropa que lleva.

–Usted cree que sigue en la ciudad...

–Sí.

Anthony no estaba tan seguro como daba a entender, pero no se le ocurría ninguna razón para que Luke hubiese abandonado Washington.

–Puede que haya robado un coche –sugirió Hite.

–Vamos a averiguarlo. –Anthony se volvió hacia la señora Bonetti–. ¿Cómo se llama la señora de pelo blanco que vive al otro lado de la calle, un par de puertas más abajo?

–Rosemary Sims.

–¿Pasa mucho rato asomada a la ventana?

–Vaya, ¡como que la llamamos la abuelita de la KGB!

–Estupendo. –Se volvió hacia el detective–. ¿Qué tal si le hacemos una visita?

–Vamos.

Cruzaron la calle y llamaron a la puerta de la señora Sims. La anciana, que debía de estar esperándolos en el vestíbulo, abrió al instante.

–¡Lo he visto! –les espetó sin más preámbulos–. Ha entrado vestido con harapos y ha vuelto a salir hecho un figurín.

Anthony hizo un gesto a Hite invitándolo a preguntar.

–¿Iba en coche, señora Sims? –preguntó el detective.

–Sí, uno azul y blanco, de los caros. Me ha parecido que no era de nadie de nuestra calle –explicó, y les lanzó una mirada astuta–. Y sé qué me van a preguntar a continuación.

–¿Se ha fijado en la matrícula, por casualidad? –dijo Hite.

–Sí –contestó la anciana en tono triunfal–. La he apuntado en un papel.

Anthony sonrió.

15 HORAS

Las etapas superiores del misil están dentro de un cilindro de aluminio con base de magnesio fundido. El cilindro de la etapa superior descansa sobre cojinetes que le permiten girar durante el vuelo. Rotará a unas 550 revoluciones por minuto para favorecer la exactitud de la trayectoria.

En la calle Treinta y siete, al final de la calle O, las verjas de hierro de la Universidad de Georgetown estaban abiertas de par en par. En tres lados de un prado cubierto de barro, se alzaban edificios góticos de piedra gris almohadillada, entre los que estudiantes y profesores transitaban a buen paso arrebujados en sus abrigos. Mientras entraba con el coche, Luke imaginó que alguien podría captar su mirada, reconocerlo y exclamar: «¡Eh, Luke! ¡Acércate!». Y la pesadilla habría acabado.

Muchos profesores llevaban alzacuello, por lo que Luke supuso que aquella era una universidad católica. Al parecer, también era exclusivamente masculina.

Se preguntó si sería católico.

Aparcó ante la entrada principal, un pórtico con triple arcada que ostentaba la leyenda EDIFICIO HEALY. En su interior, encontró un mostrador de recepción y la primera mujer que veía por allí. La recepcionista le explicó que el departamento de Física estaba justo debajo de donde se encontraban, y le indicó que volviera a salir y bajara un tramo de escaleras que lo conducirían al subsuelo del pórtico. Luke sentía que se estaba acercando al corazón del misterio, como un buscador de tesoros a punto de penetrar en las cámaras de una pirámide egipcia.

Siguiendo las indicaciones de la mujer, llegó a un amplio laboratorio con mesas de trabajo en la parte central y puertas laterales que daban a pequeños despachos. En una de las mesas, un grupo de hombres manejaba un espectrógrafo de microondas. Todos llevaban gafas. A juzgar por su edad, Luke supuso que se trataba de profesores y estudiantes de posgrado. Era muy posible que alguno de ellos lo conociera. Se acercó al grupo con el corazón palpitante.

Cruzó la mirada con uno de los que parecían mayores, pero los ojos del hombre no dieron muestras de reconocerlo.

–¿Puedo ayudarlo en algo?

–Eso espero –respondió Luke–. ¿Hay aquí departamento de Geofísica?

–Qué más quisiéramos –respondió el joven–. En esta universidad, hasta la Física se considera una ciencia menor.

Los otros rieron.

Luke les dio la oportunidad de echarle un buen vistazo, pero ninguno parecía conocerlo. Había errado en la elección, pensó desalentado; quizá hubiera debido acudir a la Universidad George Washington.

–¿Y de Astronomía?

–Sí, por Dios, de Astronomía sí. Cómo no íbamos a estudiar el cielo... Nuestro observatorio es famoso.

Luke sintió revivir sus esperanzas.

–¿Cómo puedo encontrarlo?

El joven señaló una puerta al fondo del laboratorio.

–Vaya hasta el final del edificio y, en cuanto salga, lo verá al otro lado del campo de béisbol –respondió, y se volvió hacia la mesa de trabajo.

Luke recorrió un pasillo largo, oscuro y sucio que atravesaba todo el edificio. Al ver que venía a su encuentro un individuo encorvado con el traje de tweed característico de los catedráticos, lo miró a los ojos, preparado para esbozar una sonrisa si daba muestras de reconocerlo. Pero el hombre adoptó una expresión desconfiada y pasó junto a Luke a toda prisa.

Luke siguió su camino sin inmutarse, dirigiendo miradas similares a todo aquel con pinta de científico que se cruzaba en su camino; pero nadie parecía conocerlo. Al salir del edificio, vio unas pistas de tenis y una perspectiva del río Potomac, y hacia el oeste, al otro lado del campo de deportes, la blanca semiesfera del observatorio.

Se encaminó hacia ella devorado por la impaciencia. Sobre el techo plano de un edificio de dos pisos se alzaba una enorme cúpula giratoria, que disponía de una sección deslizante. La costosa instalación indicaba la importancia del departamento de Astronomía. Luke penetró en el edificio.

Las salas estaban dispuestas alrededor de un enorme pilar central que soportaba la pesada cúpula. Luke abrió una puerta y se asomó a una biblioteca desierta. Probó suerte en la siguiente, un despacho ocupado por una mujer atractiva de más o menos su edad sentada ante una máquina de escribir.

–Buenos días –dijo Luke–. ¿Está el catedrático?

–¿Se refiere al padre Heyden?

–Pues... sí.

–¿Se llama usted...?

–Esto... –Por tonto que pareciera, Luke no había previsto que le preguntarían el nombre. Ante su vacilación, la secretaria arqueó las cejas con desconfianza–. No me conoce –dijo Luke–. Es decir... Me conoce, espero, pero no por el nombre.

La suspicacia de la mujer iba en aumento.

–Pero tendrá usted un nombre...

–Luke. Profesor Luke.

–¿A qué universidad pertenece, profesor Luke?

–Pues... a la de Nueva York.

–¿A alguna de las muchas instituciones de enseñanza superior de Nueva York en particular?

Luke sintió que se le caía el alma al suelo. En su entusiasmo, había descuidado planear los detalles de aquel encuentro y ahora se daba cuenta de que lo estaba echando a perder. «Cuando estás metido en un agujero, lo mejor es dejar de cavar», pensó. Borró de su rostro la sonrisa amistosa y adoptó un tono cortante.

–No he venido aquí para que me interroguen –le espetó a la mujer–. Limítese a comunicar al padre Heyden que el profesor Luke, el físico espacial, ha venido a hacerle una visita y le gustaría charlar con él, ¿quiere?

–Me temo que eso no va a ser posible –replicó la secretaria con firmeza.

Luke salió del despacho dando un portazo. Estaba encolerizado consigo mismo más que con la secretaria, que se había limitado a evitar que un chiflado hiciera perder el tiempo a su jefe. Decidió echar un vistazo y ponerse a abrir puertas hasta que alguien lo reconociera o lo echara a la calle. Subió las escaleras hasta el segundo piso. El edificio parecía desierto. Trepó por una escalera de madera sin barandilla y entró al observatorio. Tampoco había nadie. Se quedó admirado ante el enorme telescopio giratorio, con su complejo sistema de ruedas dentadas y engranajes, una auténtica obra maestra de la ingeniería, y se preguntó qué demonios haría a continuación.

Oyó subir a alguien. Se preparó para una discusión con la secretaria, pero, para su sorpresa, esta vez la mujer se dirigió a él con cierta simpatía.

–Está usted en dificultades. ¿Me equivoco?

Ante su inesperada amabilidad, Luke sintió que se le hacía un nudo en la garganta.

–Es un asunto muy embarazoso –dijo Luke– He perdido la memoria. Sé que trabajo en el campo de la Astronáutica, y tenía la esperanza de dar con alguien que me reconociera.

–Ahora mismo estoy sola –dijo la mujer–. El profesor Larkley está dando una conferencia sobre combustibles para cohetes en el Instituto Smithsonian, como parte del Año Geofísico Internacional, y toda la facultad asiste al acto.

Luke sintió renacer sus esperanzas. En lugar de presentarse ante un solo geofísico, tenía la oportunidad de vérselas con una sala llena.

–¿Dónde está el Instituto Smithsonian?

–En el centro, dentro del Mall, cerca de la calle Diez.

Había dado suficientes vueltas en coche por Washington ese día como para saber que no estaba lejos del lugar que le indicaban.

–¿A qué hora es la conferencia?

–Ha empezado a las tres.

Luke consultó su reloj. Eran las tres y media. Si aligeraba, estaría allí a la cuatro.

–El Smithsonian –repitió.

–En realidad, el acto se celebra en el Museo de Aeronáutica, en la parte de atrás.

–¿Cuánta gente habrá en la conferencia? ¿Tiene usted idea?

–Unas ciento veinte personas.

¡Ciento veinte científicos! Sin duda, alguno de ellos tenía que conocerle.

–¡Gracias! –exclamó Luke, y corrió escaleras abajo hasta salir del edificio.

15.30 HORAS

La rotación del cilindro de la segunda etapa estabiliza la trayectoria de vuelo al compensar las variaciones de potencia entre los once pequeños cohetes que forman el racimo.

Billie estaba furiosa con Len Ross por intentar congraciarse con los de la Fundación Sowerby. El puesto de director de investigación debería recaer sobre el mejor psicólogo, no sobre el más servicial. Seguía molesta por la tarde, cuando la secretaria del director ejecutivo la llamó para pedirle que acudiera al despacho de su jefe.

Charles Silverton era un gestor, pero comprendía las necesidades de los científicos. El hospital pertenecía a una fundación cuyos objetivos gemelos eran comprender y curar las enfermedades mentales. Silverton consideraba que su función consistía en impedir que los problemas financieros y administrativos distrajeran de su trabajo al personal médico. Billie sentía aprecio por él.

El despacho, antiguo comedor de la mansión victoriana, conservaba la chimenea y las molduras del techo de aquellos tiempos. Silverton invitó a tomar asiento a Billie.

–¿Has hablado con los de la Fundación Sowerby esta mañana? –le preguntó.

–Sí. Len les estaba enseñando las obras, y yo me he unido al grupo. ¿Por qué?

–¿Crees haber dicho algo que pudiera ofenderlos? –preguntó Silverton por toda respuesta.

Billie frunció el ceño, perpleja.

–No creo. Nos limitamos a hablar de la nueva sala.

–Ya sabes cuánto deseaba que obtuvieras el puesto de director de investigación...

Billie se alarmó.

–No me gusta nada ese uso del pasado.

–Len Ross es un científico competente –continuó el hombre–, pero tú eres excepcional. Has llegado más lejos que él a pesar de ser diez años más joven.

–¿La Fundación lo prefiere para el cargo?

Silverton, que parecía apurado, dudó un momento.

–Me temo que están empeñados en dárselo, so pena de no financiarlo.

–¡Ésta sí que es buena! –exclamó Billie asombrada.

–¿Conoces a alguien relacionado con la Fundación?

–Sí. Un viejo amigo es miembro del patronato. Se llama Anthony Carroll; es el padrino de mi hijo.

–¿Cómo es que forma parte del consejo? ¿Cuál es su profesión?

–Trabaja para el Departamento de Estado, pero su madre es muy rica, y él colabora con varias instituciones benéficas.

–¿Tiene algo contra ti?

Por unos instantes, Billie retrocedió en el tiempo. Había roto con Anthony tras la catástrofe que obligó a Luke a dejar Harvard, y nunca volvieron a salir juntos. Pero acabó perdonándolo al ver su comportamiento con Elspeth. La chica, que había caído en el desánimo y descuidado los estudios, corría el peligro de no obtener la licenciatura. Iba de aquí para allá con mirada ausente, convertida en un pálido fantasma de larga melena pelirroja; adelgazaba a ojos vista y apenas asistía a clase. Anthony la ayudó a reaccionar. Se hicieron íntimos, aunque su relación tenía más de amistad que de enamoramiento. Estudiaban juntos, y Elspeth consiguió ponerse al día lo suficiente para aprobar. Anthony volvió a ganarse el respeto de Billie, que había mantenido buenas relaciones con él desde entonces.

–Nos enfadamos hace años, en 1941 –explicó a Charles–, pero hace mucho que aquello está olvidado.

–Puede que algún miembro del patronato admire el trabajo de Len.

Billie pensó en ello.

–Nuestros enfoques son muy distintos. Él es freudiano, busca explicaciones psicoanalíticas. Si un paciente pierde repentinamente la capacidad de leer, él da por supuesto que en su subconsciente existe un miedo reprimido a la literatura. Yo en cambio busco lesiones cerebrales y causas verosímiles.

–Entonces, puede que en el patronato haya un freudiano convencido que se opone a tu elección.

–Puede –dijo Billie soltando un suspiro–. ¿Tienen derecho a hacerlo? Me parece tan injusto...

–Desde luego, no es muy normal –admitió Charles–. Por regla general, las fundaciones presumen de no inmiscuirse en decisiones que requieren el juicio de los profesionales. Pero no hay ninguna ley en contra.

–Pues te aseguro que no pienso quedarme con los brazos cruzados. ¿Qué razón te han dado?

–He recibido una llamada informal del presidente. Me ha dicho que el consejo tiene la impresión de que Len está mucho más cualificado.

Billie meneó la cabeza.

–Tiene que haber otra explicación.

–¿Por qué no se lo preguntas a tu amigo?

–Es exactamente lo que pienso hacer –respondió Billie.

15.45 HORAS

Se había empleado un estroboscopio para determinar la exacta distribución del peso, de forma que el cilindro giratorio estuviera perfectamente equilibrado; de otro modo, el compartimento interior vibraría dentro de la estructura exterior, y la desintegración del conjunto resultaría inevitable.

Luke había echado un vistazo al plano de Washington antes de salir del campus de la Universidad de Georgetwon. El Instituto estaba en un parque llamado el Mall. Consultó el reloj mientras conducía por la calle K. Llegaría al Smithsonian en unos diez minutos. Contando con que le costara otros cinco encontrar el salón de actos, entraría cuando la conferencia estuviera acabando. Una vez allí, descubriría quién era.

Casi habían transcurrido once horas desde que había despertado a aquel horror. Sin embargo, como no podía recordar nada anterior a las cinco de esa mañana, tenía la sensación de que toda su vida había sido igual.

Esperanzado, torció a la derecha en la calle Novena y siguió hacia el sur en dirección al Mall. Al cabo de unos instantes, una sirena de la policía lanzó un breve aullido, y el corazón le dio un vuelco en el pecho.

Miró por el retrovisor. Pegado a la cola del Ford, un coche patrulla con dos agentes en los asientos delanteros hacía destellar las luces. Uno de los policías señaló el bordillo de la derecha y movió los labios: «Pare».

El mundo se le vino encima. Había estado a punto de conseguirlo.

¿Y si había cometido alguna infracción de poca monta y lo único que querían era endilgarle una multa? Aunque sólo fuera eso, le pedirían el permiso de conducir, y no tenía ningún documento de identidad. Además, aquello no tenía nada de infracción de poca monta. Conducía un coche robado. Había supuesto que el robo del vehículo pasaría inadvertido hasta que el propietario volviera de Filadelfia bien entrada la noche, pero se había equivocado. Iban a detenerlo.

Aunque primero tendrían que cogerlo.

Su cerebro pasó a modalidad huida. Más adelante, en la calle de dirección única por la que circulaba, había un largo camión. Sin pensárselo dos veces, pisó el acelerador y lo adelantó.

Los polis encendieron la sirena e iniciaron la persecución.

Luke se situó delante del camión a toda velocidad. Actuando por puro instinto, tiró del freno de mano y dio un brusco volantazo a la derecha.

El Ford patinó a lo largo de un buen puñado de metros al tiempo que giraba sobre su eje. El camión se desvió a la izquierda para evitarlo y obligó al coche patrulla a hacer lo mismo.

Luke puso punto muerto para impedir que el coche se calara. Se había detenido con el morro orientado hacia el tráfico. Volvió a poner una marcha, pisó el acelerador y se lanzó en sentido contrario.

Los vehículos se desviaban con violencia a derecha e izquierda para evitar el choque frontal. Luke torció a la derecha para esquivar a un autobús urbano, sorteó por poco a una ranchera y siguió avanzando en medio de un pandemónium de indignados bocinazos. Un motorista perdió el control y dio con sus huesos en la calzada. Luke deseó que no se hubiera roto ninguno.

Consiguió llegar al siguiente cruce, torció a la derecha y entró en una amplia avenida. Recorrió dos manzanas a toda velocidad saltándose semáforos; luego, miró por el retrovisor. Ni rastro del coche patrulla.

Volvió a girar y siguió en dirección sur. Había perdido la orientación, pero sabía que el parque estaba al sur. Tras dar esquinazo al coche patrulla, hubiera sido más seguro reducir la velocidad. Pero eran las cuatro y estaba más lejos del Smithsonian que hacía cinco minutos. Si llegaba tarde, el público de la conferencia se habría marchado. Pisó el acelerador.

Se vio obligado a girar a la derecha al comprobar que aquella calle, aunque orientada hacia el sur, no tenía salida. Mientras avanzaba como una exhalación zigzagueando entre los vehículos más lentos, intentaba leer los nombres de las calles. Estaba en la D. Un minuto después llegó a la Séptima y volvió a torcer hacia el sur.

Su suerte cambió. Todos los semáforos estaban en verde. Cruzó la avenida Constitution a ciento diez y llegó al parque.

Al otro lado del parque verde, a su derecha, se alzaba un gran edificio rojo oscuro semejante a un castillo de cuento de hadas. Estaba justo donde el plano situaba el museo. Detuvo el coche y miró el reloj. Las cuatro y cinco. El público estaría saliendo de la conferencia. Soltó una maldición y saltó fuera del coche.

Echó a correr por el césped. La secretaria le había dicho que la conferencia tenía lugar en el Museo de Aeronáutica, en la parte de atrás. ¿Era ésa la fachada delantera o la trasera? Parecía la delantera. A un lado del edificio había un sendero que atravesaba un pequeño jardín. Lo siguió y fue a parar a una amplia avenida de dos carriles. Giró y siguió corriendo hasta llegar a una alambricada verja de hierro que daba acceso a la parte posterior del museo. A mano derecha, junto a una extensión de césped, había una especie de hangar de aviación. Entró en él.

Miró a su alrededor. Del techo pendían todo tipo de aviones: viejos biplanos, un reactor de la época de la guerra y hasta un globo aerostático sin barquilla. Al nivel del suelo había vitrinas de cristal que exhibían insignias de aviación, uniformes de vuelo, cámaras y fotografías. Luke se dirigió a un guardia uniformado.

–He venido a la conferencia sobre combustibles para cohetes.

–Pues ha llegado tarde –dijo el hombre mirando su reloj–. Son las cuatro y diez, la conferencia ha terminado.

–¿Dónde ha sido? Puede que aún dé con el conferenciante.

–Me parece que se ha ido.

Luke le clavó la mirada y habló despacio:

–Limítese a contestar la maldita pregunta. ¿Dónde?

El hombre parecía asustado.

–Al final del vestíbulo –dijo atropelladamente.

Luke corrió a lo largo del edificio. En el otro extremo habían improvisado un salón de actos, con un atril, una pizarra y sillas colocadas en hileras. La mayoría de los asistentes se había marchado, y los empleados estaban amontonando los asientos metálicos junto a una de las paredes. Sin embargo, un pequeño grupo de ocho o nueve hombres charlaba animadamente en un rincón alrededor de un anciano de pelo blanco, que debía de ser el conferenciante.

Luke estaba descorazonado. Hacía unos minutos, más de un centenar de científicos de su propia especialidad seguían congregados en aquel sitio. Ahora no quedaba más que un puñado, y era más que probable que ninguno lo conociera.

El hombre de pelo blanco le echó un rápido vistazo y volvió a prestar atención al grupo. Era imposible saber si lo había reconocido. Estaba hablando, y siguió haciéndolo sin pausa:

–El nitrometano es casi imposible de manejar. Es preciso tener en cuenta el factor seguridad.

–Las medidas de seguridad se acaban encontrando, si el combustible es lo bastante bueno –dijo un joven con traje de tweed.

Luke se dijo que el argumento le resultaba familiar. Se había probado una enorme diversidad de combustibles para cohetes, muchos de ellos más potentes que la combinación estándar de alcohol y oxígeno líquido, pero todos tenían pegas.

Un individuo con acento sureño tomó la palabra:

–¿Y la dimetilhidracina asimétrica? He oído que la están probando en el Laboratorio a Propulsión a Chorro de Pasadena.

–Funciona, pero es un veneno letal –soltó Luke.

El grupo se volvió hacia él. El hombre de pelo blanco frunció el ceño, molesto al parecer por la interrupción de un completo desconocido.

En ese momento, el joven del traje de tweed miró asombrado a Luke.

–Dios mío –dijo–, pero, ¿qué haces en Washington, Luke?

Luke sintió tal alegría que estuvo a punto de echarse a llorar.

TERCERA PARTE

16.15 HORAS

El cilindro dispone de un programa de cinta que hace variar la velocidad de las etapas superiores entre 450 y 750 revoluciones por minuto, para evitar vibraciones de resonancia que podrían provocar la desintegración del misil en el espacio.

Luke se dio cuenta de que no podía hablar. El alivio y la emoción eran tan intensos que le anudaban la garganta. Durante todo el día se había esforzado por mantener la calma y actuar de forma racional, pero en ese momento estaba a punto de perder toda la compostura.

Indiferentes a su angustia, los científicos reanudaron la conversación, a excepción del joven del traje de tweed, que lo miraba preocupado.

–Oye, Luke, ¿estás bien? –le preguntó.

Luke asintió. Al cabo de unos instantes, consiguió decir:

–¿Podríamos hablar?

–Claro. Hay un pequeño despacho en la zona dedicada a los hermanos Wright. El profesor Larkley lo ha usado antes. –Se dirigieron hacia una puerta lateral–. Por cierto, la conferencia la he organizado yo. –Precedió a Luke al interior de una habitación pequeña y desnuda, con un par de sillas, un escritorio y un teléfono. Se sentaron–. ¿Qué ocurre? –preguntó el joven.

–He perdido la memoria.

–¡Dios mío!

–Al parecer sufro amnesia autobiográfica. Gracias a que conservo mis conocimientos científicos he podido dar con vosotros, pero no sé nada sobre mí mismo.

–¿Sabes quién soy yo? –le preguntó el joven, atónito.

Luke meneó la cabeza.
–Si ni siquiera estoy seguro de mi propio nombre...
El otro soltó un silbido y lo miró con perplejidad.
–Nunca había topado con algo semejante en la vida real.
–Necesito que me cuentes todo lo que sepas sobre mí.
–Me lo imagino. Esto... ¿por dónde empiezo?
–Me has llamado Luke...
–Todo el mundo te llama Luke. Eres el doctor Claude Lucas, pero creo que nunca te gustó «Claude». Yo me llamo Will McDermot.
Luke cerró los ojos, embargado de alivio y gratitud. Ya sabía su nombre.
–Gracias, Will.
–No sé nada de tu familia. Sólo nos hemos visto un par de veces, en congresos científicos.
–¿Sabes dónde vivo?
–En Huntsville, Alabama, creo. Trabajas para la Agencia de Misiles Balísticos del ejército. Tiene su base en el Arsenal Redstone, en Huntsville. Pero eres civil, no oficial del ejército. Estás a las órdenes de Wernher von Braun.
–¡No sabes lo bien que me siento después de enterarme de todo esto!
–Me ha sorprendido verte aquí porque tu equipo está a punto de lanzar un cohete que pondrá en órbita el primer satélite estadounidense. Están todos en Cabo Cañaveral, y se dice que el acontecimiento podría ocurrir esta noche.
–He leído algo en un periódico esta mañana... Dios santo, ¿y dices que he participado en la construcción de ese cohete?
–Ya lo creo. Se llama *Explorer.* Es el lanzamiento más importante en la historia del programa espacial estadounidense, sobre todo después del éxito del *Sputnik* ruso y el fracaso del *Vanguard* de la marina.
Luke estaba eufórico. Hacía apenas unas horas creía ser un vagabundo alcohólico. Ahora resultaba que era un científico en la cima de su carrera.
–Pero, ¡tendría que estar allí para el lanzamiento!
–Exacto... ¿Tienes alguna idea de qué haces aquí?
Luke sacudió la cabeza.
–Me he despertado esta mañana en los lavabos de caballeros

de la estación Union. Pero no tengo la menor idea de cómo fui a parar allí.

Will esbozó una sonrisa cómplice.

–¡Menuda juerga debiste de correrte anoche!

–Contéstame con sinceridad. ¿Suelo hacer cosas así? ¿Me emborracho hasta perder el conocimiento?

–No te conozco bastante para responder a eso. –Will frunció el ceño–. Pero me sorprendería. Ya sabes cómo somos los científicos. Como mejor nos lo pasamos es sentados alrededor de una mesa tomando café y hablando de nuestras investigaciones.

Las palabras del joven le sonaban a cierto.

–La verdad es que, así en frío, pillar una curda no me llama mucho la atención.

Sin embargo, no se le ocurría otra explicación para el embrollo en que estaba metido. ¿Quién era Pete? ¿Por qué lo seguían? ¿Quiénes eran los dos individuos que lo buscaban en la estación?

Dudó si contarle todo aquello a Will, pero acabó decidiendo que sonaba demasiado raro. McDermot podía pensar que había perdido la chaveta.

–Me voy a Cabo Cañaveral –dijo al fin.

–Buena idea. –Will levantó el auricular y marcó el cero–. Soy Will McDermot. ¿Puedo poner una conferencia desde este teléfono? Gracias –dijo, y le pasó el auricular a Luke.

Luke llamó a información y marcó el número que le proporcionaron.

–Soy el doctor Lucas. –Se sentía feliz como un niño: nunca hubiera imaginado que poder dar su nombre fuera tan maravilloso–. Quisiera hablar con algún miembro del equipo de lanzamiento del *Explorer.*

–Están en los hangares D y R –dijo la telefonista–. No cuelgue, por favor.

Al cabo de un momento, sonó una voz completamente distinta al otro lado de la línea:

–Seguridad del ejército, al habla el coronel Hide.

–Soy el doctor Lucas...

–¡Luke! ¡Por fin! ¿Dónde demonios estás?

–En Washington.

–Bueno, ¿y qué coño haces ahí? ¡Nos estábamos volviendo locos! Te está buscando la policía militar, el FBI... ¡hasta la CIA!

Eso explicaba los dos agentes de plantón en Union, pensó Luke.

–Mire, ha ocurrido algo muy extraño. He perdido la memoria. He estado dando tumbos por toda la ciudad, tratando de averiguar quién soy. Al final he encontrado a un físico que me conoce.

–Pero, ¡eso es increíble! ¿Cómo ha ocurrido, por el amor de Dios?

–Esperaba que me lo contara usted, coronel.

–Siempre me llamas Bill.

–Bill.

–Bien, te diré lo que sé. El lunes por la mañana te marchaste para coger un avión diciendo que tenías que ir a Washington. Volaste desde Patrick.

–¿Patrick?

–La base aérea de Patrick, cerca de Cabo Cañaveral. Marigold te reservó una plaza...

–¿Quién es Marigold?

–Tu secretaria en Huntsville. También se encargó de reservarte la suite de costumbre en el Carlton de Washington.

Luke percibió un deje de envidia en el tono del coronel y, por un instante, se sintió intrigado por aquella «suite de costumbre»; pero tenía preguntas más urgentes que hacer.

–¿Le expliqué a alguien el motivo del viaje?

–Marigold te concertó una cita con el general Sherwood. Tenías que estar en el Pentágono a las diez de la mañana de ayer... Pero no te presentaste.

–¿Di alguna razón para querer entrevistarme con el general?

–No, que yo sepa.

–¿Cuál es su área de responsabilidad?

–Seguridad del ejército. Pero es un amigo de tu familia, así que la cita podría tener cualquier otro motivo.

Tenía que ser un motivo muy importante, se dijo Luke, para alejarlo de Cabo Cañaveral cuando su cohete estaba a punto de despegar.

–¿Sigue programado el lanzamiento para esta noche?

–No, se han presentado problemas meteorológicos. Lo han aplazado hasta mañana a las veintidós treinta.

Luke seguía preguntándose qué demonios habría estado haciendo en Washington.

–¿Sabes si tengo amigos aquí?

–Claro. Uno de ellos ha estado llamándome cada hora. Bern Rothsten.

Hide le leyó un número de teléfono y Luke lo garrapateó en un bloc de notas.

–Voy a llamarlo ahora mismo.

–Primero deberías hablar con tu mujer.

Luke se quedó de una pieza. La noticia casi lo había dejado sin habla. «Mi mujer... Tengo mujer», pensó, y se preguntó cómo sería.

–¿Sigues ahí? –dijo Hide.

Luke recobró el aliento.

–Esto... ¿Bill?

–¿Sí?

–¿Cómo se llama?

–Elspeth –respondió Hide–. Tu mujer se llama Elspeth. Voy a ponerte con ella. No cuelgues.

Luke tenía un nudo en el estómago. Era absurdo, pensó. Al fin y al cabo, se trataba de su mujer.

–Soy Elspeth. Luke, ¿estás ahí?

Tenía una voz cálida y grave, de dicción clara y desprovista de acento. Luke imaginó a una mujer alta y segura de sí misma.

–Sí, soy Luke –dijo–. He perdido la memoria.

–Me tenías tan preocupada... ¿Estás bien?

Se sintió patéticamente agradecido por tener alguien a quien le preocupara cómo estaba.

–Supongo que ahora sí –respondió.

–Pero, ¿qué te ha pasado?

–La verdad es que no lo sé. Esta mañana me he despertado en el aseo de caballeros de la estación Union, y he pasado el día intentando averiguar quién soy.

–Te estaba buscando todo el mundo. ¿Dónde estás ahora?

–En el Smithsonian. En el Museo de Aeronáutica.

–¿Hay alguien contigo?

Luke sonrió a Will McDermot.

–Un amigo científico me está echando un cable. Y tengo el número de Bern Rothsten. Pero no me ocurre nada. Estoy bien, sólo que he perdido la memoria.

Apurado, Will McDermot se puso de pie y le susurró:

–Voy a dejarte para que hables tranquilo. Te espero fuera.

Luke asintió, agradecido.

–Entonces –estaba diciendo Elspeth–, ¿no te acuerdas de por qué volaste a Washington con tanta prisa?

–No. Y por lo que veo tampoco te lo expliqué a ti.

–Dijiste que era mejor que no lo supiera. Pero no me quedé tranquila. Llamé a un viejo amigo nuestro de Washington, Anthony Carroll. Trabaja para la CIA.

–¿Hizo algo?

–Te llamó al Carlton el lunes por la noche, y quedasteis en desayunar juntos a primera hora del martes... Pero no te presentaste. Lleva buscándote todo el día. Le telefonearé para decirle que está todo arreglado.

–Está claro que me ha ocurrido algo entre la tarde de ayer y esta mañana.

–Debería verte un médico, necesitas que te hagan un examen completo...

–Estoy bien. Pero hay un montón de cosas que me gustaría saber. ¿Tenemos hijos?

–No. –Luke sintió una tristeza que le resultaba familiar, como el dolor sordo de una vieja herida. Elspeth prosiguió–: Llevamos intentándolo desde que nos casamos hace cuatro años, pero no ha podido ser.

–¿Viven mis padres?

–Tu madre. En Nueva York. Tu padre murió hace casi cinco años. –Una pena inmensa se abatió sobre Luke como caída del cielo. Había perdido los recuerdos de su padre, y nunca volvería a verlo. Le pareció insoportablemente triste. Elspeth continuó–: Tienes dos hermanos y una hermana, menores que tú. Emily, la pequeña, siempre ha sido tu favorita. Le llevas diez años, y vive en Baltimore.

–¿Tienes sus números de teléfono?

–Claro. Espera un momento, que los busco.

–Me gustaría hablar con ellos, no sé por qué. –Oyó un sollozo ahogado al otro lado de la línea–. ¿Estás llorando?

Elspeth se sorbió la nariz.

–No es nada. –Luke la imaginó sacando un pañuelo del bolso–. De repente, lo he sentido tanto por ti... –susurró, y no pudo contener el llanto–. Tiene que haber sido espantoso.

–A ratos, sí.

–Toma los números –dijo, y leyó en voz alta.

–¿Somos ricos? –preguntó Luke al acabar de escribir.

–Tu padre era banquero y sí, le iban bien las cosas. Te dejó mucho dinero. ¿Por qué?

–Bill Hide me ha contado que había reservado «mi suite de costumbre» en el Carlton.

–Antes de la guerra, tu padre era asesor de la administración Roosevelt, y le gustaba llevaros con él cuando iba a Washington. Siempre ocupabais una suite en una de las esquinas del Carlton. Supongo que te gusta mantener la tradición.

–Entonces, tú y yo no vivimos de lo que me paga el ejército...

–No, aunque en Huntsville procuramos vivir como el resto de tus colegas.

–Podría seguir haciéndote preguntas todo el santo día. Pero lo más urgente es averiguar qué me ha pasado. ¿Por qué no coges un avión esta noche y te reúnes aquí conmigo?

Hubo un momento de silencio.

–Por amor de Dios, ¿para qué?

–Para desenredar esta madeja juntos. Me vendría bien un poco de ayuda y de... compañía.

–Déjalo correr y vuelve aquí conmigo.

Eso quedaba descartado.

–No puedo. Tengo que saber lo que está ocurriendo. Es demasiado extraño para dejarlo correr.

–Luke, ahora no puedo abandonar Cabo Cañaveral. ¿Es que no te das cuenta? Estamos a punto de lanzar el primer satélite espacial de nuestro país... No puedo dejar al equipo en la estacada en un momento así.

–Supongo que tienes razón. –Entendía sus razones, pero aun así le dolía su negativa–. ¿Quién es Bern Rothsten?

–Iba a Harvard con Anthony Carroll y contigo. Ahora es escritor.

–Al parecer ha intentado ponerse en contacto conmigo. Puede que sepa algo de este asunto.

–Llámame más tarde, ¿quieres? Estaré en el Motel Starlite esta noche.

–De acuerdo.

–Por favor, Luke, ten mucho cuidado –dijo Elspeth con tono de preocupación.

–Lo tendré, te lo prometo –aseguró Luke, y colgó.

Se quedó sentado unos instantes. Se sentía emocionalmente exhausto. Le entraron ganas de marcharse al hotel y acostarse. Pero era demasiado curioso. Volvió a coger el auricular y marcó el número que había dejado Bern Rothsten.

—Soy Luke Lucas –dijo en cuanto descolgaron.

Bern tenía una voz áspera y un ligero acento neoyorquino.

–¡Luke, alabado sea Dios! ¿Qué demonios te ha ocurrido?

–Todo el mundo me pregunta lo mismo. La respuesta es que no tengo ni idea, sólo sé que he perdido la memoria.

–¿Que has perdido la memoria?

–Exacto.

–Vaya una mierda... ¿Y sabes cómo ha ocurrido?

–No. Esperaba que tú me dieras alguna pista.

–Puedo intentarlo.

–¿Por qué has estado tratando de localizarme?

–Estaba preocupado. Me llamaste el lunes desde Huntsville.

Eso sí que era una sorpresa.

–Espera un segundo... ¿Desde Huntsville?

–Eso he dicho.

–Creía que había volado desde Florida...

–Y así fue, pero hiciste escala en Huntsville porque tenías algo importante que hacer allí.

Ni Bill Hide ni Elspeth habían mencionado lo de Huntsville. Quizá porque no lo sabían.

–Continúa.

–Me dijiste que venías a Washington, que querías verme y que me llamarías desde el Carlton. Pero ahí quedó la cosa.

–Me pasó algo ayer por la noche.

–Eso parece. Oye, tienes que llamar a alguien. La doctora Billie Josephson es una experta de fama mundial en todo lo relacionado con la memoria.

El nombre le sonó al instante.

–Me parece que he hojeado un libro suyo en la biblioteca.

–También es mi ex mujer, y una vieja amiga tuya –dijo Bern, y le dio el número de teléfono de Billie.

–Voy a llamarla ahora mismo, Bern.

–Estupendo.

–Pierdo la memoria, y resulta que tengo una vieja amiga que es una experta mundial en el tema. Si no es el colmo de la coincidencia...

–... que venga Dios y lo vea –completó Bern.

16.45 HORAS

Le etapa final, en la que se encuentra alojado el satélite, tiene dos metros de largo y sólo quince centímetros de diámetro; pesa poco más de trece kilos. Tiene forma de chistera.

Billie tenía programada una entrevista de una hora con un paciente, un jugador de fútbol americano que había sufrido una conmoción cerebral tras colisionar con un contrario. Era un caso interesante, porque podía recordarlo todo hasta una hora antes del partido, y nada desde entonces hasta el momento en que se vio de pie en la banda, dando la espalda al campo y preguntándose cómo había llegado allí.

Durante la visita le costó concentrarse, pues no paraba de pensar en la Fundación Sowerby y en Anthony Carroll. Cuando acabó con el jugador de fútbol y marcó el número de Anthony, se sentía frustrada e impaciente. Por fortuna, lo encontró en su despacho al primer intento.

–¿Qué demonios está pasando, Anthony? –le espetó sin más preámbulos.

–De todo –respondió el hombre–. Egipto y Siria han acordado fusionarse, las faldas son cada día más cortas y Roy Campanella se ha partido el cuello en un accidente de coche y puede que nunca vuelva a recibir para los Dodgers.

Billie se aguantó las ganas de gritarle.

–Me han rechazado para el cargo de director de investigación del hospital –dijo procurando conservar la calma–. Le han dado el puesto a Len Ross. ¿Lo sabías?

–Supongo que sí.

–Pues no lo entiendo. Era consciente de que podía perder

ante alguien de fuera con un currículum brillante... Sol Weinberg, de Princeton, o alguien de su nivel. Pero todo el mundo sabe que soy mejor que Len.

–¿De veras?

–¡Por amor de Dios, Anthony! Lo sabes perfectamente. Joder, tú mismo me animaste a seguir esta línea de investigación hace un montón de años, al final de la guerra, cuando tú y yo...

–Vale, vale, me acuerdo –la interrumpió–. Eso sigue siendo información clasificada, ¿sabes?

Billie dudaba que las cosas que habían hecho durante la guerra siguieran siendo secretos importantes. Pero eso era lo de menos.

–Entonces, ¿por qué no me han dado el puesto?

–¿A mí me lo preguntas?

Aquello era humillante, pensó dolida, pero la necesidad de averiguar lo ocurrido pudo más que su orgullo.

–La Fundación apoya a Len –dijo.

–Supongo que están en su derecho.

–Anthony, ¡soy yo, háblame!

–Te estoy hablando.

–Tú estás en el patronato. Es poco usual que una fundación se inmiscuya en este tipo de decisiones. Suelen dejarlo a los expertos. Tienes que saber por qué han decidido dar un paso así.

–Pues no lo sé. Y yo diría que el paso aún no está dado. Desde luego, no ha habido ninguna reunión para tratar el tema... Me hubiera enterado.

–Charles me lo dejó bien claro.

–No dudo que sea verdad, por desgracia para ti. Pero no es el tipo de decisión que se toma abiertamente. Lo más probable es que el director y un par de miembros del patronato lo hablaran tomándose unas copas en el Club Cosmos. Uno de ellos habrá llamado a Charles y le habrá dado indicaciones. No puede hacerles un feo, de modo que ha tragado. Así es como funcionan estas cosas. Lo único que me sorprende es que Charles fuera tan franco contigo.

–Juraría que estaba tan asombrado como yo. No entiendo qué motivo les ha llevado a hacer algo así. He pensado que quizá tú lo sabrías.

–Seguro que es una chorrada. Ese Ross, ¿tiene familia?

–Casado con cuatro hijos.

–Lo cierto es que el director no aprueba que las mujeres ganen sueldos altos cuando hay hombres que tienen que dar de comer a una familia.

–¡Por amor de Dios! ¡Yo tengo un hijo y una madre que dependen de mí!

–No he dicho que fuera justo. Mira, Billie, tengo que salir. Lo siento. Te llamaré más tarde.

–De acuerdo –aceptó ella.

Colgó y, con la mirada fija en el aparato, intentó analizar sus sensaciones. La conversación le sonaba a falso, aunque no sabía por qué. Era perfectamente posible que Anthony ignorara las maquinaciones de los otros miembros del patronato. Entonces, ¿por qué desconfiaba de él? Repasando mentalmente las palabras del hombre, comprendió que había estado evasivo, algo impropio de él. Al final le había dicho lo poco que sabía, pero a regañadientes. Entre unas cosas y otras, la impresión era clara.

Anthony mentía.

17 HORAS

El cohete de la cuarta fase es de titanio, metal más liviano que el habitual acero inoxidable. El menor peso permite al misil transportar un kilogramo más de imprescindible equipo científico.

Apenas colgó, volvió a sonar el teléfono. Anthony levantó el auricular y oyó la voz de Elspeth, que parecía espantada:

–Por amor de Dios, ¡llevas un cuarto de hora comunicando!

–Estaba hablando con Billie, que...

–Da igual. Acabo de hablar con Luke.

–¿Qué? No puede ser.

–¡Cierra el pico y escucha! Estaba en el Smithsonian, en el Museo de Aviación, con un puñado de físicos.

–Voy para allá.

Anthony colgó y cruzó la puerta a toda prisa. Pete lo vio y corrió tras él. Bajaron al aparcamiento y se metieron en el coche de Anthony.

Anthony estaba consternado. Que Luke hubiera hablado con Elspeth era más que preocupante. Significaba que las cosas se habían salido de madre. Aunque, si conseguía ser el primero en dar con Luke, tal vez pudiera devolverlas a su cauce. Tardaron cuatro minutos en llegar a la avenida Independence con la calle Décima. Dejaron el coche ante la entrada posterior del Instituto y corrieron al interior del viejo hangar donde se alojaba el Museo de Aeronáutica.

Junto a la entrada había un teléfono público pero no había ni rastro de Luke.

–Separémonos –dijo Anthony–. Yo iré por la derecha; tú, por la izquierda.

Fue recorriendo la exposición, escrutando los rostros de los hombres que se inclinaban sobre las vitrinas o levantaban la cabeza hacia los aparatos suspendidos del techo. Al llegar al otro extremo del hangar vio a Pete, que le hizo un gesto urgente con las manos vacías.

En uno de los lados había varios despachos y unos aseos. Pete miró en los lavabos de caballeros y Anthony, en los despachos. Puede que Luke hubiera utilizado uno de aquellos teléfonos, pero ya debía de andar lejos.

–Nada –dijo Pete saliendo del servicio.

–Esto es una catástrofe –murmuró Anthony.

Pete frunció el ceño.

–¿Una catástrofe? –repitió–. ¿Por qué? Ese tipo, ¿es más importante de lo que me habías dicho?

–Sí –respondió Anthony–. Puede que sea el hombre más peligroso de Estados Unidos.

–Dios...

Anthony vio pilas de sillas y un atril arrimados a la pared del fondo. Un joven con traje de tweed hablaba con dos hombres en mono. Anthony recordó que, según Elspeth, Luke estaba con un grupo de físicos. Quizá no fuera demasiado tarde para recuperar el rastro.

–Perdone –dijo acercándose al del traje de tweed–, ¿se ha celebrado aquí algún acto?

–Sí, el profesor Larkley ha pronunciado una conferencia sobre combustibles para cohetes –respondió el joven–. Soy Will McDermot, encargado de organizarla como parte del Año Geofísico Internacional.

–¿Ha venido por aquí el doctor Claude Lucas?

–Sí. ¿Es usted amigo suyo?

–Lo soy.

–¿Sabe que ha perdido la memoria?

–Sí.

–Ni siquiera recordaba su nombre hasta que se lo he dicho.

Anthony reprimió una maldición. Había temido aquello desde el momento en que supo que Elspeth había hablado con Luke. Ya sabía quién era.

–Necesito localizar al doctor Lucas urgentemente –añadió Anthony.

–Qué lastima, se ha ido hace un momento.

–¿Le ha dicho adónde iba?

–No. He tratado de convencerlo para que acudiera a un médico y se sometiera a un examen, pero me ha contestado que se encontraba bien. En mi opinión, parecía conmocionado...

–Ya. Gracias, me ha sido de gran ayuda.

Anthony dio media vuelta y se alejó de allí a toda prisa. Estaba furioso.

Una vez fuera, vio un coche patrulla en la avenida Independence. Dos policías merodeaban en torno a un automóvil aparcado al otro lado de la avenida. Anthony la cruzó y se acercó seguido por Pete. Era un Ford Fiesta azul y blanco.

–Compruébalo –dijo a Pete.

Pete cotejó los números de matrícula. Era el coche que había visto la abuelita de la KGB desde su ventana en Georgetown.

Anthony mostró su carné de la CIA a los agentes.

–¿Les ha llamado la atención por estar mal aparcado? –les preguntó.

–No, lo hemos empezado a perseguir en la Novena –respondió uno de ellos–. Pero nos ha dado esquinazo.

–¿Lo han dejado escapar? –preguntó Anthony, que no daba crédito a sus oídos.

–¡Giró en redondo y se lanzó contra el tráfico! –repuso el otro agente, más joven–. Ese tipo conduce como un suicida, sea quien sea.

–Y unos minutos más tarde, encontramos el coche aparcado aquí, pero el pájaro había volado.

A Anthony le hubiera gustado descalabrar a aquel par de cabezas de chorlito. Pero se limitó a decir:

–El sospechoso puede haber robado otro coche en esta zona para continuar su fuga. –Se sacó una tarjeta de la cartera–. Si los informan de un coche robado cerca de aquí, ¿serán tan amables de llamar a este número?

El policía mayor leyó la tarjeta.

–Puede estar seguro, señor Carroll –dijo.

Anthony y Pete volvieron al Cadillac amarillo y se alejaron rápidamente de allí.

–¿Qué crees que hará ahora? –preguntó Pete.

–No lo sé. Podría ir derecho al aeropuerto y coger un vuelo a

Florida; podría ir al Pentágono; podría ir a su habitación del hotel... Joder, podría metérsele en la cabeza que tiene que visitar a su madre en Nueva York. Vamos a tener que multiplicarnos en todas direcciones. –Se quedó callado y pensativo, y no volvió a hablar hasta que llegaron al despacho del edificio Q–: Quiero dos hombres en el aeropuerto, dos en la estación Union y otros dos en la estación de autobuses. Quiero dos hombres aquí llamando a todos los familiares de Luke, a sus amigos y conocidos, para preguntarles si están esperando su visita o si les ha telefoneado. Quiero que cojas dos hombres y vayas al Hotel Carlton. Reserva una habitación; luego, montáis guardia en el vestíbulo. Me reuniré allí contigo más tarde.

Pete salió y Anthony cerró la puerta.

Por primera vez en todo el día, estaba asustado. Ahora que Luke sabía quién era, no había forma de predecir qué más podría averiguar. Aquel proyecto hubiera debido ser el mayor éxito de Anthony, pero se había torcido de tal modo que podía dar al traste con su carrera.

Y acabar con su vida.

Si conseguía encontrar a Luke, aún podría volver a tomar las riendas de la situación. Pero tendría que adoptar medidas drásticas. Ya no bastaría con ponerlo bajo vigilancia. Tendría que resolver el problema de una vez por todas.

Con el corazón afligido, se acercó a la fotografía del presidente Eisenhower que colgaba de la pared. Tiró de un extremo del marco, y el retrato giró sobre unos goznes y dejó al descubierto una caja fuerte. Marcó la combinación, abrió la puerta y sacó un arma.

Era una Walther P38 automática, la pistola reglamentaria del ejército alemán durante la Segunda Guerra Mundial. Se la habían entregado antes de partir hacia el norte de África. También tenía un silenciador especialmente diseñado por la OSS para acoplarlo a la pistola.

La primera vez que había matado a un hombre, había usado aquel arma.

Albin Moulier era un traidor que había vendido a distintos miembros de la Resistencia francesa a la policía. Merecía morir; los cinco hombres de la célula estaban de acuerdo. Lo echaron a suertes en un establo abandonado, a kilómetros de todas partes, bien entrada la noche, a la luz de una única lámpara que proyectaba sus movedizas sombras sobre los muros de piedra sin labrar. Como único extranjero, Anthony podría haberse mantenido al margen, pero insistió en participar para no perder el respeto de los otros. Y sacó la paja más corta.

Albin estaba atado a la rueda roñosa de un arado roto; ni siquiera le habían vendado los ojos, así que no sólo oyó las conversaciones, sino que los vio echar suertes. Cuando pronunciaron la sentencia de muerte se lo hizo encima, y empezó a pegar chillidos en cuanto Anthony sacó la Walther. El griterío ayudó: hizo que Anthony deseara matarlo enseguida, con tal de acabar con el alboroto. Le disparó a bocajarro, entre los ojos, una sola vez. Después, los otros le dijeron que lo había hecho bien, sin dudas ni lamentaciones, como un hombre.

Seguía viendo a Albin en sueños.

Sacó el silenciador de la caja fuerte, lo ajustó al cañón de la pistola y lo enroscó a tope. Se puso el abrigo. Era una prenda larga de pelo de camello, con una sola hilera de botones y grandes bolsillos interiores. Metió la pistola en el derecho con la empuñadura hacia abajo y el silenciador asomando. Con el abrigo desabotonado, se llevó la mano izquierda al bolsillo, tiró del silenciador y cogió la pistola con la derecha. A continuación desplazó con el pulgar la palanca del seguro hasta la posición de disparo. Empleó apenas un segundo en todo el proceso. El silenciador hacía que el arma fuera aparatosa. Hubiera sido más cómodo llevar las dos partes por separado. Sin embargo, puede que no le diera tiempo a poner el silenciador antes de disparar. Así era mejor.

Se abrochó el abrigo y salió.

18 HORAS

El satélite tiene forma de bala en vez de esférica. En teoría, una esfera sería más estable; en la práctica, sin embargo, el satélite debe tener antenas para la comunicación por radio que hacen poco conveniente la forma redondeada.

Luke cogió un taxi hasta el Hospital Mental Georgetown, dio su nombre en el mostrador de recepción y añadió que tenía una cita con la doctora Josephson.

Billie, que había estado encantadora al teléfono, se había mostrado preocupada por él, contenta de oír su voz, intrigada al saber que había perdido la memoria e impaciente por verlo en cuanto pudiera hacerle un hueco en su agenda. Su voz, de marcado acento sureño, sonaba como si tuviera la risa siempre a punto en el fondo de la garganta.

En ese momento apareció en las escaleras, que bajó a toda prisa; menuda y vestida con una bata blanca de laboratorio, tenía grandes ojos castaños y una expresión jubilosa en el rostro encendido. Al verla, Luke no pudo evitar una sonrisa.

–¡No sabes cuánto me alegro de verte! –exclamó la doctora, y le echó los brazos alrededor del cuello.

Luke sintió el impulso de corresponder a su entusiasmo y estrecharla con fuerza. Pero, temiendo cometer una inconveniencia, se quedó rígido, con las manos en el aire, como la víctima de un atraco.

Ella lo miró y se echó a reír.

–Veo que ni siquiera recuerdas mi forma de ser –dijo–. Relájate, soy casi inofensiva.

Luke posó los brazos sobre los hombros de la mujer. Bajo la bata, su cuerpo menudo era blando y redondeado.

–Ven, voy a enseñarte mi despacho –le invitó precediéndolo escaleras arriba.

Cruzaban un amplio pasillo, cuando una mujer de pelo blanco vestida con albornoz los interpeló:

–¡Doctora! ¡Me gusta su novio!

–Cuando acabe con él, será todo tuyo, Marlene –respondió Billie con una sonrisa.

Billie tenía un pequeño despacho amueblado con un sencillo escritorio y un archivador de acero, pero lo había embellecido con flores y una pintura abstracta llena de abigarradas salpicaduras. Tras servirle un café y ponerle delante una caja de galletas, pidió a Luke que le hablara de su amnesia.

Billie tomaba notas a medida que Luke contestaba a sus preguntas. Al cabo de un rato, Luke, que llevaba doce horas en ayuno, había dado buena cuenta de las galletas.

–¿Quieres más? –le preguntó Billie sonriendo–. Tengo otra caja. –Luke negó con la cabeza–. Bien, ya me he hecho una idea bastante clara –aseguró ella–. Sufres amnesia global, pero por lo demás pareces mentalmente sano. Prefiero no opinar sobre tu estado físico, porque no es mi especialidad; sin embargo, debo aconsejarte que te sometas a un examen cuanto antes –dijo Billie sonriendo–. Pero pareces estar bien, apenas un poco conmocionado.

–¿Tiene cura este tipo de amnesia?

–No, no la tiene. Por lo general es un proceso irreversible.

El golpe lo cogió desprevenido. Luke había acariciado la esperanza de que los recuerdos volverían a su mente cuando menos lo esperara.

–Dios mío... –murmuró.

–No te desanimes –dijo Billie afectuosamente–. Los afectados por este tipo de amnesia conservan todas sus facultades y son capaces de volver a aprender lo que han olvidado; por regla general, consiguen atar los cabos sueltos de su biografía y vivir normalmente. Ya verás como todo se arregla.

A pesar de estar oyendo pésimas noticias, Luke se dio cuenta de que no podía apartar la vista de aquella mujer; primero de sus ojos, en los que parecía brillar la simpatía; luego, de su expresiva boca; un poco después, de la forma en que la luz de la lámpara del escritorio caía sobre sus negros rizos. Le hubiera gustado que siguiera hablando eternamente.

–¿Cuál puede ser el motivo de mi amnesia?

–La primera causa que cabe considerar sería una lesión cerebral. Pero no hay indicios de lesión; además, me dices que no te duele la cabeza...

–En efecto. ¿Qué más?

–Hay varias posibilidades –le explicó pacientemente–. Podría deberse a un estrés prolongado, a una conmoción súbita o al consumo de drogas. También puede producirse como efecto secundario de algunos tratamientos para la esquizofrenia que combinan electroshocks y drogas.

–¿Hay forma de saber qué ha ocurrido en mi caso?

–No con absoluta seguridad. Dices que esta mañana tenías resaca. Si el motivo no era la bebida, podría ser consecuencia del consumo de alguna droga. Pero no esperes obtener la respuesta definitiva hablando con un médico. Tendrías que averiguar lo ocurrido entre ayer por la tarde y esta mañana.

–Bueno, por lo menos sé lo que estoy buscando –dijo Luke–. Una conmoción, drogas o un tratamiento para la esquizofrenia.

–No eres esquizofrénico –aseguró Billie–. Tienes una visión muy clara de la realidad. ¿Cuál será tu próximo paso?

Luke se puso en pie. Se resistía a separarse de aquella mujer embrujadora, pero ella le había explicado todo lo que sabía.

–Voy a ver a Bern Rothsten. Creo que él puede darme alguna pista.

–¿Tienes coche?

–Le he pedido al taxista que me esperara.

–Te acompaño a la puerta.

Al bajar las escaleras, Billie lo cogió del brazo cariñosamente.

–¿Cuánto hace que te divorciaste de Bern? –le preguntó Luke.

–Cinco años. Suficiente para volver a hacernos amigos.

–Sé que es una pregunta extraña, pero tengo que hacértela. Tú y yo... ¿salimos juntos alguna vez?

–Amigo mío... –dijo Billie–. Si yo te contara...

1943

Los científicos sólo pueden hacer conjeturas con respecto a los extremos de calor y frío que deberá soportar el satélite cuando abandone la profunda sombra de la Tierra y reciba en toda su intensidad el resplandor de la luz del Sol. Para mitigar los efectos de ambos fenómenos, el cilindro está parcialmente recubierto de brillantes barras de óxido de aluminio de tres milímetros de ancho, aptas para reflejar los abrasadores rayos del Sol, y aislado con fibra de vidrio para resistir el intenso frío del espacio.

El día que se rindió Italia, Billie se dio de bruces con Luke en el vestíbulo del edificio Q.

Al principio, no lo reconoció. Vio ante sí a un hombre delgado de unos treinta años que llevaba un traje demasiado grande, y apartó los ojos dispuesta a seguir su camino. Pero en ese instante el desconocido le dirigió la palabra:

–¿Billie? ¿Es que no me recuerdas?

La voz, por supuesto, le sonaba, y el corazón empezó a latirle con fuerza. Pero cuando volvió a mirar al escuálido individuo que había pronunciado aquellas palabras, apenas pudo sofocar un grito de espanto. La cabeza parecía una calavera. El pelo, antaño negro y lustroso, había perdido su brillo. El cuello de la camisa le estaba demasiado ancho, y la chaqueta parecía suspendida de una percha de alambre. Sus ojos eran los ojos de un anciano.

–¡Luke! –exclamó–. ¡Tienes un aspecto terrible!

–Gracias, mujer –murmuró él con una sonrisa fatigada.

–Perdona –se apresuró a decir Billie.

–No importa. Ya sé que he perdido algo de peso. En el sitio del que vengo no daban muy bien de comer.

Deseaba abrazarlo, pero se contuvo, en la duda de si a él le gustaría.

–¿Qué estás haciendo aquí? –le preguntó Luke.

Billie respiró hondo.

–Un curso de entrenamiento: mapas, radio, armas de fuego, lucha cuerpo a cuerpo...

–No te veo vestida para practicar jiu-jitsu –dijo Luke sonriendo de oreja a oreja.

A pesar de la guerra, a Billie seguía gustándole vestir con estilo. Ese día llevaba un conjunto amarillo claro de chaqueta torera y atrevida falda hasta la rodilla, y un enorme sombrero que parecía una bandeja vuelta del revés. Con la paga del ejército no podía permitirse ir a la última, desde luego; se había hecho aquel traje ella misma, con una máquina de coser prestada. Su padre había enseñado a coser a toda la familia.

–Lo consideraré un elogio –dijo sonriendo Billie, que empezaba a rehacerse de la sorpresa–. ¿Qué ha sido de ti estos años?

–¿Tienes unos minutos para charlar?

–Por supuesto.

Se suponía que debía asistir a una clase de criptografía, pero, ¡qué demonios!

–Salgamos.

Era una cálida tarde de septiembre. Luke se quitó la chaqueta y se la echó al hombro, y pasearon a lo largo del Estanque de los Reflejos.

–¿Cómo es que has ingresado en la OSS?

–Gracias a Anthony Carroll –respondió Billie. La Oficina de Servicios Estratégicos era un destino lleno de prestigio, y sus puestos estaban muy solicitados–. Anthony utilizó la influencia de su familia para entrar. Ahora es el ayudante personal de Bill Donovan. –El general Donovan, alias Bill *el Salvaje*, era el jefe de la OSS–. Llevaba un año paseando a un general en coche por todo Washington, así que me encantó que me destinaran aquí. Anthony ha aprovechado su puesto para meter a todos sus viejos amigos de Harvard. Elspeth está en Londres, Peg en El Cairo y supongo que Bern y tú habéis estado tras las líneas enemigas, sea donde sea.

–Francia –confirmó Luke.

–¿Cómo era aquello?

Luke encendió un cigarrillo. Era un hábito reciente –en Harvard no fumaba–, pero en esos momentos aspiró el humo como si sus pulmones lo necesitaran más que el aire.

–El primer hombre que maté era francés –le espetó.

Era dolorosamente obvio que necesitaba hablar de aquello.

–Cuéntame qué ocurrió –le animó Billie.

–Era un poli, un gendarme. Se llamaba Claude, como yo. No era ningún monstruo: antisemita, pero no más que la media de los franceses, o que un montón de nuestros compatriotas, no nos engañemos. Entró por casualidad en una granja donde manteníamos reunión. No cabía duda sobre lo que estábamos haciendo. Teníamos la mesa llena de mapas y los fusiles en un rincón, y Bern les estaba enseñando a los franceses a conectar una bomba de relojería. –Luke soltó una carcajada extraña, carente de la menor alegría–. El maldito loco intentó detenernos a todos. No es que eso importara mucho. Además, había que matarlo de todos modos.

–¿Qué hiciste tú? –susurró Billie.

–Lo llevé afuera y le pegué un tiro en la nuca.

–Dios mío...

–No murió al instante. Tardó casi un minuto.

Billie le cogió la mano y la apretó entre las suyas. Él se dejó hacer, y siguieron caminando alrededor del largo y estrecho estanque con las manos enlazadas. Luke le contó otra historia, sobre una mujer de la Resistencia a la que habían capturado y torturado, y el rostro de Billie se cubrió de lágrimas bajo la acariciante luz de septiembre. La tarde empezaba a refrescar, pero los labios de Luke siguieron desgranando detalles siniestros: explosiones de coches, asesinatos de oficiales alemanes, camaradas de la Resistencia muertos en emboscadas y familias judías que partían hacia destinos desconocidos con sus confiados hijos cogidos de la mano.

Llevaban dos horas andando cuando Luke se tambaleó, y Billie tuvo que abrazarse a él para evitar que se cayera.

–Dios, estoy tan cansado... –murmuró–. Últimamente no duermo bien.

Billie hizo señas a un taxi y lo acompañó al hotel.

Luke se alojaba en el Carlton. La paga del ejército no daba para esos lujos, pero Billie recordó que Luke era de buena familia. Tenía una suite en una esquina. Había un piano de cola en la sala de estar y –lo nunca visto– teléfono en el cuarto de baño.

Billie llamó al servicio de habitaciones y encargó sopa de pollo, huevos revueltos, panecillos calientes y medio litro de leche fría. Luke se sentó en el sofá y empezó a contar otra historia, divertida esta vez, sobre un ataque a una fábrica que proveía de cacerolas al ejército alemán.

–Entré corriendo en aquel enorme taller de metalistería, y me vi delante de unas cincuenta mujeres, corpulentas y membrudas, que estaban echando leña al horno y pegando martillazos a los moldes. «¡Salgan del edificio! –les grité–. ¡Vamos a volarlo por los aires!» ¡Y se me rieron en las narices! Siguieron trabajando y no hubo manera de sacarlas de allí. No me creían...

Antes de que pudiera acabar la historia, llegó la comida.

Billie firmó la cuenta, dio propina al camarero y puso los platos en la mesa del comedor. Cuando volvió al sofá, encontró a Luke dormido.

Lo despertó el tiempo justo para ayudarlo a llegar al dormitorio y meterlo en la cama.

–No te vayas –murmuró él, y volvió a cerrar los ojos.

Le quitó las botas y le aflojó la corbata con cuidado. Una brisa agradable penetraba por la ventana abierta; no hacía falta taparlo con las sábanas.

Se sentó en el borde de la cama y se quedó mirándolo unos instantes, recordando el largo viaje en coche entre Cambridge y Newport que habían hecho juntos dos años antes. Le acarició la mejilla con la parte exterior del meñique, como aquella noche. Él no se inmutó.

Billie se quitó el sombrero y los zapatos; se quedó pensativa un momento, pero enseguida se despojó de chaqueta y falda. Luego, en ropa interior y medias, se echó en la cama. Le pasó los brazos alrededor de los huesudos hombros, le reclinó la cabeza contra su pecho y lo atrajo hacia sí.

–Ahora todo irá bien –le susurró–. Duerme cuanto quieras. Cuando despiertes, estaré aquí.

Cayó la noche. Bajó la temperatura. Billie cerró la ventana y cubrió a Luke con una sábana. Poco después de medianoche, con los brazos alrededor del cuerpo caliente del hombre, ella también se quedó dormida.

Al amanecer, cuando llevaba doce horas durmiendo, Luke se levantó de pronto y fue al lavabo. Apareció al cabo de un par de minutos y volvió a meterse en la cama. Se había quitado el traje y la camisa, y sólo llevaba puesta la ropa interior. La rodeó con los brazos y la atrajo hacia sí.

–He olvidado decirte algo; algo muy importante –dijo Luke.

–¿Qué?

–En Francia pensaba en ti a todas horas. Todos los días.

–¿Sí? –susurró Billie–. ¿Lo dices en serio?

No respondió. Había vuelto a dormirse.

Billie se quedó inmóvil entre sus brazos y trató de imaginárselo en Francia, arriesgando la vida y pensando en ella; se sentía tan feliz que creyó que le estallaría el corazón.

A las ocho fue a la sala de estar, llamó al edificio Q y dijo que estaba enferma. Era el primer día que se tomaba libre por enfermedad en más de un año en el ejército. Se dio un baño, se lavó la cabeza y se vistió. Pidió café y cereales al servicio de habitaciones. El camarero la llamó «señora Lucas». Ella se alegró de que no fuera una camarera; una mujer se habría dado cuenta de que no llevaba alianza.

Se dijo que quizá el aroma a café despertara a Luke, pero no fue así. Leyó el *Washington Post* de cabo a rabo, incluidas las páginas de deportes. Estaba escribiendo a su madre, a Dallas, en papel para cartas del hotel, cuando Luke salió de la cama y apareció en ropa interior, con el negro pelo alborotado y las mandíbulas cubiertas de cañones azules. Billie le sonrió, feliz al verlo despierto.

Luke parecía confuso.

–¿Cuántas horas he dormido?

Billie consultó su reloj de pulsera. Casi era mediodía.

–Unas dieciocho.

No hubiera sabido decir qué pensaba Luke. ¿Se alegraba de verla? ¿Le daba apuro? ¿Estaba deseando que lo dejara solo?

–Dios –dijo al fin–. No había dormido así desde hacía un año. –Se frotó lo ojos–. ¿Has estado ahí todo este tiempo? Pareces fresca como una rosa.

–He echado un sueñecito.

–¿Te has quedado toda la noche?

–Me lo pediste tú.

Luke frunció el ceño.

–Creo recordarlo... –Meneó la cabeza–. Uf, he tenido unos sueños... –Se acercó al teléfono–. ¿Servicio de habitaciones? Me gustaría tomar una chuleta, poco hecha, con tres huevos fritos. Y zumo de naranja, tostadas y café.

Billie frunció el ceño. Era la primera vez que pasaba la noche con un hombre, así que no sabía qué podía esperar por la mañana; pero estaba decepcionada. Aquello era tan poco romántico que casi se sintió insultada. Le recordaba los despertares de sus hermanos; ellos también aparecían con barba incipiente, cara de pocos amigos y hambre de lobo. «Bien es verdad –recordó Billie– que solían mejorar cuando habían desayunado.»

–Un momento –dijo Luke aún al teléfono, y miró a Billie–. ¿Quieres tomar algo?

–Sí, un poco de té helado.

Luke lo pidió y colgó. Luego se sentó junto a ella en el sofá.

–Ayer hablé por los codos.

–La verdad es que sí.

–¿Mucho?

–Cinco horas sin parar.

–Lo siento.

–No lo sientas. Hagas lo que hagas, no lo lamentes, por favor. –Los ojos se le arrasaron en lágrimas–. No olvidaré lo que dijiste mientras viva.

Luke le cogió las manos.

–No sabes lo mucho que me alegro de que nos hayamos vuelto a encontrar...

Billie sintió que el corazón le daba brincos en el pecho.

–Yo también.

Aquello empezaba a parecerse a lo que había esperado.

–Me gustaría besarte, pero no me he cambiado de ropa en las últimas veinticuatro horas.

Billie experimentó una sensación súbita, como si un muelle se aflojara en su interior, y se dio cuenta de que estaba húmeda. Se quedó pasmada ante su propia reacción; nunca le había ocurrido tan deprisa.

Pero procuró contenerse. No había decidido hasta dónde quería llegar. Había tenido toda la noche para pensarlo, pero ni siquiera se le había pasado por la mente. Ahora temía que en cuanto lo tocara perdería el control de sí misma. Y después, ¿qué?

La guerra había favorecido la relajación moral de Washington, pero ella había permanecido al margen. Entrelazó las manos sobre el regazo y dijo:

–Te aseguro que no pienso besarte hasta que te hayas vestido.

Luke le dedicó una mirada escéptica.

–¿Tienes miedo a hacer algo que te comprometa?

Billie parpadeó al percibir el tono irónico de su voz.

–¿Qué quieres decir con eso?

–Hemos pasado la noche juntos... –Dijo Luke encogiéndose de hombros.

Billie se sintió herida e indignada.

–¡Me quedé porque me lo pediste! –protestó.

–De acuerdo, no te sulfures.

Pero en un abrir y cerrar de ojos su deseo se había transformado en una rabia no menos vehemente.

–No te tenías en pie de agotamiento, y entonces te metí en la cama –le espetó, furiosa–. Me pediste que no te dejara solo. Por eso me quedé.

–Y te lo agradezco.

–¡Pues no hables como si hubiera actuado como... como una puta!

–Yo no he dicho nada ni remotamente parecido.

–¿Cómo que no? Has dado entender que me había comprometido tanto que ya no importaba lo que pudiera hacer.

Luke soltó un profundo suspiro.

–Bueno, pues no quería decir eso. Dios, estás sacando de quicio un comentario totalmente inocente.

–¿Inocente? ¡Y un cuerno!

Lo peor de todo era que sí se había comprometido.

Se oyó llamar a la puerta. Intercambiaron una mirada.

–Supongo que es el servicio de habitaciones –dijo Luke.

Billie no quería que el camarero la viera con un hombre en paños menores.

–Ve al dormitorio.

–Vale.

–Pero antes, dame tu anillo.

Luke se miró la mano izquierda. Llevaba un sello de oro en el meñique.

–¿Para qué?

–Para que el camarero piense que estamos casados.

–Es que no me lo quito nunca...

Aquello acabó de sacarla de sus casillas.

–Fuera de mi vista –le lanzó entre dientes.

Luke entró en el dormitorio. Billie abrió la puerta, y una camarera empujó el carrito del servicio de habitaciones al interior de la suite.

–Aquí tiene, señorita –dijo la mujer.

Billie se puso como la grana. Aquel «señorita» llevaba mala intención. Billie firmó la cuenta pero no le dio propina.

–Aquí tiene –dijo a la mujer, y le dio la espalda.

La camarera salió. Billie oyó la ducha. Se sentía agotada. Había pasado horas presa de una profunda pasión romántica, que unos pocos minutos habían conseguido agriar. Luke, siempre tan caballero, se había metamorfoseado en un oso. ¿Cómo podían ocurrir semejantes cosas?

Fuera como fuese, Luke había hecho que se sintiera vulgar. En un minuto o dos, saldría del cuarto de baño, dispuesto a sentarse a la mesa y desayunar con ella, como si fueran un matrimonio. Pero no lo eran, y Billie se sentía cada vez más incómoda.

«Bien –pensó–, si no estoy a gusto, ¿por qué sigo aquí?» Era una buena pregunta.

Se puso el sombrero. Más valía marcharse cuando aún le quedaba algo de dignidad.

Pensó en dejarle una nota. En ese momento, dejó de oír el agua de la ducha. Luke no tardaría en reaparecer, oliendo a jabón, arrebujado en un albornoz, con el pelo mojado y los pies descalzos, adecentado para comer. No había tiempo para notas.

Salió de la suite y cerró procurando no hacer ruido.

Durante las cuatro semanas siguientes, lo vió prácticamente a diario.

Los primeros días, Luke tuvo que acudir al edificio Q para rendir informes. La buscaba a mediodía y comían juntos en la cafetería o compraban sándwiches y almorzaban en el parque. Volvió a tratarla con la desenvuelta cortesía de antaño, que le hacía sentir respetada y querida. El hiriente recuerdo de su comportamiento en el Carlton se esfumó poco a poco. Quizá, se decía Billie, tampoco él hubiera pasado toda una noche con una amante y, como ella, ignorara la etiqueta. La había tratado con naturalidad, como hubiera tratado a su hermana... que tal vez fuera la única chica que había llegado a verlo en ropa interior.

Al final de la primera semana, Luke le preguntó si quería salir con él, y fueron a ver *Jane Eyre* el sábado por la noche. El domingo bajaron en canoa por el Potomac. En el aire de Washington se respiraba el exceso. La ciudad estaba llena de jóvenes a punto de salir para el frente o recién llegados de permiso, hombres para los que la muerte violenta era el pan nuestro de cada día. Estaban ávidos de juego, alcohol, baile y sexo, porque quizá fuera su última oportunidad. Los bares estaban de bote en bote, y las solteras no daban abasto. Los aliados estaban ganando la guerra, pero las noticias sobre familiares, vecinos y compañeros de universidad muertos o heridos en el frente hacían explotar a diario la burbuja del optimismo.

Luke engordó un poco y empezó a dormir mejor. La mirada ausente desapareció de sus ojos. Se compró ropa de su talla, camisas de manga corta, pantalones blancos y un traje de franela azul marino que se ponía cuando salían por la noche. Y recobró parte de su innata jovialidad.

Hablaban como descosidos. Ella aseguraba que el estudio de la psicología humana acabaría desterrando las enfermedades mentales, y él, que el hombre conseguiría llegar a la Luna. Rememoraron el fatídico fin de semana que había cambiado sus vidas cuando estudiaban en Harvard. Contrastaron puntos de vista sobre la guerra y su final; Billie opinaba que los alemanes no aguantarían mucho más tras la caída de Italia; Luke, en cambio, estaba convencido de que se necesitarían años para expulsar del Pacífico a los japoneses. A veces salían con Anthony y Bern, y discutían de política en los bares, como cuando iban a la universidad, en un mundo completamente diferente. Un fin de semana, Luke voló a Nueva York para visitar a su familia, y Billie lo echó tanto de menos que cayó enferma. Nunca se cansaba de él, a su lado nunca se sentía ni remotamente aburrida. Era atento, divertido y atractivo.

Se tiraban los trastos a la cabeza un par de veces por semana. Sus rifirrafes seguían siempre el modelo del primero, el de la suite del hotel. Él soltaba algún paternalismo, o tomaba una decisión sobre sus planes para la noche sin consultarle, o daba por sentado que sabía más que ella sobre determinado tema, radio, coches o tenis. Ella se subía a la parra, y él la acusaba de hacer una montaña de un grano de arena. Billie se iba sulfurando mientras intentaba hacerlo entrar en razón, hasta que Luke empezaba a sentirse como un testigo hostil sometido a un interrogatorio exhaustivo. En el calor de la discusión, ella acababa exagerando, o haciendo una afirmación absurda, o diciendo algo que sabía que era falso. Ni corto ni perezoso, él la acusaba de insinceridad, y afirmaba que no merecía la pena discutir con ella, porque no le importaba decir lo que fuera con tal de ganar la partida. A continuación se levantaba y se marchaba, más convencido que nunca de que llevaba razón. Bastaban unos minutos para que Billie se sintiera acongojada. Salía a buscarlo y le pedía que lo olvidaran todo e hicieran las paces. Al principio, Luke se mostraba inflexible; luego, ella decía algo que conseguía hacerlo reír, y lo ablandaba.

Pero en todas aquellas semanas Billie no volvió al Carlton, y cuando besaba a Luke se limitaba a rozarle castamente los labios, siempre en un lugar público. Aun así, cada vez que lo tocaba volvía a sentir aquella sensación líquida en las entrañas, y sabía que si daba un paso más tendría que llegar hasta el fin.

Al sol de septiembre le siguió un octubre desapacible, y a él lo destinaron.

Luke recibió la noticia la tarde de un viernes. Estaba en el vestíbulo del edificio Q, esperando a que Billie acabara su jornada. En cuanto Billie vio su cara supo que pasaba algo malo.

–¿Qué ocurre? –le preguntó de inmediato.

–Tengo que volver a Francia.

Billie se quedó helada.

–¿Cuándo?

–Salgo de Washington a primera hora del lunes. Con Bern.

–Por amor de Dios, ¿es que no te has sacrificado bastante?

–No me importa el peligro –dijo él–. Pero no quiero separarme de ti.

Billie tragó saliva.

–Dos días –dijo, con los ojos llenos de lágrimas.

–Tengo que preparar el equipaje.
–Te ayudaré.
Y lo acompañó al Carlton.
Apenas cerraron la puerta, lo agarró por el jersey, lo atrajo hacia sí y alzó el rostro. Esta vez el beso no tuvo nada de casto. Billie le pasó la punta de la lengua por los labios, una y otra vez; luego, abrió la boca para recibir su lengua.
Dejó caer el abrigo. Llevaba un vestido a rayas verticales azules y blancas con el cuello blanco.
–Acaríciame los pechos –dijo.
Él la miró sorprendido.
–Por favor –pidió Billie.
Luke posó las manos sobre sus menudos senos. Billie cerró los ojos y se concentró en la sensación.
Se separaron y ella lo miró con avidez, como si quisiera aprenderse su cara de memoria. Temía olvidar el tono azul de sus ojos, el mechón de pelo negro que le caía sobre la frente, la curva de su mandíbula, el suave bulto de sus labios.
–Quiero una foto tuya –dijo Billie–. ¿Tienes alguna?
–Nunca llevo fotos mías encima –respondió Luke sonriendo. Puso acento de Nueva York y añadió–: ¿Quién crees que soy, Frank Sinatra?
–Estoy segura de que tienes alguna foto tuya por ahí.
–Puede que tenga una foto familiar. Vamos a ver... –dijo, y entró en el cuarto de baño.
Billie lo siguió.
La baqueteada bolsa de cuero marrón estaba en el mismo estante, supuso Billie, donde debía de haber permanecido aquellas cuatro semanas. Luke sacó un portafotos de plata que se abría como un pequeño libro. Contenía dos fotografías, una a cada lado. Sacó una de ellas y se la tendió.
Debían de haberla tomado hacía tres o cuatro años y mostraba a un Luke más joven y robusto en camisa polo. Lo acompañaban una pareja mayor –sus padres, era de suponer–, unos gemelos de unos quince años y una niña. Todos vestían ropa de playa.
–No puedo aceptarla, es la foto de tu familia –dijo Billie, aunque la deseaba con toda su alma.
–Quiero que la tengas tú. Eso es lo que soy, una parte de mi familia.

Por eso mismo a ella le gustaba la foto.

–¿Te la llevaste a Francia la otra vez?

–Sí.

Era tan importante para él que Billie apenas podía soportar la idea de quedársela; pero eso la hacía aún más valiosa.

–Enséñame la otra –le pidió Billie.

–¿Qué?

–El marco tiene dos fotos.

Luke parecía reacio, pero acabó abriendo el portafotos. La segunda foto era un recorte del anuario de Radcliffe. El retrato de Billie.

–¿Ésta también la tenías en Francia? –preguntó ella con un nudo en la garganta.

–Sí.

Billie se echó a llorar. Era insoportable. Luke había recortado su foto del anuario y la había llevado encima, con la foto de su familia, durante todo aquel tiempo en que su vida había corrido tanto peligro. Nunca hubiera imaginado que significara tanto para él.

–¿Por qué lloras? –le preguntó Luke.

–Porque me quieres –respondió Billie.

–Es verdad –dijo él–. No me atrevía a decírtelo. Te quiero desde el fin de semana de Pearl Harbor.

De pronto, la pasión de Billie se convirtió en rabia.

–¿Qué? ¿Y fuiste capaz de abandonarme? ¡Eres un canalla!

–Si tú y yo hubiéramos empezado a salir juntos entonces, habríamos destrozado a Anthony.

–¡Al infierno con Anthony! –gritó Billie aporreándole el pecho con los puños; pero Luke parecía no sentirlos–. ¿Cómo pudiste poner la felicidad de Anthony por encima de la mía, maldito egoísta?

–Hubiera sido indigno.

–Pero, ¿es que no te das cuenta de que hubiéramos podido tenernos el uno al otro dos años? –Billie lloraba a lágrima viva–. Ahora no tenemos más que dos días... ¡dos putos días de mierda!

–Entonces deja de llorar y bésame otra vez –dijo Luke.

Billie le echó los brazos al cuello y lo obligó a bajar la cabeza. Las lágrimas corrían entre sus labios unidos y se les metían en la boca. Luke empezó a desabrocharle el vestido.

–Por favor, rómpelo de una vez –dijo ella, impaciente.

Luke tiró con fuerza y arrancó todos los botones hasta la cintura. Otro estirón abrió el vestido por completo. Billie se lo retiró de los hombros y se quedó en medias y bragas.

Él la miró muy serio.

–¿Estás segura de que quieres hacerlo?

Billie tuvo miedo de que algún escrúpulo moral consiguiera paralizarlo.

–¡Lo estoy, lo estoy! ¡Por favor, no pares! –gritó.

La hizo caer en la cama con un suave empujón. Se quedó acostada sobre la espalda y él se puso encima, descansando el pecho sobre los codos. La miró a los ojos.

–No lo he hecho nunca.

–No importa –dijo ella–. Yo tampoco.

La primera vez acabaron enseguida, pero una hora después quisieron repetir, y se lo tomaron con más calma. Ella le dijo que quería hacerlo todo, darle todos los placeres con que hubiera fantaseado alguna vez, practicar todos los actos de intimidad sexual imaginables. Pasaron todo el fin de semana haciendo el amor, frenéticos de pena y deseo, conscientes de que tal vez no volvieran a verse.

Cuando Luke la dejó el lunes por la mañana, Billie no paró de llorar en dos días.

Ocho semanas más tarde se enteró de que estaba encinta.

18.30 HORAS

El problema de la temperatura es un obstáculo clave para los vuelos espaciales tripulados. Para determinar la eficacia de su aislamiento, el Explorer *dispone de cuatro termómetros, tres en la superficie exterior, para medir la temperatura del revestimiento, y uno en el compartimento de instrumentos, para obtener la temperatura interior. El objetivo es mantener el nivel entre cinco y veintiún grados centígrados, intervalo de temperaturas adecuado para la supervivencia humana.*

–Sí, salimos juntos –dijo Billie mientras bajaban la escalera.

Luke tenía la boca seca. Se imaginó cogiéndola de la mano, contemplando su rostro por encima de una mesa iluminada con velas, besándola, mirándola mientras se quitaba la ropa. Se sintió culpable al acordarse de que estaba casado; pero no podía recordar a su mujer, mientras que Billie estaba allí mismo, a su lado, hablando animadamente, sonriendo y despidiendo un leve olor a jabón aromático.

Llegaron a la puerta de la calle y se detuvieron.

–¿Estábamos enamorados? –preguntó Luke.

La miró fijamente tratando de interpretar su expresión. Hasta ese momento, el rostro de la mujer le había parecido un libro abierto, que ahora, cerrado de golpe, ya sólo mostraba las tapas en blanco.

–Ya lo creo –respondió Billie, y aunque su tono era desenvuelto, un ligero temblor le alteraba la voz–. Para mí no había otro hombre en el mundo.

¿Cómo podía haber dejado escapar a una mujer como aquélla? Le parecía una tragedia mucho mayor que haber perdido sus recuerdos.

–Pero te curaste a tiempo.

–Ya soy bastante mayorcita para saber que no existen los príncipes azules, sólo un puñado de hombres más o menos imperfectos. A veces llevan una armadura deslumbrante, pero siempre acabas descubriendo las partes oxidadas.

Luke hubiera querido saberlo todo, hasta el último detalle, pero eran demasiadas preguntas.

–Y te casaste con Bern.

–Sí.

–¿Cómo es?

–Inteligente. Todos mis hombres tienen que serlo. Si no, me aburro enseguida. Fuertes, también... Lo bastante fuertes para que sean un reto.

La sonrisa de Billie era la de alguien a quien el corazón no le cabe en el pecho.

–¿Qué pasó? –preguntó Luke.

–Diferentes escalas de valores. Sé que suena abstracto, pero Bern se jugó la vida por la causa de la libertad en dos guerras, la española y la mundial, y para él la política estaba por encima de todo.

Luke deseaba hacerle cierta pregunta por encima de cualquier otra. No se le ocurría una forma delicada o indirecta de decirlo, así que lo soltó tal cual:

–¿Estás con alguien en estos momentos?

–Pues sí. Se llama Harold Brodsky.

Luke se sintió estúpido. Claro que estaba con alguien. Era una treintañera atractiva y divorciada, los hombres debían de hacer cola para salir con ella... Luke sonrió compungido.

–¿Es un príncipe azul?

–No, pero es inteligente, me hace reír y me quiere con locura.

Luke sintió una punzada de envidia. «Dichoso tú, Harold», pensó.

–E imagino que comparte tus valores...

–Sí. Es viudo, y para él su hijo es lo más importante de este mundo; sus trabajos de investigación vienen después.

–¿Qué investiga?

–La química del yodo. Yo siento lo mismo con respecto a mi trabajo. –Sonrió–. Puede que los hombres ya no me hagan ver chiribitas, pero me parece que sigo siendo igual de idealista en lo de desentrañar los misterios de la mente humana.

Las últimas palabras de Billie lo devolvieron a la realidad de su reciente crisis. El recordatorio fue como una bofetada por sorpresa, más dolorosa por inesperada.

–Ojalá pudieras desentrañar los misterios de mi mente.

Billie frunció el ceño y, a pesar de sentirse abrumado por sus problemas, Luke advirtió lo guapa que estaba cuando la perplejidad le hacía arrugar la nariz.

–Es extraño –dijo Billie–. Puede que hayas sufrido una lesión craneal que no ha dejado huella visible, pero en tal caso es sorprendente que sigas sin tener dolor de cabeza.

–Ni una mala jaqueca.

–No eres alcohólico ni drogadicto, se ve a la legua. Si hubieras sufrido una conmoción especialmente fuerte, o un estrés prolongado, lo más probable es que lo supieras, por ti o por algún amigo común.

–¿Entonces?

Billie meneó la cabeza.

–Queda descartado que seas esquizofrénico, así que no has podido recibir un tratamiento de drogas y electroterapia combinadas, que podría haberte causado...

Billie calló de improviso; tenía una expresión de incrédulo pasmo, la boca muy abierta y los ojos desorbitados.

–¿Qué? –preguntó Luke.

–Acabo de acordarme de Joe Blow.

–¿Quién es?

–Joseph Bellow. Me chocó el nombre porque me sonó a inventado.

–¿Y?

–Ingresó a última hora de ayer, cuando me había marchado a casa. Luego le dieron el alta durante la noche, algo nada habitual.

–¿Qué le pasaba?

–Era esquizofrénico. –Billie palideció–. Oh, mierda.

Luke empezaba a captar la idea.

–Así que ese paciente...

–Vamos a echar un vistazo a su historial.

Billie dio media vuelta y corrió escaleras arriba. Recorrieron el pasillo a toda prisa y entraron en una dependencia en cuya puerta podía leerse: «Historiales clínicos». Estaba abierta. Billie encendió la luz.

Abrió un cajón rotulado A-D, pasó la mano por las carpetas y sacó una. Leyó en voz alta:

–«Varón blanco, un metro ochenta y cinco centímetros de altura, ochenta y dos kilos de peso; edad, treinta y siete años.»

Luke veía confirmada su hipótesis.

–Piensas que era yo... –dijo.

Billie asintió.

–Le aplicaron un tratamiento... que puede causar amnesia global.

–Dios mío...

Luke estaba tan consternado como intrigado. Si Billie tenía razón, le habían hecho aquello deliberadamente. Eso explicaría por qué lo seguían a todas partes; sin duda, gente sumamente interesada en asegurarse de que el tratamiento surtía efecto.

–¿Quién lo hizo?

–Mi colega, el doctor Leonard Ross, firmó la admisión del paciente. Len es psiquiatra. Me gustaría saber en qué se basó para autorizar el tratamiento. Lo normal es mantener al paciente bajo observación algún tiempo, varios días por lo general, antes de prescribir un tratamiento. Y, desde luego, no se me ocurre ninguna justificación médica para darle el alta inmediatamente después de administrárselo, ni siquiera con el consentimiento de sus familiares. Más irregular, imposible.

–Parece que Ross va a tener problemas...

Billie suspiró.

–Probablemente no. Si lo denuncio, me acusarán de mala perdedora. Dirán que le he cogido tirria porque le han dado el puesto que quería para mí, director de investigación del hospital.

–¿Cuándo ha sido eso?

–Hoy.

Luke se quedó de una pieza.

–¿Han ascendido a Ross precisamente hoy?

–Sí. Supongo que no es pura coincidencia.

–¿Coincidencia? ¡Y una mierda! Lo han sobornado. Le prometieron el ascenso a cambio de que prescribiese un tratamiento anómalo.

–No puedo creerlo. Sí, sí puedo. Es un débil.

–Pero es el instrumento de otros. Alguien por encima de él en la jerarquía del hospital tiene que haberle dicho que lo hiciera.

–No. –Billie meneó la cabeza–. El patronato que financia el puesto, la Fundación Sowerby, se ha empeñado en que fuera para Ross. Me lo ha explicado mi jefe. No entendíamos el porqué. Ahora lo entiendo perfectamente.

–Todo encaja... Pero sigue siendo tan desconcertante como al principio. ¿Alguien de la Fundación quería que yo perdiera la memoria?

–Y creo saber quién –dijo Billie–. Anthony Carroll. Forma parte del consejo.

El nombre le sonaba. Luke recordó que Anthony era el hombre de la CIA mencionado por Elspeth.

–Eso sigue sin dar respuesta a la pregunta: «¿Por qué?».

–Pero ahora tenemos a alguien a quien hacérsela –dijo Billie, y levantó el auricular.

Mientras marcaba, Luke intentó organizar sus ideas. La última hora había sido una cadena de shocks. Le habían dicho que no recobraría la memoria. Se había enterado de que había querido a Billie y la había perdido, aunque no le cupiera en la cabeza que hubiera sido tan idiota. Acababa de descubrir que le habían provocado la amnesia con toda intención y que el responsable era alguien de la CIA. Y sin embargo, seguía sin tener la menor pista sobre el motivo.

–Quisiera hablar con Anthony Carroll –dijo Billie al teléfono–. Soy la doctora Josephson –añadió en tono perentorio–. Muy bien, entonces dígale que tengo que hablar con él urgentemente. –Consultó su reloj–. Que me llame a casa exactamente dentro de una hora a partir de este momento. –Su rostro se ensombreció de pronto–. No intentes tomarme el pelo, listillo, sé que podéis hacerle llegar un mensaje a cualquier hora del día o de la noche, esté donde esté –dijo, y colgó de golpe.

Puso cara de apuro al ver cómo la miraba Luke.

–Lo siento –murmuró–. Ese tío me ha soltado un: «Veré qué puedo hacer», como si me hiciera un maldito favor.

Luke recordó que Elspeth había descrito a Anthony como a un viejo amigo de Harvard, compañero suyo y de Bern.

–Ese Anthony... –empezó a decir–. Creía que era un amigo.

–Ya. –Billie meneó la cabeza con una mueca de preocupación en su expresivo rostro–. Yo también.

19.30 HORAS

El satélite emplea dos tipos de termómetro: resistencias térmicas para la temperatura interior y para una de las mediciones de la temperatura del revestimiento, y termómetros de resistencia para la otra medición exterior y para el cono del morro.

Bern vivía en la avenida Massachusetts, sobre la pintoresca garganta de Rock Creek, en un vecindario de embajadas y grandes casas. La decoración de su piso se inspiraba en temas españoles: recargado mobiliario colonial de madera oscura y formas torturadas, y paredes blancas y desnudas, de las que colgaban paisajes achicharrados por el sol. Luke recordó que, según contaba Billie, Bern había luchado en la Guerra Civil española.

Era fácil imaginárselo como un luchador. El pelo negro le empezaba a clarear y la tripa le sobresalía un tanto por encima del cinturón; pero sus facciones denotaban dureza y decisión, y sus ojos grises tenían una mirada inquietante. Luke se preguntó si un hombre con los pies tan firmemente asentados en la tierra daría crédito a la extraña historia que se disponía a contarle. Pero no le quedaba más remedio que intentarlo.

Bern le estrechó la mano efusivamente y le sirvió una taza de café solo. Sobre el mueble del gramófono se veía una fotografía enmarcada en plata de un hombre de edad mediana con la camisa rota y un fusil en las manos. Luke la cogió.

–Largo Benito –dijo Bern–. El hombre más grande que he conocido. Luché a su lado en España. Mi hijo se llama Largo, aunque Billie le dice Larry.

Probablemente, Bern recordaba la guerra española como la

mejor época de su vida. Luke se preguntó con envidia cuál habría sido la mejor época de la suya.

–Supongo que yo también debo tener buenos recuerdos de algo –dijo, abatido.

Bern le clavó una mirada intensa.

–¿Qué demonios está pasando, compañero?

Luke tomó asiento y le contó lo que Billie y él habían descubierto en el hospital.

–Y ahora, esto es lo que creo que ha ocurrido –añadió–. Puede que te parezca descabellado, pero te lo voy a contar de todos modos, porque confío en que puedas arrojar algo de luz sobre este misterio.

–Haré lo que esté en mi mano.

–Llegué a Washington el lunes, justo antes del lanzamiento del cohete, para ver a un general del ejército de tierra por algún misterioso motivo que no quise comunicar a nadie. Mi mujer estaba preocupada por mí y llamó a Anthony para pedirle que no me perdiera de vista. Anthony y yo quedamos en desayunar juntos ayer martes.

–Es lógico. Anthony es tu amigo más antiguo. Ya erais compañeros de habitación cuando te conocí.

–Lo que viene ahora es más hipotético. Me reuní con Anthony para desayunar, antes de ir al Pentágono. Me echó algo en el café para adormecerme, me metió en su coche y me llevó al Hospital Mental Georgetown. Debió de apañárselas para librarse de Billie, o bien esperó a que se marchara a casa. El caso es que se aseguró de que ella no me viera, y me ingresó bajo un nombre falso. Luego, fue a buscar al doctor Len Ross, a quien sabía vulnerable al soborno. Aprovechando su posición como miembro del patronato de la Fundación Sowerby, lo convenció para administrarme un tratamiento que me hiciera perder la memoria.

Luke hizo una pausa, esperando oír de labios de su amigo que aquello era absurdo, imposible, el producto de una imaginación calenturienta. Para sorpresa de Luke, Bern se limitó a decir:

–Pero, por amor de Dios, ¿por qué?

Luke empezó a sentirse mejor. Si Bern lo creía, podría ayudarlo.

–Por el momento –contestó–, concentrémonos en el cómo. Dejemos lo del por qué para el final.

–De acuerdo.

–Para ocultar su rastro, hizo que me dieran el alta, me vistió con harapos, probablemente mientras seguía inconsciente a causa del tratamiento, y me dejó en la estación Union en compañía de un compinche cuya misión era convencerme de que era un vagabundo, aparte de no quitarme el ojo de encima y asegurarse de que el tratamiento funcionaba.

Esta vez Bern parecía escéptico.

–Pero tenía que imaginar que tarde o temprano acabarías descubriendo la verdad...

–No necesariamente o, en todo caso, no toda la verdad. Vale, calcularía que al cabo de unos días o unas semanas conseguiría descubrir mi identidad. Pero seguramente confiaba en que pensara que me había ido de parranda. Mucha gente no recuerda lo que hace mientras está trompa, al menos eso se dice. Y si me costaba aceptarlo y me ponía a hacer preguntas, no habría sacado nada en limpio. Lo más probable es que Billie hubiera olvidado lo del paciente misterioso. Y en caso de que se acordara, Ross ya habría hecho desaparecer el historial clínico.

Bern asintió pensativo.

–Un plan arriesgado, aunque con bastantes probabilidades de éxito. En el trabajo clandestino, eso suele ser lo máximo a que puedes aspirar.

–Me sorprende que no te muestres más escéptico.

Bern se encogió de hombros.

–¿Tienes algún motivo para aceptar mi hipótesis tan fácilmente? –insistió Luke.

–Todos hemos trabajado para los servicios de inteligencia. Estas cosas ocurren.

Luke estaba seguro de que Bern le ocultaba algo. No podía hacer otra cosa que rogarle.

–Bern, si sabes algo más, por amor de Dios, dímelo. Necesito toda la ayuda que pueda conseguir.

Bern parecía angustiado.

–Hay algo... Pero es confidencial, y no quiero poner en peligro a nadie.

Luke sintió que el corazón le palpitaba con fuerza.

–Cuéntamelo, por favor. Estoy desesperado.

Bern lo miró fijamente.

–No hace falta que lo jures –dijo, y respiró hondo–. Bueno, ahí va. Hacia el final de la guerra, Billie y Anthony trabajaron en un proyecto especial para la OSS, el Comité para la droga de la verdad. Yo tampoco sabía nada al respecto en aquella época, pero lo descubrí después, cuando ya estaba casado con Billie. Experimentaban con drogas, tratando de dar con alguna que les permitiera influir en los prisioneros durante los interrogatorios. Probaron con mescalina, barbitúricos, escopolamina y marihuana. Los sujetos de sus experimentos eran soldados sospechosos de simpatizar con los comunistas. Billie y Anthony visitaron campamentos militares de Atlanta, Memphis y Nueva Orleans. Se ganaban la confianza del soldado sospechoso, le pasaban un canuto y esperaban a ver si largaba algún secreto.

Luke se echó a reír.

–¡Así que un puñado de reclutas se *colocó* a costa del servicio secreto!

Bern asintió.

–Visto ahora, el asunto tenía su gracia. Después de la guerra, Billie volvió a la facultad y elaboró su tesis doctoral sobre los efectos de diversas drogas legales como la nicotina en el estado mental de la gente. Tras obtener la cátedra, siguió trabajando en el mismo campo, el de los efectos de las drogas y otros factores sobre la memoria.

–Pero no para la CIA...

–Eso creía yo. Pero estaba equivocado.

–Dios...

–En 1950, cuando Roscoe Hillenkoetter era director, la Agencia inició un proyecto con el nombre en clave *Pájaro de la felicidad*, y Hillenkoetter autorizó el uso de fondos reservados, de forma que la cosa no dejara ni un rastro de tinta. El objetivo de *Pájaro de la felicidad* era el control mental. La CIA financió toda una serie de proyectos de investigación perfectamente legales en las universidades, canalizando el dinero a través de fundaciones para ocultar la auténtica fuente. Y financiaron los trabajos de Billie.

–¿Cuál fue su reacción?

–Discutimos por culpa del asunto. Le dije que no estaba bien, que lo que pretendía la CIA era lavarle el cerebro a la gente. Ella alegaba que cualquier conocimiento científico puede usarse para el bien o para el mal, que sus investigaciones podían dar grandes frutos y que le traía sin cuidado quién pagara las facturas.

–¿Y ése fue el motivo de vuestro divorcio?

–Más o menos. Yo era el guionista de un serial radiofónico llamado *Historia de detectives*, pero quería trabajar para el cine. En 1952 escribí un guión sobre una agencia secreta del gobierno que se dedicaba a lavar el cerebro a confiados ciudadanos. Lo compró Jack Warner. Pero no le dije nada a Billie.

–¿Por qué?

–Porque sabía que la CIA impediría que la película se rodara.

–¿Pueden hacer cosas así?

–Jode, puedes apostar la vida.

–¿Cómo acabó la cosa?

–La película se estrenó en 1953. Frank Sinatra hacía el papel de un cantante de club nocturno que presencia un asesinato político y pierde la memoria debido a un tratamiento secreto. Joan Crawford interpretaba a su agente. Tuvo un éxito enorme. Mi carrera estaba lanzada. Empezaron a lloverme ofertas millonarias de los estudios.

–¿Y Billie?

–La llevé al estreno.

–Supongo que se pondría hecha una furia.

Bern esbozó una sonrisa triste.

–Reaccionó de la peor manera. Dijo que había usado información confidencial obtenida a través de ella. Estaba convencida de que la CIA le retiraría los fondos, de que su investigación estaba arruinada. Fue el final de nuestro matrimonio.

–A eso se refería Billie cuando dijo que teníais un conflicto de valores...

–Y tiene razón. Debió casarse contigo... Nunca llegué a entender por qué no lo hizo.

Luke sintió que el corazón le daba un vuelco. Le hubiera gustado saber a qué se refería Bern. Pero prefirió dejar la pregunta para mejor ocasión.

–En todo caso, volviendo a 1953, deduzco que la CIA no cejaría en su empeño...

–No. –Bern parecía amargado y colérico–. Se conformaron con destrozar mi carrera.

–¿Cómo?

–Me sometieron a una investigación por deslealtad. Por supuesto, había sido comunista hasta el mismo final de la guerra, de modo que era presa fácil. Entré en la lista negra de Hollywood, y ni siquiera pude recuperar mi antiguo trabajo en la radio.

–¿Cuál fue el papel de Anthony en todo el asunto?

–Hizo todo lo que pudo para protegerme, según Billie, pero no le hicieron caso –dijo Bern, y frunció el ceño–. Aunque, después de lo que acabas de contarme, me pregunto si fue así.

–¿Cómo te las arreglaste?

–Pasé un par de años bastante malos; luego concebí a *Los terribles gemelos*.

Luke arqueó una ceja.

–Es una serie de libros para niños –explicó Bern, y señaló una estantería. Las brillantes sobrecubiertas formaban una mancha de color–. Tú se los has leído, por cierto... al hijo de tu hermana.

Luke se sintió encantado al saber que tenía un sobrino, o varios. Le gustaba la idea de leerles historias.

Aún tenía que aprender muchas cosas sobre sí mismo.

Abarcó el lujoso apartamento con un gesto de la mano.

–Se ve que tus libros tienen mucho éxito.

Bern asintió.

–Escribí el primero con seudónimo, y lo ofrecí a un agente que simpatizaba con las víctimas de la caza de brujas de McCarthy. Fue un best-séller; y desde entonces he escrito dos cada año.

Luke se levantó del asiento y sacó del estante uno de los libros. Leyó:

> ¿Qué es más pegajoso, la miel o el chocolate derretido? Los gemelos necesitaban saberlo. Por eso realizaron el experimento que tanto enfadó a su mamá.

Luke sonrió. A los críos les encantaban esas cosas. De pronto, se sintió triste.

–Elspeth y yo no tenemos hijos.

–Y no lo entiendo –dijo Bern–. Siempre habías querido tener familia.

–Lo hemos intentado pero no ha podido ser. –Luke cerró el libro–. ¿Somos un matrimonio feliz?

Bern soltó un suspiro.
–Ya que lo preguntas, no.
–¿Por qué?
–Algo no funcionaba, aunque no sabías qué. Me llamaste una vez para pedirme consejo, pero no pude ayudarte.
–Hace un momento has dicho que Billie hubiera debido casarse conmigo...
–Vosotros dos estabais locos el uno por el otro.
–¿Y qué nos pasó?
–No estoy seguro. Después de la guerra, tuvisteis una pelea seria. Los demás nunca llegamos a saber cuál fue el motivo.
–Tendré que preguntárselo a Billie.
–Supongo que sí.
Luke devolvió el libro a su sitio.
–En todo caso, ahora comprendo que mi historia no te haya parecido completamente descabellada.
–Sí –dijo Bern–. Creo que Anthony está detrás de todo esto.
–Ya, pero, ¿se te ocurre algún motivo?
–No tengo ni la menor idea.

20 HORAS

Si las variaciones de temperatura superan lo previsto, es posible que los transistores de germanio se sobrecalienten, las baterías de mercurio se congelen y el satélite sea incapaz de transmitir datos a la Tierra.

Sentada ante el espejo, Billie se retocaba el maquillaje. En su opinión, lo mejor que tenía eran los ojos, que siempre se pintaba con esmero, usando lápiz negro, sombra gris y una pizca de rímel. Por la puerta del dormitorio, que había dejado abierta, le llegaban los tiroteos de la televisión: Larry y Becky-Ma estaban viendo un capítulo de *Caravana.*

Esa noche no estaba para citas. Los sucesos del día le habían despertado fuertes pasiones. La perspectiva de quedarse sin el puesto que ambicionaba le producía cólera; lo que había hecho Anthony, indignación, y descubrir que la química entre Luke y ella era tan potente y peligrosa como antaño hacía que se sintiera confusa y vulnerable. Cuando quiso darse cuenta, estaba pasando revista a sus relaciones con Anthony, Luke, Bern y Harold, y preguntándose si había tomado las decisiones correctas en los momentos decisivos de su vida. Después de los recientes acontecimientos, la idea de pasar la velada viendo el Kraft Theater en la tele le parecía insípida, por mucho que le gustara Harold.

Sonó el teléfono.

Se levantó del taburete como movida por un resorte y se dirigió hacia el aparato de la mesilla, pero Larry ya se le había adelantado en el vestíbulo. Oyó la voz de Anthony al otro lado del auricular, que decía:

–Aquí la CIA. Washington está a punto de ser invadido por un ejército de repollos saltarines.

Larry empezó a reír como un descosido.

–¡Tío Anthony, eres tú!

–Si uno de esos repollos se cruza en su camino, no intente, repito, no intente razonar con él.

–¡Si los repollos no hablan!

–La única forma de vencerlos es darles una buena tunda con una rebanada de pan.

–¡Menuda trola! –exclamó Larry, muerto de risa.

–Anthony –intervino Billie–, estoy en el otro teléfono.

–Ahora, a ponerse el pijama, ¿vale, Larry? –dijo Anthony.

–Vale –respondió Larry, y colgó.

–¿Billie? –dijo Anthony cambiando el tono de voz.

–Te escucho.

–Querías que te llamara... urgentemente. Creo que le has echado una buena bronca al agente de guardia...

–Ya. Oye, Anthony, ¿qué demonios pretendes?

–Como no seas más concreta...

–No me tomes por idiota, ¿vale? Noté que me mentías la última vez que hablamos, pero entonces no sabía la verdad. Ahora la sé. Sé lo que le hiciste a Luke anoche en mi hospital.

Hubo un momento de silencio.

–Quiero una explicación –añadió Billie.

–Mira, no puedo hablar de esto por teléfono. Si pudiéramos vernos uno de estos días...

–Corta ese puto rollo. –No escurriría el bulto tan fácilmente–. Me lo vas a contar ahora mismo.

–Sabes que no puedo...

–Puedes hacer lo que te venga en gana, maldita sea, así que no me vengas con historias.

–Deberías confiar en mí –protestó Anthony–. Somos amigos desde hace veinte años.

–Sí, y me metiste en problemas el día de nuestra primera cita.

Cuando volvió a sonar, la voz de Anthony tenía un ligero deje retozón:

–¿Todavía me guardas rencor?

Billie no pudo evitar ablandarse.

–No, por Dios. Quisiera confiar en ti. Tú, eres el padrino de mi hijo.

–Te lo explicaré todo si aceptas verte conmigo mañana.

Billie estaba a punto de ceder, cuando recordó lo que le había hecho a Luke.

–Tú no confiaste en mí la otra noche, ¿verdad? Actuaste a mis espaldas, en el hospital donde trabajo.

–Ya te lo he dicho, puedo explicártelo...

–Debiste explicármelo antes de engañarme. Cuéntame la verdad o iré al FBI en cuanto cuelgue el teléfono. Tú eliges.

Era peligroso amenazar a los hombres: solían cerrarse en banda. Pero Billie sabía que la CIA odiaba y temía que el FBI se inmiscuyera en sus asuntos, especialmente cuando éstos bordeaban los límites de la legalidad, es decir, cada dos por tres. Los federales, que protegían celosamente su derecho exclusivo a perseguir espías dentro del país, se frotarían las manos ante la oportunidad de investigar las actividades ilegales de la Agencia en territorio estadounidense. Si lo que se traía entre manos Anthony, fuera lo que fuese, era lícito, la amenaza de Billie carecería de fuerza. Pero si se estaba pasando de la raya, se asustaría.

Anthony suspiró.

–Bueno, estoy en un teléfono público, y dudo que tu teléfono no esté pinchado... –Hizo una pausa–. Puede que te cueste creer lo que voy a contarte.

–Ponme a prueba.

–Está bien, ahí va. Luke es un espía, Billie.

Por un instante, Billie se quedó sin habla. Luego, replicó:

–No seas absurdo.

–Es comunista, agente de Moscú.

–¡Por amor de Dios! Si piensas que me voy a tragar esa...

–A estas alturas que lo creas o dejes de creerlo me la trae floja. –Anthony había endurecido el tono inopinadamente–. Lleva años pasando información secreta sobre cohetes a los soviéticos. ¿Cómo crees que consiguieron poner en órbita el *Sputnik*, joder? Están tan al corriente de nuestras investigaciones como de las suyas. Gracias a Luke.

–Anthony, ambos conocemos a Luke desde hace veinte jodidos años. ¡Si nunca le ha interesado la política!

–No hay mejor tapadera que ésa.

Billie no sabía qué pensar. ¿Sería cierto? Estaba claro que un auténtico agente doble simularía desinterés por la política, o incluso ser republicano.

–Luke no traicionaría a su país.

–No sería el primero. Recuerda, cuando estuvo con la Resistencia francesa trabajó con los comunistas. Por supuesto, en aquella época luchábamos en el mismo bando, pero es evidente que él no cambió de actitud después de la guerra. Personalmente, estoy convencido de que el motivo de que no se casara contigo es que eso dificultaría su trabajo para los rojos.

–Sin embargo, se casó con Elspeth.

–Sí, pero no han tenido hijos.

Billie se sentó en la escalera, atónita.

–¿Tienes pruebas?

–Materiales. Planos clasificados como alto secreto que entregó a un conocido agente de la KGB.

Desconcertada, Billie ya no sabía a qué carta quedarse.

–Pero si todo eso es cierto, ¿por qué le has hecho perder la memoria?

–Para salvarle la vida.

Billie ya no entendía nada.

–Explícate.

–Billie, íbamos a matarlo.

–¿Quiénes?

–Nosotros, la CIA. Ya sabes que el ejército está a punto de lanzar nuestro primer satélite. Si el cohete falla, los rusos dominarán el espacio exterior por tiempo indefinido, igual que los ingleses dominaron Norteamérica durante doscientos años. Debes comprender que Luke representaba la amenaza más formidable contra el poder y el prestigio de Estados Unidos desde la época de la guerra. La decisión de eliminarlo se tomó sólo una hora después de que descubriéramos lo que había estado haciendo.

–¿Por qué no detenerlo y juzgarlo por espionaje?

–¿Y que el mundo se entere de que nuestra seguridad es tan chapucera que los soviéticos llevan años consiguiendo nuestros secretos sobre cohetes? Piensa en los efectos de semejante revelación sobre la influencia estadounidense, especialmente en todos esos países subdesarrollados que tontean con Moscú. Esa opción ni siquiera se tuvo en cuenta.

–Entonces, ¿qué ocurrió?

–Los convencí de que intentáramos esto. Hablé directamente con los de arriba. Nadie sabe lo que estoy haciendo, salvo el director de la CIA y el presidente. Y hubiera funcionado, si Luke no fuera un cabrón con más conchas que un galápago. Podía haberlo salvado y, al mismo tiempo, mantener todo el asunto en secreto. Bastaba con que hubiera creído que había perdido la memoria después de una noche de farra, con que llevara la vida de un mendigo una temporada, y yo hubiera podido echar tierra al asunto. Ni siquiera él sabría qué secretos había revelado. Así, evitábamos que ocurriera lo peor.

Billie tuvo un momento de egoísmo.

–No has dudado un instante en arruinar mi carrera.

–¿Para salvarle la vida a Luke? No creí que tú esperaras lo contrario.

–Eres un presuntuoso de mierda; ése siempre ha sido uno de tus peores defectos.

–El caso es que Luke se ha cargado mi plan... con tu ayuda. ¿Está contigo?

–No. –Billie sintió que se le erizaba el vello de la nuca.

–Tengo que hablar con él antes de que se perjudique todavía más. ¿Dónde está?

–No lo sé –mintió Billie, fiada de su instinto.

–No me ocultarías algo así, ¿verdad?

–Ya lo creo que sí. Me acabas de decir que tu organización quería matar a Luke. Sería estúpida si te dijera dónde está, de saberlo. Pero no lo sé.

–Billie, escúchame. Soy su única esperanza. Dile que me llame, si es que quieres salvarle la vida...

–Pensaré en ello –respondió Billie.

Pero Anthony ya había colgado.

20.30 HORAS

El compartimento de los instrumentos no tiene puertas ni escotillas de acceso. Para manejar el equipo de su interior, los ingenieros de Cabo Cañaveral tienen que levantar toda la cubierta. Aunque resulta incómodo, el sistema permite ahorrar un peso sustancial, factor decisivo en la lucha por vencer la gravedad terrestre.

Luke colgó el teléfono con mano temblorosa.

–Por amor de Dios –dijo Bern–, ¿qué te ha dicho? ¡Estás blanco como la pared!

–Según Anthony, soy un agente soviético –contestó Luke.

Bern entrecerró los ojos.

–¿Y...?

–Cuando la CIA me descubrió, decidieron matarme, pero Anthony los convenció de que hacerme perder la memoria sería igual de efectivo.

–Una historia de lo más verosímil –dijo Bern fríamente.

Luke estaba destrozado.

–Dios mío, ¿será verdad?

–Por supuesto que no, joder.

–No puedes estar seguro...

–Ya lo creo que puedo.

Luke apenas se atrevía a albergar alguna esperanza.

–¿Por qué?

–Porque yo sí fui un agente soviético.

Luke lo miró boquiabierto. Ésa sí era buena.

–Los dos podríamos haber sido agentes, sin saber que el otro lo era –repuso.

Bern meneó la cabeza.

–Tú acabaste con mi carrera.

–¿Cómo?

–¿Quieres otro café?

–No, gracias, me está sentando mal.

–Tienes mala cara. ¿Cuánto hace que no pruebas bocado?

–Billie me ha dado unas galletas. Olvida la comida, ¿quieres? Cuéntame lo que sepas.

Bern se puso en pie.

–Voy a prepararte un sándwich antes de que te desmayes.

Lo cierto era que Luke estaba muerto de hambre.

–Eso suena estupendo.

Fueron a la cocina. Bern abrió el frigorífico y sacó pan de centeno, una barra de mantequilla, una lata de ternera y una cebolla grande. A Luke se le estaba haciendo la boca agua.

–Fue durante la guerra –empezó a decir Bern mientras untaba de mantequilla cuatro rebanadas de pan–. La Resistencia francesa estaba dividida entre gaullistas y comunistas, y unos y otros maniobraban para ocupar posiciones en la posguerra. Roosevelt y Churchill querían asegurarse de que los comunistas no ganaran las futuras elecciones. Así que los gaullistas eran los que recibían todas las armas y municiones.

–¿Qué opinaba yo al respecto?

Bern puso ternera, mostaza y aros de cebolla sobre el pan.

–No sentías gran interés por la política francesa; sólo querías vencer a los nazis y volver a casa. Pero yo veía las cosas de otra manera. Quería igualar la situación.

–¿Cómo?

–Avisé a los comunistas de que nos lanzarían pertrechos en paracaídas, para que pudieran tendernos una emboscada y robarnos el envío. –Bern cabeceó, contrito–. La jodieron bien jodida. Se suponía que nos abordarían en el camino de regreso a nuestra base, de forma que pareciera un encuentro accidental, y nos pedirían que compartiéramos los suministros como buenos camaradas. En vez de eso, nos atacaron en el punto de recogida, tan pronto como los bultos tocaron suelo. Comprendiste enseguida que alguien nos había traicionado. Y yo era el sospechoso más lógico.

–¿Qué hice?

–Me ofreciste un trato. Dejaría de trabajar para Moscú, en ese mismo instante, y tú guardarías el secreto sobre lo que había hecho hasta entonces, para siempre.

–¿Y...?

Bern se encogió de hombros.

–Ambos mantuvimos nuestro compromiso. Pero creo que nunca me lo perdonaste. En todo caso, nuestra amistad nunca volvió a ser lo mismo.

Un gato birmano gris apareció en la cocina como surgido de la nada y se puso a maullar; Bern dejó caer al suelo un trocito de carne. El gato lo devoró con glotonería y se lamió las patas.

–Si hubiera sido comunista –dijo Luke–, te habría cubierto las espaldas.

–Por supuesto.

Luke empezaba a creer en su propia inocencia.

–Pero podría haberme hecho comunista después de la guerra...

–Imposible. Es el tipo de cosa que haces cuando eres joven, o nunca.

Era un razonamiento convincente.

–Puede que sólo espiara por dinero...

–Te sobra el dinero. Eres de buena familia.

Eso era cierto. Elspeth le había explicado lo mismo.

–Entonces, Anthony está equivocado...

–O miente. –Bern cortó los sándwiches por la mitad y los puso en dos platos de distintos juegos–. ¿Un refresco?

–Vale.

Bern sacó del frigorífico dos botellas de Coca-Cola y las abrió. Tendió a Luke un plato y una botella, cogió los suyos y abrió la marcha hacia la sala de estar.

Luke tenía un hambre canina. Se zampó el sándwich en dos bocados. Bern lo observaba regocijado.

–Toma, cómete el mío –le ofreció.

Luke meneó la cabeza.

–Gracias, pero no.

–Vamos, hombre, cógelo. De todas formas, debería ponerme a régimen.

Luke aceptó el sándwich de Bern y le hincó el diente.

–Si Anthony miente –dijo Bern–, ¿cuál habrá sido su auténtica razón para hacerte perder la memoria?

Luke tragó un bocado.

–Tiene que ser algo relacionado con mi repentina salida de Cabo Cañaveral el lunes.

Bern asintió.

–Lo contrario sería mucha coincidencia.

–Debí de enterarme de algo sumamente importante, tan importante que decidí acudir al Pentágono a toda prisa para contárselo al general.

Bern frunció el ceño.

–¿Por qué no contárselo a los de Cabo Cañaveral?

Luke se quedó pensativo.

–La explicación tiene que ser porque ya no confiaba en ninguno de ellos.

–Muy bien. De modo que, antes de que pudieras acudir al Pentágono, Anthony se cruzó en tu camino.

–Exacto. Y supongo que, al no desconfiar de él, le conté lo que había descubierto.

–¿Y luego?

–Le pareció tan grave que decidió hacerme perder la memoria para asegurarse de que el secreto no saliera a la luz.

–Me pregunto qué demonios será.

–Cuando lo sepa, entenderé lo que me ha ocurrido.

–¿Por dónde piensas empezar?

–Supongo que lo primero es ir a mi habitación del hotel y buscar entre mis cosas. Puede que encuentre alguna pista.

–Si Anthony te ha borrado la memoria, lo más probable es que también haya registrado tus pertenencias.

–En ese caso, habrá destruido cualquier pista obvia, pero puede que no haya sabido reconocer algo importante. Sea como sea, tengo que comprobarlo.

–¿Y luego?

–Sólo queda otro sitio en el que investigar: Cabo Cañaveral. Volveré en avión esta noche... –Se miró el reloj. Eran las nueve pasadas–. O mañana por la mañana.

–Quédate conmigo –le pidió Bern.

–¿Por qué?

–No lo sé. No me gusta la idea de que pases la noche solo. Ve al Carlton, recoge tus cosas y vuelve aquí. Por la mañana te llevaré al aeropuerto.

Luke asintió. Luego, un tanto apurado, dijo:

–No sé qué hubiera hecho sin tu ayuda...

Bern se encogió de hombros.

–Te lo debía hace muchos años.

Luke no se daba por satisfecho.

–Sin embargo, hace un momento has dicho que, después del incidente de Francia, nuestra amistad nunca fue lo mismo.

–Es cierto. –Bern le dirigió una mirada franca–. Tu punto de vista era que alguien que te traiciona una vez puede traicionarte dos.

–Entiendo –dijo Luke, y se quedó pensativo–. Parece que estaba equivocado, ¿verdad?

–Sí –respondió Bern–. Lo estabas.

21.30 HORAS

El compartimento de los instrumentos tiende a sobrecalentarse antes del despegue. La solución adoptada es un ejemplo perfecto de los toscos pero efectivos recursos ingeniados para sacar adelante el atropellado proyecto Explorer. *Se ha fijado un contenedor de nieve carbónica al exterior del cohete mediante un electroimán. Tan pronto aumenta la temperatura del compartimento, un termostato pone en marcha un ventilador. Justo antes del despegue, se desconecta el imán, y el mecanismo de enfriamiento se desprende y cae al suelo.*

El Cadillac Eldorado de Anthony estaba aparcado en la calle K entre la Decimoquinta y la Decimosexta, oculto tras la fila de taxis que esperaban una seña del portero del Hotel Carlton. Anthony tenía una buena vista de la curva de acceso al hotel y del porche para vehículos, brillantemente iluminado. En el interior del hotel, ocupando la habitación que había reservado, Pete esperaba la llamada telefónica de alguno de los agentes que buscaban a Luke por toda la ciudad.

Una parte de Anthony deseaba que ninguno llamara, que Luke se las arreglara para escapar. De esa forma, Anthony podría eludir la decisión más difícil de su vida. La otra parte ansiaba desesperadamente saber dónde estaba Luke y vérselas con él.

Luke era un viejo amigo, un hombre cabal, un marido fiel y un científico extraordinario. A la postre, daba igual. Durante la guerra, habían matado a personas excelentes cuyo único defecto era estar en el bando equivocado. Luke estaba en el bando equivocado de la guerra fría. Pero conocer a ese hombre ponía las cosas cuesta arriba.

Pete salió del edificio a toda prisa. Anthony bajó la ventanilla.

–Acaba de llamar Ackie –explicó Pete–. Luke está en el piso de la avenida Massachusetts, en casa de Bernard Rothsten.

–Al fin –dijo Anthony.

Convencido de que Luke pediría ayuda a sus viejos amigos, había apostado agentes ante el edificio que habitaba Bern y ante la casa de Billie; saber que había acertado le produjo una satisfacción agridulce.

–Cuando salga –dijo Pete–, Ackie lo seguirá en la moto.

–Bien.

–¿Crees que vendrá aquí?

–Es posible. Esperaré. –En el vestíbulo del hotel había otros dos agentes, que alertarían a Anthony en caso de que Luke utilizara otra entrada–. La otra posibilidad es el aeropuerto.

–Tenemos cuatro hombres allí.

–De acuerdo. Me parece que tenemos cubiertas todas las salidas.

Pete asintió.

–Vuelvo junto al teléfono –dijo.

Anthony imaginó la escena que se avecinaba. Luke estaría confuso e inseguro, receloso pero impaciente por interrogar a Anthony. Éste intentaría convencerlo de que fueran juntos a algún sitio. Una vez solos, sería cuestión de segundos que se le presentara la oportunidad de sacar la pistola con silenciador del bolsillo interior del abrigo.

Luke tendría apenas un segundo para intentar salvarse. No era de los que se dan por vencidos sin luchar. Saltaría sobre Anthony, o se tiraría por la ventana, o correría hacia la puerta. Anthony mantendría la sangre fría; había matado otras veces y no perdería los nervios. Sostendría la pistola con pulso firme, apretaría el gatillo y, apuntándole al pecho, dispararía varias veces, seguro de contener a Luke. Éste se desplomaría. Anthony se inclinaría sobre él, le tomaría el pulso y, en caso necesario, le administraría el tiro de gracia. Y su amigo más antiguo estaría muerto.

La cosa no tendría consecuencias. Contaba con pruebas aplastantes de la traición, los planos en los que Luke había escrito de su puño y letra. Cierto, no podía probar que habían sido encontrados en poder de un agente soviético; pero su palabra era más que suficiente para la CIA.

Arrojaría el cuerpo en algún sitio. Lo encontrarían, por supuesto, y habría una investigación. Tarde o temprano, la policía averiguaría que la CIA se había interesado por la víctima, y empezarían a hacer preguntas; pero la Agencia estaba acostumbrada a barrenar todo tipo de pesquisas. Dirían a la policía que la relación de la CIA con la víctima era un asunto de seguridad nacional y, en consecuencia, alto secreto, pero sin la menor relación con el asesinato.

Quienquiera que cuestionara aquello –policía, periodista o político– sería sometido a una investigación sobre su lealtad. Amigos, vecinos y familiares serían interrogados por agentes que harían veladas alusiones a sospechas sobre la filiación comunista del interfecto. La investigación no llegaría a ninguna conclusión, pero cumpliría el objetivo de acabar con la credibilidad del sujeto.

Una agencia secreta podría hacer cualquier cosa, pensó Anthony con lúgubre convicción.

En ese momento un taxi se detuvo ante el hotel y Luke se apeó. Vestía un abrigo azul marino y un sombrero gris, que debía de haber comprado o robado en algún momento del día. Al otro lado de la calle, Ackie Horwitz detuvo su motocicleta. Anthony bajó del Cadillac y avanzó hacia la entrada del hotel.

Luke parecía exhausto, pero la expresión de su rostro denotaba una determinación férrea. Mientras pagaba la carrera vio acercarse a Anthony, pero no lo reconoció. Dijo al taxista que se quedara con el cambio y entró en el hotel. Anthony lo siguió.

Tenían los mismos años, treinta y siete. Se habían conocido en Harvard a los dieciocho, hacía media vida.

«Tener que acabar así... –pensó Anthony con amargura–. Tener que acabar así.»

Luke sabía que lo habían seguido en moto desde casa de Bern. Tenía el cuerpo en tensión y los sentidos alerta.

El vestíbulo del Carlton parecía una enorme sala de estar llena de muebles franceses de imitación. Frente a la entrada, el mostrador de recepción y el del conserje estaban instalados en sendas alcobas, de forma que no alteraran la planta perfectamente rectangular. Junto a la puerta del bar, dos mujeres con abrigos de pieles charlaban con un grupo de hombres en esmoquin. Botones con librea y recepcionistas con frac se movían por el vestíbulo con silenciosa eficiencia. Era un establecimiento lujoso, ideado para templar los nervios de los atrafagados viajeros. Nada pudo con los de Luke.

Recorrió el vestíbulo con la mirada y no tardó en identificar a dos individuos con pinta de agentes. Uno leía el periódico sentado en un elegante sofá; el otro fumaba de pie junto al ascensor. Ninguno de los dos encajaba con el sitio. Llevaban ropa de batalla, gabardinas y trajes de diario, y sus camisas y corbatas tenían un aire vulgar. Estaba claro que no se disponían a pasar la velada en restaurantes y clubes caros.

Pensó en dar media vuelta y marcharse. Pero, ¿de qué le serviría? Se acercó al mostrador de recepción, dio su nombre y pidió la llave de su suite. Cuando se alejaba, un desconocido lo interpeló:

–¡Eh, Luke!

Era el hombre que había entrado tras él. No tenía aspecto de agente, pero le había llamado la atención por algún motivo: alto, más o menos como Luke, y de aspecto distinguido, a pesar de vestir con desgaire. Llevaba un abrigo de pelo de camello viejo y gastado, zapatos que parecía no haberse lustrado nunca, y necesitaba un corte de pelo. No obstante, se expresaba con autoridad.

–Me temo que no lo conozco. He perdido la memoria.

–Soy Anthony Carroll. ¡No sabes cómo me alegra encontrarte por fin! –exclamó el hombre tendiéndole la mano.

Luke se puso en tensión. Seguía sin saber si Anthony era amigo o enemigo. Le estrechó la mano y dijo:

–Tengo que hacerte un montón de preguntas.

–Y yo estoy deseando contestarlas.

Luke lo observó en silencio mientras se preguntaba por dónde empezar. Anthony no parecía el tipo de hombre que traicionaría a un amigo de toda la vida. Tenía una expresión abierta e inteligente, y era atractivo, si no guapo.

–¿Cómo has podido hacerme algo así? –dijo Luke al fin.

–Me vi obligado... por tu propio bien. Yo... sólo intentaba salvarte la vida.

–No soy un espía.

–La cosa no es tan sencilla.

Luke escrutó a Anthony tratando de adivinar qué le rondaba por la cabeza. Se sentía incapaz de decidir si mentía o decía la verdad. Anthony parecía sincero. En su rostro no había el menor rastro de perfidia. A pesar de todo, Luke estaba seguro de que le ocultaba algo.

–Nadie cree tu historia de que trabajaba para Moscú.

–¿Quién es «nadie»?

–Bern y Billie.

–No conocen los hechos.

–Me conocen a mí.

–Yo también.

–¿Qué sabes tú que ellos ignoren?

–Te lo contaré. Pero no podemos hablar aquí. Lo que tengo que decirte es información reservada. ¿Quieres que vayamos a mi despacho? Está a cinco minutos de aquí.

Luke no pensaba acompañar a Anthony a su despacho, al menos hasta que hubiera respondido satisfactoriamente a un montón de preguntas. Pero era evidente que el vestíbulo del hotel no era un buen sitio para una conversación confidencial.

–Subamos a mi suite –propuso.

Eso los alejaría de los otros agentes, y Luke controlaría la situación. Anthony no podría reducirlo sin ayuda.

Tras un instante de duda, Anthony acabó de decidirse.

–De acuerdo –dijo.

Cruzaron el vestíbulo y entraron en el ascensor. Luke comprobó el número de la llave de su habitación: 530.

–Quinta planta –indicó al ascensorista, que cerró la puerta y tiró de la palanca.

No despegaron los labios durante la subida. Luke echó un vistazo a la ropa de Anthony: el abrigo viejo, el traje arrugado, la corbata anodina... Era sorprendente que consiguiera lucir aquellas prendas vulgares con algo parecido a una negligente prestancia.

De pronto advirtió un bulto minúsculo en el costado derecho del abrigo de Anthony. El bolsillo contenía un objeto pesado.

El miedo le heló la sangre. Acababa de cometer un error tremendo.

No se le había ocurrido que Anthony podía llevar pistola.

Procurando que su rostro no trasluciera ninguna emoción, pensó a toda prisa. ¿Se atrevería Anthony a dispararle dentro del hotel? Si esperaba a que estuvieran en la suite, nadie lo vería. ¿Y el ruido? La pistola debía de llevar silenciador.

Cuando el ascensor se detuvo en el quinto piso, Anthony empezó a desabotonarse el abrigo.

«Para sacarla como el rayo», pensó Luke.

Salieron al pasillo. Luke no sabía qué dirección tomar, pero Anthony giró a la derecha sin dudarlo. No debía de ser la primera vez que iba a la suite.

Luke sudaba bajo el abrigo. Tenía la sensación de que aquello le había ocurrido antes, más de una vez, pero mucho tiempo atrás. Lamentó no haber conservado la pistola del poli al que le había roto el dedo. Pero a las nueve de esa mañana no tenía ni idea de en qué andaba metido. Sólo sabía que había perdido la memoria.

Intentó tranquilizarse. Seguía siendo uno contra uno. Anthony tenía la pistola, pero Luke había adivinado sus intenciones. Estaban casi a la par.

Mientras avanzaba por el pasillo con el corazón en un puño, Luke buscó con la mirada algo con que golpear a Anthony: un florero pesado, un cenicero de cristal, un cuadro en un marco resistente. No había nada.

Tenía que hacer algo antes de que entraran en la suite.

¿Y si intentaba arrebatarle la pistola? Podía conseguirlo, pero era arriesgado. Cabía la posibilidad de que el arma se disparara durante el forcejeo, y a saber adónde estaría apuntando en el momento crítico.

Llegaron ante la puerta. Luke sacó la llave. Una gota de sudor le resbaló rostro abajo. Si entraba, podía darse por muerto.

Abrió la cerradura y empujó la hoja.

–Adelante –dijo, y se apartó para poder dejar el paso libre a su invitado.

Anthony vaciló un instante; luego, pasó al lado de Luke y cruzó el umbral.

Luke dobló el pie ante el tobillo derecho de Anthony y le dio un fuerte empujón en los hombros con ambas manos. Anthony salió volando. Aterrizó sobre una mesita Regencia y derribó el enorme florero lleno de narcisos. Se agarró desesperadamente a una lámpara de pie con soporte de cobre y tulipa de seda rosa, pero la lámpara cayó con él.

Luke dio un portazo y corrió como alma que lleva el diablo. Recorrió el pasillo como una exhalación. El ascensor había vuelto a bajar. Se lanzó hacia la salida de incendios y bajó dando brincos por la escalera. En el rellano del piso inferior, se dio de bruces con una doncella cargada con una pila de toallas.

–¡Perdone! –exclamó al tiempo que la mujer soltaba un chillido y las toallas volaban por los aires.

Llegó al pie de la escalera en unos segundos. Estaba en un pasillo angosto. A un lado, al final de varios peldaños y un corto pasaje abovedado, se veía el vestíbulo.

Anthony sabía, aun antes de hacerlo, que era un error entrar el primero a la suite; pero Luke no le había dejado elección. Por suerte, apenas se había hecho daño. Tras unos instantes de aturdimiento, consiguió ponerse en pie. Se dio la vuelta, avanzó hasta la puerta y la abrió. Miró afuera y vio a Luke corriendo como un poseso hacia el fondo del pasillo. Cuando se lanzó a perseguirlo, Luke ya doblaba la esquina y desapareció, seguramente en dirección a la escalera.

Anthony corría con toda su alma, temeroso de no alcanzar a Luke, que estaba al menos en tan buena forma como él. ¿Serían Curtis y Malone, que montaban guardia en el vestíbulo, lo bastante vivos para cogerlo?

En el piso de abajo, Anthony se vio momentáneamente obstaculizado por una doncella que recogía toallas arrodillada en el suelo. Dedujo que Luke había chocado con ella. Soltó una maldición y sorteó a la chica como pudo. En ese momento, oyó llegar el ascensor. El corazón le dio un brinco: puede que tuviera suerte.

Salió al pasillo una pareja emperejilada, alegre a ojos vista después de alguna celebración en el restaurante. Anthony pasó a su lado como un vendaval y entró en el ascensor.

–Planta baja, deprisa...

El ascensorista cerró las puertas y tiró de la palanca. Anthony miraba con desesperación los números de los pisos a medida que se iluminaban en lenta sucesión descendente. El ascensor se detuvo. El empleado descorrió las puertas y Anthony saltó fuera de la caja.

Luke salió al vestíbulo junto a la puerta del ascensor. El corazón le dio un vuelco. Los dos agentes que había reconocido momentos antes estaban de pie ante la entrada principal, cerrándole el paso. Un instante después, se abrió el ascensor y apareció Anthony.

Tenía una fracción de segundo para tomar una decisión: luchar o huir.

No quería enfrentarse a tres hombres. Lo reducirían casi con certeza. Los de seguridad se unirían a ellos. Anthony sacaría su identificación de la CIA, y todos lo acatarían. Acabaría detenido.

Dio media vuelta y corrió por el pasillo del que había salido, hacia las entrañas del hotel. Oía tras él las potentes pisadas de Anthony, ansioso por darle caza. Tenía que haber una salida trasera, a menos que los proveedores hicieran sus entregas por el vestíbulo principal.

Empujó una cortina y se vio en un pequeño patio decorado como un restaurante mediterráneo al aire libre. Varias parejas evolucionaban sobre una diminuta pista de baile. Corrió entre las mesas en busca de una salida. A su izquierda se abría un angosto pasadizo. Se abalanzó hacia él. Ya debía de estar cerca de la fachada posterior del hotel, supuso, pero seguía sin ver la salida.

Fue a dar a una especie de recocina donde los camareros daban los últimos toques a los alimentos llegados de la cocina. Media docena de individuos de uniforme calentaban los platos en calentadores y los distribuían en bandejas. En medio del cuarto había una escalera de bajada. Luke se abrió paso a empujones y se lanzó escaleras abajo, haciendo oídos sordos a la voz que le gritó:

–¡Oiga, señor! ¡No puede bajar por ahí! –Un segundo después, Anthony pasó en tromba junto al hombre, que gritó indignado–: Pero, ¿qué es esto, la estación Union?

En el sótano estaba la cocina principal, un sofocante purgatorio donde docenas de chefs cocinaban para cientos de personas. Los fogones soltaban llamaradas, el vapor saturaba el aire, las ollas cloqueaban... Los camareros gritaban a los cocineros y los cocineros, a los pinches. Estaban demasiado atareados para prestar atención a Luke, que pasó de largo sorteando frigoríficos y mesas, pilas de platos y cajones de verduras.

Vio una escalera de subida al fondo de la cocina. Supuso que daría a la entrada de servicio. Si no, estaría acorralado. Decidió arriesgarse y escaló los peldaños de tres en tres. Una vez arriba, empujó una puerta de dos hojas y emergió al frío aire nocturno.

Estaba en un patio en penumbra. Una débil lámpara instalada sobre el dintel permitía adivinar los contornos de descomunales contenedores de basura y de pilas de bandejas de madera que debían de haber servido para transportar fruta. Cincuenta metros a su derecha se alzaba una alta valla de alambre con la puerta cerrada y, más allá, se veía la calle, la Decimoquinta, si su sentido de la orientación no lo engañaba.

Corrió hacia la puerta de la valla. Estaba cerrada y asegurada con un enorme candado de acero. Si al menos apareciera un peatón, Anthony no se atrevería a disparar. Pero no había nadie.

Se encaramó a la valla con el corazón aporreándole el pecho. Apenas llegó arriba, oyó el suspiro de una pistola con silenciador. Pero no sintió nada. Era un tiro difícil, un blanco en movimiento a cincuenta metros de distancia y en la oscuridad, pero no imposible. Se arrojó al otro lado de la valla. La pistola volvió a toser. Luke cayó de pie, vaciló y perdió el equilibrio. Desde el suelo oyó un tercer chasquido. Se puso en pie de un salto y echó a correr en dirección este. La pistola no volvió a escupir.

Alcanzó la esquina y miró atrás. Ni rastro de Anthony.

Había escapado.

Le temblaban las piernas. Apoyó una mano en la fría pared y se quedó resollando. El patio olía a verdura podrida. Anthony tuvo la sensación de que respiraba podredumbre.

Era lo más duro que había hecho en la vida. En comparación, matar a Albin Moulier había sido un juego de niños. Después de apuntar a la silueta de Luke encaramada en la valla de alambre, casi no había sido capaz de apretar el gatillo.

Aquél era el peor resultado imaginable. Luke seguía vivo... Y, ahora que le había disparado, estaría más alerta que nunca, y firmemente decidido a averiguar la verdad.

La puerta de servicio se abrió de golpe, y Malone y Curtis salieron al patio. Con disimulo, Anthony se guardó la pistola en el bolsillo interior del abrigo. Luego, aún jadeante, dijo:

–Por la valla... Id tras él.

Sabía que no lo cogerían.

En cuanto los perdió de vista, se puso a buscar las balas.

22.30 HORAS

El diseño del Júpiter C *se basa en la bomba* V2 *que asoló Londres durante la guerra. El motor tiene incluso el mismo aspecto. Los acelerómetros, relés y giroscopios son los mismos de la* V2. *La bomba para los propulsores emplea peróxido de hidrógeno pasado por un catalizador de cadmio, y la energía liberada impulsa una turbina. Esto también procede de la* V2.

Harold Brodsky preparaba un martini seco excelente, y el pastel de atún de la señora Riley estaba tan sabroso como le había asegurado. A los postres, Harold sirvió tarta de cerezas y helado. Pero, por más que se esforzara en complacerla, Billie no dejaba de pensar en Luke y Anthony, en su pasado común y en su increíble situación presente.

Mientras Harold preparaba café, Billie telefoneó a casa para comprobar que Larry y Becky-Ma estaban bien. Luego, Harold propuso que fueran a la sala de estar para ver la televisión. Sacó una botella de genuino coñac francés y vertió generosas dosis en dos orondos balones. ¿Intentaba armarse de valor, se preguntó Billie, o tal vez debilitar sus defensas? Aspiró el aroma del licor, pero no lo probó.

Harold también estaba pensativo. Por lo general, era un buen conversador, animado e ingenioso, y Billie solía reír mucho en su compañía. Esa noche, sin embargo, parecía preocupado.

Vieron una película policíaca titulada *Run, Joe, Run!* Jan Sterling hacía el papel de una camarera que mantenía relaciones con el ex gángster interpretado por Alex Nicol. Billie no consiguió enfrascarse en los peligros imaginarios de la pequeña pantalla. Lo que Anthony le había hecho a Luke acudía a su mente una y otra vez. En la OSS habían violado todas las leyes habidas y por haber, y Anthony seguía en el negocio del espionaje; aun así, a Billie no le cabía en la cabeza que hubiera llegado tan lejos. En tiempo de paz las reglas tenían que ser distintas.

Por otro lado, ¿cuál era su motivo? Bern la había llamado para contarle su confesión a Luke; eso había confirmado lo que le decía su instinto, que Luke no podía ser un espía. Pero, ¿era Anthony de la misma opinión? En caso afirmativo, ¿cuál era la auténtica razón de lo que había hecho?

Harold apagó la televisión y se sirvió otro coñac.

–He estado pensando en nuestro futuro –dijo.

Billie sintió que se le encogía el corazón. Harold se le iba a declarar. La víspera, le habría dicho que sí. En esos momentos ni siquiera tenía la cabeza para pensar en ello.

Harold le cogió la mano.

–Te quiero –dijo–. Nos entendemos bien, tenemos los mismos gustos y los dos tenemos un hijo... Pero el motivo no es ése. Creo que querría casarme contigo aunque fueras una camarera que mascara chicle y estuviera loca por Elvis Presley.

Billie se echó a reír.

–Te quiero con locura –continuó Harold–, simplemente por ser como eres. Sé que es algo auténtico, porque lo he sentido antes, aunque sólo una vez, por Lesley. La quería de todo corazón, hasta que la muerte me la quitó. Así que no tengo la menor duda. Te quiero, y quiero que pasemos juntos el resto de nuestras vidas. –La miró expectante y añadió–: ¿Qué dices?

Billie soltó un suspiro.

–Me gustas mucho. Me gusta acostarme contigo, estoy convencida de que sería genial... –Harold arqueó las cejas, pero no la interrumpió–. Y sé que mi vida sería mucho más fácil teniendo a alguien con quien compartir las cargas.

–Eso suena bien.

–Y ayer hubiera sido bastante. Te hubiera dicho que sí, te quiero, casémonos. Pero hoy he vuelto a ver a alguien del pasado, y he recordado lo que era estar enamorada a los veintiún años. –Billie le dirigió una mirada franca–. No siento eso por ti, Harold.

El hombre no parecía totalmente descorazonado.

–¿Y quién lo siente, a nuestra edad?

–Puede que tengas razón.

Deseaba sentir de nuevo la locura y las ganas de vivir de antaño. Pero era un deseo ridículo para una divorciada con un hijo de siete años. Para ganar tiempo, se llevó la copa de coñac a los labios.

Sonó el timbre de la puerta.

El corazón le dio un vuelco.

–¡Vaya por Dios! –refunfuñó Harold–. Espero que no sea Sidney Bowman para pedirme el gato del coche a estas horas de la noche –soltó de mal aire, y salió hacia el recibidor.

Billie sabía quién era. Dejó la copa sin probar el coñac y se puso en pie.

–Necesito hablar con Billie –oyó decir a Luke en la puerta.

Billie advirtió sorprendida que estaba loca de contento.

–No estoy seguro de que ella quiera que la molesten –dijo Harold.

–Es importante.

–¿Cómo ha sabido que estaba aquí?

–Me lo ha dicho su madre. Lo siento, Harold, pero no tengo tiempo para gilipolleces.

Billie oyó un golpe seco, seguido por un grito de protesta de Harold, y supuso que Luke había entrado por la fuerza. Fue a la puerta del cuarto de estar y se asomó al recibidor.

–Echa el freno, Luke –dijo Billie–. Estás en casa de Harold. –Luke tenía el abrigo roto, la cabeza descubierta y el rostro muy alterado–. Y ahora, ¿qué ha ocurrido? –le preguntó.

–Anthony me ha disparado.

Billie se quedó de una pieza.

–¿Anthony? –exclamó–. Dios mío, pero, ¿es que se ha vuelto loco? Te ha disparado... ¿a ti?

Harold los miraba asustado.

–¿Qué es eso de un tiroteo?

–Ya va siendo hora de contarle todo esto a alguien con autoridad –dijo Luke haciendo oídos sordos a Harold y dirigiéndose a Billie–. Voy al Pentágono. Pero temo que no me crean. ¿Vendrías conmigo para apoyar mi testimonio?

–Por supuesto –respondió Billie, descolgando su abrigo del perchero del recibidor.

–¡Billie! –protestó Harold–. Por amor de Dios... Estábamos en medio de una conversación importante.

–Te necesito, de veras –dijo Luke.

Billie dudó. Harold no merecía aquello. Estaba claro que llevaba tiempo planeando aquel momento. Pero la vida de Luke estaba en peligro.

–Lo siento –dijo a Harold–. Tengo que ir.

Levantó el rostro para que la besara, pero el hombre se volvió de espaldas.

–No te pongas así –le pidió Billie–. Nos veremos mañana.

–Fuera de mi casa. Los dos –les espetó colérico.

Billie cruzó el umbral con Luke pisándole los talones, y Harold cerró de un portazo.

23 HORAS

El programa Júpiter *costó cuarenta millones de dólares en 1956 y ciento cuarenta millones en 1957. En 1958 se prevé que la cantidad ascienda a más de trescientos millones.*

Anthony encontró utensilios de escritorio en el bufete de la habitación reservada por Pete. Cogió un sobre. Se sacó del bolsillo tres proyectiles deformados y tres casquillos, los cartuchos que había disparado a Luke. Los metió en el sobre, lo cerró y se lo guardó en el bolsillo. Lo haría desaparecer a la menor oportunidad.

Estaba minimizando los daños. El tiempo apremiaba, pero tenía que ser meticuloso. Debía eliminar cualquier rastro del incidente. La tarea le ayudó a olvidar el asco que sentía de sí mismo, que le sabía a hiel en la boca.

El subdirector de servicio llegó a la habitación con cara de perro. Era un individuo menudo y pulcro, completamente calvo.

–Siéntese, señor Suchard, por favor –dijo Anthony, y le mostró su carné de la CIA.

–¡La CIA! –exclamó Suchard, y su indignación empezó a desinflarse.

Anthony se sacó una tarjeta profesional de la cartera.

–La tarjeta dice «Departamento de Estado», pero podrá encontrarme en ese número siempre que me necesite.

Suchard sostenía la tarjeta como si pudiera explotar.

–¿Qué puedo hacer por usted, señor Carroll? –Tenía un ligero acento, que a Anthony le pareció suizo.

–En primer lugar, quiero pedirle disculpas por el pequeño alboroto que hemos armado hace un momento.

Suchard asintió satisfecho. No pensaba decir que no había tenido importancia.

–Por suerte, apenas lo han presenciado unos pocos clientes. Sólo el personal de cocina y algunos camareros le han visto perseguir al otro caballero.

–Me alegra no haber producido trastornos graves en su magnífico hotel, aunque fuera por un grave asunto de seguridad nacional.

Suchard arqueó las cejas, sorprendido.

–¿Seguridad nacional?

–Por supuesto no puedo darle detalles...

–Por supuesto.

–Pero espero poder confiar en su discreción...

Los profesionales de la hostelería se preciaban de su discreción, así que Suchard asintió con vigor.

–Puede, no le quepa duda.

–Tal vez ni siquiera sea necesario informar de lo ocurrido al señor director.

–Pues...

Anthony sacó un fajo de billetes.

–El Departamento de Estado dispone de un pequeño fondo para compensaciones en casos como el presente. –Sacó uno de veinte. Suchard lo aceptó–. Y si algún miembro del personal parece preocupado, quizá...

Anthony contó despacio otros cuatro billetes de veinte y se los tendió.

Era un soborno considerable para un subdirector de hotel.

–Muy agradecido, caballero –dijo Suchard–. Estoy seguro de que no defraudaremos sus deseos.

–Si a alguien le diera por preguntarle, convendría que dijera que no ha visto nada.

–Por supuesto. –Suchard se puso en pie–. Si puedo servirlo en algo más...

–Seguiremos en contacto –dijo Anthony dando por terminada la entrevista con un gesto de la cabeza.

Apenas salió Suchard, apareció Pete.

–El responsable de seguridad del ejército de Cabo Cañaveral es el coronel Bill Hide –dijo–. Se aloja en el Motel Starlite –añadió, y tras entregar a Anthony un trozo de papel con un número de teléfono, volvió a irse.

Anthony marcó el número del Starlite y pidió que lo pusieran con la habitación de Hide.

–Soy Anthony Carroll, CIA, División de Servicios Técnicos –se presentó.

Hide hablaba despacio, arrastrando las palabras de forma nada marcial; por su voz cualquiera hubiera dicho que acababa de tomarse un par de copas.

–Bien, señor Carroll, ¿qué puedo hacer por usted?

–Le llamo a propósito del doctor Lucas.

–¿Ah, sí?

El coronel parecía ligeramente hostil, de modo que Anthony optó por darle un poco de jabón.

–Quisiera pedirle su opinión, si puede dedicarme unos momentos a estas horas de la noche, mi coronel.

Hide se suavizó.

–Cuente con ello, si está en mi mano.

Eso era otra cosa.

–Sin duda está usted al corriente del extraño comportamiento del doctor Lucas durante estos últimos días... Es un tanto preocupante en un científico en posesión de información clasificada.

–Lo es, sin duda.

Anthony quería que Hide se sintiera importante.

–¿Cómo calificaría usted el estado mental del doctor?

–La última vez que lo vi parecía normal, pero he hablado con él hace unas horas y me ha dicho que ha perdido la memoria.

–Hay más. Ha robado un coche, forzado un domicilio particular, se ha peleado con un policía, y otras cosas por el estilo.

–Dios, está en peor forma de lo que pensaba.

Hide se había tragado el anzuelo, pensó Anthony, aliviado. Decidió jugar fuerte.

–Pensamos que ha perdido el juicio, pero usted lo conoce mejor que nosotros. ¿Cuál es su opinión?

Anthony contuvo la respiración confiando en obtener la respuesta adecuada.

–Joder, supongo que sufre una especie de crisis nerviosa.

Era justo lo que Anthony quería que creyera; pero, convencido de que la idea era de su cosecha, Hide se esforzó en vendérsela a Anthony.

–Mire, señor Carroll, el ejército no contrataría a un chiflado para colaborar en un proyecto de máxima seguridad. En condiciones normales, Luke está tan cuerdo como usted o como yo. Está claro que algo lo ha desequilibrado.

–Según él, existe una conspiración en su contra... Pero, por lo que usted me dice, puede no ser verdad en absoluto.

–Así es.

–Entonces, quizá deberíamos tomarnos con calma este asunto. Quiero decir que no hay necesidad de alertar al Pentágono...

–Por amor de Dios... –dijo Hide, inquieto–. De hecho, yo los llamaría para ponerlos al corriente de que Luke ha perdido el oremus.

–Si usted lo dice...

En ese momento entró Pete, y Anthony levantó la mano para indicarle que esperara. Suavizó la voz y dijo por el auricular:

–Da la casualidad de que soy un viejo amigo del doctor y de la señora Lucas. Intentaré convencerlo para que acuda en busca de ayuda psiquiátrica.

–Me parece una idea excelente.

–Bien, muchas gracias, mi coronel. Me ha quitado un peso de encima, y le aseguro que nos atendremos a su criterio.

–Ha sido un placer. Si hay cualquier otra cosa que desee preguntarme o consultar conmigo, llámeme a cualquier hora.

–Lo tendré en cuenta –dijo Anthony, y colgó.

–¿Ayuda psiquiátrica? –preguntó Pete.

–Sólo era para regalarle los oídos.

Anthony pasó revista a la situación. No había dejado pistas en el hotel. Había puesto en guardia al Pentágono con respecto a cualquier declaración de Luke. Sólo quedaba el hospital de Billie.

Se puso en pie.

–Estaré de vuelta en una hora –dijo–. Quiero que te quedes en el hotel. Pero no en el vestíbulo. Coge a Malone y Curtis y soborna a un camarero del servicio de habitaciones para que os deje entrar en la suite de Luke. Algo me dice que volverá.

–¿Y si lo hace?

–Que no se os vuelva a escapar... Cueste lo que cueste.

0 HORAS

El misil Júpiter C *consume hidina, un combustible secreto y de gran energía, un 12 % más potente que el propelente de alcohol empleado en el misil* Redstone *estándar. Dicha sustancia, tóxica y corrosiva, es una mezcla de DMHA –dimetilhidracina asimétrica– y dietilentriamina.*

Billie estacionó el Thunderbird rojo en el aparcamiento del Hospital Mental Georgetown y apagó el motor. El coronel López, del Pentágono, detuvo el Ford Fairlane verde oliva a su lado.

–No cree una sola palabra de lo que he contado –dijo Luke, colérico.

–No puedes culparlo –repuso Billie–. El subdirector del Carlton dice que no ha habido ninguna persecución por las cocinas, y que no se han encontrado casquillos en el suelo del patio de descarga.

–Anthony ha eliminado las pruebas.

–Yo lo sé, pero el coronel López no.

–Gracias a Dios que estás aquí para apoyarme.

Salieron del coche y se dirigieron hacia el edificio con el militar, un hispano tranquilo con cara inteligente. Billie saludó al recepcionista con un gesto de la cabeza y precedió a los dos hombres escaleras arriba y a lo largo del pasillo que llevaba al archivo.

–Voy a enseñarle el historial clínico de un paciente llamado Joseph Bellow, cuyas características físicas coinciden con las de Luke –explicó Billie.

El coronel asintió.

Billie prosiguió:

–Como verá –siguió diciendo Billie–, ingresó el martes, recibió tratamiento y fue dado de alta a las cuatro de la madrugada del miércoles. Debe saber que es sumamente raro que un paciente esquizofrénico reciba tratamiento sin pasar antes por un período de observación. Y sobran las palabras con respecto al hecho inaudito de que alguien sea dado de alta de un hospital mental a las cuatro de la madrugada.

–Entiendo –dijo López, evitando comprometerse.

Billie abrió el cajón, sacó la carpeta de Bellow, la puso sobre el escritorio y la abrió.

Estaba vacía.

–Dios mío... –balbuceó Billie.

Luke miraba la carpeta en el colmo del asombro.

–Pero, ¡si he visto los papeles con mis propios ojos hace menos de seis horas!

López se puso en pie con aire cansado.

–Bien, supongo que no hay más que hablar.

Luke tuvo la espantosa sensación de habitar en un mundo de pesadilla en el que la gente podía hacerle lo que quisiera, dispararle y jugar con su mente, sin que él pudiera probar que tales cosas habían ocurrido.

–Puede que sea un auténtico esquizofrénico –dijo, sombrío.

–Pues yo no lo soy –replicó Billie–. Y también he visto el historial.

–El caso es que ahora no hay nada –objetó López.

–Un momento –le atajó Billie–. En el registro diario tiene que figurar el ingreso. Lo tienen en recepción –dijo, y cerró el cajón del archivador de golpe.

Bajaron al vestíbulo. Billie se dirigió al recepcionista.

–Charlie, déjame ver el registro, por favor.

–Ahora mismo, doctora Josephson. –Detrás del mostrador, el joven negro buscó durante unos instantes–. Vaya, ¿dónde lo habrán metido? –dijo.

–Dios santo... –murmuró Luke.

El recepcionista los miró, apurado.

–Sé que estaba aquí hace un par de horas.

La cara de Billie era la viva imagen de la cólera.

–Respóndame a una pregunta, Charlie. ¿Ha venido esta noche el doctor Ross?

–Sí, señora. Se ha ido hace unos minutos.

Billie asintió.

–La próxima vez que lo veas, pregúntale adónde ha ido a parar el registro. Él lo sabe.

–Descuide, lo haré.

Billie se alejó del mostrador.

–Déjeme preguntarle algo, coronel –dijo Luke de mal talante–. Antes de que nos encontráramos esta noche, ¿le ha hablado alguien sobre mí?

–Sí –reconoció López tras un instante de vacilación.

–¿Quién?

El militar dudó de nuevo; luego, dijo:

–Supongo que tiene derecho a saberlo. Hemos recibido una llamada del coronel Hide desde Cabo Cañaveral. La CIA le ha comunicado que está usted bajo vigilancia debido a su comportamiento irracional.

Luke asintió, sombrío.

–Otra vez Anthony.

–Diantre –exclamó Billie dirigiéndose a López–, no sé qué más podemos hacer para convencerlo. Y no lo culpo por no creernos, dado que no podemos presentar ninguna prueba.

–No he dicho que no los crea –repuso López. Luke lo miró con una mezcla de asombro y renovada esperanza–. Puedo creer que usted imaginara que un agente de la CIA lo persiguió por todo el Carlton y le disparó en el callejón –añadió el coronel–. Incluso sería capaz de admitir que usted y la doctora aquí presente se hubieran puesto de acuerdo para fingir que existía determinado documento del que no queda rastro. Pero dudo mucho de que el bueno de Charlie esté en el ajo. Tiene que haber un registro diario, y se ha volatilizado. No creo que lo hayan cogido ustedes... ¿Por qué iban a hacerlo? Pero entonces, ¿quién? Alguien tiene algo que ocultar.

–De modo que, ¿me cree? –dijo Luke.

–¿Qué hay que creer? Usted no sabe de qué va todo esto. Yo tampoco. Pero algo está pasando, eso está más claro que el agua. Y creo que puede tener algo que ver con ese cohete que estamos a punto de lanzar.

–¿Qué piensa hacer?

–Voy a ordenar una alerta total de seguridad en Cabo Cañaveral. He estado allí, sé que se lo toman con calma. Mañana por la mañana van a andar más ligeros que uno de esos cohetes.

–¿Y qué me dice de Anthony?

–Tengo un amigo en la CIA. Voy a contarle su historia, y le diré que no sé si es verdad o mentira, pero que estoy preocupado.

–¡Eso no nos llevará a ninguna parte! –protestó Luke–. ¡Necesitamos averiguar qué está pasando, por qué me han hecho perder la memoria!

–Estoy de acuerdo –dijo López–. Pero yo no puedo hacer nada más. El resto corre de su cuenta.

–Dios –dijo Luke–. Así que vuelvo a estar solo.

–Te equivocas –intervino Billie–. Ya no estás solo.

CUARTA PARTE

1 HORAS

El nuevo combustible, elaborado a partir de un gas nervioso, es sumamente nocivo. Llega a Cabo Cañaveral en un tren especial equipado con nitrógeno para absorber cualquier escape. Una gota sobre la piel pasa instantáneamente a la corriente sanguínea, con resultados fatales. Los técnicos suelen decir: «Si huele a pescado, sal disparado».

Billie conducía deprisa, manejando con seguridad el cambio manual de tres velocidades del Thunderbird. Dejaron atrás las silenciosas calles de Georgetown, cruzaron Rock Creek en dirección al centro de Washington y se dirigieron al Carlton.

Luke se sentía lleno de energía. Conocía a su enemigo, tenía a su lado a una amiga y sabía qué hacer. Seguía confuso con respecto a lo que le había ocurrido, pero estaba decidido a desentrañar el misterio e impaciente por poner manos a la obra.

Billie aparcó ante una de las fachadas laterales.

–Yo entraré primero –dijo–. Si veo a alguien sospechoso en el vestíbulo, saldré de inmediato. Si sigo dentro y me quito el abrigo, es que el campo está libre.

El plan no acababa de convencer a Luke.

–¿Y si te topas con Anthony?

–A mí no me disparará –aseguró Billie saliendo del coche.

Luke estaba a punto de protestar, pero cambió de opinión. Tal vez Billie tuviera razón. Era de suponer que Anthony habría registrado su suite de arriba abajo y destruido cualquier cosa que considerara un indicio del secreto que tan desesperadamente se empeñaba en ocultar. Pero, al mismo tiempo, tenía que guardar las apariencias de normalidad, para sustentar la ficción de que Luke había perdido la memoria tras una noche de jarana. De modo que Luke confiaba en encontrar la mayor parte de sus pertenencias. Eso lo ayudaría a recuperar el norte. Y puede que a Anthony le hubiera pasado inadvertida alguna pista.

Se separaron al aproximarse al hotel, y Luke se quedó en la acera de enfrente. Observó a Billie mientras entraba, encandilado por el garbo de sus andares y la cadencia de su cuerpo bajo el abrigo. Veía el interior del vestíbulo a través de las puertas de cristal. Un portero se acercó a Billie de inmediato, receloso de ver llegar sola a una mujer atractiva a esas horas de la noche. Luke la vio mover los labios y supuso que estaría diciendo algo como: «Soy la señora Lucas, mi marido llegará enseguida». Acto seguido, se quitó el abrigo.

Lucke cruzó la calle y entró en el hotel.

–Tengo que hacer una llamada antes de subir, cariño –dijo Luke, procurando que le oyera el portero.

Hubiera podido usar el teléfono interior del mostrador de recepción, pero no quería alertar al portero. Cerca del mostrador, en una salita, había una cabina telefónica con asiento. Luke entró en ella. Billie lo siguió y cerró la puerta. Estaban muy juntos. Luke metió una moneda de veinticinco centavos en la ranura y marcó el número del hotel. Ladeó el auricular para que Billie pudiera oír. A pesar de la tensión, tener tan cerca a Billie le producía una excitación deliciosa.

–Sheraton-Carlton, buenos días.

Era, efectivamente, otro día: madrugada del jueves. Llevaba veinticuatro horas sin dormir. Pero no tenía sueño. Estaba demasiado tenso.

–Con la cinco treinta, por favor.

El operador titubeó.

–Señor, es más de la una... ¿Se trata de alguna urgencia?

–El doctor Lucas me pidió que lo llamara por muy tarde que fuera.

–Muy bien.

Hubo un pausa, y se oyó el tono de llamada. Luke sentía la presión del tibio cuerpo de Billie, perfectamente contorneado por el vestido de seda púrpura. Tuvo que hacer un esfuerzo para no pasarle el brazo alrededor de los delicados hombros y atraerla hacia sí.

El teléfono hizo la llamada por cuarta vez; Luke empezaba a

creer que la suite estaba vacía, cuando alguien descolgó al otro lado de la línea. Así pues, Anthony, o uno de sus hombres, permanecía al acecho. Era un inconveniente, pero Luke se sintió mejor al tener localizado al enemigo.

–¿Hola? –dijo una voz de hombre.

El tono era incierto. No era Anthony, pero podría ser Pete.

Luke farfulló:

–Eh, Ronnie, soy Tim. ¡Venga, tío, que todos te estamos esperando!

El otro soltó un gruñido.

–Un borracho –murmuró, como si hablara con alguien–. Te has equivocado de número, colega.

–Lo siento, oiga... ¿Le he despertado? –barbotó Luke, a la vez que colgaban.

–Hay alguien –dijo Billie.

–Y creo que más de uno.

–Sé cómo hacerlos salir –aseguró Billie con una sonrisa de oreja a oreja–. Lo aprendí en Lisboa, durante la guerra. Vamos.

Salieron de la cabina. Luke advirtió que Billie cogía con disimulo una caja de cerillas de un cenicero junto al ascensor. El portero los acompañó al quinto piso.

Buscaron la 530 y pasaron con sigilo ante la puerta. Billie abrió una puerta sin número y comprobaron que se trataba de un ropero.

–Perfecto –susurró la mujer–. ¿Hay alguna alarma de incendios cerca?

Luke miró a su alrededor y vio una de las que se hacen saltar rompiendo un cristal con un pequeño martillo.

–Ahí mismo –dijo.

–Estupendo.

El ropero estaba lleno de esmeradas pilas de mantas y sábanas sobre estantes de listones de madera. Billie desplegó una manta y la extendió en el suelo. Hizo lo propio con varias más hasta formar un montón hueco. Luke adivinó sus intenciones, y acabó de convencerse cuando la vio coger una hoja de desayuno colgada del pomo de una puerta y aplicarle una cerilla. En cuanto prendió, la acercó al montón de mantas.

–¿Ves lo peligroso que es fumar en la cama? –dijo.

Apenas crecieron las llamas, les echó encima más ropa de

cama. Con la cara encendida de calor y entusiasmo, estaba más seductora que nunca. En cuestión de segundos, el incipiente fuego se convirtió en una crepitante hoguera. El ropero empezó a vomitar humo y el humo, a extenderse rápidamente por el pasillo.

–Hora de tocar a rebato –dijo Billie–. Tampoco es cuestión de achicharrar a los huéspedes.

–Desde luego –dijo Luke, y la frase le acudió de nuevo a la cabeza: «No son colaboracionistas».

Pero esta vez la entendió. En la Resistencia, cuando hacía saltar por los aires fábricas y almacenes, la posibilidad de herir a franceses inocentes debía de obsesionarlo.

Agarró el pequeño martillo colgado de una cadena junto a la alarma de incendios. Rompió el cristal al primer golpe y apretó el ancho botón rojo del interior de la urna. Un segundo después, un timbrazo estridente atronó el silencioso pasillo.

Luke y Billie retrocedieron alejándose del ascensor hasta un punto donde el humo aún les permitía ver la puerta de la suite de Luke.

Se abrió la puerta que tenían más cerca y una mujer en camisón se lanzó al pasillo. Vio el humo, puso el grito en el cielo y echó a correr hacia las escaleras. En la puerta de al lado apareció un hombre en mangas de camisa y lápiz en ristre, sorprendido al parecer mientras trabajaba; un poco más allá surgió una pareja joven arrebujada en una sábana, con toda la pinta de haber dejado la faena a medias; y acto seguido, un individuo legañoso en un arrugado pijama rosa. En cuestión de segundos, el pasillo se llenó de gente que tosía y manoteaba hacia las escaleras en medio de la humareda.

La puerta de la 530 se abrió poco a poco.

Luke vio salir a un individuo alto. Escrutando el humazo, creyó distinguir un ancho antojo color vino en su mejilla: Pete. Retrocedió para evitar que lo reconociera. El bulto titubeó unos instantes; luego pareció decidirse y se unió a los que se apresuraban a ganar las escaleras. Otros dos hombres salieron de la suite y lo siguieron.

–Despejado –dijo Luke.

Entraron en la suite y Luke cerró la puerta para evitar que entrara el humo. A continuación se quitó el abrigo.

–Ay, Dios –murmuró Billie–. Es la misma habitación.

Miró a su alrededor con ojos como platos.

–No puedo creerlo –dijo. Hablaba en un susurro, y Luke la entendió a duras penas–. Es la misma suite de entonces.

Él se quedó inmóvil, mirándola; parecía que le embargaba una intensa emoción.

–¿Qué pasó aquí? –preguntó Luke al fin.

Ella meneó la cabeza, asombrada.

–Es duro ver que no lo recuerdas –dijo, y empezó a andar por la sala–. En esa esquina había un piano de cola. Figúrate, ¡un piano en una habitación de hotel! –Echó un vistazo al cuarto de aseo–. Y aquí, un teléfono. Era la primera vez que veía un baño con teléfono.

Luke la dejó hacer. El rostro de Billie traslucía tristeza, y alguna otra cosa que Luke no hubiera sabido nombrar.

–Durante la guerra te alojabas aquí –le contó Billie al fin. Luego, atropelladamente, añadió–: Hicimos el amor ahí.

Luke se asomó al dormitorio.

–En esa cama, supongo.

–No sólo en la cama –contestó Billie, y no pudo contener la risa; pero volvió a ponerse seria enseguida–. ¡Qué jóvenes éramos!

Saber que había hecho el amor con aquella mujer encantadora lo excitaba hasta el límite de lo soportable.

–Dios mío, ojalá pudiera recordarlo –murmuró con voz ronca de deseo.

Para su sorpresa, Billie se puso roja.

Luke se alejó del dormitorio y cogió el teléfono. Marcó el número de la centralita. Quería asegurarse de que el fuego no se propagara. Tras larga espera, contestaron a la llamada.

–Habla el señor Davies, he sido yo quien ha hecho saltar la alarma –dijo Luke rápidamente–. El fuego se ha iniciado en el ropero inmediato a la 540 –y colgó sin dar tiempo a que lo interrogaran.

Superado el torbellino de emociones, Billie había iniciado el registro.

–Tu ropa sigue aquí –dijo.

Luke entró en el dormitorio. Extendidos sobre la cama, había una chaqueta sport de tweed gris claro y unos pantalones de franela color antracita, que parecían recién llegados de le tintorería.

Supuso que se los habría puesto para viajar en avión y los habría mandado a planchar a la llegada. En el suelo había un par de zapatos marrón oscuro con puntera. Dentro de uno de ellos, un cinturón de cocodrilo cuidadosamente enrollado.

Luke abrió el cajón de la mesilla de noche y vio una billetera, un talonario y una estilográfica. Pero lo más interesante era una delgada agenda con una lista de números de teléfono en las últimas páginas. Pasó rápidamente las hojas hasta que llegó a la semana en curso.

Domingo 26
Llamar a Alice (1928)

Lunes 27
Comprar bañador
8.30, reunión apc., mot. Vanguard

Martes 28
8.00, desayuno con A.C., cafetería del Hay Adams

Billie se le arrimó para echar un vistazo a la agenda. Le puso una mano en el hombro. Era un gesto sin importancia, pero al sentir el contacto Luke se estremeció de placer.

–¿Tienes idea de quién es esa Alice? –preguntó Luke.

–Tu hermana pequeña.

–¿Cuántos años tiene?

–Es siete años menor que tú, así que treinta.

–Entonces nació en 1928. Supongo que le telefoneé el día de su cumpleaños. Podría preguntarle si le dije algo que le llamara la atención.

–Buena idea.

Luke se sentía bien. Estaba reconstruyendo su vida.

–Se ve que olvidé llevarme el bañador a Florida.

–La gente no suele bañarse en enero.

–Pues el lunes hice una anotación para acordarme de comprar un traje de baño. Y esa misma mañana fui al Motel Vanguard a las ocho y media.

–¿Qué es una «reunión apc.»?

–Una reunión ápice. Creo que tiene algo que ver con la curva que trazan los misiles durante el vuelo. No recuerdo haber trabajado en ello, claro, pero sé que hay que hacer un cálculo importante y complicado. Hay que iniciar la segunda etapa justo en el ápice, para poder poner el satélite en una órbita permanente.

-Podrías averiguar quién más participó en la reunión y hablar con ellos.

–Lo haré.

–El martes desayunaste con Anthony en la cafetería del hotel Hay Adams.

–Es la última anotación de la agenda.

Luke fue a las últimas páginas. Contenían teléfonos de Anthony, Billie, Bern, de su madre y de Alice, y otros veinte o treinta números que no le decían nada.

–¿Te llama la atención alguna cosa? –preguntó a Billie.

Ella meneó la cabeza.

Había varias pistas nada desdeñables, pero ninguna clave decisiva. No esperaba otra cosa, a pesar de lo cual se sintió decepcionado. Se guardó la agenda en un bolsillo y miró a su alrededor. Abierta sobre un banquito, reposaba una baqueteada maleta de cuero negro. Luke pasó revista a su contenido, que consistía en camisas y ropa interior limpias, un cuaderno de apuntes lleno hasta la mitad de fórmulas matemáticas y un libro en rústica titulado *El viejo y el mar* con la esquina superior de la página ciento cuarenta y tres doblada.

Mientras tanto, Billie registraba el cuarto de baño.

–Tus cosas para afeitarte, un neceser, un cepillo de dientes... eso es casi todo.

Luke miró en todos los estantes y cajones del dormitorio, y Billie hizo lo propio en el salón. Luke vio un abrigo negro de lana y un sombrero de fieltro negro en un armario, pero nada más.

–Miseria y compañía –dijo en voz alta–. ¿Y tú?

–Sobre el escritorio tienes varios mensajes telefónicos. De Bern, de un coronel llamado Hide y de una tal Marigold.

Luke dio por sentado que Anthony habría leído los mensajes y, tras juzgarlos inocuos, habría decidido que no merecía la pena levantar sospechas haciéndolos desaparecer.

–¿Quién es esa Marigold? –le preguntó Billie–. ¿No lo recuerdas?

Luke se quedó pensativo. Había oído aquel nombre en algún momento del día. De pronto, se acordó.

–Es mi secretaria en Huntsville –dijo–. El coronel Hide dice que ella reservó mi billete de avión.

–Tal vez le explicaste el motivo de tu viaje...

–Lo dudo. No se lo conté a nadie de Cabo Cañaveral.

–Pero ella no está en Cabo Cañaveral. Y no sería extraño que confiaras en tu secretaria más que en cualquier otra persona.

Luke asintió.

–Todo es posible. Lo comprobaré. De momento, es la pista más prometedora. –Volvió a sacar la agenda y buscó entre los números de teléfono de las últimas hojas–. Bingo –dijo–. «Marigold (casa).»

Se sentó ante el escritorio y marcó el número, mientras se preguntaba cuánto tardarían Pete y los otros dos agentes en volver a la suite.

Como si le hubiera leído el pensamiento, Billie se puso a guardar las pertenencias de Luke en la maleta de cuero negro.

Al otro extremo de la línea, una mujer soñolienta con pausado acento sureño contestó al teléfono. Por el timbre de su voz, Luke supuso que era negra.

–Siento llamarla tan tarde. ¿Hablo con Marigold?

–¡Doctor Lucas! Alabado sea Dios... ¿Cómo está?

–Bien, creo. Gracias.

–Pero, ¿se puede saber qué le ha pasado? Nadie sabía que estaba en.. Y ahora oigo decir que ha perdido la memoria. ¿Es eso cierto?

–Sí.

–Vaya por Dios, ¿y cómo le ha ocurrido algo así?

–No lo sé. Esperaba que usted me pudiese ayudar a hacerme una idea.

–Si puedo...

–Me gustaría saber por qué decidí viajar a Washington el lunes tan de repente. ¿Le di alguna explicación?

–La verdad es que no, aunque me moría de curiosidad.

Era la respuesta que había esperado, pero aun así no se dio por vencido.

–¿No dije nada que le diera una pista?

–No.

–Bueno, pero, ¿qué dije?

–Que tenía que viajar a Washington vía Huntsville, y que le reservara una plaza en un vuelo MATS.

MATS era la línea aérea del ejército; Luke supuso que estaría autorizado a usarla cuando trabajaba para los militares. Pero había algo que no acababa de entender.

–¿Para qué hice escala en Huntsville?

–Dijo que quería pasar un par de horas aquí.

–Me gustaría saber para qué.

–Y añadió algo un tanto raro. Me pidió que no le dijera a nadie que venía a Huntsville.

–Vaya. –Luke estaba seguro de que aquella era una pista importante–. Entonces, ¿era una visita secreta?

–Sí. Y la he mantenido en secreto. La seguridad militar y el FBI me han hecho un montón de preguntas, pero no se lo he contado ni a unos ni a otros, porque usted lo dejó bien claro. Cuando me explicaron que había desaparecido, no supe si estaba haciendo bien o mal, pero me pareció que debía atenerme a sus instrucciones. ¿Hice bien?

–La verdad, Marigold, no lo sé. Pero le agradezco su lealtad. –La alarma de incendios dejó de sonar. Luke comprendió que se les acababa el tiempo–. Tengo que dejarla –dijo a la mujer–. Gracias por su ayuda.

–En fin, para eso estoy. Y ahora tenga mucho cuidado, ¿me oye? –le pidió Marigold, y colgó.

–He metido tus cosas en la maleta –dijo Billie.

–Gracias –respondió Luke. Cogió el abrigo negro y el sombrero del armario y se los puso–. Larguémonos de aquí antes de que vuelvan esos buitres.

Fueron en coche a una cafetería abierta las veinticuatro horas cerca del edificio del FBI, en una esquina próxima a Chinatown, y pidieron cafés.

–¿A qué hora saldrá el primer vuelo para Huntsville? –se preguntó Luke en voz alta.

–Necesitamos la guía oficial de líneas aéreas –dijo Billie.

Luke echó un vistazo a la cafetería. Había una pareja de polis comiendo donuts, cuatro estudiantes borrachos pidiendo hamburguesas y dos mujeres ligeras de ropa que parecían prostitutas.

–No creo que la tengan en este antro –dijo Luke.

–Apuesto a que Bern tiene una. A los escritores les encantan las guías. Siempre andan buscando cosas raras.

–Estará durmiendo.

Billie se puso en pie.

–Pues lo despertaré. ¿Tienes diez centavos?

–Ya lo creo. –Aún le quedaba un montón de calderilla del bote que había robado la víspera.

Billie se dirigió hacia el teléfono público que había junto a los aseos. Luke le dio un sorbo al café sin dejar de mirarla. Mientras hablaba por el auricular, sonreía y movía la cabeza, procurando hacerse perdonar por Bern a fuerza de encanto. Viéndola tan arrebatadora, Luke no pudo evitar desearla con todas sus fuerzas.

–Viene para acá con la guía –dijo Billie, y luego se sentó de nuevo.

Luke consultó su reloj. Eran las dos.

–Puede que vaya al aeropuerto directamente desde aquí. Espero que haya un vuelo a primera hora.

Billie frunció el ceño.

–¿Es tan urgente?

–Tal vez. No dejo de preguntarme qué puede haberme impulsado a dejarlo todo y volar a Washington con tanta prisa. Tiene que ser algo relacionado con el cohete. ¿Y qué otra cosa podría ser aparte de algo que amenaza el lanzamiento?

–¿Un plan de sabotaje?

–Sí. Y si estoy en lo cierto, tengo que encontrar pruebas antes de las veintidós treinta de hoy.

–¿Quieres que te acompañe a Huntsville?

–Tienes que cuidar de Larry.

–Puedo dejarlo con Bern.

Luke meneó la cabeza.

–No es necesario... Pero gracias.

–Siempre has sido un hijo de vecina la mar de independiente.

–No es eso –repuso Luke. No quería que lo malinterpretara por nada del mundo–. Me encantaría que vinieras conmigo. Ése es el problema... que me apetece demasiado.

Billie se inclinó sobre la mesa de plástico y le cogió la mano.

–Está bien –murmuró.

–Estoy hecho un lío, ¿sabes? Estoy casado con Elspeth, pero no sé qué siento por ella. ¿Cómo es?

Billie sacudió la cabeza.

–No puedo hablar contigo de Elspeth. Tendrás que redescubrirla tú solo.

–Supongo que tienes razón.

Billie se llevó la mano de Luke a los labios y se la besó con mucha ternura.

Luke tragó saliva.

–¿Siempre me has gustado tanto, o me ha dado de repente?

–De repente, nada.

–Parece que nos entendemos a las mil maravillas.

–No. Somos como el perro y el gato. Pero estamos locos el uno por el otro.

–Has dicho que fuimos amantes, en otro tiempo... en la suite del hotel Carlton.

–Déjalo.

–¿Estuvo bien?

Billie lo miró con los ojos arrasados en lágrimas.

–Fue perfecto.

–Entonces, ¿por qué no estoy casado contigo?

Billie se echó a llorar con débiles sollozos que hacían temblar su cuerpo menudo.

–Porque... –Se secó el rostro y respiró hondo; luego, volvió a hipar. De pronto, le espetó–: Porque te enfadaste tanto conmigo, que no me dirigiste la palabra en cinco años.

1945

Los padres de Anthony tenían un criadero de caballos cerca de Charlottesville, Virginia, a un par de horas de Washington. La casa era un enorme edificio blanco con estructura de madera y alas irregulares que contenían una docena de dormitorios. Había establos y pistas de tenis, un lago y un riachuelo, potreros y terreno arbolado. La madre de Anthony había heredado la propiedad de su padre, junto con cinco millones de dólares.

Luke llegó al rancho el viernes siguiente a la rendición de Japón. La señora Carroll salió a recibirlo a la puerta. Era una rubia nerviosa que debía de haber sido una belleza en otros tiempos. Lo acompañó a un pequeño dormitorio limpio como una patena, con suelo de madera barnizada y una cama tan alta como vetusta.

Se quitó el uniforme –por entonces había alcanzado el grado de mayor– y se puso una chaqueta sport de cachemir negra y pantalones de franela gris. Se estaba anudando la corbata cuando Anthony llamó a la puerta y asomó la cabeza.

–Te esperamos para tomar un cóctel en el salón –dijo.

–Voy enseguida –respondió Luke–. ¿Cuál es la habitación de Billie?

Una expresión de apuro cubrió el rostro de Anthony.

–Me temo que las chicas están en la otra ala –le explicó–. El almirante es un poco anticuado para estas cosas. –Su padre había servido en la marina hasta jubilarse.

–No importa –dijo Luke encogiendo los hombros. Si había pasado los últimos tres años recorriendo la Europa ocupada en plena noche, sería capaz de encontrar el dormitorio de su chica en la oscuridad.

A las seis, cuando bajó las escaleras, todos sus antiguos amigos le estaban esperando. Además de Anthony y Billie, estaban Elspeth, Bern y la amiga de éste, Peg. Luke había pasado gran parte de la guerra con Bern y Anthony, y todos los permisos con Billie, pero no había visto a Elspeth ni a Peg desde 1941.

El almirante le tendió un martini y Luke le dio un buen trago. La ocasión lo merecía como pocas. La conversación era ruidosa y jovial. La madre de Anthony los contemplaba con una expresión de indefinible contento, y el padre bebía cóctel tras cóctel a un ritmo imbatible.

Luke observó a sus amigos durante toda la cena, comparándolos con los dorados jóvenes a los que tanto había inquietado la amenaza de expulsión de Harvard cuatro años atrás. Elspeth estaba flaca como un espíritu después de tres años de férreo racionamiento en el Londres de los bombardeos; hasta sus exuberantes pechos parecían más pequeños. Peg, que había sido una chica con poco gusto y mucho corazón, iba a la última; pero bajo el impecable maquillaje que le cubría el rostro, su expresión era dura y cínica. Bern tenía veintisiete años pero parecía diez mayor. Aquélla había sido su segunda guerra. Herido tres veces, su rostro consumido era el de alguien familiarizado con el sufrimiento, el propio y el ajeno.

A Anthony le había ido mejor. Había visto algo de acción, pero pasó la mayor parte de la guerra en Washington. Su seguridad, su optimismo y su peculiar sentido del humor habían sobrevivido intactos.

Tampoco Billie parecía haber cambiado mucho. De niña se había familiarizado con la penuria y la pérdida de seres queridos, y ése tal vez era el motivo de que la guerra no le hubiera dejado marcas. Había pasado dos años actuando bajo una identidad falsa en Lisboa, donde Luke sabía –a diferencia de los demás– que había matado a un hombre rebanándole el pescuezo con discreta eficacia en el patio posterior de un café en el que se disponía a vender secretos al enemigo. Sin embargo, seguía siendo un pequeño manojo de exultante energía, tan pronto alegre como hecha una furia, y su expresivo y cambiante rostro era el objeto de estudio favorito de Luke.

Había sido cuestión de pura suerte que todos siguieran vivos. La mayoría de los grupos como el suyo habían perdido al menos a uno de sus componentes.

–Deberíamos brindar –dijo Luke levantando su copa de vino–. Por los que han sobrevivido... y por los que no.

Todos bebieron; a continuación, Bern tomó la palabra.

–Yo propongo otro. Por los hombres que le han partido el espinazo a la maquinaria bélica de los nazis... Por el ejército rojo.

Todos volvieron a beber, aunque el almirante parecía un tanto disgustado.

–Creo que ya está bien de brindis –dijo.

Aunque Bern seguía siendo un comunista convencido, Luke estaba seguro de que ya no trabajaba para Moscú. Habían hecho un trato, y Luke confiaba en la palabra de Bern. No obstante, su relación había perdido la calidez de antaño. Confiar en otro era como sostener un poco de agua en el hueco de las manos: si la dejabas escapar, no había forma de recuperarla. Luke se ensombrecía cada vez que recordaba el compañerismo que le había unido a Bern, pero no sabía qué hacer para recobrarlo.

Tomaron café en el salón. Luke fue pasando las tazas. Cuando ofrecía leche y azúcar a Billie, ella le susurró:

–Ala este, segundo piso, última puerta de la izquierda.

–¿Quieres leche?

Billie arqueó una ceja.

Luke se aguantó la risa y siguió pasando tazas.

A las diez y media el almirante se empeñó en que los hombres se trasladaran a la sala de billar. El aparador se llenó de licoreras y cigarros cubanos. Luke no quiso beber más; estaba impaciente por deslizarse entre las sábanas y estrechar el cuerpo cálido y anhelante de Billie, y lo último que deseaba era quedarse dormido en el momento crítico.

El almirante se sirvió un enorme vaso de bourbon y se llevó a Luke a un extremo del salón para enseñarle sus armas, expuestas en una vitrina cerrada con llave. En la familia de Luke no había cazadores; desde su punto de vista, las armas sólo servían para matar gente, no animales, así que no le producían el menor placer. Además, estaba convencido de que formaban una combinación pésima con el alcohol. No obstante, en esa ocasión fingió interés por pura educación.

–Conozco a tu familia y siento un gran respeto por los tuyos, Luke –dijo el almirante mientras examinaban un rifle Enfield–. Tu padre es un gran hombre.

–Gracias –dijo Luke.

Aquello le sonaba a preámbulo de un discurso ensayado. Su padre había pasado la guerra en la Oficina de Administración de Precios; pero sin duda el almirante seguía considerándolo un banquero.

–Tendrás que pensar en tu familia en el momento de elegir esposa, querido muchacho –siguió diciendo el almirante.

–Sí, señor, lo haré –respondió Luke preguntándose qué rondaría por la cabeza del buen hombre.

–Quien se convierta en la señora Lucas tendrá un puesto reservado en las capas superiores de la sociedad norteamericana. Debes encontrar a una chica capaz de desempeñar ese papel.

Luke empezaba a comprender por dónde iban los tiros. Molesto, devolvió el rifle a su soporte.

–Lo tendré en cuenta, almirante –dijo, y se dispuso a volver con los demás.

El almirante lo retuvo poniéndole una mano en el hombro.

–Hagas lo que hagas, no eches a perder tu vida.

Luke lo miró fijamente. Estaba decidido a no preguntarle adónde quería ir a parar. Creía saber la respuesta, y prefería no oírla.

Pero el almirante seguía en sus trece.

–No dejes que te atrape ese retaco judío... No está a tu altura.

Luke apretó los dientes.

–Si no le importa, eso es algo que preferiría discutir con mi padre.

–Pero tu padre no sabe lo de esa chica, ¿verdad?

Luke se puso como la grana. El almirante le había acertado de lleno. Luke y Billie aún no se habían presentado a sus respectivas familias.

En realidad, apenas habían tenido ocasión. Habían vivido su historia de amor a rachas, en mitad de una guerra. Pero ése no era el único motivo. Desde las profundidades de su corazón, una voz insidiosa y mezquina le repetía que una chica de familia judía más pobre que las ratas no encajaba con la idea que sus propios padres se hacían de la esposa de su hijo. La aceptarían, estaba seguro; de hecho, llegarían a quererla, por las mismas razones por las que la quería él. Pero al principio se sentirían un tanto decepcionados. En consecuencia, deseaba presentársela en el momento adecuado, en una situación distendida que les diera la oportunidad de conocerla poco a poco.

El hecho de que hubiera una pizca de verdad en la insinuación del almirante no hizo sino encolerizar aún más a Luke. Con agresividad mal disimulada, le espetó:

–Perdóneme si le advierto que considero esas insinuaciones una ofensa personal.

La sala quedó en silencio, pero la velada amenaza de Luke pasó desatendida sobre la embotada testa del almirante.

–Te entiendo perfectamente, hijo, pero he vivido más que tú y sé lo que me digo.

–Dispense, pero usted no conoce a los interesados.

–Bah, puede que sepa más de la señorita en cuestión que tú mismo.

Algo en el tono del almirante consiguió escamar a Luke, pero estaba lo bastante fuera de sí como para hacer oídos sordos.

–Y una mierda –replicó con deliberada grosería.

Bern intentó devolver las aguas a su cauce.

–Vamos, señores, alegren esas caras... ¿Y si echásemos una partida?

Pero ya nada podía parar al almirante. Se arrimó a Luke y le pasó un brazo por los hombros.

–Mira, hijo, yo también soy un hombre, y te comprendo... –dijo, asumiendo una actitud confianzuda que hizo mella en Luke–. Siempre que no te lo tomes demasiado a pecho, no hay nada malo en meterla en caliente, si esa fulana...

No pudo acabar la frase. Luke se revolvió, le echó las manos a la pechera y le dio un empellón. El anciano retrocedió manoteando y dando traspiés, y el vaso de bourbon salió volando por los aires. El almirante intentó recuperar el equilibrio, pero golpeó el suelo con el trasero y se quedó sentado sobre la alfombra.

–¡Y ahora cierre el pico si no quiere que se lo cierre yo de un puñetazo!

Blanco como el papel, Anthony acudió junto a ellos y agarró a Luke por el brazo.

–Por el amor de Dios, Luke, ¿qué coño estás haciendo? –exclamó.

Bern se interpuso entre ellos y el repantigado almirante.

–Calmaos, los dos –les dijo.

–Al infierno con la calma –dijo Luke–. ¿Qué clase de hombre te invita a su casa y a continuación insulta a tu novia? ¡Ya era hora de que alguien le enseñara buenos modales a ese carcamal!

–Es una fulana –farfulló el almirante desde el suelo–. Si lo sabré yo... –añadió, y alzó la voz hasta convertirla en un bramido–. ¡Le he pagado un aborto, maldita sea!

Luke se quedó helado.

–¿Aborto?

–Sí, joder –dijo el almirante levantándose con dificultad–. Anthony la dejó embarazada, y yo tuve que pagar mil dólares para que ella se liberara de su pequeño bastardo. –Una mueca de triunfo y rencor le torció la boca–. Y ahora, dime que no sé de qué estoy hablando.

–Miente.

–Pregúntale a Anthony.

Luke miró a su amigo.

–No era mío –dijo Anthony meneando la cabeza–. Le dije a mi padre que sí, para que me diera los mil dólares. Pero no era mío, era tuyo, Luke.

Luke enrojeció hasta la raíz del cabello. El beodo vejarrón lo había obligado a comportarse como un completo idiota. Era un ingenuo. Creía conocer a Billie, pero ella había convertido una cosa tan importante como aquélla en un secreto. Había engendrado un hijo, su novia había abortado, y todos estaban al cabo de la calle menos él. Se sentía enormemente humillado.

Salió del salón como alma que lleva el diablo. Cruzó el vestíbulo y entró en tromba en la sala de estar. La madre de Anthony estaba sola; las chicas debían de haberse ido a la cama. La señora Carroll lo miró asustada.

–Luke, hijo, ¿pasa algo? –le preguntó.

Sin dignarse contestar, él giró en redondo y salió dando un sonoro portazo.

Corrió escaleras arriba y a lo largo del ala este. Llegó a la habitación de Billie y entró sin llamar.

Desnuda sobre la cama, la chica leía con la cabeza apoyada en una mano y el rizado pelo negro caído hacia delante como una ola a punto de romper. Por un instante, verla en aquella actitud le cortó el resuello. La luz de la lámpara de la mesilla le trazaba una línea dorada a lo largo del costado, del torneado hombro a lo largo de la cadera y la esbelta pierna, hasta las uñas del pie pintadas de rojo. Pero su hermosura no consiguió sino atizar la ira de Luke.

Billie alzó el rostro y le dedicó una sonrisa radiante, pero se ensombreció al ver la expresión de Luke.

–¿Me has engañado alguna vez? –le gritó él.

Billie se incorporó, asustada.

–No, ¡nunca!

–El jodido almirante dice que te pagó un aborto.

Billie palideció.

–Dios mío... –musitó.

–¿Es verdad? –aulló Luke–. ¡Contesta!

Ella asintió, se echó a llorar y enterró la cara entre las manos.

–Así que me engañaste...

–Lo siento –sollozó Billie–. Quería tener a tu hijo... Lo quería con toda el alma. Pero no podía hablar contigo. Estabas en Francia, y no sabía si volverías. Tuve que decidir completamente sola. –De pronto, alzó la voz–: ¡Aquéllos fueron los peores meses de toda mi vida!

Luke estaba aturdido.

–Iba a ser padre... –murmuró.

Billie cambió de humor en un abrir y cerrar de ojos.

–No me vengas con ñoñerías –rezongó, sarcástica–. No eras nada sentimental con tu esperma cuando me follabas, así que no empieces ahora... Es demasiado tarde, maldita sea.

Luke se sintió herido en lo más vivo.

–Tenías que habérmelo dicho. Aunque entonces no pudieras ponerte en contacto conmigo, debiste decírmelo a la primera oportunidad, la primera vez que volví de permiso.

Billie soltó un suspiro.

–Sí, ya lo sé. Pero Anthony opinaba que era mejor no contárselo a nadie, y no es difícil convencer a una chica para que mantenga algo así en secreto. Nadie tenía por qué haberse enterado, si no llega a ser por el maldito almirante Carroll.

Luke se quedó pasmado ante la flema con que hablaba de su traición, como si su única falta hubiera sido dejar que la descubrieran.

–No puedo vivir con esto –dijo.

La voz de Billie se convirtió en un susurro.

–¿Qué quieres decir?
–Después de este engaño... Y en algo tan importante... ¿Cómo voy a volver a confiar en ti?
El rostro de Billie se cubrió de angustia.
–Vas a decirme que lo nuestro se ha acabado. –Luke guardó silencio–. Lo adivino, te conozco demasiado bien. Estoy en lo cierto, ¿verdad?
–Sí.
Billie se echó a llorar de nuevo.
–¡Idiota! –le espetó entre lágrimas–. A pesar de la guerra, no has aprendido nada, ¿verdad?
-Lo que he aprendido en la guerra es que no hay nada tan importante como la lealtad.
–Y una mierda. Todavía no te has enterado de que cuando la presión se hace insoportable todos estamos dispuestos a mentir.
–¿Incluso a quien más queremos?
–Sobre todo a quienes queremos, porque nos importan más que nada en el mundo. ¿Por qué crees que contamos la verdad a los curas, a los loqueros y a los extraños que conocemos en el tren? Precisamente porque no los queremos, porque nos da igual lo que piensen.
Sus palabras tenían una lógica aplastante. Pero Luke despreciaba la palabrería.
–Ésa no es mi filosofía de la vida.
–Afortunado tú –replicó Billie con amargura–. Te has criado en un hogar feliz, nunca has conocido el dolor ni el rechazo, tienes montones de amigos. Has participado en una guerra dura, pero no te han torturado ni mutilado, y no tienes suficiente imaginación para ser un cobarde. Nunca te ha ocurrido nada malo. Por supuesto que no dices mentiras... por el mismo motivo que la señora Carroll no roba latas de sopa.
Aquella mujer era increíble... ¡Se había convencido a sí misma de que era él quien se equivocaba! Era imposible hablar con alguien capaz de engañarse de forma tan absoluta. Asqueado, dio media vuelta con intención de marcharse.
–Si es eso lo que piensas de mí –dijo Luke–, deberías alegrarte de que rompamos.
–No, no me alegro –repuso Billie con el rostro lleno de lágrimas–. Te quiero, nunca he querido a otro hombre. Siento haberte

engañado, pero no voy a mesarme los cabellos y a rasgarme las vestiduras porque cometí un error en un momento de crisis.

Luke no quería que se rasgara nada. No quería que hiciera nada. Lo único que quería era alejarse de ella, de sus amigos, del almirante Carroll y de aquella odiosa casa.

En algún lugar del fondo de su mente, una voz apenas audible le decía que estaba arrojando por la borda lo más valioso que había tenido nunca, y le advertía que de aquella conversación nacería un arrepentimiento tan amargo que le quemaría el alma durante años. Pero estaba demasiado colérico, demasiado humillado y demasiado dolido para prestarle oídos.

Se dirigió hacia la puerta.

–No te vayas –le suplicó ella.

–Vete al infierno –contestó Luke y salió.

2.30 HORAS

El nuevo combustible y la mayor capacidad del depósito han aumentado la propulsión del Júpiter *hasta una fuerza de treinta y siete mil kilopondios, y ampliado el tiempo de combustión de ciento veintiuno a ciento cincuenta y cinco segundos.*

–Anthony se portó como un auténtico amigo –dijo Billie–. Estaba desesperada. ¡Mil dólares! No hubiera conseguido esa cantidad ni en sueños. Él se la sacó a su padre, y cargó con las culpas. Se portó como un caballero. Por eso me cuesta tanto entender lo que está haciendo ahora.

–¿Cómo pude dejarte? –se lamentó Luke–. ¿No fui capaz de comprender lo mal que lo habías pasado?

–No toda la culpa fue tuya –respondió Billie, deprimida–. Entonces creía que sí, pero ahora soy capaz de juzgar mi propio papel en todo aquel desastre. –Parecía como si contarle la historia la hubiera dejado exhausta.

Siguieron sentados en silencio, meditabundos y contritos. Luke se preguntó cuánto tardaría Bern en llegar desde Georgetown; luego, su mente siguió rumiando la historia que le había contado Billie.

–No puedo decir que me guste lo que estoy aprendiendo sobre mí mismo –dijo al cabo de un rato–. ¿Es posible que perdiera a mis dos mejores amigos, Bern y tú, sólo por ser un cabezota incapaz de perdonar?

Tras un momento de vacilación, Billie se echó a reír.

–¿Para qué andarnos con rodeos? Sí, eso es exactamente lo que hiciste.

–Y por eso te casaste con Bern.

Billie volvió a reír.

–Pero, ¡mira que eres egocéntrico! –exclamó de buen humor–. No me casé con Bern porque tú me dejaras. Me casé con él porque es uno de los mejores hombres que conozco. Es inteligente, es amable, es bueno en la cama... Tardé años en superar aquello, pero cuando lo conseguí, me enamoré de Bern.

–Y tú y yo, ¿volvimos a ser amigos?

–Con el tiempo. Siempre te hemos querido, todos nosotros, aunque a veces fueras un hijo de mamá la mar de rígido. Te escribí cuando nació Larry, y viniste a verme. Luego, al año siguiente, Anthony celebró su treinta cumpleaños con una gran fiesta, y acudiste. Habías vuelto a Harvard para hacer el doctorado, y los demás vivíamos en Washington. Anthony, Elspeth y Peg trabajando para la CIA; yo, investigando en la Universidad George Washington y Bern, escribiendo guiones para Radio Pública Nacional. Pero venías a la ciudad un par de veces al año, y entonces nos juntábamos todos.

–¿Cuándo me casé con Elspeth?

–En el cincuenta y cuatro... El año que me divorcié de Bern.

–¿Tienes idea de por qué me casé con ella?

Billie dudó. La respuesta hubiera debido ser fácil, pensó Luke. Le bastaba con decir: «Porque la querías, ¿por qué si no?». Pero no lo hizo.

–Yo soy la menos indicada para contestar a esa pregunta –dijo finalmente Billie.

–Se lo preguntaré a Elspeth.

–Me gustaría que lo hicieras.

Luke la miró. Sus últimas palabras parecían tener un sentido oculto. Luke se preguntaba cómo tirarle de la lengua, cuando un Lincoln Continental blanco se detuvo ante la cafetería y Bern se apeó y entró en el establecimiento.

–Siento haberte hecho levantar de la cama a estas horas –se disculpó Luke.

–Olvídalo –dijo Bern–. Billie no comparte la opinión de que cuando alguien está durmiendo hay que dejarlo tranquilo. Si ella está despierta, ¿por qué van a dormir los demás? Lo recordarías perfectamente, si no hubieras perdido la memoria. Toma.

Dejó caer un grueso cuadernillo sobre la mesa. En la cubierta se leía: GUÍA OFICIAL DE LÍNEAS AÉREAS. PUBLICACIÓN MENSUAL.

Luke la cogió.

–Busca las líneas aéreas Capital. Tienen vuelos al sur.

Luke dio con las páginas en cuestión.

–Hay un vuelo a las seis cincuenta y cinco, es decir, dentro de cuatro horas. –Miró con más atención–. Pero... ¡mierda!, hace escala hasta en las ciudades más pequeñas, y llega a Huntsville a las catorce veintitrés, hora local.

Bern se puso las gafas y leyó sobre el hombro de Luke.

–El siguiente no despega hasta las nueve, pero hace menos escalas, y es un Viscount, así que estarías en Huntsville antes, a las doce menos algo.

–Cogeré ése, aunque no me hace ni pizca de gracia dar vueltas por Washington más tiempo del imprescindible –se lamentó Luke.

–Tienes otros dos problemas –dijo Bern–. Número uno: estoy seguro de que Anthony habrá apostado sus hombres en el aeropuerto.

Luke frunció el ceño.

–Tal vez podría salir de Washington en coche y coger el avión en la primera parada –dijo, y miró el horario–. El primer vuelo hace escala en un sitio llamado Newport News. ¿Dónde demonios está eso?

–Cerca de Norfolk, Virginia –dijo Billie.

–Aterriza allí a las ocho y dos minutos. ¿Llegaría a tiempo?

–Está a algo más de trescientos kilómetros –dijo Billie–. Pongamos cuatro horas. En tal caso, aún te sobraría una.

–Más, si coges mi coche –dijo Bern–. Alcanza los ciento noventa.

–¿De verdad me lo prestarías?

Bern sonrió.

–Nos hemos salvado la vida mutuamente. Un coche no es nada.

Luke asintió.

–Gracias.

–Pero tienes otro problema.

–¿Cuál?

–Me han seguido.

3 HORAS

Los depósitos de combustible disponen de deflectores cuyo cometido es reducir al mínimo los movimientos del combustible. Sin ellos, el líquido se agita con tal violencia que un misil de prueba, el Júpiter 1B, *se desintegró cuando sólo llevaba noventa y tres segundos en el aire.*

Anthony esperaba sentado al volante de su Cadillac amarillo a una manzana de la cafetería. Había estacionado detrás de un camión, de forma que el llamativo automóvil quedara lo más oculto posible; sin embargo, podía ver el establecimiento y el trozo de acera iluminado por las lunas con toda claridad. Al parecer, el tugurio gozaba de la preferencia de los polis: además del Thunderbird rojo de Billie y el Continental blanco de Bern, había dos coches patrulla aparcados ante el local.

Ackie Horwitz estuvo apostado ante la casa de Bern Rothsten, con instrucciones de seguir en su puesto a menos que apareciera Luke; pero al ver salir a Bern en plena noche, había tenido la sensatez de desobedecer la orden y seguirlo en su moto. En cuanto Bern entró en la cafetería, Ackie llamó al edificio Q para alertar a Anthony.

En ese momento Ackie, enfundado en un mono de cuero, salió de la cafetería llevando un vaso de plástico en una mano y una barra de caramelo en la otra. Se acercó a la ventanilla del Cadillac.

–Lucas está ahí dentro.

–Lo sabía –murmuró Anthony con malévola satisfacción.

–Pero se ha cambiado de ropa. Ahora lleva abrigo y sombrero negros.

–Perdió el otro sombrero en el Carlton.

–Rothsten y la mujer están con él.

–¿Quién más hay?

–Cuatro polis contando chistes verdes, un insomne leyendo la primera edición del *Washington Post* y el camarero.

Anthony asintió. No podía actuar contra Luke delante de los policías.

–Esperaremos a que salga; luego, le seguiremos los dos. Y esta vez no vamos a perderlo.

–Entendido.

Ackie volvió a su moto, aparcada tras el coche de Anthony, se sentó en el sillín y se puso a sorber el café.

Anthony rumiaba su plan. Darían alcance a Luke en una calle discreta, lo reducirían y lo llevarían a un piso franco de la CIA en Chinatown. Una vez allí, se libraría de Ackie. Y luego, mataría a Luke.

Estaba totalmente decidido. Había tenido un momento de debilidad emocional en el Carlton, pero poco a poco había conseguido amordazar su conciencia, y ahora estaba resuelto a no volver a pensar en amistad y traición hasta que todo hubiera acabado. Sabía que estaba haciendo lo correcto. Cuando hubiera cumplido con su deber, habría tiempo para arreglar cuentas con sus sentimientos.

Se abrió la puerta de la cafetería.

Billie salió la primera. El resplandor del local la iluminaba desde atrás, así que Anthony no le veía la cara, aunque reconocía su silueta menuda y su característico contoneo. A continuación, apareció un individuo con abrigo y sombrero negros: Luke. Se dirigieron hacia el Thunderbird rojo. El de la trenca, que cerraba la marcha, entró en el Lincoln blanco.

Anthony puso en marcha el motor.

El Thunderbird empezó a avanzar seguido por el Lincoln. Anthony esperó unos segundos; luego, sacó el Cadillac de detrás del camión. Ackie se pegó a su cola con la moto.

Billie torció en dirección este, y la pequeña comitiva la siguió. Anthony se mantuvo a manzana y media de distancia, pero las calles estaban desiertas: no tardarían en advertir que los seguían. Anthony se sentía fatalista. Ya no tenía sentido seguir ocultándose: había llegado el momento de enseñar las cartas.

Un semáforo en rojo les obligó a detenerse en la calle Decimocuarta, y Anthony paró detrás del Lincoln de Bern. Cuando cambió a verde, el Thunderbird de Billie salió disparado delante del Lincoln, que permaneció inmóvil.

Anthony soltó una maldición y retrocedió unos metros; luego movió la palanca del cambio automático y pisó el acelerador. El enorme automóvil salió como una bala. Torció bruscamente para adelantar al estático Lincoln y voló en persecución de Billie y Luke.

Billie zigzagueó por el vecindario de detrás de la Casa Blanca saltándose semáforos, haciendo caso omiso a las señales de «prohibido girar» y avanzando en sentido contrario por calles de una sola dirección. Anthony la imitaba en un desesperado intento de seguir pegado a la cola del Thunderbird, pero su Cadillac no tenía la misma maniobrabilidad, y fue perdiendo terreno poco a poco.

Ackie superó a Anthony y se pegó a la cola del Thunderbird. Pero, mientras Billie seguía alejándose del Cadillac, Anthony supuso que la estrategia de la mujer consistiría en sacudírselo de encima por medio de adelantamientos y giros, coger una autopista y dejar atrás a la moto, que no tenía nada que hacer frente a la velocidad máxima del Thunderbird.

–Mierda –masculló.

Pero medió la suerte. Billie dobló una esquina haciendo chirriar los neumáticos y se metió en plena inundación. Un desagüe inmediato al bordillo había rebosado, y la calle estaba sumergida en toda su anchura bajo unos cinco centímetros de agua. Billie perdió el control del vehículo. La cola del Thunderbird dio un brusco bandazo y el coche giró ciento ochenta grados. Ackie consiguió sortearlo, pero la moto resbaló, y él salió despedido y rodó por el agua, aunque se levantó casi de inmediato. Anthony pisó a fondo el freno del Cadillac, que patinó hasta detenerse en el cruce. El Thunderbird había quedado atravesado en la calle, con el maletero a escasos centímetros de un coche aparcado. Anthony se apresuró a bloquearle el paso avanzando hasta delante de su morro. Billie estaba atrapada.

Ackie ya había llegado a la puerta del conductor del Thunderbird. Anthony corrió hacia el lado contrario.

–¡Fuera del coche! –gritó sacando la pistola del bolsillo interior del abrigo.

Se abrió la puerta y salió el hombre del abrigo y el sombrero negros.

Anthony vio al instante que no era Luke, sino Bern.

Se volvió y miró hacia la calle por la que había venido. Ni rastro del Lincoln blanco.

La rabia bullía en su interior. Habían intercambiado los abrigos, y Luke había escapado en el coche de Bern.

–¡Jodido cabrón! –le gritó a Bern. Le daban ganas de pegarle un tiro allí mismo–. ¡No tienes ni puta idea de lo que acabas de hacer!

Bern lo miraba con una calma exasperante.

–Pues dímelo tú, Anthony –replicó–. ¿Qué coño he hecho?

Anthony dio media vuelta y se metió la pistola en el abrigo.

–No tan deprisa –dijo Bern–. Nos debes una explicación. Lo que le has hecho a Luke es ilegal.

–No os debo una puta mierda –le escupió Anthony.

–Luke no es un espía.

–¿Y tú cómo lo sabes?

–Lo sé.

–No te creo.

Bern lo miró con dureza.

–Por supuesto que me crees –dijo–. Sabes perfectamente bien que Luke no es un agente soviético. Así que, ¿por qué coño finges lo contrario?

–Vete al infierno –dijo Anthony, y se alejó.

Billie vivía en Arlington, un barrio residencial lleno de árboles en la ribera virginiana del río Potomac. Anthony recorrió la calle con el coche. Al pasar frente a la casa, vio un Chevrolet sedán oscuro de la CIA estacionado en la otra acera. Dobló la esquina y aparcó.

Billie llegaría en un par de horas. Sabía adónde se dirigía Luke. Pero no se lo diría a Anthony. Había dejado de confiar en él. Permanecería fiel a Luke... a menos que la sometiera a una presión extraordinaria.

Era lo que pensaba hacer.

¿Se había vuelto loco? En el fondo de su cerebro, una voz apenas audible le preguntaba lo mismo una y otra vez: ¿merecía la partida aquel órdago? ¿Había alguna justificación para lo que estaba a punto de hacer? Procuró desechar las dudas. Había elegido su destino hacía mucho tiempo, y no se desviaría por nadie, ni siquiera por Luke.

Abrió el maletero del coche y sacó un estuche de cuero negro del tamaño de un libro grande y una linterna de bolsillo. Luego, se dirigió hacia el Chevy. Ocupó el asiento del pasajero y se quedó mirando a las ventanas apagadas de la casita junto a Pete. «Esto será lo peor que he hecho en mi vida», pensó.

Se volvió hacia Pete.

–¿Confías en mí? –le preguntó.

El rostro marcado de Pete se torció en una mueca de apuro.

–¿A qué viene esa pregunta? Sí, confío en ti.

La mayoría de los agentes jóvenes adoraban a Anthony como si fuera un héroe, pero Pete tenía una razón extra para guardarle lealtad. Anthony había descubierto algo que le hubiera acarreado el despido –el hecho de que en una ocasión lo hubieran detenido por solicitar los servicios de una prostituta–, pero lo había mantenido siempre en secreto. En ese momento, para refrescarle la memoria, le dijo:

–Si hiciera algo que consideraras incorrecto, ¿seguirías apoyándome?

Pete dudó un instante, pero cuando habló su voz estaba teñida de emoción:

–Escucha. –Miró al frente, a través del parabrisas, hacia la calle iluminada por las farolas–. Para mí has sido como un padre, es todo lo que tengo que decir.

–Voy a hacer algo que no te va a gustar. Y necesito que me creas cuando digo que no me queda otro remedio.

–Te lo repito... Estoy contigo.

–Voy a entrar –dijo Anthony–. Toca el claxon si llega alguien.

Anthony subió con sigilo por el camino de acceso, rodeó el garaje y llegó ante la puerta trasera. Enfocó la linterna a la ventana de la cocina. La mesa y la silla que tan bien conocía estaban envueltas en sombras.

Había vivido una vida de mentira y traición, pero nunca, se dijo asqueado de sí mismo, nunca había caído tan bajo.

Conocía la casa perfectamente. Miró primero en la sala de estar; luego, en el dormitorio de Billie. Vacíos. A continuación, en el cuarto de Becky-Ma. Dormía profundamente, con el audífono sobre la mesilla de noche. Por fin, se dirigió al dormitorio de Larry, el hijo de Billie.

Enfocó la linterna sobre el rostro del niño dormido sintiendo que la culpa le revolvía el estómago. Se sentó en el borde de la cama y encendió la luz.

–Eh, Larry, despierta –dijo–. Venga.

El chico abrió los ojos. Tras un momento de desorientación, le sonrió de oreja a oreja.

–¡Tío Anthony! –exclamó con la cara iluminada.

–A levantarse tocan –dijo Anthony.

–¿Qué hora es?

–Temprano.

–¿Qué vamos a hacer?

–Es una sorpresa –respondió Anthony.

4.30 HORAS

El combustible penetra en la cámara de combustión del motor de un cohete a una velocidad de unos treinta metros por segundo. La combustión se produce en el instante en que los fluidos entran en contacto. El calor de la llama hace que los líquidos se evaporen enseguida. La presión aumenta hasta varios centenares de kilogramos por centímetro cuadrado, y la temperatura se eleva hasta 2.760 grados Celsius.

–Estás enamorada de Luke, ¿verdad? –preguntó Bern a Billie.

Estaban sentados en el interior del coche de Billie ante el edificio donde vivía Bern. Billie no quería subir; estaba impaciente por llegar a casa, junto a Larry y Becky-Ma.

–¿Enamorada? –dijo, evasiva–. ¿Tú crees?

No estaba segura de querer confiarse a su ex marido. Eran amigos, pero no lo suficiente.

–No importa –dijo él–. Comprendí hace mucho que debiste casarte con Luke. Es verdad que también me querías, pero de otra manera.

Era cierto. Su amor por Bern había sido un sentimiento tierno y sosegado. Con él nunca había sentido el huracán de pasión que la arrastraba cuando estaba con Luke. Y si se preguntaba qué sentía por Harold –el tranquilo afecto o la emoción tempestuosa– la respuesta era deprimentemente clara. Pensar en Harold le proporcionaba una sensación tan grata como tenue. A pesar de su escasa experiencia con hombres –Bern, Luke y Harold eran los únicos con quienes se había acostado–, su instinto le decía que Harold nunca la haría experimentar la sensación de avidez sexual que la dejaba indefensa y temblorosa de deseo ante Luke.

–Luke está casado –dijo al fin–. Con una mujer hermosa. –Se quedó pensativa unos instantes–. ¿Te parece sexy Elspeth?

Bern frunció el ceño.

–Difícil pregunta. Podría serlo, con el hombre adecuado. A mí siempre me ha parecido fría, pero nunca ha tenido ojos para otro que no fuera Luke.

–No es que importe mucho. Luke es del tipo fiel. Seguiría con ella aunque fuera un iceberg, por puro y simple sentido del deber. –Hizo una pausa–. Me gustaría decirte algo.

–Adelante.

–Gracias. Por no soltarme un: «Ya te lo había dicho». Te aseguro que aprecio tu tacto.

Bern se echó a reír.

–Te refieres a nuestra famosa pelea...

Billie asintió.

–Dijiste que mi trabajo podría utilizarse para lavarle el cerebro a la gente. Y tu predicción se ha confirmado.

–Aun así, estaba equivocado. Tus investigaciones eran necesarias. Tenemos que comprender el funcionamiento del cerebro humano. Puede que alguna gente utilice los conocimientos científicos para hacer el mal, pero ésa no es razón para oponerse al progreso científico. A propósito, ¿tienes alguna teoría sobre los tejemanejes de Anthony?

–Esto es lo único que se me ocurre. Supongamos que Luke hubiera descubierto a un espía allí abajo, en Cabo Cañaveral, y hubiera decidido presentarse en Washington para contarlo en el Pentágono. Pero resulta que el espía es un agente doble que trabaja para nosotros, y Anthony está dispuesto a protegerlo a toda costa.

Bern meneó la cabeza.

–No me convence. Anthony podría haber solucionado el problema limitándose a revelar a Luke que el espía era un agente doble. No tenía necesidad de borrarle la memoria.

–Supongo que tienes razón. Además, le ha disparado hace apenas unas horas. Ya sé que a los hombres esto de jugar a los espías tiende a haceros perder la chaveta, pero no puedo creer que la CIA esté realmente dispuesta a asesinar a un ciudadano estadounidense para proteger a un agente doble.

–Pues empieza a creerlo –dijo Bern–. Pero no hubiera sido necesario. Bastaba con que Anthony hubiera confiado en Luke.

–¿Tienes una teoría mejor?

–No.

Billie se encogió de hombros.

–Ya no estoy segura de que importe mucho. Anthony ha engañado y traicionado a sus amigos... ¿qué más da el porqué? Sea cual fuere el extraño propósito que lo ha empujado a hacerlo, lo hemos perdido para siempre. Y era un buen amigo.

–La vida apesta –dijo Bern. La besó en la mejilla y bajó del coche–. Si mañana tienes noticias de Luke, llámame.

–De acuerdo.

Bern empezó a caminar hacia el edificio, y el Thunderbird empezó a alejarse.

Billie cruzó el puente Memorial, rodeó el Cementerio Nacional y zigzagueó por las calles del barrio residencial hacia su casa. Subió el camino de acceso marcha atrás, costumbre que había adquirido porque siempre salía con retraso. Entró en casa, colgó el abrigo en el perchero del recibidor y fue directamente arriba desabrochándose el vestido y sacándoselo por la cabeza mientras subía las escaleras. Lo arrojó a una silla, se descalzó dando un par de patadas al aire y fue a echar un vistazo a Larry.

Cuando vio la cama vacía, soltó un grito.

Miró en el cuarto de baño y a continuación en el dormitorio de Becky-Ma.

–¡Larry! –gritó a pleno pulmón–. ¿Dónde estás?

Corrió escaleras abajo y miró en todas las habitaciones. Salió a la calle en ropa interior y buscó en el garaje y en el patio. De nuevo en casa, volvió a registrar cada habitación, abriendo armarios y mirando bajo las camas y en cualquier espacio lo bastante grande para que cupiera un niño de siete años.

Había desaparecido.

Becky-Ma salió de su cuarto con el miedo escrito en su arrugado rostro.

–¿Qué pasa? –preguntó con voz temblorosa.

–¿Dónde está Larry? –le gritó su hija.

–Creía que en su cama... –dijo la anciana con la voz convertida en un lamento aterrado al comprender lo ocurrido.

Billie permaneció inmóvil unos instantes, respirando con fuerza, tratando de dominar el pánico. Luego fue al cuarto de Larry y lo examinó detenidamente.

La habitación, en perfecto orden, no ofrecía signos de lucha. Al mirar en el armario, Billie vio el pijama azul de ositos con el que se había acostado el niño, doblado con esmero en un estante. La ropa que había dejado preparada para vestirlo por la mañana había desaparecido. Ocurriera lo que ocurriese, se la había puesto antes de llevárselo. Daba la impresión de que se había marchado con alguien en quien confiaba.

Anthony.

Al principio, sintió alivio. Anthony no le haría daño. Pero enseguida lo pensó mejor. ¿Seguro? Hubiera jurado que Anthony sería incapaz de hacerle daño a Luke, y sin embargo le había disparado. Ya no era posible decir de qué sería o no sería capaz Anthony. Como mínimo, Larry se habría asustado al ver que lo despertaban tan temprano y lo hacían vestirse y dejar la casa sin ver a su madre.

Tenía que recuperarlo de inmediato.

Bajó para llamar a Anthony. Antes de que pudiera cogerlo, sonó el teléfono. Se abalanzó sobre el auricular.

–¿Sí?

–Soy Anthony.

–¿Cómo has podido hacerlo? –le gritó–. ¿Cómo has podido ser tan cruel?

–Tengo que saber dónde está Luke –respondió el hombre fríamente–. Es absolutamente imprescindible.

–Ha ido... –Se contuvo. Si le daba la información, se quedaría sin armas.

–¿Adónde ha ido?

Billie respiró hondo.

–¿Dónde está Larry?

–Conmigo. Está bien, no te preocupes.

Aquello la sacó de sus casillas.

–¿Que no me preocupe, maldito hijo de puta?

–Tú dime lo que necesito saber y todo irá bien.

Quería creerlo, escupirle la respuesta y confiar en que trajera a Larry de vuelta a casa; pero se resistió a la tentación con todas sus fuerzas.

–Ahora escúchame. Cuando vea a mi hijo, te diré dónde está Luke.

–¿Es que no confías en mí?

–¿Estás de broma?

Anthony suspiró.

–De acuerdo. Nos encontraremos en el Memorial Jefferson.

Billie reprimió una exclamación de júbilo.

–¿Cuándo?

–A las siete en punto.

Billie miró el reloj. Pasaban de las seis.

–Allí estaré.

–Billie...

–¿Qué?

–Sola.

–Claro –dijo, y colgó.

De pie junto a ella, Becky-Ma parecía más vieja y más frágil que nunca.

–¿Qué ocurre? –preguntó–. ¿Qué está pasando?

Billie procuró aparentar calma.

–Larry está con Anthony. Ha debido venir y llevárselo mientras dormías. Ahora voy a buscarlo. Ya podemos dejar de preocuparnos.

Subió al segundo piso. Entró en su dormitorio, cogió la silla del tocador y la puso delante del armario ropero. Se subió en ella y alcanzó una pequeña maleta que guardaba sobre el armario. La dejó encima de la cama y la abrió.

Desenvolvió un trozo de tela y se quedó mirando el Colt 45.

Todos habían recibido un Colt durante la guerra. Ella había conservado el suyo como recuerdo, pero un extraño instinto la había impulsado a limpiarlo y lubricarlo regularmente. Cuando te habían disparado una vez, no volvías a estar tranquila si no tenías un arma de fuego cerca, se decía.

Apretó con el pulgar el fiador del lado izquierdo de las cachas, detrás del gatillo, y sacó el cargador de la empuñadura. En la maleta había una caja de munición. Metió siete balas en el cargador empujándolas una a una contra el resorte; luego, volvió a introducir el cargador en la empuñadura hasta sentir el clic del seguro. Tiró del cerrojo para introducir una bala en la recámara.

Se volvió y vio a Becky-Ma en el umbral, que tenía los ojos clavados en la pistola.

Se quedó mirando a su madre en silencio.

Luego, corrió hacia la calle y saltó al interior del coche.

6.30 HORAS

La primera etapa contiene aproximadamente veinticinco mil kilogramos de combustible. Se consumirá en dos minutos y treinta y cinco segundos.

Era un placer conducir el Lincoln Continental de Bern, un coche resplandeciente y estilizado que alcanzaba los ciento sesenta sin esfuerzo y volaba sobre las carreteras desiertas de la adormecida Virginia. Al abandonar Washington, Luke sintió que dejaba atrás la pesadilla, y que su madrugador viaje tenía la virtud euforizante de una escapada.

Aún era de noche cuando llegó a Newport News y estacionó en el pequeño aparcamiento inmediato al edificio del aeropuerto, que seguía cerrado. No había más luz que la solitaria bombilla de una cabina telefónica próxima a la entrada. Apagó el motor y escuchó el silencio. La noche era serena, y las estrellas iluminaban las pistas de aterrizaje. Los aparatos estacionados tenían una inmovilidad extraña, como caballos dormidos sobre las patas.

Llevaba más de veinticuatro horas despierto y se sentía completamente exhausto, pero su mente funcionaba a toda velocidad. Estaba enamorado de Billie. Ahora que los separaban más de trescientos kilómetros, podía admitirlo sin ambages. Pero, ¿qué significaba aquello? ¿La había querido siempre? ¿O era un enamoramiento repentino, una repetición de la chaladura que tan rápidamente le había sorbido el seso en 1941? ¿Y Elspeth, qué? ¿Por qué se había casado con ella? Se lo había preguntado a Billie, y ella se había negado a responderle. «Se lo preguntaré a Elspeth», había dicho él.

Consultó el reloj. Quedaba más de una hora para el despegue. Tenía tiempo de sobra. Salió del coche y fue hacia la cabina telefónica.

Respondió de inmediato, como si ya estuviera levantada. El empleado del motel la advirtió de que el importe de la llamada se añadiría a su cuenta, y ella respondió:

–Claro, póngame con él.

Luke se sintió apurado de repente.

–Buenos días, Elspeth.

–¡Cuánto me alegra que hayas llamado! –exclamó ella–. Estaba muerta de preocupación. ¿Va todo bien?

–No sé por dónde empezar.

–¿Estás bien?

–Sí, perfectamente, ahora. Resumiendo. Anthony me hizo perder la memoria con una combinación de electroshock y drogas.

–Dios mío... ¿Por qué iba a hacer una cosa así?

–Según él soy un espía soviético.

–Eso es absurdo.

–Pues es lo que le ha dicho a Billie.

–Así que has estado con Billie...

Luke advirtió un deje de hostilidad en la voz de Elspeth.

–Ha sido muy amable –dijo Luke a la defensiva, recordando que había pedido a Elspeth que fuera a Washington para ayudarlo, pero ella se había negado.

–¿Desde dónde llamas? –le preguntó Elspeth cambiando de tema.

Luke dudó. Era muy probable que sus perseguidores hubieran pinchado el teléfono de su mujer.

–Es mejor que no te lo diga; podrían estar escuchándonos.

–De acuerdo, lo comprendo. ¿Cuál será tu siguiente paso?

–Tengo que averiguar qué quería hacerme olvidar Anthony.

–¿Y cómo piensas hacerlo?

–Prefiero no explicártelo por teléfono.

–Bueno, siento que no puedas contarme nada –dijo Elspeth sin poder disimular su exasperación.

–La verdad es que llamaba para preguntarte ciertas cosas.

–Muy bien; dime.

–¿Por qué no podemos tener hijos?

–Aún no lo sabemos. El año pasado te visitó un especialista en fertilidad, pero no descubrió nada anormal. Y hace unas semanas, fui a una ginecóloga de Atlanta. Me hizo unas pruebas. Estamos esperando los resultados.

–¿Podrías contarme cómo fue nuestra relación?

–Te seduje.

–¿Cómo?

–Hice como que se me había metido un poco de jabón en el ojo, para conseguir que me besaras. Es el truco más viejo del mundo, pero me temo que te engañé como a un indio.

No hubiera sabido decir si Elspeth se hacía la graciosa, la cínica o ambas cosas.

–Cuéntame cómo fue, cómo me declaré.

–Pues... Llevábamos años sin vernos –empezó a contar Elspeth–; pero volvimos a encontrarnos en 1954, en Washington. Yo seguía trabajando para la CIA. Tú estabas en el Laboratorio de Propulsión a Chorro de Pasadena, pero volaste a Washington para asistir a la boda de Peg. Nos sentaron juntos para el banquete. –Elspeth guardó silencio mientras hacía memoria, y Luke esperó pacientemente. Cuando volvió a hablar, su voz era más cálida–. Hablamos y hablamos... Era como si no hubieran pasado trece años y siguiéramos siendo una pareja de universitarios con toda la vida por delante. Yo tenía que marcharme pronto... Por entonces, dirigía la Joven Orquesta de la calle Decimosexta, y ese día teníamos ensayo. Tú me acompañaste...

1954

Todos los niños de la orquesta eran pobres, y la mayoría negros. El ensayo tuvo lugar en el vestíbulo de una iglesia, en un vecindario cochambroso. Los instrumentos eran regalados, prestados o comprados en casas de empeño. Ensayaron la obertura de una ópera de Mozart, *Las bodas de Fígaro*. Contra lo que cabía esperar, tocaban bastante bien.

La razón era Elspeth, profesora exigente que no pasaba por alto ni una nota falsa ni un desliz rítmico, pero corregía a sus pupilos con infinita paciencia. Esbelta en su vestido amarillo, dirigía la orquesta con extraordinaria energía, haciendo ondear su cabellera pelirroja y extrayendo acordes de los pequeños músicos con apasionados ademanes de sus largas y elegantes manos.

El ensayo duró dos horas, y Luke asistió a él de principio a fin, hechizado en su asiento. Saltaba a la vista que todos los chicos estaban enamorados de Elspeth y que todas las chicas querían ser como ella.

–Esos chavales llevan tanta música dentro como cualquier niño rico con un Steinway en la sala de estar –dijo Elspeth cuando estuvieron en el coche–. Pero me han traído un montón de problemas.

–Por amor de Dios, ¿por qué?

–Me llaman amiga de los negros –confesó Elspeth–. Y mi carrera en la CIA está en el dique seco.

–No lo entiendo.

–Cualquiera que trate a los negros como seres humanos es sospechoso de ser comunista. Así que nunca pasaré de secretaria. Y no es que me importe demasiado. De todas formas, las mujeres nunca llegan más allá de agente de calle.

Lo llevó a su casa, un pisito semidesnudo con varios muebles modernos y angulares. Luke preparó martinis y Elspeth se puso a hacer espaguetis en la diminuta cocina. Luke le hablaba de su trabajo.

–No sabes cómo me alegro por ti –dijo ella con generoso entusiasmo–. Siempre te interesó la investigación espacial. Recuerdo que cuando estábamos en Harvard y salíamos juntos hablabas del tema a todas horas.

Luke sonrió.

–En aquella época casi todo el mundo sólo lo consideraba una ridícula fantasía de los escritores de ciencia-ficción.

–Supongo que aún no podemos estar seguros de que se convierta en realidad.

–En mi opinión, sí podemos –dijo Luke poniéndose serio–. Los problemas más graves los resolvieron los científicos alemanes durante la guerra. Los nazis construyeron cohetes que podían lanzarse sobre Londres desde Holanda.

–Lo recuerdo perfectamente, yo estaba allí... Los llamábamos bombas volantes –explicó con un estremecimiento súbito–. Una estuvo a punto de matarme. Iba hacia mi despacho en medio de un ataque aéreo, porque tenía que dar instrucciones a un agente que debía saltar en paracaídas sobre Bélgica al cabo de unas horas. Oí explotar una bomba a mis espaldas. Hacen un ruido espeluznante, como un ¡crac! ensordecedor; luego se oye el estruendo de cristales rotos y paredes que se desploman, y se levanta una especie de vendaval de polvo y guijarros. Sabía que si me volvía a mirar me entraría el pánico, me tiraría al suelo y me quedaría hecha un ovillo con los ojos bien cerrados. Así que mantuve la vista al frente y apreté el paso.

Luke se sintió conmovido por la imagen de una Elspeth más joven caminando por calles sombrías con las bombas cayendo a su alrededor, y dio gracias porque hubiera sobrevivido.

–Fuiste muy valiente –murmuró.

Elspeth se encogió de hombros.

–Yo no me sentía nada valiente. Estaba aterrada.

–¿En qué pensabas?

–¿No te lo imaginas?

Luke recordó que, cuando Elspeth quería mantener la mente ocupada, cavilaba sobre cuestiones matemáticas.

–¿Números primarios? –aventuró.

Elspeth se echó a reír.

–En los números de Fibonacci.

Luke asintió. El matemático Leonardo Fibonacci había imaginado una pareja de conejos que producían dos crías cada mes, pareja que empezaba a reproducirse al mismo ritmo al mes de nacer, y se preguntó cuántas parejas de conejos habría al cabo de un año. La respuesta era 144; pero lo que se convirtió en la secuencia numérica más famosa de la historia de las Matemáticas fue la serie de números correspondientes a la cantidad de parejas de conejos existentes cada mes; 1, 1, 2, 3, 5, 8, 13, 21, 34, 55, 89, 144... Para obtener el número siguiente basta con sumar los dos anteriores.

–Cuando llegué al despacho –dijo Elspeth–, había calculado el cuadragésimo número de Fibonacci.

–¿Recuerdas cuál es?

–Por supuesto: ciento dos millones trescientos treinta y cuatro mil ciento cinco. ¿Así que nuestros misiles se basan en las bombas volantes de los alemanes?

–Sí, en el cohete V2, para ser exactos. –Se suponía que el trabajo de Luke era confidencial, pero estaba hablando con Elspeth, que además seguro que estaba en un nivel de seguridad superior al suyo–. Estamos construyendo un cohete que podrá despegar de Arizona y explotar en Moscú. Y si podemos hacer eso, podemos llegar a la Luna.

–Entonces, ¿es lo mismo sólo que a mayor escala?

Elspeth mostraba más interés por los cohetes que ninguna otra chica que hubiera conocido.

–Efectivamente. Necesitaremos motores más grandes, combustible más potente, mejores sistemas de guía... cosas así. Ninguno de esos problemas es insuperable. Además, los científicos alemanes de que te hablaba, ahora trabajan para nosotros.

–Sí, ya lo he oído –dijo Elspeth, y cambió de tema–. ¿Y qué me dices de la vida en general? ¿Sales con alguien?

–Pues ahora mismo no.

Había mantenido relaciones con varias chicas desde su ruptura de hacía nueve años con Billie, y se había acostado con alguna, pero la verdad –que prefería no contarle a Elspeth– era que ninguna le había dejado huella.

De una de ellas hubiera podido enamorarse. Era una chica alta de ojos castaños y pelo rebelde. Su energía y su *joie de vivre* le recordaban a Billie. La había conocido en Harvard cuando hacía el doctorado. A últimas horas de una tarde, mientras paseaban por el campus, ella le había cogido las manos y le había dicho:

–Estoy casada.

Luego le había dado un beso y se había marchado. Era lo más parecido a entregar el corazón que recordaba.

–¿Y tú? –le preguntó a Elspeth–. Peg se acaba de casar, Billie está a punto de divorciarse... Se te está amontonando la faena...

–Bah, ya sabes lo que nos pasa a las chicas del gobierno.

La expresión era un cliché de los periódicos. En Washington había tantas mujeres jóvenes trabajando como funcionarias que tocaban a cinco por soltero. En consecuencia, el tópico aseguraba que estaban sexualmente frustradas y ansiosas por conseguir una cita. Luke no creía que fuera el caso de Elspeth, pero si prefería eludir la cuestión estaba en su derecho.

Elspeth le pidió que vigilara el fuego mientras se arreglaba un poco. Había una cacerola enorme llena de espaguetis y una sartén pequeña donde bullía la salsa de tomate. Luke se quitó la chaqueta y la corbata y se puso a remover la salsa con una cuchara de madera. El martini lo había puesto a tono, la comida olía a gloria y estaba con una mujer que le gustaba un montón. Por tanto, se sentía de maravilla.

Oyó a Elspeth, que lo llamaba con un deje desvalido insólito en ella.

–Luke... ¿podrías venir?

Entró en el cuarto de baño. El vestido de Elspeth colgaba detrás de la puerta, y ella estaba de pie en sujetador sin tirantes color melocotón, escueta braguita a juego, medias y zapatos. Aunque iba más vestida que si estuviera en la playa, verla en ropa interior le produjo una excitación fulminante. La chica tenía una mano en el rostro.

–Maldita sea, me ha entrado jabón en el ojo... –dijo–. ¿Podrías echarme un poco de agua?

Luke se acercó al lavabo y abrió el grifo del agua fría.

–Agáchate, acerca la cara a la pila –le dijo poniéndole la mano entre los omoplatos.

Luke sintió el tacto cálido y suave de su blanca piel. Cogió un poco de agua en la palma de la mano derecha y la alzó hacia el rostro de Elspeth.

–¡Qué alivio! –susurró ella.

Le lavó el ojo varias veces, hasta que ella aseguró que había dejado de escocerle. Luego la hizo erguirse y le secó la cara dándole suaves toques con una toalla limpia.

–Tienes el ojo un poco irritado, pero me parece que no es nada –dijo Luke.

–Debo de estar horrible.

–No. –Luke la miró fijamente. Tenía el ojo enrojecido y el pelo del mismo lado parcialmente húmedo, pero estaba tan arrebatadora como el día que la conoció, hacía más de una década–. Estás para comerte.

Seguía con la cabeza levantada, aunque Luke ya había acabado de secarle el rostro. Sus labios entreabiertos esbozaban una sonrisa. Besarla era lo más fácil del mundo. Ella respondió al contacto de sus labios, débilmente al principio; poniéndole las manos en la nuca, atrayéndolo hacia sí y besándolo con fuerza enseguida.

Luke sintió que el sujetador se aplastaba contra su pecho. Aquello hubiera debido excitarlo, pero el alambre de los aros era tan rígido que le arañaba la piel bajo el fino algodón de la camisa. Al cabo de un momento se separó de Elspeth, muerto de apuro.

–¿Qué? –preguntó Elspeth.

Luke rozó el sujetador con un dedo y sonrió embobado.

–Se me clava –murmuró.

–Pobrecito mío –susurró ella con socarrona ternura.

Se llevó las manos a la espalda y se desabrochó el sujetador con un rápido movimiento. La prenda cayó al suelo.

Le había acariciado los pechos varias veces, muchísimos años atrás, pero nunca se los había visto. Eran muy blancos y redondos, y la excitación le había puesto tiesos los rosados pezones. Elspeth le echó los brazos al cuello y apretó el cuerpo contra Luke. Los pechos eran blandos y estaban calientes.

–Listos –dijo ella–. ¿Se te clavan ahora?

Momentos después, la cogió en brazos, la llevó al dormitorio y la dejó sobre la cama. Ella se quitó los zapatos agitando los pies en el aire. Luke acarició la goma de la braguita y preguntó:

–¿Puedo?

A Elspeth le entró la risa.

–Ay, Luke, mira que eres educado...

Él sonrió de oreja a oreja. Aquello era un poco tonto, pero no sabía hacer las cosas de otra manera. Elspeth alzó las caderas y él le bajó la braguita. Las medias rosas hacían juego con el resto de la ropa interior.

–No preguntes –dijo ella–, y quítamelas de una vez.

Hicieron el amor despacio e intensamente. Ella lo atraía hacia sí y lo besaba una y otra vez mientras el cuerpo de Luke se arqueaba entre sus muslos.

–He soñado con esto tanto tiempo... –le susurró Elspeth al oído justo antes de ponerse a gritar de placer, varias veces, hasta abandonarse sobre las sábanas, exhausta.

Ella cayó enseguida en un profundo sueño, pero Luke permaneció despierto, reflexionando sobre su vida.

Siempre había deseado formar una familia. Para él la felicidad era una casa grande y ruidosa llena de niños, amigos y animales domésticos. Y sin embargo ahí estaba, cumpliendo los treinta y cuatro y soltero, con la sensación de que los años transcurrían cada vez más deprisa. Tras la guerra, su prioridad había sido el estudio, reconoció. Había vuelto a la facultad, deseoso de recuperar el tiempo perdido. Pero ésa no era la verdadera razón de que no se hubiera casado. La verdad era que en su corazón sólo había habido dos mujeres: Billie y Elspeth. Billie lo había engañado, pero Elspeth estaba allí mismo, a su lado. Contempló su voluptuoso cuerpo al débil resplandor de las luces de la plaza Dupont. ¿Podía haber algo mejor que pasar todas las noches de aquel modo, con una mujer inteligente, valiente como un león, maravillosa con los niños y –por encima de todo– tan hermosa que lo dejaba sin resuello?

Al romper el día, se levantó y preparó café. Cuando volvió al dormitorio con la bandeja, encontró a Elspeth sentada en la cama, soñolienta y deseable. Ella le sonrió, radiante.

–Me gustaría preguntarte algo –dijo Luke. Se sentó en el borde de la cama y le cogió la mano–. ¿Quieres casarte conmigo?

La sonrisa se esfumó del rostro de la chica, que le miraba muy azorada.

–Ay, Señor –exclamó–. ¿Puedo pensarlo?

7 HORAS

Los gases de la combustión pasan a través de la tobera del cohete como una taza de café caliente vertida en la garganta de un muñeco de nieve.

Anthony condujo hasta el Memorial Jefferson con Larry sentado en el asiento delantero entre Pete y él. Aún estaba oscuro, y aquella zona de la ciudad seguía desierta. Hizo girar al coche y aparcó de forma que pudiera hacer señales con los faros delanteros a cualquier otro vehículo que se aproximara.

El monumento era una doble circunferencia de columnas con techo en forma de cúpula. Se alzaba sobre una alta plataforma a la que se accedía por una escalinata situada en el otro lado.

–La estatua mide veintisiete metros y pesa cuatro mil quinientos kilos –dijo Anthony–. Es de bronce.

–¿Dónde está? –preguntó Larry.

–Desde aquí no puedes verla, pero está justo detrás de aquellos pilares.

–Teníamos que haber venido de día –gimoteó Larry.

Habían salido juntos otras veces. Anthony lo había llevado a la Casa Blanca, al zoo y al Smithsonian. Le compraba un perrito caliente a mediodía, un helado por la tarde y algún juguete antes de llevarlo a casa. Siempre se lo había pasado bien. Anthony quería a su ahijado. Pero esta vez Larry sabía que algo iba mal. Era demasiado temprano, quería ver a su madre y probablemente percibía la tensión que reinaba en el vehículo.

Anthony abrió la puerta.

–Quédate aquí mientras hablo con Pete, Larry.

Los dos hombres se apearon del coche. Sus bocas exhalaban vapor en el aire helado.

–Yo esperaré aquí –dijo Anthony a Pete–. Tú coge al chico y enséñale el monumento. Quédate en este lado para que ella lo vea cuando llegue.

–De acuerdo. –El tono de Pete era frío y seco.

–Odio hacer esto –dijo Anthony. En realidad, había dejado de importarle. Larry estaba asustado y Billie frenética de terror, pero lo superarían, y él no podía permitir que los sentimientos se interpusieran en su camino–. No vamos a hacerle daño al niño, ni a su madre –añadió tratando de tranquilizar a Pete–. Pero ella nos dirá dónde está Luke.

–Y luego le devolveremos al chico.

–No.

–¿No? –La oscuridad enmascaraba la expresión de Pete, pero su voz dejaba traslucir la consternación–. ¿Por qué?

–Por si necesitamos que su madre nos siga proporcionando información más adelante. –Pete estaba desconcertado, pero obedecería, al menos por el momento, pensó Anthony. Abrió la puerta del coche–. Venga, Larry. El tío Pete te va a enseñar la estatua.

Larry bajó del vehículo. Con cautelosa urbanidad, dijo:

–Cuando la hayamos visto, me gustaría volver a mi casa...

Anthony sintió que se le hacía un nudo en la garganta. El coraje del chico era casi más de lo que podía soportar. Al cabo de un instante, consiguió serenarse y respondió:

–Se lo preguntaremos a mamá. Ahora, ve con Pete.

Larry cogió la mano de Pete y juntos dieron la vuelta al Memorial en dirección a las escaleras. Un minuto después asomaron entre los pilares, iluminados por los faros del coche.

Anthony consultó el reloj. Dieciséis horas más tarde, el cohete habría despegado y todo habría acabado, para bien o para mal. Dieciséis horas eran muchas horas, tiempo de sobra para que Luke hiciera un daño irreparable. Por tanto, tenía que atraparlo, y pronto.

Billie se retrasaba. Por un instante, le asaltaron las dudas. ¿Seguro que vendría? Estaba demasiado nerviosa y asustada para llamar a la policía, o para intentar alguna jugarreta. Sí, vendría.

No se equivocaba. Al poco, vio acercarse un coche. No podía distinguir el color, pero era un Ford Thunderbird. Aparcó a veinte metros del Cadillac de Anthony, y una figura menuda y frágil se apeó de un salto sin apagar el motor.

–Hola, Billie –dijo Anthony.

Ella volvió la cabeza hacia el monumento y vio a Peter y Larry en la plataforma, mirando hacia las columnas. Se quedó petrificada, con los ojos clavados en ellos.

Anthony avanzó a su encuentro.

–No intentes ninguna tontería. Asustarías a Larry.

–No me hables de asustar a Larry, hijo de puta. –La tensión le quebró la voz. Estaba al borde de las lágrimas.

–No he tenido más remedio. –La hostilidad de Billie era más que comprensible; no obstante, su desprecio hizo mella en Anthony–. ¿Conoces la cita de Thomas Jefferson grabada en el monumento con letras de medio metro de altas? Dice así: «He jurado ante el altar de Dios eterna hostilidad hacia cualquier forma de tiranía sobre la mente del hombre». Ése es el motivo de lo que estoy haciendo.

–Idos al infierno tú y tus motivos. Has perdido de vista todos los ideales que tuviste alguna vez. Nada bueno puede justificar una indignidad como ésta.

Estaba visto que discutir con ella era una pérdida de tiempo.

–¿Dónde está Luke? –le espetó.

Se produjo una larga pausa.

–Ha cogido un avión a Huntsville –respondió Billie al fin.

Anthony dejó escapar un profundo suspiro de satisfacción. Ya tenía lo que necesitaba. Pero la respuesta le había sorprendido.

–¿Por qué a Huntsville?

–Porque allí es donde el ejército diseña los cohetes.

–Eso ya lo sé. Pero, ¿por qué iba a ir allí precisamente hoy? La acción está en Florida.

–El motivo no lo sé.

Anthony intentó leer en su cara, pero estaba demasiado oscuro.

–Me parece que me estás ocultando algo.

–Me da igual lo que te parezca. Voy a coger a mi hijo y me marcharé de aquí.

–No, te equivocas –dijo Anthony–. Nos lo quedaremos un poco más.

La voz de Billie era un grito de angustia:

–¿Por qué? ¡Te he dicho adónde ha ido Luke!

–Puede que tengas más oportunidades de ayudarnos.

–¡Me has engañado!

–Viviréis –dijo Anthony, y dio media vuelta.
Ése fue su error.

Billie se esperaba algo por el estilo.

Cuando Anthony dio media vuelta y se dirigió hacia su coche, echó a correr tras él. Saltando con el hombro derecho por delante, le asestó un golpe entre los riñones. Sólo pesaba cincuenta y cuatro kilos, unos veinte menos que él, pero la sorpresa y la rabia jugaban a su favor. Anthony se tambaleó, cayó hacia delante y quedó a cuatro patas, gruñendo de asombro y dolor.

Billie sacó el Colt 45 de su bolsillo del abrigo.

Cuando Anthony intentó levantarse, volvió a embestirlo, esta vez desde un costado. El hombre se desplomó, rodó por el suelo y quedó boca arriba. Billie hincó una rodilla en el suelo, junto a su cabeza, y le metió el cañón de la pistola en la boca violentamente. Se oyó el ¡crac! de un diente al partirse.

Anthony sintió que se le helaba la sangre.

Con deliberada lentitud, Billie accionó el seguro y lo puso en posición de disparo. Miró a Anthony a los ojos y vio miedo. No se esperaba la pistola. Un hilillo de sangre le corría barbilla abajo.

Billie alzó la vista. Larry y el hombre que lo custodiaba seguían mirando hacia el monumento, ajenos a la pelea. Volvió a dedicar su atención a Anthony.

–Voy a sacarte la pistola de la boca –le anunció entre dos jadeos–. Si te mueves, te mato. Si sobrevives, llamarás a tu compinche y le dirás lo que yo te mande.

Le sacó la pistola de la boca y le apunto al ojo izquierdo.

–Vamos –le ordenó–. Llámalo.

Anthony titubeó.

Billie le puso el cañón en el párpado.

–¡Pete! –gritó Anthony.

Pete miró a todas partes. Hubo un momento de silencio. Se oyó la voz inquieta de Pete:

–¿Dónde estás?

El haz de luz de los faros no alcanzaba a Anthony y Billie.

–Dile que se quede donde está –ordenó Billie a Anthony.

Anthony no despegó los labios. Billie le apretó el cañón contra el párpado.

–¡Quédate donde estás! –gritó Anthony.

Pete se llevó una mano a la frente y escrutó la oscuridad tratando de localizar el lugar de donde provenía la voz.

–¿Qué está pasando? –gritó–. No te veo.

–¡Larry! –gritó Billie–. ¡Soy mamá! ¡Corre al Thunderbird!

Pete agarró al niño del brazo.

–¡El hombre no me deja! –chilló Larry.

–¡Estáte tranquilo! –gritó Billie–. El tío Anthony va a decirle al hombre que te suelte –dijo, y apretó el cañón contra el ojo de Anthony.

–¡Está bien! –gritó Anthony. Billie redujo un poco la presión–. ¡Suelta al chico!

–¿Estás seguro? –preguntó Pete.

–Haz lo que te digo, por el amor de Dios... ¡Me tiene encañonado!

–¡De acuerdo! –Pete soltó el brazo de Larry.

Larry corrió hacia la otra parte del Memorial y reapareció al cabo de unos segundos al nivel del suelo. Al ver a su madre, corrió más deprisa hacia ella.

–No vengas aquí –le ordenó esforzándose por sosegar la voz–. Entra en el coche, vamos...

Larry corrió hacia el Thunderbird, saltó adentro y cerró de un portazo.

Con un rápido vaivén, Billie golpeó a Anthony en ambas mejillas con la pistola, tan fuerte como pudo. Él soltó un grito de dolor, pero antes de que pudiera moverse Billie volvió a meterle la pistola en la boca. Anthony se quedó inmóvil, gruñendo.

–Acuérdate de esto cuando sientas tentaciones de volver a secuestrar a un niño –masculló Billie.

Le retiró la pistola de la boca y se irguió.

–No te muevas –dijo.

Anduvo de espaldas hacia el coche sin dejar de apuntarle. Echó un vistazo al monumento. Pete no se había movido.

Se metió en el coche.

–¿Tienes una pistola? –le preguntó Larry.

Billie se guardó el arma en la chaqueta.

–¿Estás bien? –preguntó a su hijo.

El niño se echó a llorar.

Puso la primera y se alejó.

8 HORAS

Los pequeños cohetes que propulsan la segunda, tercera y última etapas usan un combustible sólido conocido como T17-E2, un polisulfuro con perclorato amónico como oxidante. Cada cohete produce unos setecientos veinticinco kilogramos de empuje en el espacio.

Bern vertió leche caliente sobre los cereales de Larry mientras Billie batía un huevo para hacer torrijas. Intentaban consolar a su hijo con su comida favorita, pero Billie tenía la sensación de que los adultos también necesitaban consuelo. Larry comía con apetito y escuchaba la radio al mismo tiempo.

–Voy a matar a ese hijo de puta –masculló Bern procurando que Larry no lo oyera–. Lo juro por Dios, voy a joderlo vivo.

La rabia de Billie se había evaporado. La había descargado partiéndole la cara a Anthony con la pistola. Ahora estaba preocupada y asustada, en parte por Larry, que se había llevado un susto de muerte, y en parte por Luke.

–Me asusta que Anthony intente matar a Luke –dijo–. No quería creerlo hace unas horas, y bien que he escarmentado.

Bern echó un trozo de mantequilla en una sartén caliente; luego, empapó una rebanada de pan en el huevo que antes había batido Billie.

–Luke no se dejará matar así como así.

–Pero cree estar a salvo... No puede imaginarse que le he dicho a Anthony dónde está. –Mientras Bern freía el pan rebozado de huevo, Billie daba vueltas por la cocina mordiéndose el labio–. Seguro que en estos momentos Anthony va camino de Huntsville. El avión de Luke tiene un montón de paradas. Anthony podría coger un vuelo MATS y llegar antes. Tengo que encontrar el modo de avisar a Luke.

–¿Y si dejas un mensaje en el aeropuerto?

–No es lo bastante fiable. Creo que no tengo más remedio que ir allí. Había un Viscount a las nueve, ¿verdad? ¿Dónde está la guía de líneas aéreas?

–Encima de la mesa.

Billie la cogió. El vuelo 271 despegaba de Washington a las nueve en punto. A diferencia del de Luke, sólo hacía dos escalas y aterrizaba en Huntsville dos minutos antes de mediodía. El avión de Luke no llegaba hasta las catorce veintitrés. Billie estaría esperándolo en el aeropuerto.

–Puedo hacerlo –dijo.

–Si puedes, debes.

Billie miró a Larry y dudó, desgarrada entre dos impulsos contradictorios.

–Estará bien –aseguró Bern, que le había adivinado el pensamiento.

–Ya lo sé, pero no quiero dejarlo, precisamente hoy.

–No me separaré de él ni un momento.

–No lo mandes a la escuela...

–De acuerdo, creo que es una buena idea, al menos por hoy.

–Me he acabado los cereales –intervino Larry.

–Entonces seguro que estás listo para comerte una torrija. –Bern puso una rebanada en un plato–. ¿La quieres con un poco de jarabe de arce?

–Sí.

–Sí... ¿qué más?

–Sí, por favor.

Bern cogió la botella de jarabe y le sirvió un poco.

Billie se sentó frente a su hijo.

–Hoy vas a tener que hacer novillos –le dijo.

–¡Jo, me perderé la clase de natación! –protestó el chico.

–A lo mejor papá puede llevarte a la piscina.

–¡Pero si no estoy malo!

–Ya lo sé, corazón, pero has tenido una mañana un poco movida y necesitas descansar.

Las protestas de Larry la tranquilizaron. Parecía estar recuperándose deprisa. De todas formas, no se sentiría segura mandándolo al colegio hasta que todo aquel asunto hubiera acabado. Pero podía dejarlo con su padre. Bern había recibido entrenamiento como agente y podía proteger a su hijo casi contra cualquier cosa. Acabó de decidirse. Iría a Huntsville.

–Diviértete hoy con papá y mañana ya veremos, ¿vale?

–Vale.

–Ahora mamá tiene que irse. –No quería convertir la despedida en un drama, pues sólo conseguiría asustar al niño–. Hasta luego, cielo –añadió con naturalidad.

Mientras salía, oyó decir a Bern:

–¿Qué nos apostamos a que no eres capaz de comerte otra torrija?

–¿A que sí? –replicó Larry.

Billie cerró la puerta.

QUINTA PARTE

10.45 HORAS

El misil despegará verticalmente; luego, se inclinará hacia una trayectoria de cuarenta grados con respecto al horizonte. Durante el vuelo a propulsión, la primera etapa se guía mediante las superficies aerodinámicas de la cola y los álabes móviles de carbono situados en la tobera del motor.

Luke se quedó dormido apenas se abrochó el cinturón de seguridad y no se enteró cuando el avión despegó de Newport News. Dormía profundamente mientras el avión permanecía en el aire, pero se despertaba en cuanto el tren de aterrizaje golpeaba alguna de las muchas pistas en su tartamudeante vuelo sobre Virginia y Carolina del Norte. Cada vez que abría los ojos sentía la arremetida de la angustia y consultaba el reloj para comprobar cuántas horas y cuántos minutos faltaban para el lanzamiento. Se removía en el asiento mientras el pequeño avión rodaba por la pista. Bajaban varios pasajeros, subían uno o dos, y el aparato volvía a alzar el vuelo. Era como ir en autobús.

Mientras el avión repostaba en Winston-Salem, los pasajeros bajaron a estirar las piernas unos minutos. Luke llamó al Arsenal Redstone desde la terminal y pidió que lo pusieran con su secretaria.

–¡Doctor Lucas! –exclamó enseguida la mujer al otro lado de la línea–. ¿Está usted bien?

–Sí, pero sólo tengo un par de minutos. ¿Sigue previsto el lanzamiento para esta noche?

–Sí, para las veintidós treinta.

–Voy camino de Huntsville... Mi avión aterriza a las catorce veintitrés. Quiero averiguar por qué estuve allí el lunes.

–¿Sigue sin recobrar la memoria?

–Así es. En fin, quedamos en que usted no sabía qué fui a hacer allí...

–Como ya le dije, no me lo explicó.

–¿Dónde estuve?

–Pues... déjeme pensar. Fui a buscarlo al aeropuerto en un coche del ejército y lo traje a la base. Estuvo en el laboratorio de Computación, luego cogió un coche y fue solo al límite sur.

–¿Qué hay ahí, en el límite sur?

–Las plataformas de pruebas estáticas. Imagino que haría una visita al edificio de Ingeniería, donde trabaja a veces, pero no lo sé a ciencia cierta, porque no lo acompañaba.

–¿Y después?

–Me pidió que lo llevara a su casa. –Luke percibió una nota extraña en la voz de Marigold–. Yo me quedé en el coche y usted salió al cabo de un par de minutos. Luego, lo llevé al aeropuerto.

–¿Eso es todo?

–Es todo lo que sé.

Luke emitió un gruñido de frustración. Había confiado en que Marigold le proporcionara alguna pista.

Desesperado, decidió cambiar de estrategia.

–¿Qué impresión le di?

–La normal, pero tenía la mente en otra parte. Preocupado, ésa es la palabra. Me pareció que estaba inquieto por algo. Pero eso es el pan nuestro de cada día con ustedes los científicos. Así que no suelo darle mayor importancia.

–¿Vestía como siempre?

–Una de esas chaquetas de tweed tan bonitas.

–¿Llevaba equipaje?

–Sólo una maleta pequeña. Ah, y una carpeta.

Luke contuvo la respiración.

–¿Una carpeta? –dijo, y tragó saliva.

En ese momento se le acercó una azafata.

–El avión despegará enseguida, doctor Lucas.

Luke tapó el auricular con la mano.

–Un minuto, por favor –respondió a la azafata; luego, se dirigió de nuevo a Marigold–: Esa carpeta, ¿tenía alguna cosa de particular?

–Era una carpeta del ejército normal y corriente, beige, de cartón fino, lo bastante grande para que cupieran en ella cartas de negocios.

–¿Tiene alguna idea de lo que contenía?

–Sólo papeles, creo.

Luke intentó respirar con normalidad.

–¿Cuántos papeles? ¿Uno, diez, cien?

–Unos quince o veinte, diría yo.

–¿Vio por casualidad lo que ponía en los papeles?

–No, señor, usted no los sacó de la carpeta.

–Y luego, ¿seguía teniendo la carpeta cuando me acompañó al aeropuerto?

Al otro lado de la línea no hubo respuesta.

La azafata volvió a la carga.

–Doctor Lucas, si no sube al avión tendremos que despegar sin usted.

–Ya voy, ya voy. –Repitió la pregunta a Marigold–. ¿Llevaba la carpeta cuando...?

–Lo he oído –lo interrumpió la secretaria–. Estoy intentando recordar.

Luke se mordió el labio.

–Tómese el tiempo que necesite.

–No sabría decirle si la llevaba cuando fue a su casa.

–Pero, ¿y en el aeropuerto?

–La verdad, no creo que la llevara. Lo veo alejándose hacia la terminal, y recuerdo que llevaba la maleta en una mano y en la otra... en la otra, nada.

–¿Está segura?

–Sí, ahora sí lo estoy. Debió de dejar la carpeta aquí, o en la base o en su casa.

La mente de Luke trabajaba a toda velocidad. Aquella carpeta era el motivo de su viaje a Huntsville, estaba seguro. Contenía el secreto que había descubierto, lo que Anthony había intentado hacerle olvidar por todos los medios. Tal vez fueran fotocopias de documentos originales, que había escondido en algún sitio para preservarlas. Por eso había pedido a Marigold que no le contara a nadie lo de su visita.

Así que, si conseguía encontrar la carpeta, conseguiría desentrañar el secreto.

La azafata lo había dejado por imposible y en esos momentos corría por la pista. Las hélices del avión ya giraban.

–Mire, estoy convencido de que esa carpeta es muy importante –le dijo a Marigold–. ¿Podría echar un vistazo e intentar encontrarla?

–Dios mío, doctor Lucas, ¡esto es el ejército! ¿Se da cuenta de que podría haber un millón de carpetas beige repartidas por toda la base? ¿Cómo voy a saber cuál era la que llevaba usted?

–Basta con que eche un vistazo y compruebe si hay alguna en un sitio que le resulte poco habitual. En cuanto llegue a Huntsville, iré a mi casa y buscaré allí. Después, si no encuentro la carpeta, me dirigiré a la base.

Luke colgó y echó a correr hacia el avión.

11 HORAS

El plan de vuelo se programa por adelantado. Durante el vuelo, las señales transmitidas por telémetro al ordenador de a bordo activan el sistema de guía para mantener la trayectoria.

El vuelo MATS a Huntsville estaba lleno de generales. En el Arsenal Redstone no sólo se diseñaban cohetes espaciales. Era el cuartel general del Mando de Misiles Estratégicos del ejército. Anthony, que estaba al corriente de esas cosas, sabía que en la base se desarrollaba y probaba una amplia gama de armas, desde el *Red Eye*, del tamaño de un bate de béisbol, para uso de la infantería contra la aviación enemiga, hasta el descomunal tierra-tierra *Honest John*. En aquella base lo que sobraba era galones.

Anthony llevaba gafas de sol para ocultar los moratones de los ojos, gentileza de Billie. El labio le había dejado de sangrar, y el diente partido sólo se le veía cuando hablaba. A pesar de las lesiones, se sentía lleno de energía: estaba a punto de echarle el guante a Luke.

¿Lo mataría a la primera oportunidad? Era tentadoramente simple. Pero le preocupaba no saber con exactitud qué se traía entre manos. Tenía que tomar una decisión. Sin embargo, en el momento de subir a bordo del avión llevaba cuarenta y ocho horas sin cerrar los ojos, y se quedó dormido de inmediato. Soñó que volvía a tener veintiuno, que había hojas nuevas en los esbeltos árboles del campus de Harvard y que una vida llena de gloriosas posibilidades se extendía ante él como una carretera en línea recta. Lo siguiente que supo fue que Pete lo sacudía mientras un cabo abría la puerta del avión, y se despabiló aspirando la cálida brisa de Alabama.

Huntsville tenía aeropuerto civil, pero los vuelos MATS aterrizaban en una pista construida dentro del Arsenal Redstone. El edificio de la terminal era una cabaña de madera y la torre, una estructura de lanzamiento de cohetes con un pequeño puesto de control en el extremo superior.

Anthony meneó la cabeza para despejarse mientras cruzaba una extensión de hierbajos secos. En su pequeña maleta llevaba la pistola, un pasaporte falso y cinco mil dólares en billetes, el equipo de emergencia que lo acompañaba siempre que cogía un avión.

La adrenalina acabó de despertarlo. En cuestión de horas mataría a un hombre, por primera vez después de la guerra. Con sólo pensarlo, se le hizo un nudo en el estómago. ¿Dónde lo haría? Una opción era esperar a Luke en el aeropuerto de Hunstville, seguirlo cuando lo abandonara y acabar con él en algún punto de la carretera. Pero era demasiado arriesgado. Luke podía descubrir que lo seguían y escapar. Nunca volvería a ser un blanco fácil. Si Anthony no extremaba las precauciones, podía escabullírsele por enésima vez.

Lo mejor sería averiguar adónde planeaba ir, llegar antes que él y tenderle una emboscada.

–Voy a hacer averiguaciones a la base –dijo a Pete–. Quiero que vayas al aeropuerto y abras bien los ojos. Si llega Luke, u ocurre cualquier otra cosa, intenta comunicármelo aquí.

Al borde de la pista, un joven con uniforme de teniente sostenía un cartel que rezaba: «Señor Carroll, Departamento de Estado». Anthony le tendió la mano.

–El coronel Hickam le envía saludos, señor –dijo el teniente en tono formal–. Le hemos asignado un coche, siguiendo las instrucciones del Departamento de Estado –añadió, y señaló un Ford verde del ejército.

–Justo lo que necesito –dijo Anthony.

Había llamado a la base antes de subir al avión, fingiendo con desparpajo que cumplía órdenes del director de la CIA, Alan Dulles, y había solicitado la cooperación del ejército para una delicada misión cuyos detalles eran información reservada. La cosa había funcionado: el teniente parecía ansioso por complacerlo.

–El coronel Hickam se sentirá muy honrado si tiene la bondad de visitar su despacho a su propia conveniencia. –El teniente le tendió un plano. La base era enorme, advirtió Anthony. Se extendía un buen puñado de kilómetros hacia el sur, hasta el río Tennessee–. El edificio del cuartel general está señalado en el plano –añadió el militar–. Y hemos recibido un mensaje para usted, pidiéndole que llame al señor Carl Hobart en Washington.

–Gracias, teniente. ¿Dónde tiene el despacho el doctor Lucas?

–En el laboratorio de Computación. –El joven sacó un lapicero e hizo una señal en el plano–. Pero esta semana están todos en Cabo Cañaveral.

–¿Tiene secretaria el doctor Lucas?

–Sí. La señorita Marigold Clark.

Puede que ella estuviera al tanto de todos los movimientos de Luke.

–Estupendo. Teniente, le presento a mi compañero, Pete Maxell. Necesita desplazarse al aeropuerto civil, y allí esperará un vuelo.

–Será un placer acompañarlo, señor.

–Se lo agradezco. Si necesita ponerse en contacto conmigo aquí en la base, ¿cuál es el mejor modo?

El teniente se volvió hacia Pete.

–Señor, podría dejar el mensaje en la oficina del coronel Hickam, y yo me encargaría de entregárselo al señor Carroll.

–Muy bien –dijo Anthony, impaciente por poner manos a la obra–. Vamos allá.

Subió al Ford, estudió el plano y se puso en camino. Redstone era la típica base del ejército. Carreteras rectilíneas que atravesaban espeso terreno boscoso interrumpido por cuidados rectángulos de césped cortado tan al rape como el pelo de un recluta. Estaba bien señalizada, de modo que Anthony dio fácilmente con el laboratorio de Computación, un edificio de dos pisos en forma de T. Anthony se sorprendió de que necesitaran tanto espacio para hacer cuentas, pero acabó deduciendo que dispondrían de un potente ordenador.

Aparcó ante la entrada y reflexionó unos instantes. La pregunta era sencilla: ¿adónde planeaba ir Luke en Huntsville? Era probable que Marigold lo supiera, pero procuraría proteger a Luke y desconfiaría de un extraño, sobre todo si llevaba los dos ojos morados. Sin embargo, había tenido que quedarse mientras que la mayoría de la gente con la que trabajaba viajaba a Cabo

Cañaveral para el gran acontecimiento, así que puede que también se sintiera abandonada y aburrida.

Entró en el edificio. En una oficina exterior había tres pequeños escritorios con sendas máquinas de escribir. Dos estaban vacíos. El tercero, ocupado por una mujer negra de unos cincuenta años que llevaba un vestido de algodón con estampado de margaritas y gafas con montura de piedras artificiales.

–Buenas tardes –saludó Anthony.

La mujer alzó la vista. Anthony se quitó las gafas de sol. La sorpresa agrandó los ojos de la secretaria, que no lo había oído entrar.

–¡Hola! ¿En qué puedo ayudarlo?

Con fingida sinceridad, Anthony respondió:

–Ay, señora, estoy buscando a una mujer que no me zurre la badana.

Marigold se echó a reír.

Anthony acercó una silla y se sentó a un lado del escritorio.

–Soy de la oficina del coronel Hickam –dijo–. Busco a Marigold Clark. ¿Dónde puedo encontrarla?

–Soy yo.

–Venga ya... La señorita Clark que estoy buscando es una mujer adulta. Usted es una adolescente.

–Bueno, deje ya de hacer el payaso... –lo atajó Marigold, pero con una sonrisa de oreja a oreja.

–El doctor Lucas viene para acá... Supongo que lo sabe...

–Me ha llamado esta mañana.

–¿A qué hora lo espera?

–Su avión aterriza a las catorce veintitrés.

Era una información valiosa.

–Así que estará aquí sobre las tres...

–No necesariamente.

Ah.

–¿Por qué no?

La mujer le dio lo que quería.

–El doctor Lucas dijo que iría primero a su casa y luego pasaría por aquí.

Era perfecto. Anthony apenas podía creer en su buena suerte. Luke iría del aeropuerto a su casa directamente. Él podría adelantarse y esperarlo, luego le dispararía en cuanto entrara por la puerta. No habría testigos. Si empleaba el silenciador, nadie oiría el disparo. Anthony dejaría el cuerpo allí mismo y se marcharía en el coche. Con Elspeth en Florida, pasarían días antes de que encontraran el cadáver.

–Gracias –dijo Anthony poniéndose en pie–. Ha sido un placer conocerla –añadió, y salió a la calle antes de que la mujer pudiera preguntarle el nombre.

Volvió al coche y se dirigió hacia el edificio del cuartel general, un largo monolito de tres pisos que parecía una cárcel. Dio con el despacho del coronel Hickam. El coronel había salido, pero un sargento lo hizo pasar a un despacho vacío donde había un teléfono.

Llamó al edificio Q, pero no habló con su jefe, Carl Hobart. En cambio, pidió que le pusieran con el superior de Hobart, George Cooperman.

–¿Qué hay, George? –dijo Anthony.

–¿Le disparaste a alguien anoche? –le espetó Cooperman; su voz de fumador sonaba aún más ronca que de costumbre.

Haciendo un esfuerzo, Anthony adoptó la máscara de bravucón que tanto regocijaba a Cooperman.

–Coño, George, ¿quién te lo ha contado?

–Cierto coronel del Pentágono llamó a Tom Ealy, de la oficina del director, y Ealy se lo contó a Carl Hobart, que tuvo un orgasmo.

–No hay pruebas, recogí todas las balas.

–El dichoso coronel encontró un agujero de unos nueve milímetros de ancho en el jodido muro y dedujo qué lo había producido. ¿Le diste a alguien?

–Desgraciadamente, no.

–Ahora estás en Huntsville, ¿no?

–Eso parece.

–Se supone que tienes que volver inmediatamente.

–Entonces me alegro de no haber mantenido esta conversación contigo.

–Escúchame, Anthony, siempre he tenido contigo toda la manga ancha del mundo porque consigues resultados. Pero no puedo seguir cubriéndote las espaldas en este asunto. A partir de ahora estás solo, compañero.

–Es como mejor me las apaño.

–Buena suerte.

Anthony colgó y se quedó mirando el teléfono. No le quedaba mucho tiempo. Su numerito a lo Billy *el Niño* empezaba a hacer aguas. Estaba en el límite de la insubordinación. Tenía que rematar la faena. Ya.

Llamó a Cabo Cañaveral y pidió que le pusieran con Elspeth.

–¿Has hablado con Luke? –le preguntó.

–Me ha llamado esta mañana, a las seis y media –respondió Elspeth con un temblor en la voz.

–¿Desde dónde?

–No ha querido decirme dónde estaba, ni adónde iba, ni lo que pensaba hacer, porque temía que me hubieran pinchado el teléfono. Pero me ha dicho que tú eres el causante de su amnesia.

–Va camino de Huntsville. Ahora mismo estoy en el Arsenal Redstone. Voy a ir a vuestra casa para esperarlo allí. ¿Podré entrar?

Elspeth le respondió con otra pregunta.

–¿Sigues intentando protegerlo?

–Por supuesto.

–¿No le pasará nada?

–Haré todo lo que esté en mi mano.

Hubo un momento de silencio; luego, Elspeth dijo:

–Hay una llave debajo de la maceta de la buganvilla del patio trasero.

–Gracias.

–Cuida de Luke, ¿vale?

–¡He dicho que haré lo que esté en mi mano!

–A mí no me grites –mascculló Elspeth con algo de su habitual genio.

–Cuidaré de él –dijo Anthony, y colgó.

Cuando se levantaba para salir del despacho, sonó el teléfono. Dudó si cogerlo. Podía ser Hobart. Pero Hobart no sabía que estaba en la oficina del coronel Hickam. Sólo lo sabía Pete... al menos eso creía.

Levantó el auricular.

Era Pete.

–¡La doctora Josephson está aquí! –dijo.

–Mierda. –Anthony la hacía junto a su hijo–. ¿Ha llegado en avión?

–Sí, debía de ser un vuelo más rápido que el de Lucas. Está sentada en el edificio de la terminal, esperando, según parece.

–A Luke –dijo Anthony, convencido–. Maldita sea. Ha venido a avisarle de que estamos aquí. Tienes que alejarla del aeropuerto.

–¿Cómo?

–Me da igual... ¡Pero aléjala!

12 HORAS

El Explorer *trazará una órbita de treinta y cuatro grados con respecto al ecuador. En relación con la superficie terrestre, cruzará el océano Atlántico en dirección sudeste hasta la punta sur de África; luego, seguirá hacia el nordeste sobre el océano Índico e Indonesia hasta el Pacífico.*

El aeropuerto de Huntsville era pequeño pero concurrido. El único edificio de la terminal tenía un mostrador de Hertz, varias máquinas expendedoras y una hilera de cabinas telefónicas. En cuanto llegó, Billie fue a informarse sobre el vuelo de Luke y se enteró de que llevaba cerca de una hora de retraso y aterrizaría en Huntsville alrededor de las quince quince. Le quedaban tres horas para aburrirse.

Compró una barra de caramelo y una botella de Dr. Pepper en una máquina. Dejó en el suelo el maletín donde llevaba el Colt 45 y, con la espalda apoyada contra la pared, se puso a cavilar. ¿Cómo manejaría la situación? En cuanto viera a Luke, lo pondría sobre aviso de que Anthony estaba en Huntsville. Luke sabría a qué atenerse y podría tomar precauciones. Pero no podía darse el lujo de esconderse. Tenía que averiguar por qué había acudido allí el lunes, para lo que necesitaría ir de aquí para allá. Tendría que correr riesgos. ¿Podía hacer algo ella para guardarle las espaldas?

Seguía devanándose los sesos, cuando una joven con el uniforme de las líneas aéreas Capital se le acercó.

–¿Es usted la doctora Josephson?

–Sí.

–Un mensaje para usted –dijo la chica tendiéndole un sobre.

Billie frunció el ceño. ¿Quién sabía que estaba allí?

–Gracias –murmuró, y rasgó el sobre.

–De nada. Por favor, háganos saber si podemos ayudarla de cualquier otro modo.

Billie alzó la vista y sonrió. Casi había olvidado lo educada que era la gente del sur.

–Descuide, lo haré –respondió–. Muy agradecida.

La joven se alejó y Billie leyó el mensaje: «Por favor, llame al doctor Lucas en Huntsville JE 6-4231».

Se quedó de una pieza. ¿Era posible que Luke hubiera llegado ya? ¿Y cómo se había enterado de que ella estaba allí?

Sólo había una forma de averiguarlo. Arrojó la botella vacía a una papelera y se dirigió a una de las cabinas.

El número que había marcado respondió de inmediato y una voz masculina dijo:

–Laboratorio de prueba de componentes.

Parecía que, efectivamente, Luke había llegado ya al Arsenal Redstone. ¿Cómo se las había apañado?

–Con el doctor Claude Lucas, por favor –pidió Billie.

–Un momento. –Instantes después, la misma voz dijo–: El doctor Lucas volverá enseguida. ¿Con quién hablo, por favor?

–Con la doctora Bilhah Josephson. Me han entregado un mensaje en el que Claude me pedía que lo llamara a este número.

El tono del hombre cambió de inmediato.

–¡Ah, la doctora Josephson...! Menos mal que ha llamado. El doctor Lucas tiene mucho interés en hablar con usted.

–¿Ya está ahí? Creía que su avión seguía en el aire...

–La seguridad del ejército fue a buscarlo a Norfolk, Virginia, y lo embarcó en un vuelo especial. Lleva aquí más de una hora.

Billie se sintió aliviada al saber que estaba sano y salvo, pero seguía perpleja.

–¿Qué está haciendo ahí?

–Creo que usted lo sabe.

–Sí, supongo que lo sé. ¿Qué tal está?

–Bien... Pero no puedo darle detalles, especialmente por teléfono. ¿Podría usted venir aquí?

–¿Dónde está eso?

–El laboratorio está a una hora de la ciudad por la carretera de Chattanooga. Puedo mandarle un chófer del ejército, pero llegaría antes en taxi, o en un coche de alquiler.

Billie sacó un cuaderno de notas del bolso.

–Indíqueme. –Luego, recordando sus modales sureños, añadió–: Si es tan amable.

13 HORAS

Hay que apagar y separar la primera etapa sin pérdida de tiempo; de lo contrario, la disminución gradual de la fuerza propulsora podría hacer que alcanzara a la segunda y la desalineara. En cuanto desciende la presión en los conductos de combustible, las válvulas se cierran y la primera etapa se desprende cinco segundos más tarde al estallar los pernos explosivos provistos de resortes. Los resortes incrementan la velocidad de la segunda etapa en ochenta centímetros por segundo, asegurando que se separa limpiamente.

Anthony sabía el camino a casa de Luke. Había pasado un fin de semana en ella hacía un par de años, poco después de que Luke y Elspeth se trasladaran allí desde Pasadena. Llegó en quince minutos. La casa estaba en Echols Hill, una calle de grandes edificios antiguos situada a un par de manzanas del centro. Anthony aparcó a la vuelta de la esquina para evitar que, al llegar, Luke advirtiera que tenía visita.

Fue hacia la parte posterior de la casa. Hubiera debido sentirse tranquilo y confiado. Tenía todas las cartas: la sorpresa, tiempo y una pistola. Sin embargo, la aprensión le producía náuseas. En dos ocasiones había creído tener a Luke en sus manos, y Luke siempre lo había burlado.

Seguía sin entender los motivos de Luke para volar a Huntsville en lugar de a Cabo Cañaveral. Tan inexplicable decisión sugería la existencia de algún factor que Anthony ignoraba, una desagradable sorpresa que podía frustrar sus planes en cualquier momento.

La casa, de finales del XIX, era un edificio blanco de estilo colonial con porche sostenido por pilares. Parecía demasiado lujosa para un científico del ejército, pero Luke nunca había fingido vivir de lo que ganaba como matemático. Anthony abrió la puerta del muro bajo y entró en el patio. Hubiera podido forzar la entrada a la vivienda sin dificultad, pero no sería necesario. Se dirigió a la parte de atrás. Junto a la puerta de la cocina había una maceta de barro cocido de la que rebosaba una buganvilla, y bajo el tiesto, una enorme llave de hierro.

Anthony se invitó a pasar.

Si el exterior tenía el encanto de lo anticuado, el interior no podía ser más moderno. La cocina de Elspeth disponía de todos los chismes habidos y por haber. La planta baja contaba con un espacioso recibidor decorado en brillantes tonos pastel, una sala de estar con un televisor enorme y un tocadiscos, y un comedor con aparadores y modernas sillas de patas abiertas. Anthony prefería el mobiliario tradicional, pero hubo de reconocer que aquello tenía estilo.

De pie en la sala de estar, con la mirada fija en el sofá curvo de vinilo rosa, lo asaltaron vívidos recuerdos del fin de semana que había pasado en la casa. No llevaba allí ni una hora, y ya le resultaba evidente que el matrimonio tenía problemas. Elspeth no paraba de coquetear, lo que en ella siempre había sido un signo de tensión, y Luke adoptó un aire forzado de jovial hospitalidad que no le era propio.

El sábado por la noche habían dado una fiesta a la que asistió toda la juventud del Arsenal Redstone. Aquella sala se había abarrotado de desaliñados científicos que hablaban de cohetes, oficiales jóvenes que comentaban sus perspectivas de ascenso y mujeres guapas que se cuchicheaban los dimes y diretes típicos de la vida en una base militar. El tocadiscos había hecho girar elepé tras elepé de jazz, pero esa noche la música sonaba más quejumbrosa que alegre. Luke y Elspeth se habían emborrachado –algo raro en ambos–, y cuanto más coqueteaba ella, más taciturno se volvía él. A Anthony le había dolido comprobar la infelicidad de dos personas a quienes quería y admiraba, y aquel fin de semana había acabado por deprimirlo.

Y ahora la larga tragicomedia de sus vidas entrelazadas se acercaba a su inevitable desenlace.

Anthony decidió registrar la casa. No tenía ni idea de qué debía buscar. Pero quizá topara con alguna pista sobre el porqué del viaje de Luke que lo alertara contra peligros imprevistos. Se puso un par de guantes de goma que encontró en la cocina. En su momento habría una investigación por asesinato; no era cuestión de dejar huellas digitales.

Empezó por el estudio, un pequeño cuarto con las paredes cubiertas de estanterías llenas de libros científicos. Se sentó ante el escritorio de Luke, arrimado a una ventana que daba al patio trasero, y abrió los cajones.

Durante las dos horas siguientes registró la casa de arriba abajo. No encontró nada.

Rebuscó en los bolsillos de todos y cada uno de los trajes del atestado ropero de Luke. Abrió todos y cada uno de los libros del despacho en busca de papeles escondidos entre las páginas. Levantó las tapas de todos y cada uno de los recipientes de plástico del enorme frigorífico de dos puertas. Fue al garaje y registró el estupendo Chrysler 300C negro –el sedán de serie más rápido del mundo, según los periódicos– desde sus faros aerodinámicos hasta sus alerones de nave espacial.

De paso, se enteró de varias intimidades. Elspeth se teñía el pelo, tomaba somníferos por prescripción facultativa y padecía estreñimiento. Luke usaba champú anticaspa y además estaba suscrito a *Playboy*.

El correo, recogido quizá por la señora de la limpieza, formaba una pequeña pila en la mesita de la entrada. Anthony echó un rápido vistazo a los sobres, pero no había nada de interés: publicidad de un supermercado, el *Newsweek*, una postal de Ron y Monica desde Hawai y sobres con ventanilla de celofán para el remite, que los identificaba como correo comercial.

La busca había sido infructuosa. Seguía sin saber si Luke tenía alguna carta guardada en la manga. Volvió a la sala de estar. Eligió un sitio desde donde pudiera ver el patio delantero a través de las persianas venecianas, y el recibidor por la puerta abierta. Se sentó en el sofá de vinilo rosa.

Sacó la pistola, comprobó que estaba completamente cargada y le puso el silenciador.

Intentó tranquilizarse imaginando la escena por adelantado. Vería llegar a Luke, probablemente en un taxi que habría cogido en el aeropuerto. Lo acecharía mientras atravesaba el patio delantero, sacaba la llave y abría la puerta de su casa. Luke entraría en el recibidor, cerraría la puerta y se dirigiría a la cocina. Al pasar ante la sala de estar, echaría un vistazo por la puerta abierta y vería a Anthony sentado en el sofá. Se quedaría parado, lo miraría con una expresión de estupor y abriría la boca para decir algo. Tendría en mente algo como... «¿Anthony? ¿Qué coño...?». Pero las palabras no saldrían de sus labios. Sus ojos bajarían hacia la pistola, que Anthony empuñaría en el regazo en un ángulo perfecto, y conocería su destino una fracción de segundo antes de que éste se consumara.

Luego, Anthony apretaría el gatillo.

15 HORAS

Un sistema de toberas de aire comprimido instalado en la cola del compartimento de los instrumentos corregirá las desviaciones de la sección del morro en el espacio.

Billie se había perdido.

Lo sabía desde hacía media hora. Al salir del aeropuerto en un Ford de alquiler unos minutos antes de la una, se había dirigido al centro de Huntsville y había cogido la carretera 59 en dirección a Chattanooga. Le había extrañado que el laboratorio de pruebas de componentes estuviera a una hora de la base, pero lo había atribuido a motivos de seguridad: puede que existiera el peligro de que los componentes explotaran durante las pruebas. De todas formas, no había pensado mucho en ello.

El hombre del teléfono le había indicado que girara a la derecha al llegar a una carretera comarcal a cincuenta y seis kilómetros justos de Huntsville. Había puesto a cero el odómetro en la calle Mayor, pero cuando marcó cincuenta y seis Billie no vio ninguna señal que anunciara un desvío. Con una vaga sensación de inquietud, siguió conduciendo y tomó la primera carretera a la derecha, tres kilómetros más adelante.

Las indicaciones, que tan precisas le habían parecido al apuntarlas, nunca correspondían exactamente con las carreteras que iba encontrando; su ansiedad iba en aumento; pero siguió adelante, haciendo en cada caso la interpretación más lógica. Era evidente, pensó, que el hombre con quien había hablado no era tan fiable como la seguridad de su tono hacía suponer. Lamentó no haber podido hablar con el propio Luke.

El paisaje, cada vez más inhóspito, no ofrecía más signos de civilización que un puñado de granjas destartaladas, carreteras llenas de baches y vallas desvencijadas. La disparidad entre lo que esperaba y los puntos de referencia que veía a su alrededor fue en aumento, hasta que, levantando las manos con desesperación, tuvo que admitir para sus adentros que no tenía ni idea de dónde se encontraba. Estaba furiosa con el idiota que le había dado las instrucciones y consigo misma.

Giró en redondo e intentó encontrar el camino de regreso, pero al cabo de un rato volvió a darse cuenta de que estaba en carreteras que le resultaban desconocidas. Empezaba a preguntarse si no estaría girando en un enorme círculo. Detuvo el coche junto a un campo en el que un negro en mono de algodón y sombrero de paja surcaba la tierra con un arado, y se dirigió a él:

–Estoy buscando el laboratorio de pruebas de componentes del Arsenal Redstone –dijo Billie.

El hombre la miró sorprendido.

–¿La base del ejército? Tiene que volver a Huntsville. La base está al otro lado de la ciudad.

–Pero, ¿no tienen alguna instalación por esta parte?

–Si la tienen, yo no la he visto.

Era desesperante. Tendría que llamar al laboratorio y pedir nuevas indicaciones.

–¿Puedo usar su teléfono?

–¿Qué teléfono?

Estaba a punto de preguntarle dónde podía encontrar un teléfono público, cuando advirtió una mirada de miedo en los ojos del hombre. Comprendió al instante que lo estaba poniendo en una situación comprometida: solo en aquel campo, con una mujer blanca que no parecía estar en sus cabales. Se apresuró a darle las gracias y se alejó en el coche.

Un par de kilómetros más adelante se topó con un ruinoso almacén de piensos en cuyo exterior había un teléfono de monedas. Detuvo el coche ante el edificio. Conservaba el mensaje de Luke con el número de teléfono. Metió una moneda de diez centavos por la ranura y marcó.

Respondieron de inmediato. Era la voz de un hombre joven.

–Diga...

–¿Podría hablar con el doctor Claude Lucas? –pidió Billie.

–Se ha equivocado de número, señora.

«¿Es que no voy a dar una a derechas?», pensó Billie con desesperación.

–¿No es Huntsville JE 6-4231?

Se produjo una pausa.

–Pues sí, eso es lo que pone en el dial.

Billie volvió a comprobar el número del mensaje. No se había confundido.

–Quería hablar con el laboratorio de pruebas de componentes y...

–Pues esto es una cabina del aeropuerto.

–¿Una cabina?

–Sí, señora. –Billie empezaba a comprender que le habían tomado el pelo. Al otro lado de la línea, el joven añadió–: Iba a llamar a mi madre para que viniera a recogerme, y cuando levanto el auricular la oigo a usted preguntando por un tal Claude.

–¡Mierda! –soltó Billie, y colgó el auricular con violencia, furiosa consigo misma por ser tan incauta.

Comprendió que a Luke no le habían bajado de su avión en Norfolk para embarcarlo en otro del ejército y que, por tanto, tampoco estaba en el laboratorio de pruebas de componentes, dondequiera que se encontrara el maldito sitio. Toda aquella historia era un puro montaje ingeniado para quitarla de en medio... y por desgracia para ella había funcionado. Consultó su reloj. Luke ya debía de haber aterrizado. Anthony lo estaría esperando... En cuanto a ella, más le hubiera valido quedarse en Washington, para lo que le estaba ayudando.

Presa de la angustia, se preguntó si Luke seguiría vivo.

Si lo estaba, tal vez todavía pudiera ponerlo sobre aviso. Era demasiado tarde para dejar un mensaje en el aeropuerto, pero tenía que haber alguien a quien llamar. Procuró pensar con calma. Luke tenía secretaria en la base, recordó; con nombre de flor...

Marigold[1].

Llamó al Arsenal Redstone y pidió que la pusieran con la secretaria del doctor Lucas.

Una mujer con pausado acento de Alabama no tardó en ponerse al teléfono.

–Laboratorio de Computación, ¿en qué puedo servirla?

1. Caléndula. *(N. del T.)*

–¿Es usted Marigold?
–Sí.
Soy la doctora Josephson, una amiga del doctor Lucas.
–Ya.
Billie apreció un tono de suspicacia en la voz. Necesitaba que aquella mujer confiara en ella.
–No sé si lo recuerda pero ya hemos hablado otras veces. Mi nombre de pila es Billie.
–Ah, sí, ahora la recuerdo... ¿Cómo está?
–Preocupada. Necesito darle un mensaje a Luke urgentemente. ¿Está con usted?
–No, señora. Debe de estar en su casa.
–¿Qué ha ido a hacer allí?
–Está buscando una carpeta.
–¿Una carpeta? –Billie comprendió de inmediato qué significaba aquello–. ¿Una carpeta que se dejó ahí el lunes, quizá?
–Sobre eso no sé nada –respondió Marigold.
Por supuesto, Luke había pedido a Marigold que mantuviera en secreto su visita del lunes. Pero ahora daba igual.
–Si ve a Luke, o si Luke la llama, ¿tendría la amabilidad de darle un mensaje de mi parte?
–Faltaría más.
–Dígale que Anthony está en la ciudad.
–¿Nada más?
–Él lo entenderá. Marigold... Quizá piense usted que he perdido la chaveta, pero tengo que decírselo. Creo que Luke está en peligro.
–¿Por culpa de ese Anthony?
–Sí. ¿Me cree?
–Cosas más raras han pasado. ¿Es por algo relacionado con su pérdida de memoria?
–Sí. Si consigue hacerle llegar mi mensaje, puede que le salve la vida. Créame.
–Haré todo lo que pueda, doctora.
–Gracias –dijo Billie, y colgó.
¿Podía hablar con alguien más? Se acordó de Elspeth.
Llamó a la operadora y le pidió que la pusiera con Cabo Cañaveral.

15.45 HORAS

Consumida la primera etapa, el misil se desprenderá de ella e iniciará su trayectoria en el vacío, mientras el sistema de control de altitud espacial lo alínea de forma que permanezca exactamente horizontal con respecto a la superficie terrestre.

En Cabo Cañaveral, todo el mundo estaba de mal aire. El Pentágono había ordenado una alerta de seguridad. Al llegar al trabajo por la mañana, impacientes por llevar a cabo las últimas comprobaciones previas al trascendental lanzamiento, todos los miembros del personal se habían visto obligados a hacer cola ante la entrada. Algunos habían permanecido en ella tres horas bajo el sol de Florida. Los depósitos de gasolina se habían agotado, los radiadores se habían sobrecalentado, los sistemas de aire acondicionado habían dejado de funcionar y los motores se habían calado y no había habido manera de volver a ponerlos en marcha. La policía militar había registrado todos los coches, levantando capós, sacando bolsas de golf de los maleteros y quitando las cubiertas a las ruedas de repuesto. Los ánimos se iban encrespando a medida que se abrían maletines, se husmeaban fiambreras y se removía el contenido de los bolsos de las señoras, que iban a parar a una mesa para que los sabuesos del coronel Hide pudieran manosear sus barras de labios, cartas de amor, tampones y aspirinas.

Pero la cosa no quedó ahí. Cuando llegaron a sus laboratorios, despachos y talleres respectivos, se vieron interrumpidos una y otra vez por equipos de agentes de seguridad que registraron sus cajones y archivadores, examinaron el interior de sus osciladores y sus cámaras de vacío, y sacaron las placas de inspección de sus instrumentos. «¡Se supone que intentamos lanzar un maldito cohete!», protestó el personal una y otra vez; pero los de seguridad se limitaron a apretar los dientes y seguir incordiando. A pesar de aquel desbarajuste, el lanzamiento seguía programado para las veintidós treinta.

Elspeth se alegró del barullo. Gracias a él, nadie advertiría que la angustia afectaba a su trabajo. Cometió errores al elaborar el horario y se retrasó con las actualizaciones, pero Willy Fredrickson estaba demasiado ocupado para llamarle la atención. Elspeth no sabía dónde estaba Luke ni si podía seguir confiando en Anthony.

Cuando sonó el teléfono de su escritorio minutos antes de las cuatro, el corazón le dio un vuelco.

Se abalanzó sobre el auricular y contestó.

–¿Sí?

–Soy Billie.

–¿Billie? –Era la última persona con quien hubiese esperado hablar–. ¿Dónde estás?

–En Huntsville, intentando localizar a Luke.

–Pero, ¿qué hace ahí?

–Ha venido a buscar una carpeta que dejó el lunes.

Elspeth se quedó boquiabierta.

–¿Estuvo en Huntsville el lunes? No tenía ni idea.

–Ni tú ni nadie, aparte de Marigold. Elspeth, ¿entiendes lo que está ocurriendo?

Elspeth soltó una risa desabrida.

–Eso creía... pero ya veo que estaba equivocada.

–Creo que la vida de Luke está en peligro.

–¿Qué te hace pensar tal cosa?

–Anthony le disparó anoche, en Washington.

Elspeth se quedó helada.

–Dios mío, no...

–Es demasiado complicado para explicártelo ahora. Si te llama Luke, ¿le dirás que Anthony está en Huntsville?

Elspeth estaba intentando recuperarse de la impresión.

–Pues... claro, por supuesto que sí.

–Podría salvarle la vida.

–Lo entiendo. Billie... otra cosa.

–Dime.

–¿Cuidarás de Luke, verdad?

Hubo un silencio.

–¿Qué quieres decir? –preguntó Billie–. Cualquiera diría que te vas a morir de la noche a la mañana.

Elspeth no respondió. Un instante después, cortó la comunicación.

Elspeth ahogó un sollozo. Tuvo que luchar con todas sus fuerzas para no perder el control. Sus lágrimas no ayudarían a nadie, se dijo con dureza. Al cabo de unos instantes, consiguió calmarse.

Luego marcó el número de su casa en Huntsville.

16 HORAS

La órbita elíptica del Explorer *hará oscilar su distancia a la superficie terrestre entre dos mil novecientos y trescientos kilómetros. La velocidad orbital del satélite es de veintinueve mil kilómetros por hora.*

Anthony oyó un coche. Miró por una de las ventanas de la fachada delantera de la casa de Luke y vio un taxi de Huntsville que paraba en el bordillo de la acera. Le quitó el seguro a la pistola. Tenía la boca seca.

Sonó el teléfono.

Estaba sobre una de las mesitas triangulares que flanqueaban el sofá curvo. Anthony lo miró aterrado. Volvió a sonar. La indecisión lo paralizaba. Miró por la ventana y vio a Luke saliendo del taxi. La llamada podía ser trivial, nada, una equivocación. O una información vital.

El terror le impedía pensar. No podía contestar al teléfono y matar a alguien a la vez.

El teléfono sonó por tercera vez. Presa del pánico, se abalanzó sobre él.

–¿Sí?

–Soy Elspeth.

–¿Qué? ¿Qué?

La voz de la mujer era tensa y apenas audible.

–Está buscando una carpeta que escondió en Huntsville este lunes.

Anthony comprendió de repente. Luke fotocopió los documentos con los que había viajado a Washington, y había hecho una parada subrepticia en Huntsville para ocultar las copias.

–¿Quién más lo sabe?

–Marigold, su secretaria. Y Billie Josephson. Ella me lo ha contado. Pero podría saberlo alguien más.

Luke estaba pagando al taxista. A Anthony se le agotaba el tiempo.

–Tengo que conseguir esa carpeta –dijo.

–Ya lo suponía.

–No está aquí, acabo de registrar la casa de arriba abajo.

–Entonces tiene que estar en la base.

–Tendré que seguirlo mientras la busca.

Luke llegó a la puerta principal.

–No tengo tiempo –dijo Anthony, y colgó de golpe.

Oyó la llave de Luke hurgando en la cerradura mientras atravesaba el vestíbulo a la carrera y entraba en la cocina. Salió por la puerta trasera y la cerró con suavidad. La llave de hierro seguía en la parte exterior de la cerradura. La giró procurando no hacer ruido, se agachó y la deslizó bajo el tiesto de la buganvilla.

Se tiró al suelo y gateó por el porche, pegado a la casa y procurando mantenerse por debajo de los alféizares. Sin cambiar de postura, dobló la esquina y llegó a la fachada delantera. Desde allí hasta la calle no había dónde ocultarse. No tenía más remedio que arriesgarse.

Lo más aconsejable sería intentarlo mientras Luke dejaba la maleta y se quitaba el abrigo. Era menos probable que se le ocurriera mirar por una ventana.

Anthony apretó los dientes y avanzó.

Apretó el paso hasta la verja reprimiendo la tentación de mirar atrás y esperando a cada momento oír gritar a Luke: «¡Eh! ¡Quieto! ¡Deténte o disparo!».

No ocurrió nada.

Llegó a la calle y se alejó de allí.

16.30 HORAS

El satélite está equipado con dos diminutos radiotransmisores alimentados por baterías de mercurio no mayores que pilas de linterna. Cada transmisor dispone de cuatro canales de telemetría simultáneos.

Sobre el mueble del televisor de la sala de estar, había una lámpara de bambú y un marco a juego con una fotografía en color. La imagen mostraba a una pelirroja despampanante en traje de novia de seda marfil. A su lado, en chaqué gris y chaleco amarillo, se veía al propio Luke.

Observó a su mujer en la foto. Hubiera podido pasar por una estrella de cine. Era alta y elegante, y tenía una figura espléndida. «Hombre afortunado –se dijo–, el que se lleve a una belleza como ésta.»

Lo de la casa era otro cantar. Al ver la fachada, con la glicina que trepaba por los pilares del sombreado pórtico, el corazón se le llenó de alegría. Pero el interior estaba lleno de ángulos afilados, superficies brillantes y pintura chillona. Todo estaba demasiado nuevo. De pronto, comprendió que preferiría vivir en una casa donde los estantes rebosaran de libros, el perro se pusiera a dormir en mitad del recibidor, el piano tuviera cercos de café y en medio del camino de acceso hubiera un triciclo patas arriba, que habría que apartar para poder guardar el coche en el garaje.

En aquella casa no había niños. Ni animales. Nunca se rompía o ensuciaba nada. Era como un anuncio de revista femenina, o como el plató de una comedia de la tele. Le producía la sensación de que quienes usaban aquellas habitaciones eran actores.

Empezó a buscar. Una carpeta beige del ejército no podía ser muy difícil de encontrar, a no ser que hubiera sacado los documentos y tirado la carpeta. Se sentó ante el escritorio del despacho –su despacho– y registró los cajones. No encontró en ellos nada digno de interés.

Subió a la segunda planta.

Se quedó unos segundos mirando la enorme cama de matrimonio cubierta por una colcha amarilla y azul. Era increíble que compartiera aquella cama todas las noches con la deliciosa criatura de la foto de boda.

Abrió el armario y vio, con sorpresa y placer, el perchero lleno de trajes azul marino y grises, chaquetas sport de tweed, camisas de rayas y cuadros escoceses, pilas de jerséis y un zapatero lleno de lujosos zapatos. Hacía más de veinticuatro horas que llevaba aquel traje robado, y le dieron ganas de emplear cinco minutos en ducharse y ponerse su propia ropa. Pero resistió la tentación. No había tiempo que perder.

Registró la casa escrupulosamente. Allí donde miraba, aprendía algo nuevo sobre sí mismo o sobre su mujer. Escuchaban a Glenn Miller y Frank Sinatra, leían a Hemingway y Scott Fitzgerald, bebían whisky Dewar's, tomaban All-Bran y se lavaban los dientes con Colgate. Elspeth se gastaba un dineral en lencería fina, según descubrió al registrar el ropero de su mujer. Él sentía debilidad por los helados, porque el frigorífico estaba lleno, y Elspeth tenía una cintura tan estrecha que era imposible que comiera mucho de nada.

Al cabo de un buen rato, se dio por vencido.

En un cajón de la cocina encontró las llaves del Chrysler que había visto en el garaje. Iría en él hasta la base y proseguiría su búsqueda allí.

Antes de marcharse, cogió el correo del recibidor y echó un vistazo a los sobres. Todo parecía completamente impersonal, facturas y cosas por el estilo. Desesperado por hallar una pista, rasgó los sobres y leyó todas las cartas.

Una era de un médico de Atlanta. Empezaba así:

Querida señora Lucas:

Efectuando su examen de rutina, he recibido del laboratorio los resultados de los análisis de sangre, y me complace comunicarle que son normales.

Sin embargo...

Luke interrumpió la lectura. Algo le decía que no tenía por costumbre leer la correspondencia ajena. No obstante, la carta iba dirigida a su mujer, y aquel «sin embargo» era inquietante. Puede que Elspeth tuviera algún problema de salud del que, en tanto que marido, debiera enterarse de inmediato.

Leyó el siguiente párrafo:

> Sin embargo, está usted por debajo de su peso, padece insomnio y cuando vino a mi consulta era evidente que había estado llorando, a pesar de que según usted todo iba bien. Parecen síntomas de depresión.

Luke frunció el ceño. Aquello era preocupante. ¿Por qué sufría depresiones? ¿Qué clase de marido era él?

> La depresión puede aparecer a consecuencia de cambios en la química corporal, de conflictos mentales pendientes de resolución, tales como problemas de pareja, o debido a traumas infantiles como la muerte temprana de uno de los progenitores. El tratamiento puede consistir en medicación antidepresiva y/o terapia psiquiátrica.

La cosa iba de mal en peor. ¿Tendría Elspeth una enfermedad mental?

> En su caso, no me cabe duda de que su estado guarda relación con la ligadura de trompas a que se sometió en 1954.

¿Qué era una ligadura de trompas? Luke se dirigió a su despacho, encendió la lámpara del escritorio, sacó *El médico en casa* y se puso a buscar. La definición lo dejó de una pieza. Era el método de esterilización más practicado a las mujeres que no deseaban tener hijos.

Se dejó caer en la silla y puso la enciclopedia sobre el escritorio. Leyendo los detalles de la operación, comprendió que a eso se referían las mujeres cuando hablaban de «hacerse atar los tubos».

Recordó su conversación de aquella misma mañana con Elspeth. Le había preguntado por qué no podían tener hijos. Ella había contestado: «No lo sabemos. Llevamos intentándolo desde que nos casamos. El año pasado fuiste a un especialista en fertilidad, pero no te encontró nada anormal. Hace unas semanas, me vio una ginecóloga en Atlanta. Me hizo unas pruebas. Estamos esperando los resultados».

Una sarta de mentiras. Ella sabía perfectamente bien por qué no podían tener hijos: la habían esterilizado.

Cierto, había ido a un médico en Atlanta, pero no para hacerse pruebas de fertilidad, le habían hecho una simple revisión de rutina.

Luke se sintió dolido. Era un engaño tremendo. ¿Por qué le había mentido? Leyó el siguiente párrafo:

> Una intervención así puede ocasionar depresiones a cualquier edad, pero en su caso, al someterse a ella seis semanas antes de su boda...

Luke se quedó boquiabierto. Allí había algo terriblemente extraño. El engaño de Elspeth había comenzado poco tiempo antes de que se casaran.

¿Cómo se las había arreglado? Luke no podía recordarlo, por supuesto, pero sí imaginárselo. Elspeth le habría dicho que se trataba de una intervención sin importancia. Puede que incluso hubiera aludido vagamente a que era «cosa de mujeres».

Leyó todo el párrafo:

> Una intervención así puede ocasionar depresiones a cualquier edad, pero en su caso, al someterse a ella seis semanas antes de su boda, era casi inevitable, y hubiera usted debido acudir a su médico para consultas regulares.

La cólera de Luke fue disminuyendo a medida que comprendía cuánto debía de haber sufrido Elspeth. Volvió a leer más arriba: «Está usted por debajo de su peso, padece insomnio y cuando vino a mi consulta era evidente que había estado llorando, a pesar de que según usted todo iba bien». Se había impuesto una especie de calvario personal. Pero la lástima que le inspiraba no cambiaba el hecho de que su matrimonio había sido una mentira. Pensando en la casa que acababa de poner patas arriba, comprendió por qué no le producía la sensación de ser su hogar. Se sentía cómodo en el pequeño despacho, y había tenido una impresión de agradable familiaridad al abrir su armario, pero el resto de la casa ofrecía una imagen de vida conyugal que le era ajena. Le traían sin cuidado los aparatos de cocina y el mobiliario elegantemente moderno. Hubiera preferido alfombras viejas y recuerdos de familia. Por encima de todo, deseaba hijos... Pero hijos era justo lo que ella le había negado deliberadamente. Y le había tenido engañado durante cuatro años.

La conmoción le dejó paralizado. Siguió sentado ante el escritorio, mirando fijamente por la ventana mientras la tarde caía sobre las pacanas del patio trasero. ¿Cómo había permitido que su vida se torciera de aquel modo? Reflexionó sobre lo que había averiguado de sí mismo en las últimas treinta y seis horas hablando con Elspeth, Billie, Anthony y Bern. ¿Había perdido el rumbo lenta y gradualmente, como un niño extraviado que cuanto más anda más se aleja de su casa? ¿O había habido un punto de inflexión, un momento en que había tomado una decisión equivocada, una encrucijada en que había errado el camino? ¿Era un hombre débil que había derivado hacia la infelicidad por falta de un objetivo en la vida? ¿O en su carácter había una tara congénita?

Puede que no supiera juzgar a los demás, se dijo. Había permanecido fiel a Anthony, que ahora trataba de matarlo, y se había distanciado de Bern, que había demostrado ser un amigo leal. Había roto con Billie y unido su vida a la de Elspeth; sin embargo, Billie lo había dejado todo para ayudarlo mientras que Elspeth le había hecho vivir en el engaño.

Una enorme polilla chocó contra el cristal de la ventana, y el ruido le sobresaltó y devolvió a la realidad. Miró el reloj y se alarmó al comprobar que eran las siete pasadas.

Si quería desentrañar el misterio de su vida, tenía que empezar por la carpeta misteriosa. No estaba allí, así que tendría que buscarla en el Arsenal Redstone. Apagaría las luces y cerraría la casa; luego sacaría el Chrysler negro del garaje y se dirigiría a la base.

El tiempo apremiaba. El lanzamiento del cohete estaba programado para las veintidós treinta. Sólo le quedaban tres horas para averiguar si existía un plan de sabotaje. Sin embargo, siguió sentado ante el escritorio, mirando fijamente por la ventana hacia el jardín en sombras, mirando sin ver.

19.30 HORAS

Uno de los radiotransmisores es potente pero tiene poca vida útil: dejará de funcionar al cabo de dos semanas. El segundo, aunque más débil, emitirá señales durante dos meses.

No había luces encendidas en casa de Luke cuando Billie pasó por delante con el coche. ¿Qué significaba aquello? Había tres posibilidades. Una: la casa estaba vacía. Dos: Anthony, sentado en la oscuridad, esperaba a Luke para dispararle. Tres: Luke yacía en un charco de sangre, muerto. La incertidumbre y el miedo estaban a punto de volverla loca.

La había fastidiado, tal vez irremediablemente. Hacía apenas unas horas estaba en inmejorables condiciones para avisar a Luke y salvarlo; pero se había dejado enredar en un lazo ridículo. Había tardado horas en volver a Huntsville y dar con la casa. No tenía la menor idea de si Luke habría recibido alguno de sus mensajes de advertencia. Estaba furiosa consigo misma por su ineptitud, y aterrada por la posibilidad de que su torpeza hubiera causado la muerte a Luke.

Dobló en la primera esquina y aparcó. Respiró hondo y procuró pensar con calma. Tenía que averiguar qué ocurría en la casa. Pero, ¿y si Anthony estaba dentro? Consideró la posibilidad de colarse con sigilo e intentar sorprenderlo; pero era demasiado arriesgado. Nunca era buena idea sobresaltar a alguien armado con una pistola. Podía presentarse en la puerta principal y llamar al timbre sin más. ¿Sería capaz Anthony de dispararle a sangre fría, sólo por estar allí? Tal vez. Y no podía arriesgar su vida alegremente: tenía un hijo que cuidar.

Llevaba el maletín en el asiento del acompañante. Lo abrió y sacó el Colt 45. Le desagradaba el peso del negro acero en la palma de la mano. Los hombres con quienes había trabajado durante la guerra disfrutaban teniendo un arma en las manos. Les proporcionaba un placer morboso cerrar el puño alrededor de las cachas, hacer girar el tambor de un revólver o encajarse la culata de un fusil en el hueco del hombro. Ella no sentía nada parecido. Para Billie las armas eran brutales y crueles, hechas para agujerear y destrozar la carne y los huesos de personas que alentaban y sentían. Le ponían la piel de gallina.

Con la pistola en el regazo, hizo girar el coche y volvió a casa de Luke.

Pegó un frenazo, abrió la puerta de un empujón, agarró la pistola y saltó del coche. Antes de que el hipotético ocupante de la casa pudiera reaccionar, saltó el muro bajo y corrió por el césped hasta una de las fachadas laterales.

No oyó el menor ruido procedente del interior.

Corrió a lo largo de la fachada posterior, se agachó al pasar junto a la puerta y miró por una ventana. El débil resplandor de una lejana farola le permitió comprobar que era un simple batiente con una sencilla falleba. La habitación parecía desierta. Cogió la pistola por el cañón y rompió el cristal, esperando a cada instante el disparo que acabaría con su vida. No ocurrió nada. Metió la mano por entre los vidrios, alcanzó la manivela y abrió la ventana. Saltó al interior con la pistola en la mano derecha y se agazapó contra una pared. Distinguía las formas vagas del mobiliario, un escritorio y estanterías. Era un pequeño despacho. El instinto le dijo que estaba sola. Pero le aterrorizaba la posibilidad de tropezar con el cuerpo de Luke en la oscuridad.

Avanzando despacio, cruzó la habitación y dio con la puerta. Sus ojos, que empezaban a habituarse a la oscuridad, identificaron un recibidor, vacío. Salió a él con cautela, con la pistola a punto. Recorrió la casa a oscuras, temiendo a cada paso encontrar a Luke en el suelo. Todas las habitaciones estaban vacías.

El final de su búsqueda la llevó al dormitorio más amplio. Se quedó mirando la cama de matrimonio que Luke compartía con Elspeth, preguntándose qué podía hacer a continuación. Estaba contenta hasta las lágrimas de no haber encontrado el cadáver de Luke. Pero, ¿dónde se había metido? ¿Había cambiado de planes y decidido no ir a su casa? ¿Había desaparecido el cuerpo por arte de magia? ¿Había fracasado Anthony en su intento de matarlo? ¿Habría recibido Luke alguno de sus avisos?

Marigold era la persona que podía responder a alguna de esas preguntas.

Billie volvió al despacho de Luke y encendió la luz. Sobre el escritorio había un diccionario médico abierto por el artículo sobre la esterilización femenina. Billie se quedó perpleja, pero prefirió no hacerse preguntas. Llamó a información y pidió el número de Marigold Clark. Cabía la posibilidad de que Marigold no tuviera teléfono, pensó asustada; pero al cabo de un momento la operadora le proporcionó un número de Huntsville.

Al otro extremo de la línea, se oyó una voz de hombre:

–Está ensayando himnos –Billie supuso que sería el marido de Marigold–. La señora Lucas está en Florida, así que Marigold dirige el coro hasta que vuelva.

Billie recordó que Elspeth había sido la directora de la Sociedad Coral de Radcliffe y, más tarde, de una orquesta de niños negros en Washington. Al parecer, seguía haciendo algo por el estilo en Huntsville, secundada por Marigold.

–Tengo que hablar urgentemente con Marigold –dijo Billie–. ¿Cree que se molestaría mucho si interrumpo al coro unos minutos?

–Supongo que no. Ensayan en la iglesia evangélica del Calvario, en la calle Mill.

–Gracias, ha sido muy amable.

Billie salió de casa y subió al coche. Buscó la calle Mill en el plano de Herz y se dirigió allí. La iglesia era un hermoso edificio de ladrillo situado en un vecindario humilde. Oyó al coro nada más abrir la puerta del coche. Al entrar en la iglesia, la envolvió una oleada de música. Los cantantes estaban de pie al fondo de la nave. No eran más de treinta personas, pero sonaban como un centenar. El himno decía: «Todo el mundo será feliz allí arriba, ¡gloria, gloria, aleluya!». Los cantantes tocaban palmas y se balanceaban al compás de la música. Un pianista interpretaba un acompañamiento de bullanguero *rhythm and blues* mientras una mujer corpulenta dirigía con auténtico entusiasmo situada de espaldas a Billie.

Ordenadas hileras de sillas plegables de madera hacían las veces de bancos. Billie se sentó en una de las últimas, consciente de que el suyo era el único rostro blanco del lugar. A pesar de su angustia, la música consiguió conmover sus fibras sensibles. Había nacido en Texas, y aquellas armonías arrebatadas representaban para ella el alma del sur.

Estaba impaciente por interrogar a Marigold, pero también segura de que obtendría más colaboración si mostraba el debido respeto esperando a que acabaran el himno.

Acabaron con un acorde agudo, y la directora miró a su alrededor de inmediato.

–Me gustaría saber por qué habéis perdido la concentración –dijo al coro–. Vamos a hacer una breve pausa.

Billie avanzó hacia ellos por el pasillo central.

–Perdone la interrupción –dijo, en voz alta–. ¿Es usted Marigold Clark?

–Sí –respondió la mujer, recelosa. Tendría unos cincuenta años y llevaba gafas con montura de fantasía–. Pero creo que no la conozco.

–Hemos hablado por teléfono hace un rato, ¿recuerda?, soy Billie Josephson.

–Vaya, ¿cómo está, doctora Josephson?

Se separaron un poco de los miembros del coro.

–¿Ha tenido noticias de Luke? –le preguntó Billie.

–Desde esta mañana, no. Esperaba que apareciera por la base esta tarde, pero no ha venido. ¿Cree que está bien?

–No lo sé. He ido a su casa, pero no había nadie. Tengo miedo de que lo hayan asesinado.

Marigold meneó la cabeza, desconcertada.

–Llevo veinte años trabajando para el ejército y nunca había oído algo semejante.

–Si sigue vivo, corre un gran peligro –dijo Billie. Miró a Marigold a los ojos–. ¿Me cree?

Marigold se lo pensó un buen rato.

–Sí, señora, la creo –respondió al fin.

–Entonces, tiene que ayudarme –dijo Billie.

21.30 HORAS

La señal de radio emitida por el transmisor más potente puede ser captada por radioaficionados de todo el mundo. La señal del otro, más débil, sólo por estaciones dotadas de equipo especial.

Anthony estaba en el Arsenal Redstone, sentado en el Ford del ejército, escrutando la oscuridad que lo separaba de la puerta del laboratorio de Computación. Había estacionado a unos doscientos metros, en el aparcamiento del cuartel general.

Dentro del laboratorio, Luke buscaba la carpeta. Anthony sabía que no la iba a encontrar allí, como había sabido que no la encontraría en su casa, porque había registrado ambos lugares antes que él. Pero ya no podría seguir adelantándose a sus movimientos. Sólo le quedaba esperar a que Luke decidiera cuál sería su siguiente paso, e intentar no perderle la pista.

No obstante, el tiempo corría a su favor. Cada minuto transcurrido hacía menos peligroso a Luke. Sólo faltaba una hora para el lanzamiento del cohete. ¿Podría Luke arruinarlo todo en una hora? Lo único que sabía Anthony era que en los dos últimos días su viejo amigo había demostrado una y otra vez que era mejor no subestimarlo.

Estaba pensando en ello, cuando se abrió la puerta del laboratorio y, en medio del resplandor amarillento, una figura abandonó el edificio y se dirigió al Chrysler negro aparcado junto al bordillo. Como Anthony había supuesto, llevaba las manos vacías. Luke entró en el coche y se puso en camino.

El corazón de Anthony se aceleró. Puso en marcha el motor, encendió los faros y siguió al Chrysler.

La carretera trazaba una larga recta en dirección sur. Al cabo de poco más de un kilómetro, Luke redujo la velocidad frente a un largo edificio de una sola planta, giró y detuvo el coche en el aparcamiento. Anthony pasó de largo acelerando hacia la noche. Medio kilómetro más adelante, donde Luke no podía verlo, dio media vuelta. Cuando llegó a la altura del edificio, el coche seguía en el mismo sitio, pero Luke había desaparecido.

Anthony entró en el aparcamiento y apagó el motor.

Luke había confiado en encontrar la carpeta en el laboratorio de Computación, donde tenía el despacho. Por eso había pasado tanto rato allí dentro. Había registrado hasta el último archivador de su despacho, antes de hacer lo propio en la oficina principal, donde trabajaban las secretarias. Y no había encontrado nada.

Pero quedaba otra posibilidad. Marigold le había dicho que el lunes había hecho una visita al edificio de Ingeniería. Alguna razón habría tenido. En cualquier caso, era su última esperanza. Si la carpeta no estaba allí, no sabía en qué otro sitio buscar. Y además, cuando acabara en Ingeniería se le habría agotado el tiempo. En unos minutos el cohete despegaría... o sufriría un atentado.

En Ingeniería reinaba un ambiente completamente distinto al del laboratorio. Computación estaba inmaculado, como requerían los enormes ordenadores que calculaban propulsión, velocidad y trayectorias. En comparación, Ingeniería era una cochambre que apestaba a aceite y caucho.

Avanzó por el pasillo a toda prisa. Las paredes estaban pintadas de verde oscuro hasta la altura de un metro y de verde claro por encima. La mayoría de las puertas tenían rótulos que empezaban «Doctor», lo que hacía suponer que eran los despachos de los científicos; pero, para su frustración, en ninguno decía «Doctor Claude Lucas». Probablemente no tenía más que un despacho, pero tal vez dispusiera de al menos un escritorio en aquella dependencia.

El pasillo acababa en una larga sala abierta ocupada por media docena de mesas de acero. En el extremo más alejado, una puerta abierta daba a un laboratorio con bancos de trabajo de granito sobre cajones de metal verde y, más allá, había una gran puerta de dos hojas que parecía dar acceso a un muelle de carga.

A lo largo de la pared de la izquierda había una hilera de taquillas con sendos rótulos para los nombres. En una aparecía el suyo. Quizá hubiera escondido la carpeta allí dentro.

Sacó su llavero y encontró una llave del tamaño adecuado. Entraba, y al hacerla girar abrió la puerta. En el estante superior había un casco de seguridad. Debajo, colgado de una percha, un mono azul. En el suelo de la taquilla, un par de botas negras de goma de su talla.

Allí, al lado de las botas, había una carpeta del ejército de color beige. Tenía que ser la que estaba buscando.

La carpeta contenía un sobre marrón grande, ya rasgado. Dentro había un puñado de documentos. En cuanto los sacó, se dio cuenta de que eran planos de componentes de cohete.

Con el corazón aporreándole el pecho, se apresuró a llegar a una de las mesas de acero, encendió la lámpara y extendió los planos. Tras unos instantes de rápido examen, supo sin lugar a dudas que los esquemas correspondían al mecanismo de autodestrucción del cohete *Júpiter C.*

Era aterrador.

Cada cohete disponía de un mecanismo de autodestrucción, de forma que, si perdía el rumbo y se convertía en una amenaza para la vida de las personas, fuera posible explosionarlo en pleno vuelo. Un cordón explosivo Primacord recorría la primera etapa del misil en toda su longitud. Su extremo superior consistía en una cápsula fulminante de la que salían dos cables. Luke podía ver por los dibujos que, si se aplicaba voltaje a aquellos cables, la cápsula prendería el Primacord, que a su vez fracturaría el depósito, haría explotar y dispersarse el combustible y destruiría el cohete.

La explosión se provocaba mediante una señal de radio codificada. Los planos mostraban dos codificadores gemelos, uno para el transmisor terrestre y otro para el receptor del satélite. Uno transformaba la señal de radio en un complejo código; el otro recibía la señal y, si el código era correcto, aplicaba el voltaje a los cables de la cápsula fulminante. Un diagrama aparte, que no era un plano propiamente dicho sino un esbozo hecho a toda prisa, mostraba el exacto cableado de los codificadores, de forma que cualquiera que estuviese en posesión del diagrama podría reproducir la señal.

Era brillante, hubo de reconocer Luke. Los saboteadores no necesitaban explosivos o temporizadores; podían aprovechar los dispositivos del propio cohete. Tampoco les hacía falta acceder al misil. Una vez dispusieran del código, ni siquiera necesitaban entrar en Cabo Cañaveral. Podían emitir la señal de radio desde un transmisor situado a kilómetros de distancia.

Echó un vistazo al sobre. Iba dirigido al Motel Vanguard, a nombre de un tal Theo Packman. Con toda probabilidad, en esos mismos instantes Packman estaría en algún lugar de playa Cocoa con un radiotransmisor, listo para hacer saltar en pedazos el cohete segundos después del despegue.

Ahora, sin embargo, Luke estaba en disposición de evitarlo. Alzó la vista hacia el reloj eléctrico de la pared. Eran las veintidós quince. Le daba tiempo a llamar a Cabo Cañaveral y conseguir que aplazaran el lanzamiento. Levantó el auricular del teléfono del escritorio.

–Cuelga, Luke –oyó decir a una voz.

Luke se volvió despacio con el auricular en la mano. De pie en el umbral, con su abrigo de pelo de camello, los ojos amoratados y los labios hinchados, Anthony le apuntaba con una pistola con silenciador.

Poco a poco y de mala gana, Luke colgó.

–Ibas en el coche que me seguía –dijo.

–Supuse que tenías demasiada prisa para comprobarlo.

Luke se quedó mirando al hombre al que tan mal había juzgado. ¿Emitía alguna señal de peligro que Luke hubiera debido captar, tenía algún rasgo que hubiera podido alertarlo de que se las había con un traidor? El rostro feo pero atractivo de Anthony sugería considerable fuerza de carácter, pero no duplicidad.

–¿Cuánto hace que trabajas para Moscú? –le preguntó Luke–. ¿Desde la guerra?

–Mucho antes. Desde Harvard.

–¿Por qué?

Anthony torció los labios en una extraña sonrisa.

–Por un mundo mejor.

Había habido una época, Luke lo sabía bien, en que mucha gente sensata había creído en el sistema soviético. Pero también sabía que aquella fe se había ido evaporando ante las realidades de la vida bajo Stalin.

–¿Aún sigues creyendo en todo eso? –le preguntó Luke, asombrado.

–Más o menos. Sigue siendo la mejor opción, a pesar de lo mucho que ha ocurrido.

Tal vez lo fuera. Luke no podía juzgarlo. Pero ésa no era la cuestión. Para él, lo difícil de comprender era la traición personal de Anthony.

–Hemos sido amigos durante dos décadas –dijo–. Sin embargo, anoche me disparaste, a mí...

–Sí.

–¿Matarías a tu mejor amigo? ¿Por una causa en la que sólo crees a medias?

–Sí, y tú harías lo mismo. En la guerra, los dos arriesgamos la vida, la nuestra y la de otra gente, porque era nuestro deber.

–No recuerdo que nos mintiéramos, y mucho menos que nos disparáramos el uno al otro.

–Lo hubiéramos hecho, en caso necesario.

–No estoy de acuerdo.

–Escucha. Si no te mato ahora, intentarás evitar que escape, ¿verdad?

Luke tenía miedo, pero la rabia le impidió mentir.

–Sí, maldita sea.

–Aunque sabes que si me cogen acabaré en la silla eléctrica...

–Supongo que... sí.

–Entonces tú también estás dispuesto a matar a un amigo.

Luke se quedó mudo. ¿Acaso estaba hecho de la misma pasta que Anthony?

–Puede que te llevara ante la justicia. Eso no es lo mismo que asesinar.

–Sin embargo, el resultado sería el mismo: estaría igual de muerto.

Luke asintió despacio.

–Sí, supongo que tienes razón.

Anthony levantó la pistola y le apuntó directo al corazón con pulso firme.

Luke se arrojó bajo la mesa de acero.

El silenciador emitió un chasquido, y la bala hizo sonar el tablero de la mesa. Era un mueble barato, pero, aunque fino, el acero fue suficiente para desviar el proyectil.

Luke rodó bajo la mesa. Supuso que Anthony habría echado a correr para mejorar su línea de tiro y dispararle de nuevo. Se acuclilló de forma que su espalda quedara pegada a la parte inferior del tablero y, agarrando las dos patas de un lado y empujando con fuerza, se puso en pie. La mesa quedó apoyada de canto y se inclinó hacia delante. Al tiempo que caía, Luke corrió a ciegas confiando en embestir a Anthony. La mesa chocó contra el suelo.

Pero Anthony no estaba tras ella.

Luke tropezó y se precipitó hacia la mesa volcada. Cayó sobre manos y rodillas y se golpeó la cabeza contra una de las patas metálicas. Tras rodar sobre un costado, se incorporó, atontado y dolorido. Al levantar la vista, vio ante sí a Anthony, enmarcado por la puerta del laboratorio, con las piernas bien separadas y la pistola aferrada con ambas manos, apuntándole. Había esquivado la carga a la desesperada de Luke y se había colocado a su espalda. En esos momentos, Luke era el blanco perfecto. Comprendió que estaba a un segundo del final de sus días.

De improviso, se oyó una voz:

–¡Anthony! ¡Quieto!

Era Billie.

Anthony, petrificado, siguió apuntando a Luke. Éste volvió despacio la cabeza y miró a su espalda. Junto a la puerta, el jersey rojo de Billie destacaba como un fogonazo sobre el verde militar de la pared. La línea roja de sus apretados labios traslucía decisión. Sujetaba la pistola automática con pulso firme, encañonando a Anthony. Tras ella había una mujer negra de mediana edad con el rostro congelado en una expresión de sorpresa y miedo.

–¡Tira la pistola! –gritó Billie.

Luke temía que Anthony le disparara a pesar de todo. Si era un comunista auténticamente convencido, estaría dispuesto a sacrificar su vida. Pero no serviría de nada, porque Billie tendría los planos, que contaban toda la historia.

Poco a poco, Anthony bajó los brazos, pero no soltó el arma.

–¡Suéltala o disparo!

Anthony volvió a esbozar su crispada sonrisa.

–No, no lo harás –dijo–. No me dispararás a sangre fría.

Con el arma apuntando al suelo, empezó a retroceder hacia la puerta abierta del laboratorio. Luke se acordó de que allí dentro había otra puerta que parecía comunicar con el exterior.

–¡Alto! –gritó Billie.

–Para ti ningún cohete vale tanto como la vida de un ser humano, aunque sea la de un traidor –dijo Anthony sin dejar de retroceder. Estaba a dos pasos de la puerta.

–¡No me pongas a prueba! –le gritó Billie.

Luke la miró preguntándose si sería capaz de disparar.

Anthony se volvió y corrió hacia la puerta.

Billie no disparó.

En el laboratorio, Anthony saltó por encima de un banco de pruebas y se abalanzó sobre la puerta de doble hoja. La abrió de golpe y se perdió en la noche.

Luke se puso en pie de un salto. Billie fue hacia él con los brazos abiertos. Luke levantó la vista hacia el reloj de la pared. Marcaba las veintidós veintinueve. Le quedaba un minuto para avisar a Cabo Cañaveral.

Dio la espalda a Billie y cogió el auricular.

22.29 HORAS

Los instrumentos científicos instalados a bordo del satélite han sido diseñados para soportar una presión de despegue superior a cien gravedades.

Apenas cogieron el teléfono en el búnker, Luke dijo:

–Soy Luke, póngame con el director del lanzamiento.

–Ahora mismo está...

–¡Ya lo sé! ¡Póngame con él, rápido!

Hubo una pausa. Al fondo, se oía la cuenta atrás:

–Veinte, diecinueve, dieciocho...

Al otro extremo de la línea se oyó una voz tensa y realmente exasperada:

–Soy Willy... ¿Qué demonios ocurre?

–Alguien tiene el código de autodestrucción.

–¡Mierda! ¿Quién?

–Estoy casi seguro de que es un espía. Van a hacer volar el cohete. Tienes que interrumpir el lanzamiento.

La voz del fondo seguía recitando:

–Once, diez...

–¿Cómo lo sabes? –preguntó Willy.

–He encontrado diagramas del cableado de los codificadores de la señal de radio, y además un sobre dirigido a un tal Theo Packman.

–Eso no prueba nada. No puedo suspender el lanzamiento sobre una base tan poco sólida.

Luke, repentinamente fatalista, soltó un suspiro.

–¿Qué más puedo decir? Te he dicho lo que sé. La decisión es tuya.

–Cinco, cuatro...

–¡Maldita sea! –se oyó gritar a Willy–. ¡Detengan la cuenta atrás!

Luke se dejó caer en la silla. Lo había conseguido. Alzó la vista hacia los rostros ansiosos de Billie y Marigold.

–Han suspendido el lanzamiento –dijo.

Billie se levantó el borde del jersey y se metió la pistola bajo la goma de los pantalones de esquí.

–Bien hecho –dijo Marigold, a falta de algo mejor–. Eso está pero que muy bien hecho.

Al otro lado del teléfono, se oía un murmullo de airadas preguntas. Otra voz sonó en el auricular:

–¿Luke? Soy el coronel Hide. ¿Qué demonios está pasando?

–He descubierto el motivo que me indujo a volar a Washington el lunes. ¿Sabes quién es Theo Packman?

–Pues... sí. Creo que es un periodista *free-lance* especializado en la carrera espacial. Escribe para un par de periódicos europeos.

–He encontrado un sobre dirigido a él con planos del sistema de autodestrucción del *Explorer*, incluido un dibujo del cableado de los codificadores.

–¡Dios santo! ¡Cualquiera con esa información podría explosionar el cohete en pleno vuelo!

–Por eso he convencido a Willy para que detuviera el lanzamiento.

–Gracias a Dios que lo has hecho.

–Escucha, tienes que encontrar a ese Packman enseguida. El sobre iba dirigido al Motel Vanguard; quizá siga allí.

–Entendido.

–Packman trabaja con alguien de la CIA, un agente doble llamado Anthony Carroll. Él es quien me interceptó en Washington antes de que pudiera llegar al Pentágono con la información.

–¿Un traidor en la CIA? –El tono de Hide traslucía su incredulidad.

–Estoy seguro de ello.

–Llamaré y los pondré sobre aviso.

–Estupendo –dijo Luke, y colgó. Había hecho todo lo que estaba en su mano.

–Y ahora, ¿qué? –preguntó Billie.

–Creo que voy a ir a Cabo Cañaveral. Programarán el lanzamiento para mañana a la misma hora. Me gustaría estar allí.

–A mí también.

Luke sonrió.

–Te lo mereces. Has salvado el cohete –dijo Luke levantándose y rodeándola con los brazos.

–Tu vida, so memo. Al infierno el cohete. Te he salvado la vida –replicó ella, y lo besó.

Marigold soltó una tosecilla.

–Han perdido el último avión desde el aeropuerto civil de Huntsville –les anunció en tono profesional.

Luke y Billie se separaron a regañadientes.

–El siguiente es un vuelo MATS que despega de la base a las cinco treinta de la mañana –prosiguió Marigold–. También podrían coger el expreso de la Red Ferroviaria del Sur. Va de Cincinnati a Jacksonville y pasa por Chattanooga a la una de la madrugada. Con ese cochazo suyo, podrían llegar a Chattanooga en un par de horas.

–Me gusta la idea del tren –dijo Billie.

Luke asintió.

–Pues no se hable más. –Se quedó mirando la mesa patas arriba–. Va a haber que explicar a los de seguridad del ejército lo de esos agujeros de bala.

–Ya lo haré yo mañana –se ofreció Marigold–. Usted no puede quedarse a contestar a un montón de tonterías.

Salieron del edificio. El Chrysler de Luke y el coche de alquiler de Billie seguían en el aparcamiento. El Ford de Anthony había desaparecido.

Billie abrazó a Marigold.

–Muchas gracias –le dijo–. Es usted una joya.

Apurada, Marigold adoptó de nuevo su característico tono de mujer práctica:

–¿Quiere que devuelva el coche a los de Hertz?

–Se lo agradezco de veras.

–Pues, bien. Déjenlo todo de mi cuenta.

Billie y Luke subieron al Chrysler y se alejaron del edificio de Ingeniería.

–Hay una cuestión que no hemos considerado –dijo Billie, una vez estuvieron en la carretera.

–Lo sé –repuso Luke–. Quién envió los planos a ese Theo Packman.

–Tuvo que ser alguien de Cabo Cañaveral, alguien del equipo científico.

–Exacto.

–¿Tienes algún candidato?

El rostro de Luke se ensombreció.

–Sí.

–¿Por qué no se lo has contado a Hide?

–Porque no tengo ninguna prueba, ni siquiera una base racional para mis sospechas. Es puro instinto. Pero, aun así, estoy convencido.

–¿Quién?

Con el corazón embargado de pesar, Luke respondió:

–Creo que fue Elspeth.

23 HORAS

El codificador telemétrico usa materiales con bucle de histéresis para establecer una serie de parámetros de potencia de entrada a partir de los instrumentos del satélite.

Elspeth no salía de su asombro. Habían suspendido el lanzamiento segundos antes de la ignición. Había estado tan cerca del éxito... El triunfo de su vida había estado al alcance de su mano, y se le había escurrido entre los dedos.

No estaba en el búnker, reservado al personal clave, sino en el techo plano de un edificio de administración, con una pequeña muchedumbre de secretarias y oficinistas, observando la iluminada plataforma de lanzamiento con unos prismáticos. La noche de Florida era cálida, y el aire marino estaba saturado de humedad. Los temores habían ido en aumento a medida que transcurrían los minutos y el cohete permanecía en tierra; al fin, cuando los técnicos, enfundados en monos, desfilaron fuera de los refugios e iniciaron el complejo proceso de desactivar todos los sistemas, se alzó un murmullo unánime de decepción. La confirmación definitiva se produjo cuando la torre de servicio avanzó lentamente sobre sus raíles para volver a estrechar al cohete blanco en sus brazos de acero.

Elspeth apenas podía disimular su frustración. ¿Qué demonios había fallado?

Dejó a sus compañeros sin decir palabra y recorrió la distancia que la separaba del hangar R al paso largo y resuelto de sus esbeltas piernas. Cuando llegó a la oficina, el teléfono estaba sonando. Descolgó el auricular con violencia.

–¿Sí?

–¿Qué está pasando? –Era la voz de Anthony.

–Han suspendido el lanzamiento. No sé el motivo... ¿Y tú?

–Luke ha encontrado los planos. Debe de haberlos llamado.

–¿No has podido impedírselo?

–Había hincado la rodilla, literalmente, pero ha aparecido Billie, armada.

Elspeth sintió un nudo en la boca del estómago al pensar en Luke a merced de Anthony. Que fuera Billie quien se había interpuesto sólo empeoraba las cosas.

–¿Está bien Luke?

–Sí... y yo también. Pero el nombre de Theo figura en esos documentos, ¿lo recuerdas?

–¡Mierda!

–Ya deben de haber salido en su busca. Tienes que encontrarlo antes que ellos.

–Déjame pensar... está en la playa... Puedo llegar en diez minutos... Conozco su coche, es un Hudson Hornet...

–Entonces, ¿a qué esperas?

Elspeth colgó el auricular y salió del edificio a toda prisa.

Atravesó el aparcamiento a la carrera y subió al coche. Su Corvette blanco era convertible, pero dejó la capota puesta y las ventanillas bien cerradas para protegerse de los mosquitos que infestaban el cabo. Aceleró hasta la entrada de la base y la cruzó con un simple saludo de la mano: la seguridad era estricta para las entradas, pero no para las salidas. Se dirigió hacia el sur.

No había carretera a la playa. Desde la general, un puñado de estrechos caminos de tierra serpenteaban entre las dunas hasta la orilla. Cogería el primero y seguiría por la playa hacia el sur. De esa forma tendría la certeza de encontrar el coche de Theo. Escrutaba los matojos que flanqueaban la carretera intentando distinguir el sendero a la luz de los faros del coche. A pesar de que el tiempo se le echaba encima, tenía que avanzar despacio por miedo a pasar de largo. De pronto, vio surgir un coche.

Lo seguía otro, y otro... Elspeth accionó el intermitente izquierdo y redujo la velocidad. El flujo de vehículos procedente de la playa era constante. Los curiosos, comprendiendo que se había suspendido el lanzamiento –sin duda, también ellos habían observado con sus prismáticos el regreso de la torre de servicio a su posición–, empezaban a regresar a casa.

Siguió esperando para torcer a la izquierda. Por desgracia, el camino era demasiado estrecho para permitir la circulación en ambos sentidos. Otro coche se pegó a la cola del Corvette y el conductor empezó a tocar el claxon destempladamente. Elspeth soltó un bufido, exasperada al ver que no podría llegar a la playa por allí. Apagó el intermitente y pisó a fondo el acelerador.

No tardó en llegar a otra encrucijada, pero el panorama era idéntico: una línea continua de vehículos saliendo de un camino demasiado estrecho para que pasaran dos coches.

–¡Mierda! –exclamó.

Había empezado a sudar, a pesar de tener puesto el aire acondicionado. No había la menor posibilidad de llegar a la playa. Tendría que pensar otra cosa. ¿Y si aguardaba en el arcén con la esperanza de ver pasar el coche de Theo? Era demasiado arriesgado. ¿Qué haría Theo cuando dejara la playa? Lo mejor era ir al motel y esperarlo allí.

Apretó el acelerador, y el Corvette fue tragando kilómetros en medio de la noche. Se preguntó si el coronel Hide y la policía militar habrían llegado al Motel Vanguard. Puede que, antes de nada, hubieran avisado a la policía y al FBI. Necesitaban una orden judicial para detener a Theo, se dijo Elspeth, aunque las fuerzas del orden sabían cómo apañárselas para sortear semejantes obstáculos. Fuera como fuese, tardarían algún tiempo en ponerse de acuerdo. Si se daba prisa, aún podía ganarles por la mano.

El Vanguard estaba en una pequeña zona comercial que se extendía a lo largo de la carretera, entre una gasolinera y una tienda de cebos y aparejos de pesca. Tenía un amplio aparcamiento en la parte de delante. No se veía rastro de la policía o el ejército; había llegado a tiempo. Pero el coche de Theo tampoco estaba. Aparcó cerca de la oficina del motel, donde estaba segura de ver a cualquiera que entrara o saliera, y apagó el motor.

Apenas tuvo que esperar. El Hudson Hornet amarillo y marrón entró en el aparcamiento al cabo de un par de minutos y estacionó en una plaza del extremo más alejado, cerca de la carretera. Theo, un individuo bajo de pelo ralo, abrió la puerta y apareció vestido con pantalones anchos y camisa de playa.

Elspeth bajó del Corvette.

Abrió la boca para llamarlo a través del aparcamiento, cuando vio llegar un par de coches patrulla.

Se quedó petrificada.

Los vehículos pertenecían a la oficina del sheriff del condado de Cocoa. Entraron en el aparcamiento a toda velocidad, pero con las luces y las sirenas apagadas. Los seguían dos coches sin distintivos. Se quedaron atravesados en la entrada para impedir la salida de otros vehículos.

Theo no se percató de inmediato. Empezó a cruzar el aparcamiento en dirección a Elspeth y a la oficina del motel. Elspeth comprendió en un instante lo que tenía que hacer, pero también que requeriría nervios de acero. «Mantén la calma», se dijo. Respiró hondo y echó a andar hacia el hombre.

Cuando estuvieron cerca, Theo la reconoció y a continuación empezó a vocear:

–¿Qué coño ha pasado? ¿Han suspendido el lanzamiento?

–Dame las llaves de tu coche –le susurró Elspeth alargando la mano.

–¿Para qué?

–Mira detrás de ti.

Theo echó un vistazo por encima del hombro y vio los coches de la policía.

–Mierda, ¿qué buscan? –farfulló, asustado.

–A ti. No pierdas los nervios. Dame las llaves.

Theo las dejó caer en la palma extendida de Elspeth.

–Sigue andando –le dijo ella–. El maletero de mi coche está abierto. Métete en él.

–¿En el maletero?

–¡Sí! –dijo Elspeth, y se alejó del hombre.

Reconoció al coronel Hide y otro rostro que le era vagamente familiar de Cabo Cañaveral. Los acompañaban cuatro policías del condado y dos jóvenes altos y trajeados que parecían agentes del FBI. Ninguno miraba en su dirección. Formaron un corro alrededor de Hide. A pesar de la distancia, Elspeth oyó decir al coronel:

–Que dos hombres comprueben las matrículas de los coches mientras los demás entramos.

Elspeth llegó al coche de Theo y abrió el maletero. En el interior estaba la maleta de cuero que contenía el radiotransmisor, tan potente como pesado. No estaba segura de poder transportarlo. Arrastró la maleta hasta el borde del maletero y la pasó por encima. Cayó al suelo con un fuerte ruido seco. Elspeth se apresuró a cerrar el maletero.

Miró a su alrededor. Hide seguía dando instrucciones a los demás. En la otra punta del aparcamiento, vio la puerta del maletero de su coche cerrándose poco a poco, como por voluntad propia. Theo ya estaba dentro. Había resuelto la mitad del problema.

Apretó los dientes, agarró el asa de la maleta y la levantó. Pesaba como si fuera una caja llena de plomo. Anduvo varios pasos esforzándose por sostenerla tanto rato como le fuera posible. Cuando la tensión le entumeció los dedos, la soltó. Volvió a cogerla con la mano izquierda. Consiguió avanzar otros diez metros, hasta que el dolor pudo más que su voluntad, y tuvo que soltarla de nuevo.

A sus espaldas, el coronel Hide y sus hombres cruzaban el aparcamiento en dirección a la oficina del motel. Rezó para que Hide no la mirara a la cara. La oscuridad reducía las posibilidades de que la reconociera. Siempre podía inventarse alguna historia para explicar su presencia allí, pero, ¿y si a Hide se le ocurría registrar la maleta?

Volvió a cambiar de lado y agarró el bulto con la mano derecha. Esta vez no consiguió levantarlo. Cambió de táctica y empezó a arrastrarlo por el hormigón rezando para que el ruido no atrajera la atención de los policías.

Por fin, llegó a su coche. Cuando estaba abriendo el maletero, uno de los agentes uniformados se acercó a ella con una sonrisa jovial en el rostro.

–¿La ayudo con eso, señora? –se ofreció educadamente.

Pálido y aterrado, el rostro de Theo la miraba desde el fondo del maletero.

–Ya es mía –respondió Elspeth por la comisura de los labios.

Usando ambas manos, levantó la maleta y la dejó caer en el maletero. Una esquina del bulto golpeó a Theo, que soltó un débil gruñido. Con un rápido movimiento, Elspeth cerró el maletero y se quedó apoyada en él. Tenía la sensación de que los brazos se le iban a desprender del cuerpo de un momento a otro.

Levantó la vista hacia el policía. ¿Habría visto a Theo? El hombre sonreía perplejo.

–Mi padre me enseñó que si era capaz de llenar una maleta tenía que ser capaz de levantarla –dijo ella.

–Es usted una chica fuerte –dijo el policía con una nota de decepción en la voz.

–Gracias de todos modos.

Los otros agentes pasaron de largo en dirección a la oficina del motel. Elspeth tuvo buen cuidado de no cruzar la mirada con Hide. El policía del condado no parecía dispuesto a marcharse.

–¿Deja el motel? –le preguntó.

–Así es.

–¿Viaja sola?

–Efectivamente.

El hombre se inclinó hacia la ventanilla y echó un vistazo al interior del coche. Tras mirar en los asientos de delante y en los de atrás, volvió a erguirse.

–Conduzca con cuidado –dijo, y se alejó.

Elspeth entró en el coche y puso el motor en marcha.

Otros dos policías de uniforme seguían en el aparcamiento ocupados en comprobar los números de las matrículas. Elspeth detuvo el Corvette junto a uno de ellos.

–¿Van a dejarme pasar, o tendré que quedarme aquí toda la noche? –dijo procurando esbozar una sonrisa amable.

El agente echó un vistazo a la matrícula.

–¿Va sola?

–Sí.

El hombre miró por la ventana hacia el asiento posterior. Elspeth contuvo la respiración.

–De acuerdo –dijo el agente–. Puede marcharse.

Se puso al volante de uno de los coches patrulla y lo apartó.

Eslpeth pasó por el hueco, salió a la carretera y pisó a fondo el acelerador.

De pronto sintió que el alivio le aflojaba todos los músculos del cuerpo. Los brazos empezaron a temblarle, y tuvo que parar el coche.

–Dios misericordioso –musitó–. De qué poco me ha ido...

0 HORAS

Cuatro antenas flexibles que sobresalen del cilindro del satélite transmiten señales de radio a estaciones receptoras de todo el globo. El Explorer *emitirá en una frecuencia de 108 MHz.*

Anthony tenía que marcharse de Alabama. Ahora la acción estaba en Florida. Todo aquello por lo que había trabajado durante veinte años se decidiría en Cabo Cañaveral en las próximas veinticuatro horas, y él tenía que estar allí.

El aeropuerto de Huntsville seguía abierto y el resplandor de los focos bañaba la pista. Eso significaba que al menos quedaba un avión por despegar o aterrizar esa noche. Aparcó el Ford del ejército en el arcén de la carretera, frente al edificio de la terminal, detrás de una limusina y un par de taxis. El lugar parecía desierto. Sin molestarse en cerrar el coche con llave, se apresuró a entrar al edificio.

El vestíbulo estaba tranquilo, aunque no vacío. Sentada detrás del mostrador de una línea aérea, una joven escribía en un registro, mientras dos mujeres negras vestidas con monos fregaban el suelo. Tres hombres esperaban de pie, uno con uniforme de chófer y los otros dos con las ropas arrugadas y las gorras con visera de los taxistas. Pete estaba sentado en un banco.

Anthony tenía que librarse de él, por el bien del propio chico. Billie y Marigold habían presenciado el incidente del edificio de Ingeniería, y una u otra no tardarían en informar de lo ocurrido. El ejército pediría explicaciones a la CIA. George Cooperman había dejado bien claro que no podía seguir protegiéndolo. Anthony no podía fingir por más tiempo que llevaba a cabo una misión encomendada por la Agencia. Las cartas estaban sobre la mesa; más valía que Pete volviera a casa antes de que saliera mal parado. Pete debía de estar aburrido después de doce horas de espera en el aeropuerto, pero cuando se puso en pie de un salto parecía más bien nervioso y tenso.

–¡Por fin! –exclamó.

–¿Qué vuelo queda por despegar? –le preguntó Anthony sin más preámbulos.

–Ninguno. Tiene que llegar el último avión, de Washington, pero no saldrá nada hasta las siete de la mañana.

–Mierda... Necesito llegar a Florida.

–Hay un vuelo MATS que despega de Redstone a las cinco treinta con destino a la base de las fuerzas aéreas en Patrick, cerca de Cabo Cañaveral.

–Tendré que conformarme con eso.

Pete parecía apurado. Como si le costara esfuerzo hablar, dijo:

–No puedes ir a Florida.

Así que por eso estaba tan tenso.

–¿Y eso? –replicó Anthony como si tal cosa.

–He hablado con Washington. Se ha puesto el propio Carl Hobart. Tenemos que volver... sin discusión, según sus propias palabras. Está claro que es una orden.

Anthony sintió que lo ahogaba la rabia, pero hizo como si tan sólo sintiera frustración.

–Esos gilipollas... –masculló–. ¡No se puede llevar una operación de campo desde los despachos!

Pete no parecía impresionado.

–El señor Hobart dice que tenemos que aceptar que aquí ya no hay ninguna operación. El ejército se hará cargo del asunto de ahora en adelante.

–No podemos permitirlo. Los de seguridad del ejército no saben dónde tienen la mano derecha.

–Ya, pero no creo que tengamos elección, Anthony.

Anthony procuró respirar con calma. Tarde o temprano, tenía que ocurrir. La CIA aún no lo creía un agente doble, pero sabían que se había salido de madre, y querían apartarlo de la acción tan discretamente como fuera posible.

No obstante, Anthony se había esmerado en cultivar la lealtad de sus hombres durante años, y estaba seguro de conservar parte de su crédito.

–Vamos a hacer lo siguiente –dijo a Pete–. Tú te vuelves a Washington. Diles que me he negado a obedecer las órdenes. Tú no tienes nada que ver... A partir de este momento es responsabilidad mía.

Anthony iba a dar media vuelta, como si contara con la conformidad de Pete.

–Está bien –aceptó Pete–. Suponía que dirías algo semejante. Y no pueden esperar que te secuestre.

–Eso mismo –dijo Anthony procurando disimular su alivio al ver que Pete no le contradecía.

–Pero hay algo más –repuso Pete.

Anthony se volvió hacia él, incapaz de ocultar su irritación por más tiempo.

–¿Como qué?

Pete enrojeció, y el antojo se le puso púrpura.

–Me han ordenado que les lleve tu arma.

Anthony empezaba a temer que no podría escabullir el bulto con facilidad. No estaba dispuesto a entregar su arma bajo ningún concepto. Obligándose a sonreír, replicó:

–Les dices que me he negado a dártela.

–Lo siento, Anthony, no sabes lo que me cuesta hacer esto. Pero el señor Hobart fue tajante. Si no me la entregas, tendré que llamar a la policía.

En ese momento Anthony comprendió que tendría que matar a Pete.

Durante unos instantes se sintió presa del desaliento. A qué profundas traiciones se veía arrastrado... Apenas podía creer que aquella fuera la consecuencia lógica de su compromiso, adquirido hacía dos décadas, de dedicar la vida a una noble causa. Luego, una calma mortal se instaló en su ánimo. Había aprendido a tomar decisiones difíciles durante la guerra. Ésta era una guerra distinta, pero con idénticos imperativos. Una vez en ella, había que vencer, costara lo que costase.

–En este caso, supongo que se acabó –dijo, y soltó un suspiro que no tenía nada de fingido–. Me parece una decisión estúpida, pero creo haber hecho todo lo que estaba en mi mano.

Pete no intentó ocultar su alivio.

–Gracias –dijo–. No sabes cómo me alegra que lo entiendas y te lo tomes así.

–No te preocupes. No puedo reprochártelo. Comprendo que tienes que cumplir una orden directa de Hobart.

El rostro de Pete adquirió una expresión decidida.

–Entonces, ¿te importa entregarme el arma ahora?

–Cómo no. –Llevaba la pistola en el bolsillo del abrigo, pero dijo–: La tengo en el maletero. –Quería que Pete lo acompañara al coche, pero fingió lo contrario–. Tú espera aquí; yo iré a buscarla.

Como había esperado, Pete temió que intentara escapar.

–Voy contigo –dijo el joven atropelladamente.

Anthony hizo como que dudaba, para aceptar enseguida.

–Como quieras.

Salió al exterior con Pete pisándole los talones. El coche estaba junto al bordillo de la acera, a treinta metros de la entrada del aeropuerto. No se veía un alma.

Anthony pulsó la cerradura de la puerta del maletero y éste se abrió.

–Sírvete tú mismo –lo animó.

Pete se inclinó para mirar en el interior del maletero.

Anthony deslizó la mano al interior del abrigo y sacó la pistola, que seguía teniendo puesto el silenciador. Por un momento, sintió la absurda tentación de llevársela a la boca y apretar el gatillo para poner fin a aquella pesadilla.

El instante de vacilación fue un error crucial.

–No veo ninguna pistola –dijo Pete, y se volvió.

Fue rápido de reflejos. Antes de que Anthony pudiera levantar el arma con el aparatoso silenciador, Pete se apartó de la línea de tiro y lanzó un tremendo puñetazo. El golpe alcanzó a Anthony en un lado de la cabeza y le hizo vacilar. Pete soltó el otro puño, que le acertó de lleno en la mandíbula y le hizo retroceder y perder el equilibrio; pero, al tiempo que daba con sus huesos en el suelo, Anthony levantó la pistola. Pete comprendió lo que estaba a punto de suceder. El miedo le contrajo el rostro, y levantó las manos como si pudieran protegerlo de la bala. En ese mismo instante, Anthony apretó el gatillo tres veces en rápida sucesión.

Los tres proyectiles alcanzaron el pecho de Pete, que empezó a sangrar por tres agujeros abiertos en su traje de mohair gris. Se desplomó sobre el asfalto con un ruido seco.

Anthony se levantó a duras penas y se guardó la pistola en el bolsillo. Miró a su alrededor. Nadie se acercaba al eropuerto ni había salido del edificio. Se inclinó sobre el cuerpo de Pete.

Pete lo miró. Seguía vivo.

Aguantándose las ganas de vomitar, Anthony levantó el cuerpo ensangrentado y lo metió en el maletero abierto. Volvió a sacar la pistola. Desde el fondo del maletero, retorciéndose de dolor, Pete lo miraba con ojos desorbitados por el terror. Las heridas en el tórax no siempre eran fatales: Pete habría podido sobrevivir si hubiera ingresado de inmediato en un hospital. Anthony le apuntó a la cabeza. Pete intentó hablar, pero de su boca sólo salió sangre. Anthony apretó el gatillo.

Pete dejó de agitarse y entornó los ojos.

Anthony cerró el maletero de golpe y se derrumbó encima. Severamente vapuleado por segunda vez ese día, sintió que le fallaban las piernas y la cabeza le daba vueltas; pero el dolor físico no era nada comparado con la conciencia de lo que acababa de hacer.

–¿Se encuentra bien, amigo? –oyó decir a sus espaldas.

Anthony se irguió al tiempo que escondía la pistola en el abrigo, y se dio la vuelta. Un taxi acababa de detenerse detrás del Ford y el conductor, un hombre negro de pelo entrecano, se le acercaba con cara de preocupación.

¿Habría visto algo? Anthony no estaba seguro de que le quedara estómago para matar también a aquel desconocido.

–Esa cosa que estaba metiendo en el maletero debía de pesar un montón –dijo el taxista.

–Era una alfombra –resolló Anthony.

El hombre lo miraba con la desinhibida curiosidad de quienes viven en ciudades pequeñas.

–¿Le han puesto un ojo morado? Vaya, ¿los dos?

–Un pequeño accidente.

–Acompáñeme adentro. Tómese una taza de café, o lo que le apetezca.

–No, gracias. Estoy bien.

–Como guste –dijo el taxista, y caminó despacio hacia la terminal.

Anthony entró en el coche y se alejó del aeropuerto.

1.30 HORAS

La primera función de los radiotransmisores es emitir señales que permitan seguir al satélite desde las estaciones de localización terrestres, como prueba de que está en órbita.

El tren arrancó despacio de Chattanooga. En la reducida cabina, Luke se quitó la chaqueta y la colgó; a continuación, se sentó en la litera de abajo y se desanudó los cordones de los zapatos. Sentada a su lado con las piernas cruzadas, Billie le observaba. Las luces de la estación se deslizaron tras la ventanilla hasta desaparecer por completo, y la locomotora fue cogiendo velocidad y arrastró el convoy hacia la noche sureña, en dirección a Jacksonville, Florida.

Luke se desanudó la corbata.

–Si esto es un strip-tease, lo encuentro un poco falto de ritmo –dijo Billie.

Luke sonrió cariacontecido. Se lo tomaba con calma porque no las tenía todas consigo. Se habían visto obligados a compartir la única cabina disponible. Estaba impaciente por estrechar a Billie entre sus brazos. Todo lo que había averiguado sobre sí mismo y sobre su vida le confirmaba que Billie era la mujer con la que debería estar. Pero, aun así, seguía dudando.

–¿Qué? –preguntó ella–. ¿Qué piensas?

Él se lo pensó, antes de responder:

–Que nos estamos precipitando.

–¿Después de diecisiete años?

–Para mí han sido un par de días; es todo lo que puedo recordar.

–Estamos hechos el uno para el otro.

–Aún estoy casado con Elspeth.

Billie asintió muy seria.

–Pero ella lleva años mintiéndote.

–¿Y por eso debo saltar de su cama a la tuya?

Ella lo miró ofendida.

–Debes hacer lo que desees.

Luke intentó explicarse.

–No me gusta tener la sensación de que me estoy valiendo de una excusa. –Billie no replicó, así que siguió hablando–: No estás de acuerdo, ¿verdad?

–No, maldita sea –respondió Billie–. Quiero hacer el amor contigo esta noche. Recuerdo perfectamente cómo era, y quiero volver a sentirlo ahora mismo. –Se volvió hacia la ventanilla en el momento en que el tren atravesaba un pueblo como una exhalación: diez segundos de luces que los cubrieron de fogonazos, y de nuevo la oscuridad–. Pero te conozco –siguió diciendo Billie–. Nunca has sido de los que vive el instante, ni cuando éramos un par de estudiantes. Necesitas tiempo para rumiar las cosas y convencerte de que estás haciendo lo correcto.

–¿Tan malo es eso?

Billie sonrió.

–No. Me gusta que seas así. Te hace fiable y sólido como una roca. Si tuvieras otra forma de ser, yo... supongo que no te habría... –Billie dejó la frase en el aire.

–¿Qué ibas a decir?

Ella lo miró a los ojos.

–No te habría querido tanto, durante tantos años. –Se sentía avergonzada, y trató de ocultarlo con una salida absurda–. De todas formas, te hace falta una ducha.

No le faltaba razón. Llevaba la misma ropa que había robado hacía treinta y seis horas.

–Cada vez que he querido mudarme, se me ha presentado algo más urgente que hacer –se disculpó Luke–. Llevo ropa limpia en la maleta.

–Da igual. ¿Por qué no subes arriba y me dejas sitio para que pueda quitarme los zapatos?

Luke trepó obedientemente por la escalerilla y se acostó en la litera superior. Se volvió de costado, con un codo sobre el almohadón y la cabeza apoyada en la mano.

–Perder la memoria es como empezar a vivir de nuevo –dijo–. Como volver a nacer. Ahora tengo la oportunidad de revisar todas las decisiones que tomé en el pasado.

Billie agitó los pies para descalzarse y se puso en pie.

–Yo no podría soportarlo –aseguró. Con un rápido movimiento, se quitó los pantalones negros de esquí y se quedó en jersey y braguitas blancas. Advirtiendo la mirada de Luke, sonrió de oreja a oreja y dijo–: Puedes mirar todo lo que quieras, no me importa.

Se metió las manos por la parte posterior del jersey y se desabrochó el sujetador. Sacó el brazo izquierdo de la manga, buscó la tira del sujetador con la mano derecha, volvió a meter el brazo izquierdo en la manga y sacó el sujetador por la manga derecha con gestos de prestidigitador.

–¡Bravo! –dijo Luke.

Billie lo miró, seria.

–Entonces, ¿vamos a dormir?

–Supongo.

–Vale.

Billie se aupó sobre el borde de la litera inferior y le acercó la cara para que la besara. Luke se inclinó hacia delante y posó los labios en los de la mujer. Ella cerró los ojos. Luke sintió que le pasaba la punta de la lengua por los labios; luego, Billie se apartó y Luke dejó de ver su rostro.

Se quedó boca arriba pensando en ella, acostada unos centímetros más abajo, con sus hermosas piernas desnudas y sus redondos pechos bajo el suave jersey de angora. Al cabo de unos minutos se quedó dormido.

Tuvo un vívido sueño erótico. Era el Fondón del *Sueño de una noche de verano*, tenía orejas de burro y las hadas de Titania, un puñado de chicas desnudas con largas piernas y redondos pechos, le besaban la peluda cara. La propia reina de las hadas, Titania, le desabrochaba los pantalones al machacón ritmo de tambor de las ruedas del tren...

Se despertó poco a poco, reacio a abandonar el país de las hadas y volver al mundo de los trenes y los cohetes. Tenía la camisa abierta y los pantalones desabrochados. Arrimada a él, Billie le estaba besando.

–¿Estás despierto? –le murmuró en la oreja, que parecía normal, no el largo apéndice peludo de un asno. Billie soltó una risa traviesa–. Porque no me gustaría malgastar esto con un hombre dormido.

Él extendió la mano y le acarició las caderas. Seguía llevando el jersey, pero las bragas habían desaparecido.

–Estoy despierto –dijo Luke con voz pastosa.

Billie se puso a cuatro patas en el reducido espacio entre la litera y el techo de la cabina y se subió encima de Luke. Mirándolo a los ojos, se dejó caer poco a poco sobre su cuerpo. Él exhaló un profundo suspiro de placer al sentir que la penetraba. El tren los mecía de derecha a izquierda, y las ruedas marcaban el ritmo a sus caderas sobre las juntas de los raíles.

Luke metió las manos bajo el jersey para tocarle los pechos. Tenía la piel suave y caliente.

–Te han echado de menos –le susurró ella.

Se sentía como si siguiera a medias en el sueño, mientras el tren se balanceaba, Billie le besaba el rostro y Norteamérica se deslizaba tras la ventanilla kilómetro a kilómetro. La rodeó con los brazos y la estrechó con fuerza, como si quisiera convencerse de que era de carne y hueso, y no una criatura del aire. Justo cuando estaba pensando que ojalá aquello durara para siempre, su cuerpo tomó las riendas, y se agarró a ella mientras las oleadas de placer rompían contra su cuerpo.

–No te muevas –le dijo Billie cuando acabó–. Abrázame fuerte.

No se movió. Ella ocultó la cabeza en su hombro, y Luke recibió en la piel la caricia de su cálido aliento. Tumbado boca arriba, aún dentro de ella, sintió que Billie se agitaba a impulsos de un espasmo interno, una y otra vez, hasta que soltó un profundo suspiro y se relajó.

Se quedaron así unos minutos, pero Luke no tenía ganas de dormir. Lo mismo, al parecer, le ocurría a Billie, que acabó diciendo:

–Tengo una idea. Vamos a lavarnos.

Luke se echó a reír.

–A mí, desde luego, buena falta me hace.

Billie se dejó caer sobre un costado y bajó de la litera; Luke la siguió. En un rincón de la cabina, bajo un armarito, había un lavabo minúsculo. Billie lo llenó de agua caliente.

–Yo te lavo a ti y luego tú a mí –dijo.

Empapó la toalla, la enjabonó y empezó a frotarlo.

Era deliciosamente íntimo y excitante. Luke cerró los ojos. Tras enjabonarle el estómago, Billie se arrodilló e hizo lo propio con las piernas.

–Te has dejado un trozo –dijo él.

–No sufras. Las partes difíciles las dejo para el final.

Cuando acabó, Luke le dedicó idénticas atenciones, que le resultaron aún más excitantes si cabía. Luego volvieron a echarse, esta vez en la litera de abajo.

–Vamos a ver –dijo ella–, ¿recuerdas el sexo oral?

–No –respondió él–. Pero creo que me hago una idea.

SEXTA PARTE

8.30 HORAS

Para facilitar el seguimiento exacto del satélite, el Laboratorio de Propulsión a Chorro ha desarrollado una nueva técnica de radio llamada Microlock. Las estaciones Microlock emplean un sistema de localización mediante bucle de enganche de fase capaz de captar una señal de sólo una milésima de vatio desde una distancia de hasta treinta y tres mil kilómetros.

Anthony voló a Florida en un pequeño avión que se agitaba y daba brincos sobre Alabama y Georgia al menor soplo de viento. Lo acompañaban un general y dos coroneles, que le hubieran disparado sin contemplaciones de haber sabido cuál era el propósito de su viaje.

Aterrizaron en la base de las fuerzas aéreas en Patrick, a unos kilómetros al sur de Cabo Cañaveral. La terminal consistía en unos cuantos cuartuchos en la parte posterior de un hangar. En su imaginación, Anthony veía un destacamento de agentes del FBI con trajes de buen corte y zapatos lustrosos esperando para arrestarlo; pero allí sólo estaba Elspeth.

Parecía exhausta. Por primera vez, Anthony apreció en ella signos de que se aproximaba a la edad madura. Las arrugas empezaban a asomar a su pálido cutis, y su esbelto cuerpo había adoptado una postura ligeramente encorvada. Elspeth lo acompañó al exterior, donde el Corvette blanco esperaba bajo un sol implacable.

–¿Cómo está Theo? –le preguntó Anthony apenas subieron al coche.

–Muerto de miedo, pero se le pasará.

–¿Tiene su descripción la policía de aquí?

–Sí... El coronel Hide la ha hecho circular.

–¿Dónde se esconde?

–En mi cuarto del motel. Se quedará allí hasta que anochezca. –Salieron de la base y cogieron la carretera en dirección norte–. ¿Qué me dices de ti? ¿Crees que la CIA dará tu descripción a la policía?

–Lo dudo.

–Entonces podrás moverte libremente. Menos mal, porque tendrás que comprarte un coche.

–A la Agencia le gusta resolver sus propios problemas. Ahora mismo, creen que sólo me he pasado de la raya, y su única preocupación es sacarme de circulación antes de que les cree complicaciones. Pero en cuanto oigan a Luke, comprenderán que han tenido a un agente doble en sus filas durante años... Aunque también es posible que esto les convenza definitivamente de que conviene echar tierra al asunto. No pondría la mano en el fuego, pero dudo que en mi caso, y en estos mismos instantes, haya una persecución en toda regla.

–Y sobre mí no ha caído ni la sombra de una sospecha. Así que los tres seguimos en la partida. Y con posibilidades de ganarla. Aún podemos salirnos con la nuestra.

–¿Luke no sospecha de ti?

–No tiene motivo.

–¿Dónde está ahora?

–En un tren, según Marigold. –Una nota de amargura tiñó su voz–. Con Billie.

–¿Cuándo llegará?

–No estoy segura. El tren nocturno lo dejará en Jacksonville, pero allí tendrá que coger otro más lento que recorre la costa. Antes del anochecer, supongo.

Se quedaron callados durante un buen trecho. Anthony intentaba serenarse. En veinticuatro horas, todo habría acabado. Habrían asestado un golpe definitivo en favor de la causa a la que habían dedicado sus vidas, y entrarían en la historia... o habrían fracasado, y la carrera espacial volvería a ser un mano a mano.

–¿Qué harás después de lo de esta noche? –le preguntó Elspeth de pronto.

–Abandonar el país –respondió haciendo tamborilear los dedos sobre la pequeña maleta que sostenía en el regazo–. Tengo todo lo que necesito: pasaportes, dinero y cuatro cosas para disfrazarme.

–¿Y después?

–Moscú. –Había pasado la mayor parte del vuelo pensando en ello–. El departamento de Washington en la KGB, supongo. –Anthony era mayor de la KGB. Elspeth, que llevaba más tiempo como agente, y de hecho había reclutado a Anthony en los tiempos de Harvard, tenía el grado de coronel–. Me darán algún alto cargo consultivo –siguió diciendo–. Después de todo, seré quien más sepa de la CIA en el bloque comunista.

–¿Crees que te gustará vivir en la Unión Soviética?

–¿En el paraíso de los trabajadores, quieres decir? –Le dedicó una sonrisa burlona–. Ya has leído a George Orwell. Algunos animales son más iguales que otros. Supongo que todo dependerá de lo que ocurra esta noche. Si lo conseguimos, seremos héroes. Y si no...

–¿No estás nervioso?

–Puedes jurarlo. Al principio me sentiré solo... Sin amigos, sin familia, aparte de que no hablo ruso. Pero a lo mejor me caso y me dedico a criar pequeños camaradas. –Sus cínicas respuestas trataban de ocultar una profunda ansiedad–. Hace mucho tiempo que decidí sacrificar mi vida personal para obtener algo más importante.

–Yo tomé esa misma decisión, pero reconozco que me asustaría la perspectiva de marcharme a Moscú.

–No tendrás necesidad de hacerlo.

–No. Me quieren aquí a toda costa.

Era evidente que Elspeth había hablado con su controlador, fuera quien fuese. Anthony comprendía perfectamente la decisión de dejarla en Estados Unidos. Durante los últimos cuatro años, los científicos rusos lo habían sabido todo sobre el programa espacial norteamericano. A sus manos llegaban todos los informes importantes, todos los resultados de las pruebas, todos los planos diseñados por la Agencia de Misiles Balísticos del ejército... gracias a Elspeth. Era como tener al equipo de Redstone trabajando para el programa soviético. Elspeth había hecho posible que los soviéticos vencieran a los estadounidenses en el espacio. Era, con diferencia, el espía más importante de la guerra fría.

Su trabajo le había costado enormes sacrificios personales,

como bien sabía Anthony. Se había casado con Luke para poder informar sobre el programa espacial, aunque su amor por él era auténtico y traicionarlo le había destrozado el corazón. Sin embargo, el resultado era la victoria soviética en la carrera espacial, que convertirían en apabullante esa misma noche. Eso la compensaría de todos los sacrificios.

Sus propios triunfos sólo palidecían ante los de Elspeth. Como agente soviético, se había enquistado en los niveles más altos de la CIA. El túnel de Berlín, que había permitido intervenir las comunicaciones soviéticas bajo la supervisión de Anthony, había sido en realidad un canal de desinformación. La KGB lo había utilizado para conseguir que la CIA gastara millones en mantener bajo vigilancia a individuos que ni siquiera eran espías, infiltrarse en organizaciones que nunca habían sido comunistas y desacreditar a políticos del Tercer Mundo que en realidad eran pronorteamericanos. Cuando se sintiera solo en su piso de Moscú, estaba seguro de que el recuerdo de lo mucho que había conseguido le serviría de lenitivo.

Entre las palmeras que flanqueaban la carretera, vio una enorme maqueta de cohete espacial sobre un letrero que rezaba: «Motel Starlite». Elspeth redujo la velocidad y entró en el aparcamiento. La oficina era un edificio bajo con contrafuertes angulares que le daban un aspecto futurista. Elspeth estacionó tan lejos de la carretera como pudo. Las habitaciones estaban en un edificio de dos plantas que rodeaba una gran piscina, junto a la que un puñado de pájaros madrugadores tomaban el sol. Más allá de la piscina, Anthony pudo ver la playa.

A pesar de las seguridades que había dado a Elspeth, prefería dejarse ver lo menos posible, así que se bajó el ala del sombrero y se apresuró a recorrer la distancia que separaba el coche del cuarto de Elspeth.

El motel explotaba al máximo la conexión con el programa espacial. Las lámparas tenían forma de cohete y las paredes estaban decoradas con delirantes imágenes de planetas y estrellas. De pie junto a la ventana, Theo miraba hacia el océano. Elspeth los presentó y pidió café y donuts al servicio de habitaciones.

–¿Cómo me descubrió Luke? –preguntó Theo a Anthony–. ¿Tiene alguna idea?

Anthony asintió.

–Luke estaba haciendo fotocopias en el hangar R. Junto a la fotocopiadora hay un libro de registro de seguridad. Hay que escribir la fecha, la hora, el número de fotocopias que se hacen y firmar. Luke advirtió que había un grupo de doce fotocopias firmadas por «WvB», es decir, Wernher von Braun.

–Siempre he usado el nombre de Von Braun –intervino Elspeth–, porque nadie se atrevería a pedirle cuenta al jefe de las fotocopias que hace.

–Pero Luke sabía algo que Elspeth y todos los demás ignorábamos –prosiguió Anthony–. Ese día Von Braun estaba en Washington. Luke intuyó que aquello podía ser grave. Fue a la sala del correo y encontró las fotocopias en un sobre dirigido a usted. Pero no tenía forma de averiguar quién las enviaba. Decidió que no podría fiarse de nadie en Cabo Cañaveral, y voló a Washington. Por suerte, Elspeth me llamó y pude interceptarlo antes de que se lo contara a alguien.

–Y ahora estamos donde estábamos el lunes –dijo Elspeth–. Luke ha vuelto a descubrir lo que le hicimos olvidar.

–¿Qué crees que hará ahora el ejército? –le preguntó Anthony.

–Podrían lanzar el cohete con el dispositivo de autodestrucción inutilizado. Pero si se descubriera que habían hecho tal cosa, se armaría tal escándalo que el éxito del lanzamiento les saldría caro. Mi hipótesis es que cambiarán el código, de forma que haga falta una señal diferente para provocar la explosión.

–¿Y cómo lo harán?

–No lo sé.

Se oyó llamar a la puerta. Anthony se puso en tensión, pero Elspeth lo tranquilizó:

–He pedido café.

Theo se metió en el cuarto de baño. Anthony se volvió de espaldas a la puerta. Para fingir naturalidad, abrió el armario e hizo como si estuviera buscando entre la ropa. Había un traje de Luke, un conjunto ligero de punto de espiga gris, y un montón de camisas azules. En lugar de dejar entrar al camarero, Elspeth firmó la cuenta en el umbral; luego, le dio propina, cogió la bandeja y cerró la puerta.

Theo salió del baño y Anthony volvió a sentarse.

–¿Qué podemos hacer? –dijo Anthony–. Si cambian el código, no podremos hacer estallar el cohete.

Elspeth dejó la bandeja.

–Tengo que averiguar qué planes tienen, e idear algo a propósito. –Recogió su bolso y se echó la chaqueta por los hombros–. Compra un coche. Ve a la playa en cuanto se haga de noche. Aparca tan cerca como puedas de la valla de Cabo Cañaveral. Nos encontraremos allí. Tomaos el café –dijo, y salió.

–Confíe en ella –dijo Theo al cabo de un momento–, tiene nervios de acero.

Anthony asintió.

–Falta le harán.

16 HORAS

Un rosario de estaciones de seguimiento se extiende de norte a sur más o menos a lo largo de una línea longitudinal de 65 grados al oeste del meridiano de Greenwich. La red recibirá señales del satélite cada vez que sobrevuele dicha línea.

La cuenta atrás estaba en X menos 390 minutos.

De momento, el tiempo de la cuenta atrás avanzaba al ritmo del tiempo real, pero Elspeth sabía que eso podía no durar. Si ocurría algo inesperado y se producía un retraso, la cuenta atrás se detendría. Una vez resuelto el problema, la cuenta atrás se reanudaría donde había quedado interrumpida, aunque hubieran transcurrido diez o quince minutos. A medida que se acercaba el momento de la ignición, el margen solía aumentar, y el tiempo de la cuenta atrás iba retrasándose cada vez más con respecto al tiempo real.

Ese día la cuenta atrás había empezado media hora antes de mediodía, a X menos 660 minutos. Elspeth no había parado de dar vueltas por la base, actualizando el horario y alerta a cualquier cambio en el procedimiento. Hasta el momento no había obtenido ninguna pista sobre lo que pensaban hacer los científicos para precaverse contra el sabotaje, y estaba empezando a desesperar.

Todo el mundo sabía que Theo Packman era un espía. El recepcionista del Vanguard había contado a quien quisiera escucharlo que el coronel Hide había entrado en tromba en el motel acompañado por dos agentes del FBI y cuatro policías y preguntado por el número de la habitación de Theo. La comunidad espacial no tardó en relacionar la noticia con la suspensión del lanzamiento en el último segundo. La explicación oficial, según la cual un informe meteorológico de última hora indicaba un empeoramiento de la corriente de chorro, no convenció a ninguno de los presentes dentro del perímetro de la verja de Cabo Cañaveral. Esa mañana, todo el mundo hablaba de sabotaje. Pero nadie parecía saber qué medidas se estaban tomando al respecto; o si lo sabían, callaban. A partir de mediodía, la ansiedad de Elspeth se disparó. Hasta ese momento no había hecho preguntas directas por miedo a levantar sospechas, pero no tardaría en verse obligada a dejar a un lado la prudencia. Si no se enteraba pronto del plan, ya sería demasiado tarde para contrarrestarlo.

Luke seguía sin aparecer. Anhelaba verlo, y al mismo tiempo temía encontrarse con él. Lo echaba de menos cuando no estaba a su lado por la noche. Pero cuando estaba no paraba de decirse que trabajaba para destruir sus sueños. Era consciente de que la traición había acabado con su matrimonio. Aun así, ansiaba ver su rostro, oír su voz grave y pausada, cogerle la mano y hacerle sonreír.

En el búnker, los científicos, que estaban haciendo una pausa, comían sándwiches y bebían café sin abandonar sus puestos ante los paneles. Por lo general, cuando una mujer atractiva entraba en la sala solía armarse cierto jolgorio; pero ese día reinaban el silencio y la tensión. Estaban al acecho de algún incidente: una luz de alarma, una sobrecarga, la rotura de un componente de un sistema defectuoso. En cuanto se produjera el fallo, cambiarían de humor: todos se volverían más joviales a medida que se enfrascaban en el problema, buscaban explicaciones, aportaban soluciones y llevaban a cabo una reparación provisional. Eran de esos hombres que disfrutaban arreglando cosas.

Elspeth se sentó junto a Willy Fredrickson, su jefe, que, con los auriculares alrededor del cuello, se estaba comiendo un sándwich de queso.

–Supongo que sabes que todo el mundo habla de un intento de sabotaje del cohete –comentó Elspeth como quien no quiere la cosa.

Willy le lanzó una mirada de desaprobación, lo que ella tomó como un signo de que sabía exactamente a qué se refería. Antes de que pudiera responder, un técnico lo llamó desde el fondo de la sala dándose golpecitos en los auriculares.

Willy dejó el sándwich y se puso los suyos.

–Habla Fredrickson –dijo, y escuchó cosa de un minuto–. Entendido –respondió por el micrófono–. Tan deprisa como pueda. –Levantó la vista y se dirigió a la sala para decir–: Detened la cuenta atrás.

Elspeth se puso tensa. ¿Sería la pista que estaba esperando? Levantó el cuaderno de notas y se quedó a la expectativa, con el lápiz en el aire.

Willy se quitó los auriculares.

–Habrá una interrupción de diez minutos –anunció.

Su tono de voz no dejaba traslucir más irritación que la normal ante un fallo cualquiera. Volvió a morder el sándwich.

–¿Pongo el motivo? –le preguntó Elspeth, ansiosa por obtener información.

–Hay que sustituir un condensador que ha empezado a traquetear.

Sonaba verosímil, pensó Elspeth. Los condensadores eran fundamentales para el sistema de seguimiento, y el «traqueteo», ocasionado por pequeñas descargas eléctricas aleatorias, era una señal de que el dispositivo podía fallar. Pero no acababa de convencerla. Decidió comprobarlo, si podía.

Garrapateó una nota, se levantó y abandonó la sala despidiéndose con una sonrisa y un gesto de la mano. En el exterior, las sombras de la tarde empezaban a alargarse. La flecha blanda del *Explorer I* se erguía como una señal de tráfico apuntando al cielo. Lo imaginó despegando, alzándose sobre la plataforma con agónica lentitud y volando hacia la noche con la cola en llamas. Luego, en el momento de la explosión, vio un fogonazo más brillante que el sol, una lluvia de fragmentos metálicos que parecían esquirlas de cristal y una bola de fuego rojo y negro en el cielo nocturno, en medio de un bramido ensordecedor semejante al grito de triunfo de todos los pobres y oprimidos de la Tierra.

Cruzó con paso vivo la franja de césped y arena que la separaba de la plataforma de lanzamiento, rodeó la torre hasta su parte posterior y entró en la cabina de acero situada en su base, que contenía las oficinas y la sala de máquinas. El supervisor de la torre, Harry Lane, hablaba por teléfono y tomaba notas a lápiz. Elspeth esperó a que colgara.

–¿Diez minutos de retraso? –preguntó al hombre.

–Puede que más. –No la miró, pero eso apenas significaba

algo; era un hombre brusco, y no le gustaba ver mujeres en las cercanías de la plataforma de lanzamiento.

–¿Motivo? –preguntó Elspeth sin dejar de escribir en su libreta.

–Reemplazar un componente averiado –respondió Lane.

–¿Le importaría decirme de qué componente se trata?

–Sí.

Era para volverse loca. No hubiera sabido decir si el hombre callaba por razones de seguridad o por pura y simple mala educación. Elspeth dio media vuelta. Justo en ese momento, entró un técnico con el mono lleno de grasa.

–Aquí tienes el viejo, Harry –dijo el hombre.

En la palma renegrida sostenía un codificador.

Elspeth sabía perfectamente qué era aquello: el receptor de la señal de autodestrucción codificada. Los bornes sobresalientes estaban unidos por un complejo entramado de cables, de forma que sólo la señal de radio correcta pudiera iniciar la cápsula fulminante.

Se apresuró a salir antes de que Harry pudiera ver la expresión de triunfo que iluminaba su rostro. Con el corazón palpitante, volvió al jeep a toda prisa.

Se sentó al volante y empezó a hacer cábalas. Para evitar el sabotaje, habían decidido modificar el codificador. Los cables del nuevo tendrían una disposición completamente distinta, para responder a un código nuevo. También el transmisor necesitaría su correspondiente codificador. Era más que probable que los codificadores hubieran llegado desde Huntsville en avión esa misma mañana.

Todo cuadraba, pensó satisfecha. Por fin sabía lo que estaba haciendo el ejército. Pero, ¿qué estrategia podía oponerles?

Los codificadores se fabricaban en grupos de cuatro, de los que dos servían como duplicados en caso de avería. Justamente, Elspeth había usado la pareja de repuesto como modelo el domingo anterior para dibujar el esquema del cableado, que hubiera servido a Theo para reproducir la señal de radio y provocar la explosión del cohete. Ahora, pensó con precaución, tendría que hacer lo mismo una vez más: encontrar el juego de repuesto, desmontar el codificador emisor y dibujar su cableado.

Puso el jeep en marcha y volvió a los hangares a toda velocidad. En lugar de ir al hangar R, donde estaba su escritorio, entró en el D y se dirigió a la sala de telemetría. Allí había encontrado los codificadores de repuesto la otra vez.

Inclinado sobre un banco de trabajo con otros dos científicos, Hank Mueller observaba muy serio un complejo artilugio eléctrico. En cuanto vio a Elspeth, se le iluminó el rostro.

–Ocho mil –dijo.

Sus colegas gruñeron con fingida desesperación y se alejaron.

Elspeth procuró reprimir su impaciencia. No le quedaba más remedio que jugar un rato a los números con el bueno de Hank.

–Es el cubo de veinte –respondió Elspeth.

–Esto es una birria –objetó el hombre.

Ella se quedó pensando.

–Ya lo tengo, es la suma de cuatro cubos consecutivos: $11^3 + 12^3 + 13^3 + 14^3 = 8000$.

–No está nada mal –reconoció el hombre, que le dio una moneda de diez centavos y la miró expectante.

Elspeth se devanó los sesos por encontrar un número curioso.

–El cubo de 16.830.

Hank frunció el ceño y la miró enfurruñado.

–No puedo calcularlo, ¡necesitaría un ordenador! –exclamó indignado.

–Conque no lo sabes, ¿eh? Pues es la suma de todos los cubos consecutivos desde 1.134 hasta 2.133.

–Vaya con el numerito...

–Cuando iba al instituto, mis padres vivían en el 16.830, y por eso lo sé.

–Es la primera vez que te quedas con mis diez centavos –dijo con una cara de cómico abatimiento.

No podía registrar el laboratorio: tendría que preguntárselo a él. Afortunadamente, los otros estaban demasiado lejos para oírla, o eso esperaba.

–¿Tienes los duplicados de los nuevos codificadores de Huntsville? –le soltó sin más.

–No –respondió Hank, y su abatimiento se hizo aún más evidente–. Dicen que aquí la seguridad deja bastante que desear. Los han guardado en una caja fuerte.

Elspeth respiró aliviada al ver que no le preguntaba por qué quería saberlo.

–¿Qué caja fuerte?

–No me lo han dicho.

–No importa.

Hizo como que tomaba una nota en su cuaderno y salió.

Se dirigió al hangar R corriendo por la arena con los zapatos de tacón alto. Se sentía optimista. Pero aún le quedaba mucho por hacer, y el sol empezaba a ocultarse.

Que ella supiera, sólo había una caja fuerte. La del despacho del coronel Hide.

Una vez en su despacho, se sentó en el escritorio, metió un sobre del ejército en el rodillo de la máquina de escribir y tecleó: «Dr. W. Fredrickson-Confidencial». Dobló dos cuartillas en blanco, las metió en el sobre y lo pegó.

Fue a la oficina de Hide, llamó a la puerta y entró. El coronel estaba solo, fumando una pipa al otro lado del escritorio. Levantó la vista y le sonrió; como la mayoría del personal masculino, solía mostrarse encantado al ver una cara bonita.

–Elspeth... –dijo con su característica entonación cadenciosa–, ¿qué puedo hacer por ti?

–¿Podrías guardarle esto a Willy en la caja fuerte?

Billie le tendió el sobre.

–Cómo no –respondió el coronel–. ¿Qué es?

–No me lo ha dicho.

–Comprendo.

Hide hizo girar el sillón y abrió el armario de detrás del escritorio. Mirando por encima del hombro del coronel, Elspeth vio una puerta de acero con una rueda numerada. Dio un paso adelante. La rueda estaba marcada del 0 al 99, pero sólo las decenas estaban señaladas con cifras, mientras que el resto de los números eran una simple muesca. Elspeth clavó los ojos en la rueda. Tenía buena vista, pero aun así era difícil ver el lugar exacto en que se detenía la rueda. Estiró el cuerpo y se inclinó sobre el escritorio para acortar distancias. El primer número era fácil: 30. El segundo, justo debajo del 10, podía ser el 9 o el 8. Por último, Hide colocó la rueda entre el 10 y el 15. La combinación era algo parecido a 30-9-13. Debía de ser el día de su nacimiento, el 30 de agosto o septiembre de 1911, 1912, 1913 o 1914. Lo que daba un total de ocho combinaciones posibles. Si conseguía entrar cuando no hubiera nadie, estaba segura de que podría probarlas todas en cuestión de minutos.

Hide abrió la puerta de la caja. Dentro había dos codificadores.

–Eureka –murmuró Elspeth.

–¿Cómo? –dijo Hide.

–Nada, nada.

El coronel carraspeó, arrojó el sobre al interior de la caja, cerró la puerta e hizo girar la rueda.

Elspeth ya estaba junto a la puerta.

–Muchas gracias, coronel.

–Estoy a tu disposición.

Ahora tendría que esperar a que Hide abandonara el despacho. Desde su propio escritorio no veía bien la puerta del coronel. No obstante, estaba al fondo del mismo pasillo, de modo que Hide no tenía más remedio que pasar por delante de Elspeth para salir del hangar.

Sonó el teléfono. Era Anthony.

–Estamos a punto de salir del motel –dijo–. ¿Tienes lo que necesitamos?

–Todavía no, pero lo tendré. –Le hubiera gustado estar tan segura como aparentaba su tono de voz–. ¿Qué tipo de coche has comprado?

–Un Mercury Monterrey verde claro, modelo del cincuenta y cuatro, de los anticuados, sin alerones.

–Lo reconoceré. ¿Cómo está Theo?

–Preguntándome qué hace después de lo de esta noche.

–Suponía que volaría de vuelta a Europa y seguiría trabajando para *Le Monde.*

–Le asusta que puedan seguirle la pista hasta allí.

–Supongo que podrían hacerlo. Así pues creo que tendrá que acompañarte.

–No quiere.

–Prométele algo –dijo Elspeth, impaciente–. Pero asegúrate de que esté listo para esta noche.

–De acuerdo.

El coronel Hide pasó por delante de la puerta.

–Tengo que dejarte –dijo Elspeth, y colgó.

Salió del despacho, pero Hide no se había marchado. Estaba en la puerta de al lado, hablando con las mecanógrafas. Elspeth no podía ir al despacho del coronel, que seguía viéndolo desde donde estaba. Se quedó remoloneando en el pasillo, rezando para que se moviera de una vez. Pero cuando lo hizo fue para volver a su despacho.

Se quedó en él otras dos horas.

Elspeth estaba a punto de volverse loca. Tenía la combinación, lo único que necesitaba era entrar y abrir la caja; pero él seguía allí. Mandó a su secretaria a por café al puesto ambulante que llamaban la «cafetera rusa». Ni siquiera fue al lavabo. Elspeth empezó a fantasear con posibles modos de quitarlo de en medio. En la OSS le habían enseñado cómo estrangular a alguien con una media de nailon, pero nunca lo había puesto en práctica. Además, Hide era un individuo corpulento y se defendería como un endemoniado.

Elspeth no salió de su despacho. Se olvidó de las actualizaciones. Willy Fredrickson se pondría hecho una furia, pero ¿qué más daba ya?

Miraba el reloj cada dos por tres. A las veinte veinticinco, Hide pasó al fin por delante de su puerta. Elspeth se levantó de un salto y se asomó. Lo vio dirigirse hacia las escaleras. Apenas faltaban un par de horas para el lanzamiento; era más que probable que fuese al búnker.

Otro individuo avanzaba por el pasillo en su dirección.

–¿Elspeth? –le oyó llamarla, y reconoció la voz de inmediato.

El corazón le dio un vuelco en el pecho, y lo miró a los ojos.

Era Luke.

20.30 HORAS

La información recogida por los instrumentos de grabación del satélite es enviada por radio mediante un tono musical. Los diferentes instrumentos emplean tonos de diversas frecuencias, de forma que las «voces» se puedan separar electrónicamente cuando se reciben.

Luke había temido aquel momento.

Billie se había quedado en el Starlite. Pensaba coger una habitación y refrescarse; luego, pediría un taxi y se dirigiría a la base a tiempo para asistir al lanzamiento. Luke había ido directamente al búnker, donde le habían comunicado que el despegue estaba previsto para las veintidós cuarenta y cinco. Willy Fredrickson le había explicado las precauciones que había tomado el equipo para evitar el sabotaje del cohete. Luke no se había quedado completamente tranquilo. Le hubiera gustado que Theo Packman estuviera detenido, y conocer el paradero de Anthony. No obstante, ninguno de los dos podía hacer el menor daño con el código antiguo. Y los nuevos codificadores estaban en una caja fuerte, según le había dicho Willy.

Se sentiría menos inquieto cuando viera a Elspeth. No había contado a nadie que sospechaba de ella, en parte porque no soportaba acusarla y en parte porque no tenía pruebas. Pero, cuando la mirara a los ojos y le pidiera que le contara la verdad, sabría con seguridad a qué atenerse.

Subió las escaleras del hangar R con el corazón en un puño. Tenía que interrogar a Elspeth sobre su traición, pero también quería confesarle que le había sido infiel. No sabía cuál de las dos cosas iba a resultarle más difícil.

En lo alto de las escaleras se cruzó con un hombre en uniforme de coronel que le habló sin detenerse:

–Hombre, Luke, ¿de vuelta entre nosotros? Nos vemos en el búnker.

Luego vio a una pelirroja alta que salía de un despacho del pasillo con la angustia pintada en el rostro. La tensión de su esbelto cuerpo era evidente mientras, inmóvil en la puerta, atravesaba a Luke con la mirada, dirigida hacia el coronel, que en esos momentos bajaba las escaleras. Era más hermosa que en la fotografía de la boda. Su pálido rostro resplandecía débilmente, como la superficie de un lago al amanecer. Luke sintió una emoción intensa como una punzada en el pecho, y de inmediato una ternura inesperada se apoderó de él.

Luke la llamó, y ella advirtió al fin su presencia.

–¡Luke! –exclamó, y corrió hacia él.

La sonrisa con la que le dio la bienvenida denotaba inequívoca alegría, pero Luke vio miedo en sus ojos. Elspeth le echó los brazos al cuello y lo besó en los labios. Luke se dijo que no había de qué sorprenderse: era su mujer, y no se habían visto en toda la semana. Un abrazo y un beso era lo menos que cabía esperar. Elspeth no tenía ni idea de que sospechaba de ella, así que seguía actuando como una esposa normal.

Luke abrevió el beso y se liberó de su abrazo. Ella frunció el ceño y le clavó la mirada, tratando de interpretar su expresión.

–¿Qué ocurre? –dijo. Luego, olfateó el aire, y una cólera súbita le coloreó las mejillas–. Hijo de puta... ¡Hueles a sexo! –Lo alejó de sí de un empujón–. Te has tirado a Billie Josephson, ¡cabrón! –Un científico pasó a su lado y los miró, escandalizado ante semejante lenguaje, pero Elspeth ni siquiera se dio cuenta–. Te la has tirado en el tren, ¿verdad?

Luke no sabía qué decir. Su traición no era nada comparada con la de Elspeth, pero aun así se sentía avergonzado por lo que había hecho. Cualquier cosa que dijera sonaría a excusa, y odiaba las excusas, porque hacían parecer patético a quien las empleaba. Así que no dijo nada.

Elspeth volvió a cambiar de humor con idéntica rapidez.

–No tengo tiempo para esto –dijo, y miró pasillo arriba y abajo, impaciente y distraída.

Su insólita reacción hizo sospechar a Luke.

–¿Qué tienes que hacer que sea más importante que esta conversación?

–¡Mi trabajo!

–No te preocupes de eso.

–¿De qué demonios estás hablando? Tengo que irme. Ya seguiremos la conversación más tarde.

–Lo dudo –dijo Luke con firmeza.

Elspeth le replicó en el mismo tono.

–¿Qué quieres decir con que lo dudas? –replicó Elspeth en el mismo tono.

–Cuando estuve en casa, abrí una carta dirigida a ti. –Se la sacó del bolsillo de la chaqueta y se la dio–. Es de un médico de Atlanta.

Elspeth se puso blanca como el papel. Sacó la carta del sobre y empezó a leer.

–Dios mío... –musitó.

–Hiciste que te ligaran las trompas seis semanas antes de que nos casáramos –dijo Luke, que apenas podía dar crédito a sus propias palabras.

Elspeth tenía los ojos arrasados en lágrimas.

–No quería hacerlo –murmuró–. Pero verás... no tuve más remedio.

Luke recordó lo que decía el médico sobre el estado de Elspeth –insomnio, pérdida de peso, llanto repentino, depresión–, y la compasión pudo más que el rencor. Su voz se convirtió en un susurro.

–Siento mucho que hayas sido tan desgraciada –dijo.

–No me compadezcas, no podría soportarlo.

–Vamos al despacho.

La cogió del brazo y, una vez dentro, cerró la puerta. Ella fue derecha a su escritorio, se sentó y se puso a revolver el bolso en busca de un pañuelo. Luke se acercó al otro escritorio, hizo rodar la enorme silla del jefe de Elspeth y se sentó junto a su mujer.

Elspeth se sonó la nariz.

–Estuve a punto de no operarme –susurró–. Hacerlo me partió el corazón.

Luke la miró atentamente, esforzándose por permanecer sereno y juzgarla con ecuanimidad.

–Supongo que te obligaron –dijo. Hizo una pausa. Elspeth lo miraba con los ojos muy abiertos–. La KGB –añadió, y ella ahogó un sollozo–. Te ordenaron casarte conmigo para que pudieras informar sobre el programa espacial, y tuviste que operarte para que los hijos no hicieran vacilar tus convicciones. –Vio un dolor inmenso reflejado en los ojos de Elspeth, y supo que estaba en lo cierto–. No me mientas –le dijo bruscamente–. Sabes muy bien que no te creería.

–De acuerdo –dijo ella. Lo había admitido. Luke se hundió en la silla. Todo había acabado. Se sentía dolorido y sin aliento, como si acabara de caerse de un árbol–. Cambiaba de idea constantemente –empezó a contar Elspeth con el rostro lleno de lágrimas–. Por la mañana, estaba segura. Luego, te llamaba a la hora de comer y empezabas a hablar de una casa con un gran patio para que corrieran los niños, y me prometía enfrentarme a ellos. Pero por la noche, sola en la cama, pensaba en lo mucho que necesitaban la información que podría conseguir si me casaba contigo, y volvía a decidir que haría lo que me pedían.

–¿No podías hacer ambas cosas?

Elspeth meneó la cabeza.

–Ya era bastante duro quererte y espiarte al mismo tiempo... Si hubiéramos tenido hijos, no hubiese sido capaz de hacerlo.

–¿Qué fue lo que acabó de decidirte?

Elspeth se sorbió la nariz y se enjugó las lágrimas.

–No vas a creerme. Fue lo de Guatemala. –Elspeth soltó una risa amarga–. Aquella pobre gente lo único que quería eran escuelas para sus hijos, sindicatos que los defendieran y la oportunidad de ganarse la vida. Pero el precio de las bananas hubiera subido algunos centavos, y United Fruit no estaba por la labor, así que, ¿qué hizo Estados Unidos? Derrocamos a su gobierno y pusimos en su lugar a un títere fascista. En aquella época trabajaba para la CIA, de modo que sabía la verdad. Sentí tal rabia... Que todos esos buitres de Washington pudieran joder a un país indefenso y salirse con la suya, contar una sarta de mentiras, conseguir que la prensa hiciera creer al público norteamericano que había sido una revuelta de anticomunistas autóctonos... Te parecerá extraño que me lo tomara de forma tan personal, pero no te puedes imaginar la furia que sentí.

–Suficiente para pagarla con tu propio cuerpo.

–Y traicionarte a ti, y arrojar nuestro matrimonio por la borda. –Irguió la cabeza, y una expresión de orgullo cubrió su rostro–. Pero, ¿qué esperanza le queda al mundo, si una nación de campesinos hambrientos no puede ni soñar con levantar cabeza sin sentir en el cuello la bota del tío Sam? Lo único que siento es haberte privado de tener hijos. Fue una crueldad. No tengo nada más de qué avergonzarme.

Luke asintió.

–Supongo que lo entiendo.

–No es poco –dijo Elspeth, y soltó un suspiro–. ¿Qué piensas hacer ahora? ¿Llamar al FBI?

–¿Debería?

–Si lo haces, acabaré en la silla eléctrica, como sucedió con los Rosenberg.

Luke contrajo el rostro como si le hubieran clavado un puñal.

–Dios...

–Hay una alternativa.

–¿Cuál?

–Deja que me vaya. Cogeré el primer avión que salga del país. Iré a París, Frankfurt, Madrid, a cualquier sitio de Europa. Desde allí podré volar a Moscú.

–¿Eso es lo que quieres? ¿Pasar allí el resto de tu vida?

–Sí. –Le sonrió con sorna–. Soy coronel, ¿sabes? Nunca llegaría a coronel en Estados Unidos.

–Tendrías que irte ahora, sin pérdida de tiempo –dijo Luke.

–De acuerdo.

–Te acompañaré hasta la verja, y tendrás que entregarme tu pase para que no puedas volver a entrar.

–De acuerdo.

Luke la miró intentando grabar su rostro en la memoria.

–Supongo que esto es el adiós –dijo.

Elspeth cogió el bolso.

–¿Puedo ir antes al cuarto de baño?

–Por supuesto –dijo Luke.

21.30 HORAS

El principal objetivo científico del satélite es medir los rayos cósmicos, según un experimento ideado por el doctor James van Allen, de la Universidad Estatal de Iowa. El instrumento más importante a bordo del satélite es un contador Geiger.

Elspeth salió al pasillo, giró a la izquierda, pasó de largo ante el aseo de señoras y entró en el despacho del coronel Hide.

No había nadie.

Cerró la puerta tras ella y, con la espalda apoyada en la hoja, soltó un suspiro de alivio. Las lágrimas afloraron a sus ojos, y el despacho se volvió borroso. El triunfo más importante de su vida estaba al alcance de su mano, pero acababa de poner fin a su matrimonio con un hombre como no había conocido otro, y se había comprometido a dejar el país donde había nacido y pasar el resto de sus días en una tierra que nunca había visto.

Cerró los ojos y se obligó a respirar hondo y despacito: inspirar, espirar; inspirar, espirar; inspirar, espirar... Al cabo de unos instantes, empezó a sentirse mejor.

Echó la llave por dentro. A continuación fue hasta el armario de detrás del escritorio de Hide, lo abrió y se arrodilló ante la caja fuerte. Le temblaban las manos. Consiguió aquietarlas con un esfuerzo de voluntad. Por algún extraño motivo, recordó las lecciones de latín del colegio y la máxima *Festina lente,* «Apresúrate despacio».

Repitió los pasos que había visto dar a Hide espiándolo por encima del hombro. Primero, hizo girar la rueda cuatro veces en sentido contrario a las agujas de reloj y la detuvo en el 30. Luego, tres veces en el sentido de las agujas del reloj, y la detuvo en el 9.

Por último, la hizo girar dos veces en sentido contrario y la detuvo en el 14. Intentó accionar la manivela. No se movió.

Oyó pasos al otro lado de la puerta, y la voz de una mujer. Los ruidos del pasillo le llegaban extrañamente amplificados, como en las pesadillas. Pero los pasos se alejaron y la voz se apagó.

Sabía que el primer número era el 30. Volvió a marcarlo. El segundo podía ser el 9 o el 8. Esa vez marcó el 8 y, a continuación, otra vez el 14.

La manivela seguía firme.

Sólo había probado dos de ocho posibilidades. Los dedos, húmedos de sudor, le resbalaban en la rueda, y se los secó en el bajo del vestido. Marcó 30, 9, 13; luego, 30, 8, 13.

Había agotado la mitad de las posibilidades.

Oyó el ulular de una sirena lejana, que emitió dos toques cortos y uno largo, tres veces seguidas. Advertía a todo el personal que debía abandonar el área de la plataforma de lanzamiento. Faltaba una hora para el despegue. Sin poder evitarlo, giró la cabeza y echó un vistazo hacia la puerta; luego, volvió a concentrarse en la rueda.

La combinación 30, 9, 12 no surtió efecto.

Pero 30, 8, 12, sí.

Exultante, hizo girar la manivela y tiró de la pesada puerta.

Los dos codificadores seguían allí. Se concedió una sonrisa de triunfo.

No le daba tiempo a desmontarlos y hacer un dibujo del cableado. Tendría que llevárselos a la playa. Theo podría copiar el cableado o usar el codificador original para su propio transmisor.

Existía un peligro. ¿Y si en la hora que faltaba para el lanzamiento descubrían la desaparición de los codificadores de repuesto? El coronel Hide se había marchado al búnker y era poco probable que volviera antes del despegue. Tenía que arriesgarse.

Oyó pasos al otro lado de la puerta, y alguien intentó abrir.

Elspeth contuvo la respiración.

–Eh, Bill, ¿estás ahí? –preguntó una voz de hombre. Parecía Harry Lane. ¿Qué coño quería? El pomo de la puerta volvió a agitarse. Elspeth, petrificada, procuró no hacer ruido. Volvió a oír a Harry–: Bill no suele cerrar con llave, ¿verdad?

–No sé –contestó otra voz–, pero supongo que el jefe de

seguridad está en su derecho de cerrar su propia puerta con llave.

Oyó pisadas que se alejaban y luego la voz ya apenas audible de Harry:

–Conque seguridad, ¿eh? Lo que pasa es que no quiere que le roben el whisky.

Elspeth agarró los codificadores y se los metió en el bolso. Luego cerró la caja, hizo girar la rueda y a continuación empujó la puerta del armario.

Fue a la puerta del despacho, hizo girar la llave y abrió.

Se dio de bruces con Harry Lane.

–¡Ahhh! –exclamó sobresaltada.

El hombre frunció el ceño y la miró con desconfianza.

–¿Qué hacías ahí dentro?

–Pues... Nada –dijo Elspeth con un hilo de voz, y trató de sortear a Lane.

Él la agarró con fuerza por el brazo.

–Si no hacías nada, ¿por qué te has cerrado con llave? –la urgió, apretándole el brazo hasta hacerle daño.

Aquello la sacó de sus casillas, y dejó de comportarse como una culpable.

–Suéltame el brazo, pedazo de animal, o te arrancaré los ojos –masculló.

En el colmo del estupor, Lane le quitó las manos de encima y retrocedió un paso, pero no se dio por vencido.

–Sigo queriendo saber qué andabas buscando ahí dentro.

Elspeth tuvo una inspiración repentina.

–Tenía que ponerme bien el liguero, y el aseo de señoras estaba lleno, así que he usado el despacho de Bill en su ausencia. Estoy segura de que no le importará.

–Ah... –Harry puso cara de apuro–. No, seguro que no le importa.

Elspeth suavizó el tono.

–Ya sé que debemos extremar las medidas de seguridad, pero no hacía falta que me dejaras señalado el brazo.

–Perdona, no sabes cómo lo siento...

Elspeth se alejó del hombre respirando con fuerza.

Volvió a entrar en su despacho. Luke, que no se había movido del asiento, la miró con expresión sombría.

–Estoy lista –dijo Elspeth.

Él se puso en pie.

–Cuando salgas de la base, irás directa al motel –dijo.

Intentaba dar a su voz un tono tajante e impasible, pero Elspeth podía ver en su rostro lo mucho que le costaba dominar sus emociones.

–Sí –se limitó a decir.

–Por la mañana, irás a Miami y enseguida cogerás un vuelo internacional.

–Sí.

Luke asintió satisfecho. Bajaron juntos las escaleras y salieron a la cálida noche. Luke la acompañó hasta el Corvette.

–Dame tu pase de seguridad –le recordó, cuando Elspeth se disponía a entrar en el coche.

Al abrir el bolso, tuvo un momento de pánico. Los codificadores estaban allí mismo, encima de una bolsa de maquillaje de seda amarilla sobre la que destacaban mucho. Pero Luke no los vio. Miraba hacia otro lado, demasiado cortés para atisbar las interioridades de un bolso femenino. Elspeth sacó el pase de seguridad y, tras entregárselo, cerró el bolso con un sonoro clic.

Luke se guardó el pase en un bolsillo.

–Te seguiré hasta la verja en el jeep.

Elspeth comprendió que aquello era el adiós. Incapaz de hablar, se sentó al volante y cerró la puerta de golpe.

Se tragó las lágrimas y puso el coche en marcha. Las luces del jeep se encendieron a su espalda y la siguieron hacia la salida. Al pasar cerca de la plataforma de lanzamiento vio la torre de servicio, que retrocedía sobre sus raíles centímetro a centímetro, aprestándose para el lanzamiento. Solitario bajo los focos, el enorme cohete blanco parecía especialmente vulnerable, como si cualquiera pudiera derribarlo rozándolo con el codo al pasar. Miró el reloj. Faltaba un minuto para las veintidós horas. Por tanto, disponía de otros cuarenta y seis.

Salió de la base sin detener el coche. Los faros del jeep de Luke se empequeñecieron en su retrovisor y desaparecieron cuando tomó una curva.

–Adiós, amor mío –dijo en voz alta, y se echó a llorar.

Ya no pudo controlarse. Mientras avanzaba por la carretera de la costa, se abandonó al desconsuelo y, con el pecho agitado por angustiados sollozos, dejó que las lágrimas le rodaran por las mejillas. Las luces de los coches con los que se cruzaba se convirtieron en borrosos fogonazos. Casi se saltó el camino de la playa. Al verlo, clavó el pie en el freno, patinó sobre la carretera y se metió en el carril contrario. Un taxi que venía de frente frenó en seco, viró bruscamente y, haciendo aullar el claxon, pasó derrapando a escasos centímetros de la cola del Corvette. El deportivo enfiló el camino y avanzó dando botes sobre la tierra llena de baches, hasta que Elspeth consiguió dominarlo y lo detuvo con el corazón palpitante. Había estado a punto de echarlo todo a perder.

Se secó la cara con la manga del vestido y siguió conduciendo, más despacio, hacia la playa.

Cuando Elspeth se marchó, Luke siguió sentado en el jeep, esperando a Billie ante la entrada. Le faltaba el aire y la cabeza le daba vueltas, como si hubiera chocado contra un muro en plena carrera y siguiera tumbado en el suelo, tratando de recobrar el conocimiento. Elspeth lo había admitido todo. Las últimas veinticuatro horas lo habían convencido de que su mujer trabajaba para los soviéticos, pero ver confirmadas sus sospechas lo había conmocionado. Nadie dudaba que había espías; ahí estaban Ethel y Julius Rosenberg, ejecutados por espiona-je en la silla eléctrica. Pero leerlo en los periódicos era una cosa, y llevar cuatro años casado con una espía otra muy distinta. Apenas podía creerlo.

Billie llegó en taxi a las veintidós quince. Luke firmó por ella en el puesto de control, subieron al jeep y se dirigieron hacia el búnker.

–Elspeth se ha ido.

–Me ha parecido verla –dijo Billie–. ¿Iba en un Corvette blanco?

–Sí, era ella.

–Ha estado a punto de chocar con mi taxi. Se ha puesto a cruzar la carretera cuando nos tenía encima, y hemos pasado a un palmo de su cola. Le he visto la cara a la luz de los faros.

Luke frunció el ceño.

–¿Se ha metido en el carril contrario?

–Quería coger un desvío.

–Hemos quedado en que iría directamente a Starlite.

Billie meneó la cabeza.

–Pues iba hacia la playa.
–¿Hacia la playa?
–Ha cogido uno de esos caminos que hay entre las dunas.
–Mierda –masculló Luke, e hizo dar media vuelta al jeep.

Elspeth condujo despacio por la playa, observando a los grupos de curiosos congregados para presenciar el lanzamiento. Cada vez que veía niños o mujeres, se apresuraba a desviar los ojos. Pero lo que más abundaban eran grupos exclusivamente masculinos de chiflados por los cohetes que, de pie junto a sus coches, fumaban y bebían café o cerveza en mangas de camisa, con los prismáticos y las cámaras colgados del cuello. Iba mirando los vehículos en busca de un Mercury Monterrey del cincuenta y cuatro. Anthony le había dicho que era verde, pero estaba demasiado oscuro para distinguir los colores.

Había empezado en el extremo de la playa próximo a la base, que estaba abarrotado, pero, al comprobar que Anthony y Theo no estaban allí, supuso que habrían elegido un lugar más discreto. Aterrada por la posibilidad de no encontrarlos, había ido alejándose poco a poco en dirección sur.

Por fin vio a un individuo alto que seguía usando tirantes y, apoyado contra un coche de color claro, dirigía los prismáticos hacia el resplandor de Cabo Cañaveral. Detuvo el coche y se apeó.

–¡Anthony! –le llamó.

El hombre bajó los prismáticos y Elspeth comprendió que se había equivocado.

–Perdone –se disculpó, y volvió al coche.

Se miró el reloj. Las veintidós treinta. Casi no les quedaba tiempo. Tenía los codificadores, todo estaba listo, le bastaba con encontrar a dos hombres en una playa.

Cada vez se veían menos vehículos. No tardó en llegar a una zona en que estaban diseminados a unos cien metros unos de otros, y aceleró. Pasó junto a un coche que parecía coincidir con la descripción, pero no vio a nadie. Volvió a acelerar, y justamente entonces oyó una bocina.

Se detuvo y miró hacia atrás. Un hombre había salido del coche y le hacía señas con la mano. Era Anthony.

–¡Gracias a Dios! –exclamó Elspeth. Recorrió la distancia que los separaba marcha atrás y saltó fuera del Corvette–. Tengo los codificadores de repuesto –dijo.

Theo salió del Mercury y abrió el maletero.

–Dámelos –dijo–. Deprisa, por amor de Dios.

22.48 HORAS

La cuenta atrás llega a cero.

En el búnker, el director del lanzamiento exclama:

–¡Ignición!

Un miembro del equipo tira de una anilla metálica y la hace girar. Es la acción que inicia el cohete.

Las preválvulas se abren, y el combustible empieza a fluir. El conducto del oxígeno líquido se cierra, y el halo de humo blanco que rodeaba al cohete desaparece de golpe.

–Depósitos de combustible presurizados –dice el director del lanzamiento.

Durante los once segundos siguientes no ocurre nada.

El jeep avanzaba por la playa a toda velocidad sorteando grupos familiares a derecha e izquierda. Luke iba atento a los coches, haciendo oídos sordos a los gritos de protesta de la gente a la que los neumáticos cubría de arena. A su lado, Billie se mantenía en pie agarrada al borde superior del parabrisas.

–¿Ves un Corvette blanco? –gritó Luke por encima del ruido del viento.

Billie sacudió la cabeza.

–¡Tendría que ser fácil de localizar!

–Ya –dice Luke–. Entonces, ¿dónde demonios están?

La última manguera de conexión se desprende del misil. Un segundo después, el cebo de combustible prende y el motor de la primera etapa se pone en marcha con un sonido atronador. Una enorme lengua de fuego naranja brota de la base del cohete mientras la fuerza propulsora va en aumento.

–¡Por Dios santo, Theo, apresúrate! –dijo Anthony.

–Cállate –le ordenó Elspeth.

Inclinados sobre el maletero abierto del Mercury, observaban a Theo mientras manipulaba el radiotransmisor. Estaba conectando los cables a los bordes de uno de los codificadores que le había dado Elspeth.

Se oyó un estruendo semejante al sonido de un trueno lejano, y los tres levantaron la cabeza.

Con penosa lentitud, el Explorer I *empieza a elevarse sobre la plataforma de lanzamiento.*

En el búnker, alguien exclama:

–¡Venga, valiente!

Billie vio un descapotable blanco aparcado justo al lado de un sedán oscuro.

–¡Allí! –gritó.

–¡Ya los veo! –respondió Luke.

En la parte trasera del sedán, había tres personas apiñadas junto al maletero abierto. Billie reconoció a Elspeth y Anthony. El otro debía de ser Theo Packman. Pero no miraban al interior del maletero. Tenían las cabezas levantadas y la vista puesta más allá de las dunas, en Cabo Cañaveral.

Billie se hizo una rápida composición de lugar. El transmisor estaba en el maletero. Se disponían a conectarlo para que emitiera la señal de autodestrucción. Pero, ¿qué estaban mirando? Volvió la cabeza hacia Cabo Cañaveral. No vio nada, pero se oía un rugido profundo y prolongado, semejante al estruendo de los altos hornos de una fundición.

El cohete estaba despegando.

–¡Se ha acabado el tiempo! –gritó Billie.

–¡Agárrate fuerte! –dijo Luke.

Billie se aferró al marco del parabrisas y Luke torció el volante e hizo girar al jeep en un amplio arco.

De pronto, el cohete adquiere velocidad. Por un momento, parece flotar indeciso sobre la plataforma de lanzamiento. Un instante después, sale disparado como el proyectil de un arma de fuego y se lanza hacia la noche con la cola envuelta en llamas.

Sobre el estruendo del cohete, Elspeth oyó otro ruido, la queja de un motor de automóvil al límite de su potencia. Un segundo después, el haz de luz de los faros enfocó al grupo apiñado ante el maletero del Mercury. Elspeth volvió la cabeza y vio un jeep que se lanzaba contra ellos a toda velocidad. Comprendió que los iba a embestir.

–¡Rápido! –chilló.

Theo conectó el último cable.

El transmisor tenía dos interruptores; en uno ponía «Activación» y en el otro, «Destrucción».

El jeep se les echaba encima.

Theo pulsó el interruptor «Activación».

En la playa, un millar de cabezas se inclinan hacia atrás siguiendo la ascensión, recta y decidida, del cohete, y una aclamación unánime se eleva de la muchedumbre.

Luke iba derecho contra la parte trasera del Mercury.

El jeep había perdido velocidad en el giro, pero aún corría a unos treinta kilómetros por hora. Billie saltó del vehículo, cayó de pie, dio varios pasos y rodó por el suelo.

Elspeth se apartó en el último segundo. Luego se oyó un choque ensordecedor y el ruido de cristales que se rompían.

Con la parte trasera aplastada, el Mercury se alzó sobre sus ruedas y aterrizó un metro más adelante. La puerta del maletero cayó con estrépito. Luke temía haber aplastado a Theo o Anthony entre los dos coches, pero no estaba seguro. Lanzado hacia delante por la violencia del impacto, había golpeado el volante con la parte inferior del esternón, y con la frente una fracción de segundo después. Sentía el agudo dolor de las costillas rotas y el calor de la sangre que le bañaba el rostro.

Se incorporó en el asiento y buscó a Billie con la mirada. Parecía haber salido mejor parada que él. Sentada en la arena, se frotaba los antebrazos, pero no parecía herida.

Miró por encima del capó. Theo yacía en el suelo con los brazos en cruz, completamente inmóvil. Anthony, a cuatro patas, parecía conmocionado pero ileso. Elspeth, que se había arrojado al suelo a tiempo, acababa de levantarse. De pronto, echó a correr hacia el Mercury e intentó abrir el maletero.

Luke saltó del jeep y se abalanzó hacia ella. Elspeth consiguió abrir el maletero, pero, antes de que pudiera accionar el interruptor, Luke la embistió y la arrojó a la arena.

–¡Quieto! –gritó Anthony.

Luke lo miró. Estaba de pie tras Billie, que seguía en el suelo, encañonándola con una pistola.

Luke alzó la vista. La cola roja del *Explorer* era una brillante estrella fugaz en el cielo nocturno. Mientras pudieran verlo, el misil seguía siendo vulnerable. La primera etapa se apagaría al alcanzar los cien kilómetros de altura. A partir de ese momento, el cohete se volvería invisible, pues el fuego de la segunda etapa no era lo bastante intenso para ser visto desde la Tierra; ésa sería la señal de que el sistema de autodestrucción había dejado de ser efectivo. La primera etapa, que contenía el detonador explosivo, se desprendería y caería sobre el océano Atlántico. Una vez separado de ella, el satélite estaba a salvo.

Y la separación se produciría dos minutos y veinticinco segundos después de la ignición. Luke calculó que el cohete había despegado hacía unos dos minutos. Debían de quedar unos veinticinco segundos.

Tiempo de sobra para accionar el interruptor.

Elspeth volvió a ponerse en pie.

Luke miró a Billie. Con una rodilla hincada en la arena, parecía una velocista en la línea de salida, petrificada en su posición por el largo silenciador de la pistola, que Anthony le hundía entre los negros rizos de la nuca. La mano del hombre era firme como una roca.

Luke se preguntó si estaba dispuesto a sacrificar la vida de Billie por el cohete.

La respuesta era: no.

Pero, ¿qué ocurriría si se movía?, pensó. ¿Le dispararía Anthony a Billie? Podría...

Elspeth volvió a inclinarse sobre el maletero.

De pronto, Billie se movió.

Echó la cabeza a un lado y, saltando hacia atrás, golpeó con los hombros las piernas de Anthony.

Luke se abalanzó sobre Elspeth y la apartó del maletero de un empujón.

Mientras Anthony y Billie rodaban por la arena, se oyó la tos del silenciador.

Luke los miró aterrado. Anthony había conseguido disparar, pero, ¿había alcanzado a Billie? La mujer, al parecer ilesa, rodó hasta separarse de Anthony, y Luke volvió a respirar. De pronto, Anthony levantó la pistola y le apuntó.

Luke vio la cara de la muerte, y una extraña calma se apoderó de él. Había hecho todo lo que estaba en su mano.

Durante unos instantes no ocurrió nada. Luego, Anthony tosió, y la boca se le llenó de sangre. Luke comprendió: había apretado el gatillo en plena caída y se había disparado a sí mismo. Su mano se aflojó, soltó el arma y se abatió sobre la arena, y Anthony clavó en el cielo una mirada ciega.

Elspeth se puso de pie de un salto y, por tercera vez, se abalanzó sobre el transmisor.

Luke levantó la vista. La cola del cohete era una luciérnaga en el firmamento nocturno. Mientras la miraba se apagó.

Elspeth pulsó el interruptor y miró al cielo, pero había llegado tarde. Cumplida su misión, la primera etapa se había separado del cohete. Puede que el Primacord hubiera actuado, pero ya no quedaba combustible que inflamar y, de todos modos, el satélite ya no estaba conectado a la primera etapa.

Luke soltó un suspiro de alivio. Había pasado el peligro. El cohete estaba a salvo.

Billie puso una mano en el pecho de Anthony y a continuación le tomó el pulso.

–Nada –dijo–. Está muerto.

Luke y Billie miraron a Elspeth al mismo tiempo.

–Has vuelto a engañarme –le dijo Luke.

Elspeth lo miró con un brillo histérico en los ojos.

–¡Teníamos razón! –gritó–. ¡Teníamos razón!

A su espalda, las familias de curiosos y turistas empezaban a recoger sus pertenencias. No había nadie lo bastante cerca para haberse percatado de la lucha; todos los ojos habían estado pendientes del cielo.

Elspeth miraba a Luke y Billie como si quisiera decir algo más; pero al cabo de un rato dio media vuelta y se alejó. Entró en el Corvette, cerró de un portazo y puso en marcha el motor.

En vez de torcer hacia la carretera, se dirigió hacia el océano. Luke y Billie miraban aterrados mientras el coche avanzaba hacia la orilla.

Elspeth detuvo el coche y se apeó. Las olas rompían contra el parachoques del Corvette. A la luz de sus faros, Luke y Billie vieron zambullirse a Elspeth, que empezó a nadar mar adentro.

Luke dio un paso adelante, pero Billie lo agarró del brazo y lo contuvo.

–¡Quiere suicidarse! –exclamó angustiado.

–¡Ya no puedes alcanzarla! –replicó Billie–. Sólo conseguirías ahogarte.

Aun así, Luke estaba dispuesto a intentarlo. Pero en unos instantes Elspeth se alejó del haz de luz de los faros braceando con fuerza, y Luke comprendió que no conseguiría encontrarla en la oscuridad. Derrotado, hundió la cabeza en el pecho.

Billie lo rodeó con los brazos. Poco después, Luke respondió a su abrazo.

De repente, la tensión de los últimos días se abatió sobre él como un árbol. Le fallaron las piernas, y Billie tuvo que sujetarlo con fuerza para impedir que se desplomara.

Poco a poco se sintieron mejor. De pie en medio de la playa, abrazados el uno al otro, Billie y Luke miraron al cielo.

Estaba tachonado de estrellas.

EPÍLOGO

1968

El contador Geiger del Explorer I *registró radiaciones cósmicas mil veces más altas de lo esperado. Los datos obtenidos permitieron a los científicos elaborar un mapa de los cinturones de radiación que rodean la Tierra, que recibieron el nombre de cinturones Van Allen, en honor al físico de la Universidad Estatal de Iowa que había ideado el experimento.*

El experimento sobre micrometeoritos permitió calcular que la Tierra recibe una lluvia anual de unas dos mil toneladas de polvo cósmico.

También se pudo comprobar que la forma de la Tierra es un 1% más achatada de lo que se creía.

Pero lo más importante para los pioneros de los viajes espaciales fue que los datos térmicos del Explorer *demostraron la posibilidad de controlar la temperatura interior del misil lo suficiente para permitir la supervivencia de seres humanos en el espacio.*

Luke formaba parte del equipo de la NASA que hizo posible el alunizaje del *Apolo 11*.

Por entonces vivía en Houston, en una casa antigua, grande y acogedora, con Billie, jefa del departamento de Psicología cognitiva en Baylor. Tenían tres hijos: Catherine, Louis y Jane. (Larry, el hijo de Billie, también vivía con ellos, pero aquel mes de julio estaba con su padre, Bern.)

La tarde del veinte de julio, Luke estaba libre de servicio. Por consiguiente, unos minutos antes de las nueve, hora central, veía la televisión con su familia, como la mitad del planeta. Estaba sentado en el enorme sofá al lado de Billie, con Jane sobre las rodillas. Los otros dos niños estaban en la alfombra con *Sidney*, un perro perdiguero de color dorado.

Cuando Neil Armstrong puso el pie en la Luna, a Luke le resbaló una lágrima por la mejilla.

Billie le cogió la mano y se la apretó.

Catherine, que tenía nueve años y era morena como su madre, lo miró con sus profundos ojos castaños. Luego, susurró a Billie:

–Mami, ¿por qué llora papá?

–Es una historia muy larga, cielo –dijo Billie–. Ya os la contaré uno de estos días.

El Explorer I *debía permanecer en el espacio entre dos y tres años. Sin embargo, siguió dando vueltas alrededor de la Tierra durante doce años. Por fin, el 31 de marzo de 1970 volvió a entrar en la atmósfera sobre el Pacífico, cerca de East Island, y ardió completamente a las 5.47 horas, después de haber rodeado la Tierra 58.376 veces y recorrido un total de 2.672 millones de kilómetros.*

Título de la edición original: *Code to Zero*
Traducción del inglés: José Antonio Soriano,
cedida por Grijalbo (Grijalbo Mondadori, S. A.)
Diseño e ilustración: Serifa

Círculo de Lectores, S. A. (Sociedad Unipersonal)
Travessera de Gràcia, 47-49, 08021 Barcelona
www.circulo.es
1 3 5 7 9 10 0 4 8 6 4 2

Licencia editorial para Círculo de Lectores
por cortesía de Grijalbo (Grijalbo Mondadori, S. A.)

Depósito legal: Na. 349-2001
Fotocomposición: Fotoletra, S. A., Barcelona
Impresión y encuadernación: RODESA (Rotativas de Estella, S. A.)
Navarra, 2001. Impreso en España
ISBN 84-226-7837-3
N.° 33662